안병훈 회고록

그래도 나는 또 꿈을 꾼다

안병훈 회고록

그래도 나는 또 꿈을 꾼다

기파랑

차례

8

책을 내면서

2003년 12월 31일 나는 조선일보에서 정년퇴임했다. 이미 그때 회고록을 써보라는 주위의 권유가 있었다. 40년 가까운 세월을 조선일보에서 보냈다면 할 얘기도 많을 것이니 한 번 정리해보라는 이야기였다. 물론 할 얘기가 적은 것은 아니었으나 당시에는 회고록을 쓸 필요성을 전혀 느끼지 못했다. 건강에 자신이 있었고 시간도 넉넉했다. 언제든지 쓸 수 있을 것이라고 생각했다. 또한 내 삶을 드러내는 행위가 과연 가치가 있을까 라는 문제에 대해서도 확신이 서지 않았다.

그 후 나는 출판사 기파랑을 차렸고, 출판사 대표로서 필자나 저자를 만나며 "사람은 기록으로 시대를 증언한다. 자서전이나 회고록을 써보라"고 권유하는 입장이 됐다. 그러다보니 나도 한 시대를 살았던 사람이고, 조선일보에서 근 40년을 지냈으니까 내가 남긴 기록도 의미가 있을 것이라는 자각이었다.

회고록을 낼 적기(適期)는 2년전 도서출판 기파랑의 창립 10주년을 맞는 2015년 4월 18일 전후라고 생각했다. 그래서 이때에 맞춰 출간 작업을 해, 거의 마친 단계에 있었으나 가족들 간에 "왜 서두르느냐, 좀 더 수정해서 더 잘된 회고록을 내라"는 의견이 제기되어, 완성된 원고를 그대로 책상 속에 묻어 두었었다. 그런데 수정작업은 제대로 진행되지 않았다. 컴퓨터 속에 저장된 원고를 다시 꺼내 보기가 갑자기 싫어진 것이다. 2년을 허송했다.

그런 과정에서 나이 때문인지 귀가 잘 안들리고 시력도 예전 같지 않는 등 체력이 전반적으로 저하된 것이 아닌가 느껴지기 시작한 것이다. 언제 승천할지도 모른다는 생각도 들 때가 있었다. 그래서 2017년 올해 초, 팔순을 맞이하는 지금 이쯤에서 회고록을 출간해야겠다고 결심, '2년 전의 그 원고'를 다시 꺼내 일부를 손질하여 미흡하나마 세상에 내놓기로 한 것이다.

스스로 생각해봐도 내 인생의 황금기는 조선일보에서 근무하던 시절이었다. 1965년 6월 1일 견습기자로 입사해 대표이사 부사장으로 정년퇴임하기까지 한눈팔지 않고 언론 외길을 걸었다. 방우영(方又榮) 회장과 방상훈(方相勳) 사장의 믿음과 배려 덕분에 조선일보라는 큰물에서 마음껏 유영할 수 있었다. 거듭 말하지만 그 기간은 내 인생의 황금기였고, 조선일보의 황금기이기도 했다.

아쉬운 것은 지금 내게 당시 기자수첩이나 메모첩이 존재하지 않는다는 사실이다. 연말이면 기자수첩을 없애버리고 메모첩을 찢어버리던 시절이 있었다. 탁상용 달력에 쓴 메모나 일정까지도 파기했다. 이해가 가는 사람도 있을 테고 그렇지 않은 사람도 있을 테지만, 여하간 그런 시절에 나는 기자 생활을 했다. 그때만 해도 회고록을 쓰겠다는 생각은 내 머리에 없었다. 기억과 당시 지면을 더듬어가며 이 책을 썼다. 혹여 실수나 착오가 있더라도 널리 혜량(惠諒)을 바란다.

기자 또는 언론인이라고 하면 다들 기사나 칼럼, 논설을 쓰는 사람을 연상한다. 나도 그렇게 알고 신문사 일을 시작했다. 하지만 나는 직책상 글 쓰는 일에서 점점 멀어졌다. 입사한 지 10년도 안 돼 평기자에서 간부가 됐고 부장, 국장, 편집인, 상무, 전무, 대표이사 같은 직책을 맡게 됐다. 회사가 문재(文才)가 부족한 나를 그런 길로 이끌었는지도 모르겠지만 글쓰기와는 더욱 소원해졌다.

막상 경험해보니 글을 쓰는 것만이 신문사 일의 전부는 아니었다. 신문의 노선을 정하고 사회적, 국가적 아젠다를 설정하는 것도 중요한 언론의 기능이자 사명이라는 것을 절감했다. 신문 제작에 대한 책임을 지며 언론경영에 참여하는 일도 막중한 역할이었다. 글쓰기와 멀어져 서운한 때가 있었으나, 이에 개의치 않고 나는 미친듯이 일을 했다.

내 일생은 조선일보 역사와 궤를 같이한다. 그래서 이 책에 남긴 기록의 대부분은 조선일보 사사(社史)에 이미 나와 있는 대로다. 이렇게 말하는 이유는 이 책에 언급한 여러 가지 일들이 조선일보 안에서 여러 동료, 선후배들과 함께 이뤄낸 것임을 분명히 밝히기 위함이다. 나는 그 과정에서 미약한 힘을 보태며 '함께 추진한 사람'이라는 이름만 달았을 뿐이다.

내가 조선일보와 함께 한 38년 7개월은 대한민국 역사와도 맞물려 있다. 이 기간 동안은 대한민국이 가장 발전하고 승승장구한 때였고, 조선일보와 나는 정치 권력과 싸웠고, 두 거대 야당에 맞서기도 했다. 그리고 조선일보를 폭파해 숨통을 끊어버리라는 북한 정권의 협박과 공갈, 반(反) 대한민국 세력이 결집한 '안티조선' 세력의 준동에도 물러서지 않았다. 이런 과정에서 내가 한 것은 표현의 자유를 지키기 위한 투쟁이었다. 지금 돌아보면 무한한 자부심을 느낀다.

내가 입사할 무렵, 조선일보는 '4등 신문'이란 소리를 들었다. 하지만 조선일보는 내가 재직하는 동안 당당히 1등 신문이 되어 타의 추종을 불허하는 막강한 영향력을 지닌 신문사로 성장했다.

나는 조선일보의 황금기에 편집국장을 지냈고, 이사(理事)로서 여러 사업이나 캠페인을 추진했다. 특히 「쓰레기를 줄입시다」로 시작한 환경운동, 「산업화는 늦었지만 정보화는 앞서가자」는 정보화운동, 「이승만과 나라 세우기」 전시회 등을 통한 역사 바로 세우기 운동을 주도한 것은 지금도 자랑스럽게 생각한다. 이런 캠페인이나 전시회를 처음 시작할 때와 지금을 비교해보며 격세지감(隔世之感)이란 말을 실감한다. 동시에 뿌듯함과 흐뭇함을 지울 수 없다.

　나는 조선일보가 가장 빛나던 시절을 함께 하고 퇴사할 수 있었다. 그것이 무엇보다도 큰 행운이며 기쁨이다. 그런데 지금 언론계는 14년전 내가 퇴사하던 때와 달리 엄청나게 변화해 버렸다. 모든 뉴스를 손에 들고 다니는 휴대폰으로 보는 것이 대세가 됐고, 신문을 접하고는 있으나 잘 읽지 않는 사람이 젊은이를 중심으로 급속히 번지고 있는 이른바 '독자의 공동화(空洞化)'도 우리나라뿐 아니라 전 세계적으로 진행되고 있는 것이다. 언론이 맞는 제1의 위기가 아닌가 싶다.

　여기에다 다미디어 시대가 되면서 어떤 개인이라도 페이스북, SNS, 인터넷 등을 통해 마음대로 뉴스를 생산하게 되면서 그동안 언론이 신성시하던 진실과 사실보다는 거짓 정보와 가짜뉴스(Fake News)가 창궐하는 이른바 포스트 트루쓰(Post Truth) 현상이 여론 형성에 큰 영향을 미치고 있는 것이다. 기존 미디어들도 상업주의와 선정주의 때문인지 "아니면 말고" 식의 오보 및 가짜뉴스를 양산하고 있고 이에 아무도 책임지는 일이 없는 사태가 일반화 되면서 언론의 신뢰는 바닥으로 치닫고 있는 것이다. 민주주의의 인프라를 자임했던 언론이 맞은 최대의 위기이다. 이런 엄청난 변화 속에 조선일보도 같이 흘러가고 있는 것이다.

TV 인터넷 모바일로부터 위협당하고 모든 권력(정치권력만이 아닌)과 국민들로부터 매서운 눈초리가 모아져 오는 무수한 압박속에서 조선일보는 이 변화된 환경을 어떻게 헤쳐 나갈것인가 걱정이 된다.

그러나 내가 경험하지 못했던 멀티미디어 시대가 가져온 엄청난 소용돌이를 후배들은 잘 극복해 낼 수 있으리라고 확신한다. 조선일보는 오랫동안 구독률 1위 자리를 굳히고 있는 등 현재 조선미디어그룹의 매체파워는 타의 추종을 불허할 만큼 막강하다.

조선일보의 전 조직이 자만하지 말고 겸손하고 깨끗한 자세로 저널리스트 정신으로 무장하고 시대의 변화에 잘 대처하면 조선일보의 번성은 계속되리라 본다.

3년 후면 우리 언론사상 일찍이 없었던 조선일보 창간 100주년을 맞는다. 나는 조선일보가 이 자랑스러운 전통을 바탕으로 앞으로도 계속해서 멋지고 빛나는 그리고 독자, 시청자들로부터 사랑받는 미디어로 발전되기를 바랄뿐이다.

그동안 나는 신문에 전념하느라 가정에는 극히 소홀했었다. 그럼에도 나를 뒷받침해주며 자식들을 잘 키우고, 가정을 훌륭하게 꾸려온 아내에게 늘 미안한 마음과 고마움을 간직하고 있다. 그래서 이책은 아내 박정자(朴貞子)와 아들 승환(承煥), 딸 혜리(惠利) 가족에게, 특히 팔순을 맞은 할아버지가 귀여운 손녀 재이(在梨)와 외손자 지우(芝宇)에게 남기는 기록으로 삼고 싶다.

　이 책을 위해 나와 관련된 많은 자료를 수집, 정리해준 온종림(溫宗林) 씨와 조선일보의 주숙경(朱淑敬) 씨, 특히 근현대사 사료를 모아 요약해준 정윤재(鄭潤載) 작가, 책 쓰는데 자문을 아끼지 않은 윤석홍(尹錫弘) 단국대 명예교수, 편집 디자인을 맡아준 디자인54의 조의환(曺義煥) 대표와 오숙이(吳淑伊) 씨, 그리고 처음부터 끝까지 제작을 지휘하며 고생한 조양욱(曹良旭) 주간을 비롯한 도서출판 기파랑 식구들(許寅戊, 朴恩惠, 李珠伊)에게 감사의 마음을 전하고자 한다.

2017년 3월, 대학로에서

화가 이만익(작고) 화백이 그린 필자의 초상화.
1997년 1월 한일문화교류기금 이상우 소장의 초청으로 '한일 도자기 탐방'을 하면서
일본 오사카(大阪)에 들렀을 때, 한 음식점에서 이 화백이 '안형을 만난 인연'을 기념해서
즉석에서 그린 것이다.

제 1 부

기자의 길

올챙이 견습에서 편집국장까지

1장

대(代)를 이어 조선일보로

두 대학 동기가 친 전보

1965년 2월말 나는 해병대 중위로 전역했다. 대학을 이미 졸업한 상황이었고 홀어머니를 모시고 있어 직장을 구해야 했다. 서울대 법대생들의 사회 진출 방법은 그때나 지금이나 대체로 고시합격 아니면 취업이다. 해병대 복무 시절 경험 삼아 사법시험 1차 시험에 응시해본 적이 있었지만 법조계 진출은 태생적으로 맞지 않았다.

법과대 동기들도 고시파와 비(非)고시파로 나눠졌다. 고시파는 학교 도서관이나 절간에 파묻혀 있었고, 취업파들은 법전(法典)은 팽개친 채 몰려다녔다. 동기 최병렬(崔秉烈)과 이상우(李相禹) 등이 대표적인 비고시파였다. 최병렬은 대학 2학년 때, 이상우는 3학년 때 한국일보에 입사한 '대학생 기자'였다. 그들도 나를 비고시파로 여겼을 것이다.

비고시파에게 열려진 길이 지금처럼 다양하진 않았다. 조금 미안한 말이지만 당시 삼성은 '설탕회사'였고, LG는 '치약회사'였다. 현대는 이름조차 생소한 건설회사에 불과했다. 법대 동기들은 대체로 신문사나 통신사가 아니면 한국은행, 산업은행 같은 국책은행을 선호했다. 삼성, LG, 현대는 그러고 나서 생각해보는 회사였다. 나라고 해서 크게 다를 것은 없었다.

전역 직후였던 4월, 조선일보와 동양통신 입사시험이 있었다. 나는 아버지에 이어 언론인이 되겠다는 생각을 막연히 가지고 있었다. 조선일보와 동양통신, 두 곳의 입사시험에 응시했는데 둘 다 1차에서 합격했다. 면접시험만 남았는데 공교롭게도 두 회사의 면접 시간이 같았다.

동양통신 김규환(金圭煥) 편집국장으로부터 먼저 연락이 왔다. 김규환 국장은 허주(虛舟)라는 아호(雅號)로 잘 알려진 정치인 김윤환(金潤煥) 씨의 친형이다. 국제언론인협회(IPI) 회의 참석을 위해 영국 출장을 앞두고 있었던 김규환 국장은 이지웅(李志雄) 부국장에게 "안병훈은 면접을 볼 필요가 없으니 먼저 출근시켜 일을 맡기라"고 지시했다. 그 날로 나는 동양통신 기자가 됐다. 입사시험에

21

서 1등을 했다는 얘기를 나중에 들었다. 그것이 크게 작용한 모양이었다.

동양통신에서 이틀쯤 근무했던 것으로 기억한다. 전화가 드문 시절이었다. 최병렬인지, 이상우인지로부터 '연락 바란다'는 전보가 왔다. 정확한 기억은 아니나 두 사람의 이름이 동시에 적힌 전보였는지도 모르겠다. 당시 최병렬과 이상우는 한국일보에서 조선일보로 옮긴 이후였다. 이들은 "왜 조선일보 면접에 오지 않았느냐?"고 다그치며 동양통신으로 간 것은 잘못됐으니 무조건 조선일보에 오라고 종용했다. 나 때문에 합격자 발표를 미루고 있다는 얘기도 덧붙였다.

아버지가 조선일보에 재직하셨다는 사실은 알고 있었지만 그때까지만 해도 나는 조선일보에 대해 아는 것이 별로 없었다. 그럼에도 조선일보 면접에 응한 것은 순전히 최병렬과 이상우, 두 친구 때문이다. 친구라서 하는 얘기가 아니라 두 사람은 1류 중의 1류였다. 서울대 법대 입학 성적이나 입학 이후의 성적도 뛰어났다. 두 사람이 선택한 조선일보라면 조선일보로 가는 것이 당연하다고 생각했다.

조선일보에 면접을 보러가니 당시 김경환(金庚煥) 편집국장이 나를 방우영(方又榮) 사장실로 안내했다. 입사 동기생들의 면접은 이미 끝난 후였다. 나 혼자만의 면접이었다. 방 사장은 "안찬수 편집부장의 아들이면 당연히 조선일보로 와야 한다"고 했다. 내 아버지의

조선일보 입사 초기 편집부 근무 시절(1965~1966년), 오른쪽 끝 이우세 부장
(서 있는 이, 후에 서울신문 사장)에서 시계 반대 방향으로, 최일영,
최병렬(후에 한나라당 대표), 조영서(시인, 스포츠조선 전무),
조화유(재미작가), 배우성(작고), 황옥률, 조병철(시인),
인보길(뉴데일리 회장), 이상우(전 한림대 총장), 필자.

함자(衡字)가 '찬(燦)' 자, '수(洙)' 자다.

아버지는 1946년 9월부터 1년 5개월여 동안 조선일보 편집부장
으로 재직하셨다. 방 사장의 말에는 '당신의 아버지도 조선일보와 인
연이 있으니 아들인 당신도 꼭 조선일보에서 일해 달라'는 간곡한 뜻
이 담겨 있었다. 그 후의(厚意)에 마음이 움직였다. 조선일보 유건호
(柳建浩) 상무가 이지웅 동양통신 상무에게 전화를 걸어 사정을 설
명하며 양해를 구했다. 조선일보 견습 8기 입사가 결정되는 순간이었
다. 조선일보에서의 38년 7개월, 긴 인연의 시작이었다.

북으로 납치된 그리운 아버지

아버지는 일제강점기 시절부터 기자였다. 1915년 1월 4일 서울 종로
구 팔판동(八判洞)에서 태어나신 선친은 배재고보(培材高普)와 보성
전문(普成專門-지금의 고려대학교) 법과를 졸업했다. 아버지가 경성
일보(京城日報) 기자로 입사하면서 언론인의 길을 걷게 된 것은 보성
전문을 졸업하던 해인 1938년부터다. 이 해는 나의 출생연도다. 내가
태어날 때부터 아버지는 기자였던 것이다.

선친은 1945년 광복 직후 대공일보(大公日報) 정리부장으로 옮
기셨다. 정리부장은 현재의 편집부장에 해당한다. 이후 독립신보(獨

납북 1년 전 쯤 1949년
필자의 아버지 안찬수.

어머니 김옥명(金玉明).
60대에 찍은 사진이다.

立新報) 편집위원, 조선일보 편집부장을 거쳐 연합신문(聯合新聞) 편집부국장을 지내시던 중 6·25전쟁 발발 직후 납북되셨다.

아버지의 기자 시절을 소개한 자료가 있다. 경성일보 기자 출신인 강영수(姜永壽) 씨가 1949년에 쓴 「현역기자 100인평(評)」이 그것이다. 강영수 기자는 아버지와 경성일보 입사 동기였다.

경성일보 출신으로 어느새 편집경력만 10년을 넘겼으니 그의 편집기술은 능란해질 대로 능란…(중략) 해방 후 안찬수는 대공일보와 독립신보 및 조선일보의 편집부장을 거쳐 평화일보 편집국차장을 지낸 뒤 지금 연합신문 편집부국장이라는 중책을 맡고 있다.(중략) 아마도 안 국장만큼 신문사 생활 10년이 지났으되 외근 한번 못해본 사람도 드물 것이다. 그만큼 그는 묵묵 궁행(躬行), 꾸준히 실천만 하는 성실성을 지니고 있다. 이번에 4면 간행으로 국내 언론의 선구를 달리는 연합신문을 크게 신장시킬 열쇠를 쥔 그의 활약이 사뭇 기대된다.

어머니는 아버지와 동갑이었다. 황해도 사리원고녀(沙里院高女)를 졸업한 후 아버지와 결혼하셨다. 아버지와 어머니는 서울 종로구 팔판동에서 나의 조부(安鍾倫)와 조모(方順福)를 모시며 우리 7남매를 키웠다. 내게는 위로 형(安秉基)이 있고 한 명의 남동생(秉傑)과 네 명의 누이가 있다. 형은 6·25전쟁 때 행방불명됐다.

초등학교 6학년이던 내게도 6·25전쟁은 가슴 저미는 기억이다. 6·25전쟁은 나로부터 아버지와 형을 앗아갔다. 아버지의 납북 이후 어머니는 팔판동 집을 팔아 두 번씩이나 작은 집으로 옮겨 가며 가계를 꾸렸다. 나중에는 하숙을 치며 홀로 6남매를 기르셨다. 누이(안병숙 安秉淑)가 한국은행에 다니며 가사를 도왔다. 누이동생 하나는 6·25전쟁 이후 뇌막염으로 세상을 떠났다. 어머니는 1953년 11월 방한한 닉슨 미부통령에게 납북인사 송환을 촉구하는 호소문을 가족회 대표로 건네기도 했다. 아버지의 신문기자 시절과 관련된 기억은 거의 없다. 다만 내가 학교 원족(遠足·소풍)을 갈 때면 어머니는 나를 아버지가 재직했던 신문사로 보내곤 했다. 아버지는 신문사 구내매점에서 원족에 가지고 갈 과자 등을 배낭에 가득 채워주셨다. 지금도 나는 '미루꾸'라 불렸던 밀크 캐러멜의 달콤한 맛을 기억한다.

신문사 구내매점은 어린 나의 눈에도 다른 가게들보다 호화로워 보였다. 나는 막연하게 신문사는 좋은 곳이라는 생각을 한 것 같다. 언제부터인지 정확히 알 수는 없지만 초등학교 시절부터 나의 꿈은 신문기자였다. 나의 삼청초등학교 동기인 김재익(金在益)은 나를 아는 사람들에게 "병훈이는 초등학교 시절부터 장래 희망란에 신문기자라고 써놓은 애야"라고 말하곤 했다.

김재익은 대통령비서실 경제수석비서관으로 재직하던 1983년 10월, 북한의 아웅산 테러 때 순직했다. 그는 출국하기 직전, 조선일

鳳山郡

兒童의 感謝

數爻는갈수록增加

귀사의 계몽대원의 임명을 바든후 귀가하야
시시작하려하엿스나 당지 경찰의 불허로 당분
그라가 금일(八月一日)부터 개학하엿는데 더
이감사 한것은 귀사 지국장의 지도와 당지 면장
유지인사의 열광적으로 환영하며 후원하야
결과 동지 二十여명이며 모집인원은 현재 남자
五十三명 녀자 五十九명으로서 아프로도 각동
의대 활동할바이며 인원은 격증될희망이잇다
더구나 어린아동들은 귀사에서 발행한 원봉을
다들고 깃버함을마지안흐며 농민들도 자체를
―든것을 무료로교수하여 줌을 매우감사 허녀
고잇다 아프로원족회, 운동회등도 개최하려하
고잇다
청년동지들은 매일정말처조를 교수하고잇

(鳳山郡楚臥面大靑里 責任隊員 安學洙)

동아일보 1933년 8월 5일자에 실린 아버지의 브나로드 활동 상황.
연이어 6일자에도 소개되었다.

보로 나를 찾아왔다. 서로 일이 바빠 왕래가 뜸할 때였는데 내가 "어쩐 일로 여기를 다 찾아왔느냐?"고 하자 "너 보러 왔지!"라고 대답했다. 그때 이미 뭔가 불길한 예감이 있었는지 그는 "아, 가기 싫은데…"라는 혼잣말을 했다. 김재익 같은 천재가 그렇게 허망하게 가버리다니 인생은 때론 덧없고 덧없는 것인지 모른다.

신문기자 아버지에 대한 기억은 오히려 나의 기자 입문 이후부터 형성되었다. 중견 기자가 되고 어느 정도 여유가 생긴 뒤부터 아버지가 남긴 자취를 찾고 또 찾았다. 1935년 4월 3일자 동아일보가 실은 보성전문 법과 합격자 명단에서 아버지의 이름을 발견했고, 1938년 3월 20일자 동아일보에서는 아버지가 보성전문을 졸업했음을 확인했다.

아버지가 일제강점기 '브나로드(vnarod) 운동'에 참여한 사실을 찾아낸 것은 뭐라 형언할 수 없는 감격이었다. 러시아어로 '민중 속으로 가자'라는 뜻인 브나로드는 문맹(文盲)퇴치를 통한 농촌계몽 운동이었다. 당시 동아일보는 일본제국주의 통치에 항거하는 수단으로 브나로드 운동을 3년째 펼치고 있었다. 아버지는 동아일보의 브나로드 참가자 모집에 지원했고, 여름방학이 되자 선대(先代)의 뿌리가 있는 황해도 봉산군(鳳山郡)으로 내려갔다.

참가자 가운데 '책임 대원'의 자격으로 아버지가 동아일보에 기고한 글을 아래에 옮긴다. 제목은 「아동의 감사, 수효는 갈수록 증가」이며, 문장은 그대로 두고 현대어로 고쳤다.

귀사의 계몽대원 임명을 받은 후 귀가하여 즉시 시작하려 하였으나 당지(當地) 경찰의 불허로 당분간 연기하다가 금일(8월 1일)부터 개학하였는데 더욱이 감사한 것은 귀사 지국장의 지도와 당지 면장 외 유지(有志) 인사들이 열광적으로 환영하며 후원하여 준 결과 동지 20여 명이며 모집인원은 현재 남자 153명, 여자 59명으로서 앞으로도 각 동지의 대(大) 활동을 받아 인원은 격증될 희망이 있다. (1933년 8월 6일자 동아일보)

아버지가 브나로드 운동에 힘을 보태고 계실 때 조선일보는 주시경(周時經) 선생이 시작한 한글 보급운동에 앞장 서 학예부장 장지영(張志暎) 선생이 지은 《한글 원본》과 《문자 보급 교재》를 대량으로 제작, 전국에 보급했다. 심훈(沈熏)의 작품 「상록수」는 이 운동을 배경으로 한 민족 계몽소설이다.

서울대 법대 출신이 왜 해병대를…

1965년 6월 1일 나는 조선일보에 첫 출근을 했다. 입사 동기인 견습 8기에는 김대중(金大中), 최청림(崔青林), 채희경(蔡熙慶), 박경진(朴京鎭), 강우정(康宇淨) 등이 있었다. 조선일보의 사세(社勢)가 꽤 확장되기 시작한 시절이었다. 이 해에만 네 번 견습기자를 뽑았다.

4개월 먼저 입사한 선배들이 견습 7기다. 인보길(印輔吉), 김학준(金學俊), 송진혁(宋鎭赫), 조동호(趙東鎬), 조화유(曺和裕) 등이다. 이 해 12월 견습 9기가 입사했고, 8기와 9기 사이에 '8기 특기'라 불린 교열부 기자들이 들어왔다. 나중에 내 아내가 된 박정자가 '8기 특기'로 입사했다.

8기 동기 중에는 유독 장교 출신이 많았다. 해병대 중위로 제대한 나를 포함해 김대중, 최청림, 채희경이 ROTC 1기 예비역 장교였다. 다른 기수에는 장교 제대자가 드물었는데 8기 입사 동기 8명 중에는 장교 출신이 7명이니 사내에서 주목을 받지 않을 수 없었다. 특히 해병대 출신은 더욱 눈에 띄기 마련이어서 '안병훈=해병대'라는 이미지가 사내에 형성되었다.

방우영 사장은 나에 대해 "해병대 출신다운 기백과 결단이 돋보였다"고 쓴 적이 있고, 조선일보 사보는 "해병대의 사관후보생을 훈련시키던 군 생활 때 이미 그는 해병대 사상 최고의 '악질' 구대장(區隊長)이라는 칭호를 받았던 것"이라고 쓰기도 했다. 사실 '악질 구대장'은 조금 과장된 칭호이기는 하다. 구대장으로서 훈련 하나만은 열심히 다그쳤을 뿐이다.

꼭 해병대 아니면 안 된다는 생각으로 해병대에 입대한 것은 아니었다. 1961년 2월 나는 대학을 졸업했다. 취직과 입대 사이에서 입대를 먼저 선택했기 때문에 장교냐, 사병이냐는 선택만 남아있었다. 복무 기간이 사병이 짧았다면 사병 입대를 결심했을지도 모를 일이 지만, 당시 복무 기간은 장교나 사병이나 같은 3년이었다.

그렇다면 장교였다. 나는 해병대 장교, 공군 장교 시험에 응시해 운 좋게 둘 다 합격했다. 총 38명이 뽑힌 해병대 장교 시험에는 1천 여 명의 지원자가 몰려 경쟁률이 몇 십 대 1을 넘었다. 해병대 장교냐, 공군 장교냐는 선택도 어렵지 않았다. 해병대는 4월 7일, 공군은 6월 1일이 입소일이었다. 하루라도 먼저 군대에 가서 하루라도 빨리 제대 를 하는 게 중요했다. 그래야 직장을 구하는 시간도 짧아지고, 어머니 를 모실 수 있기 때문이다. 해병대 입대는 그렇게 결정되었다.

해병대 이야기를 하면 아내마저 질색하지만 입가에 미소가 새 어나오는 것은 어쩔 수 없다. '안병훈'하면 여러 가지 이미지를 떠올 릴 수 있을 것이다. 그 가운데 해병대 출신으로 나를 기억하는 이들 이 많다. 서울대 법대를 나온 해병 출신이라 더욱 강한 인상을 받 았을 것이다. 서울대 법대 출신이 왜 해병대에 갔느냐는 질문을 자주 받았다.

해병대 복무가 내 인생에 크나큰 영향을 미친 것은 사실이다. 누구나 해병이 될 수 있다면 결코 해병을 선택하지 않았을 것이라는 말이 의미하듯이, 해병대 입대는 내게 남이 갖지 못한 인생을 살게 해주었다. 해병대에서 느낀 특유의 연대감 하나만으로도 값을 매길

진해 해병학교 구대장 시절 해병장교 33기생들을 훈련시키던 이강직 1구대장(작고),
정충남 후보생, 지순하 2구대장(작고), 그리고 3구대장이던 필자(사진 왼쪽부터)

수 없는 소중한 자산이었다.

　　해병대 동기(30기) 중에는 연합뉴스·YTN 사장을 지낸 현소
환(玄昭煥), 전 SBS 사장 윤혁기(尹赫基), 전 동아일보 논설위원 김
정서(金正瑞), 전 중앙일보 국장 노진호(盧鎭浩), 코리아헤럴드 기자
김동익(金東翊)과 필자 등 6명의 언론계 동료가 있고 서울대 법대
출신도 5명이나 된다. 지금도 분기별로 한 번씩 해병대 동기들과 만
나며 끈끈한 전우애를 나누곤 한다. 동기들의 강권으로 30기 종신
(?) 회장을 맡고 있는데, 그 어떤 직책보다도 자랑스럽다.

10개월의 훈련을 수료하고 소위로 임관하여 김포 하성면 시암리에서 소대장 생활을 했다. 임진강 너머 북한군이 보이는 곳이었다. 그러다 포항에서 근무한 뒤, 진해의 해병학교에서 해병대 장교들을 길러내는 구대장(區隊長) 임무를 맡게 되었다. 훈련을 받는 위치에서 시키는 위치로 뒤바뀐 것이다.

나는 엄격하고 혹독하게 훈련을 시켰다. 그래서 나를 '모진' 구대장이라고 말하는 교육생들도 있었다. 구대장이란 해병학교에서 장교가 될 교육생의 훈련과 내무생활을 지도하는 사관(士官)을 말한다. 다행인 것은 내가 훈련시킨 교육생들이 구대장인 내게 크게 반감을 드러내지 않았다는 점이다. 이들은 해병대는 그저 그러려니 하고 받아들였던 모양이다.

내게 맡겨진 교육생들은 해병대 장교 33기와 34기였다. 이들은 이후 베트남 파병 청룡부대 1진 소대장들이 되었다. 33기에는 전 한양대 교수 정기인(鄭冀人), 경호실장과 보훈처장을 지낸 박상범(朴相範), 배재학당 이사장 황방남, 정치섭, 권기옥, 김승남, 이승일, 김희, 강대인, 최우식 등 1백50여 명이 있고, 34기에는 무공수훈자회 회장을 맡고 있는 박종길과, 전 아시아시멘트 사장 김동열(金東烈), 그리고 강성원, 정주식, 박수학, 임무웅 등 60여 명이 있다. 나는 이들 중 일부와 지금도 정기적으로 만나고 있다. 전쟁 경험을 한 이들을 만날 때면 외경스런 마음을 갖게 된다.

2015년엔 임관 50주년을 맞는 해간 34기가, 그리고 2017년 3월엔 임관 53주년을 맞는 33기가 각각 '50여 년 전의 구대장'을 초청, 환대해 주어 너무 고마웠다. 34기 모임엔 해병대의 살아 있는 전설 강복구(姜福求)님도 함께 했다.

박봉(薄俸) 타령한 올챙이 기자

나는 입사한 뒤 수습 6개월을 편집부에서 보냈다. 그래서 다른 기자보다 경찰기자는 덜 한 편이다. 알다시피 '사쓰마리'는 일본어 사쓰마와리(察回り)에서 나온 말이며, 경찰서를 돌아다니며 취재한다는 뜻이다.

기자의 꽃은 사건·사고를 담당하는 사회부 기자라지만, 당시 조선일보 편집부는 여느 부서보다 위세가 당당했다. 경쟁지들과 비교했을 때도 조선일보 편집부가 유독 그랬다. 제제다사(濟濟多士)라는 표현이 꼭 들어맞았다. 이우세(李禹世) 편집부장, 조영서(曺永瑞)·조병철(曺秉喆)·최병렬 차장 이하 이상우, 허문도(許文道), 인보길, 조화유, 김학준, 이현구(李顯求), 김종헌(金鐘憲) 등이 그 무렵 조선일보 편집부의 진용이었다. 데스크를 제외하면 최병렬과 이상우, 이현구는 대학 동기, 그 외에는 나보다 연하였지만 신문사에선 모두 선배였다.

편집부 근무 시절의 인보길(견습 7기), 허문도(6기), 필자(8기). 허문도는 도쿄대학에 유학하여 박사 과정을 수료했고, 나중에 통일부 장관을 지냈다. 항상 열정적으로 나라 사랑을 이야기하던 허 장관은 지난해 3월 5일 작고했다. 인보길은 조선일보 퇴임 후 현재 인터넷신문 뉴데일리 회장을 맡고 있다.

 1965년 12월 1일 나는 수습 꼬리를 떼고 편집부 발령을 받았다. 편집부로 발령받은 이유가 있다. 견습기간이 끝난 뒤 희망부서를 묻기에 편집부에서 근무하고 싶다고 했다. 김경환 편집국장은 정치부에 가지 않겠느냐고 권유했지만 그때 내 생각은 달랐다. 신문사에서 편집국장이 제일 높은 것으로 알았고, 편집국장은 편집부 출신이라야 되는 줄 알았다. 또 최병렬, 이상우가 근무하고 있는 부서이니 그곳에 가야겠다고 생각한 것이다.

신문사에 대해 아무 것도 몰랐던, 지금 생각해 보면 철모르는 판단이었다. 편집국장은 굳이 편집부에 가겠다는 내게 "알았으니 후회하지 말라"면서 웃었다.

수습 꼬리를 떼자 봉급이 8천 원으로 올랐다. 처음 수습 때 4천 원, 그로부터 넉 달 뒤 5천 원을 받았으니 정식 기자가 되면서 두 배가량 오른 셈이다. 그럼에도 형편은 늘 쪼들렸다. 해병대 중위 때 받았던 봉급이 6천 원이었다. 수습 기간이 지나면 으레 사보(社報)로부터 원고 청탁이 있기 마련이다. 내가 의뢰받은 원고는 하필 봉급에 관한 글을 쓰라는 것이었다. 봉급에 대한 불만이야 기자 대부분이 가진 것이지만 그리 쓰고 싶지는 않았다.

동료들의 마음을 대변한다는 명분을 앞세웠지만 어쨌든 '별로 쓰고 싶지 않은 글'을 쓰게 됐다. 그 덕분에 조선일보 사보에 처음 기고한 글이 박봉에 대한 푸념이 되고 말았다. 내용은 이렇다. 「한 달 두 번 슬픈 날」이라는 제목이다.

"자네 봉급이 얼마나 되나?"

이런 질문엔 으레 우물쭈물 얼버무리기 일쑤다. 이유인즉 공개하기엔 너무나 부끄러운 액수인데다 간혹 정확한 대답을 해줘도 기자란 입사한 지 돌도 채 못 된 이 올챙이도 상당액을 수령하고 있으리라고 지레짐작해주는 부류가 있기 때문이다.

얄팍한 봉투를 들고 씁쓸한 표정을 감추지 못하며 근무하는 이날 반드시 찾아오는 '반갑지 않은 손님'을 대할 땐 정말 기분을 잡치기 마련이다. 이런 날을 둘로 쪼개서 슬프게 할 게 아니라 이런 고역을 제발 하루만으로 감수하게 한다면 그런대로 즐겁겠는데…. (1966년 5월 16일자 조선일보 사보)

그 시절을 겪은 기자들은 다 알겠지만 '반갑지 않은 손님'이란 월급날 회사 앞에서 외상값을 받으려고 진을 치고 기다리는 음식점 주인을 말한다. 월급도 회사 형편에 따라 두 번 나눠받았다. 기자들이 '손님'을 피해 뒷문 출입을 하는 모습도 일상적인 풍경이었다.

수년 후 나는 조선일보 최초의 봉급 인상 농성을 주동하게 된다. 동료들의 마음을 대변한 그 원고가 씨가 됐는지도 모르겠다.

'육탄 10용사'와 짜빈동 전투

편집부 출신이라야 편집국장이 되는 줄 알았고, 기자의 사명을 부르짖기보다 박봉에 푸념하던 건방진 올챙이 시절이었지만 나는 편집부 기자로 1년 3개월 정도를 근무했다. 두 가지 일화가 떠오른다.

하나는 1966년 여름 중국의 문화대혁명 당시 최병렬의 활약이다. 문화대혁명의 의미를 알아차리지 못하고 경쟁지들이 기사화를 차일피일 미루고 있던 무렵, 최병렬만이 그 의미를 이해하고 중요한 기사로 크게 다뤘다. 중국의 세기적인 변혁 기사를 조선일보가 경쟁지들보다 사나흘 먼저 크게 취급했던 것으로 기억한다.

다른 하나는 1967년 2월에 일어난 짜빈동 전투다. 베트남전 짜빈동 전투는 대한민국 전사(戰史)에 빛나는 승전이다. 해병대 1개 중대 병력으로 연대 규모 월맹군의 두 차례 기습공격을 물리쳤다. 아군은 전사 15명, 부상자 33명의 피해를 입은 반면, 적군은 사망자와 추정 사살자가 3백여 명에 달했다. 조선일보 목사균(睦四均) 특파원이 한국 기자로는 유일하게 전투현장을 지켜보고 편집부에 기사를 송고했다. 내가 담당하는 면에 이 기사를 편집하라는 지시가 내려졌다. 당신이 해병대 장교 출신이니 당연히 해야 된다는 분위기였다.

당시 기사를 찾아보니 감회가 새롭다. 하단 광고를 제외하면 전면 8단 기사다. 제목은 「11중대 3소대 김 상사가 외쳤다… 적탄도 청룡은 피한다 돌격!」이라고 붙여놨고, 「청룡부대 짜빈동 사투 4시간(독점 상보)」라는 중간 제목이 달려있다. 해병대 장교 출신인 내가 아마 너무 신이 나서 편집했던 모양이다. 내 기명기사는 아니지만 조선일보 지면에 남겨진 해병대의 흔적이라 생각하니 왠지 흐뭇해진다. 기사의 리드를 옮겨본다.

조국의 명예와 해병의 전통과 청룡의 기백을 월남 땅에 진동시킨 청룡부대 용사들의 사투 4시간은 피의 기록이었다. 짜빈동 전투를 처음부터 끝까지 직접 목격, 독점 취재한 목(睦) 기자는 먼저 경건한 마음으로 이 '전장 영웅'들의 무운(武運)을 빌어마지 않는다. (1967년 2월 21일자 조선일보)

우리 집안에 전해오는 얘기로는 '육탄 10용사'라는 표현을 신문에 처음 쓴 것이 선친이라 한다. 육탄 10용사는 1949년 5월 바로 그 무렵, 북한군이 개성의 송악산을 기습공격한데 대해 자폭 공격을 감행, 이를 탈환한 10명의 용사를 가리킨다. 선친은 이들 용사들에 관한 기사를 접하고 '육탄 10용사'라는 제목을 붙여 편집을 하신 모양이었다. 어떤 마음이셨을까? 짜빈동 전투 기사를 편집하긴 했지만 감히 그 심정을 상상조차 하기 어렵다.

아버지는 1948년 초 조선일보에서 나와 연합신문 편집부국장으로 자리를 옮기셨다. 1949년 5월 26일자 연합신문에서 아버지의 이름을 발견할 수 있었다. 이 날 연합신문에는 「국군의 방위태세는 완벽」이라는 제목 아래 채병덕(蔡秉德) 육군참모총장, 손원일(孫元一) 해군참모총장, 정일권(丁一權) 육군 준장, 김석원(金錫源)·강문봉(姜文奉)·김종오(金鍾五) 대령 등 군 수뇌부 6명을 모아놓고 창군 이후 최초의 좌담회 기사가 실렸다. 이 좌담회의 사회를 본 것이 아버지였다. 6·25전

아버지(안찬수)의 사회로 진행된 채병덕, 손원일, 정일권, 김석원, 강문봉, 김종오 등 군 수뇌부와의 좌담회를 다룬 1949년 5월 26일자 연합신문 3면 기사.

쟁이 발발하기 13개월 전의 일이었다. 그러나 '방위 태세 완벽'이라는 좌담회 제목은 결과적으로 그 반대가 돼 버렸다.

조선일보에서 평생 배필을 만나다

인사기록을 확인해보니 1967년 3월 10일, 이 날 나는 편집부에서 사회부로 발령을 받았다. 사회부 가운데 법조 출입기자로 배치됐다. 법과대학 출신임을 감안한 데스크의 조치였을 것이다.

법대에 진학한 것은 특별한 이유가 있어서가 아니었다. 나는 서울중·고, 서울대 법대를 다녔는데 우선 서울중학교에 가게 된 것은 초등학교 담임교사의 권유 때문이다. 그때는 중학교도 시험을 치러 입학했다. 내 성적은 서울 지역 국가고시에서 52등이었다. 서울중학과 경기중학에 무난하게 합격할 성적이 됐지만 당시 서울중학은 우수 학생 유치에 전력을 기울이고 있었다. 그 바람에 담임 선생님의 권유로 서울중학교에 입학하게 됐고, 이어서 서울고로 진학했다.

법과대는 서울대에서 제일 좋은 데라고 해서 선택했다. 입학하고 나서야 법대가 나와 맞지 않다는 사실을 깨달았다. 항상 범죄인을 상대해야 하고, 매사 다툼에 개입해야 하는 것이 법조인이다. 직업으로서 마음에 들지 않았던 것이다.

그러나 법조 출입기자의 법대 졸업 경력은 꽤나 유리한 강점이었다. 판사, 검사, 변호사의 대부분이 서울대 법대 출신이던 시절이었다. 전국의 판검사 가운데 동기나 선후배가 많았다. 동기인 전 검찰총장 정구영(鄭銶永), 전 국회의장 박희태(朴熺太), 전 대법원장 최종영(崔鍾泳), 한영석(韓永錫)법제처장 등을 비롯한 선후배들로부터 특히 많은 도움을 받았다. 그 덕분에 유능한 법조 출입기자라는 이미지가 형성되었다.

예를 들면 이런 식이다. 선후배 검사로부터 "오늘은 바로 퇴근하

유봉영(劉鳳榮) 조선일보 부사장의 주례로 한국신문회관(현재의 한국프레스센터) 예식장에서
치룬 필자와 아내(박정자)의 결혼식. 1969년 4월 26일.

지 말고 저녁 8시쯤 검찰청 몇 층으로 가보라"는 귀띔을 받는다. 실제 가보면 기사감과 접하게 된다. 이런 식으로 써낸 특종이 꽤 많았다. 지금 관점에서 보면 고만고만한 특종이지만, 그 시절에는 우리 편집국은 환호하고 경쟁사 기자들은 한숨을 내쉬며, 가슴을 쳤을 게 분명했다. 하지만 특종만 한 것은 아니었다. 한 차례 큰 낙종으로 곤욕을 치른 기억도 있다. 이 이야기를 하려면 아내와 결혼한 얘기부터 해야 한다.

아내 박정자는 1965년 하반기 조선일보 '8기 특기 기자'로 입사했다가 얼마 후 사회부에 배치됐다. 아내와 가까워진 것도 나와 함께 사회부에 있을 때다. 당시는 기자가 외부에서 편집국으로 전화를 걸어 기사를 불러줄 때가 많았다. 그런데 기사를 불러주는 일이 쉬운 것은 아니었다. 행여 선배나 데스크가 전화를 받을 때면 혼나는 게 겁이 나 주눅 들기 일쑤였다. 하지만 전화를 받는 사람이 스마트한 여기자라면 어떻게 될까. 아내는 그런 이유로 숱한 남성 기자들로부터 전화를 받았다. 나를 포함한 외근 기자들이 편집국에 전화를 걸어 꺼내는 첫마디가 "미스 박 좀 바꿔주세요!"였다.

아내에게는 특유의 재능이 있다. 글을 잘 썼고, 기사 내용을 표현하는 능력이 뛰어났다. 기자들이 단순히 여기자여서 아내를 선호한 것이 아니라, 아내의 인문학적인 소양 때문에 그랬다고 말하는 편이 더 정확하다.

기사를 불러주고 받아쓰는 일이 잦아지고, 사회부 회식에서 어울리는 일도 많아졌다. 아내는 술을 마시지 못한다. 회식 후, 더러는 아내를 회사차에 태우고 집에 데려다 주기도 했다. 어느 날 아내의 고운 손이 새삼스럽게 눈에 들어왔다. 여동생과 함께 살고 있는 모친을 하루 빨리 모셔오기 위해서라도 결혼을 서두르고 싶었다.

여자가 결혼하면 회사를 그만두는 것이 당연시되던 시절이었다. 결혼을 위해 아내는 경향신문으로 직장을 옮겼다. 사내 결혼이 무척 드물고 금기시됐던 당시 사회 분위기 때문이다. 내가 조선일보 선후배, 동료들에게 청첩장을 돌렸을 때 편집국이 크게 들썩였다. 아내와 사귄 사실을 사내에선 아무도 몰랐기 때문이다.

아내와 나는 1969년 4월 26일 결혼했다. 조선일보 두번째 '사내(社內) 결혼'이었다. 결혼 날짜를 잡아놓고 전전긍긍했다. 신혼여행 동안, 경쟁지 기자들에게 당할까봐 걱정돼서다. 특히 한국일보 법조 출입기자였던 조두흠(曺斗欽) 선배와 오인환(吳隣煥, 나중에 공보처 장관 역임)이 신경 쓰였다. 조두흠 선배에게 "신혼여행 다녀오는 동안 살살 쓰시라"고 했더니 그는 "아무 걱정 말고 잘 다녀오라"고 했다.

결혼식 이튿날이자 신혼여행 첫날인 일요일 아침, 워커힐호텔에서 신문을 펼쳐들었다가 경악했다. 현직 부산시장이 체포됐다는 기사가 한국일보에는 1면 톱으로 났지만 조선일보에는 1면 사이드로 처리돼 있었다. 지방판은 한국일보가 특종한 것이 틀림없었다.

당시로서는 매우 큰 사건이었다. 당장 회사로 들어가고 싶었지만 신혼여행을 마치고 들어오라는 데스크의 말을 따라 제주도로 신혼여행을 갔다. 그러나 여행을 마치자마자 회사로 달려갔다. 이후 한 달 넘게 밤을 새워가며 기삿거리를 찾아 출입처를 헤맸다. 특종감이 쉽게 나올 리 만무했다. 아내에게는 지금도 미안한 일이었다.

신문기자에서 대학교수로 변신한 아내

결혼은 신세계다. 내게도 그랬고 아내도 그랬을 것이다. 아내는 결혼 후 경향신문도 그만두었다. 아내는 아들 승환(承煥)과 딸 혜리(惠利)를 낳고, 뒤늦게 교원 자격증을 땄다. 전업주부를 벗어나기 위해서다. 당시에는 여자가 결혼 후에도 자유롭게 재직할 수 있는 직업이 많지 않았다. 교직은 그 중 하나였다.

　　아내는 성신여고에서 교편을 잡으면서 모교인 서울대 대학원으로 돌아가 불문학 공부를 계속했다. 박사 학위를 취득한 뒤 상명대학 교수가 되어 20여 년 재직하며 사범대학장 등을 지냈다. 최근에는 동아일보에 격주로 「박정자의 생각 돋보기」라는 칼럼을 2년 넘게 쓴 데 이어 지금은 객원 논설위원에 위촉되어 3주에 1회씩 칼럼을 쓰고 있다. 이 기간동안 딸 혜리는 중앙일보 「분수대」란에 매주 1회씩 글을 올리고 있다.

아내와의 대화는 늘 새로운 자극을 주고 영감을 고취시킨다. 2013년 조선일보 전직 사우들의 모임인 조우회 인보길 회장의 강청에 따라 조우회보(朝友會報) 지상(紙上)에서 아내와 어색한(?) 대담(對談)을 나눈 적이 있다. 가난이야 한낱 남루(襤褸)에 지나지 않지만 우리 부부의 신혼 시절을 추억하는 대목이 있어 여기에 옮겨본다.

박정자 - 우리에게도 20대가 있었어요. 우리는 신문사 동료였고, 가난했었죠. 6·25전쟁 이후 가세가 몰락한, 비슷한 가족사에 대한 공감으로 우리는 만나, 결혼하고 가난하게 살림을 시작했어요. 나는 전업주부가 되었고, 그때는 여자가 결혼하면 퇴직해야 했어요, 당신은 신문기자인데도 집에 전화가 없어서 김대중 납치 사건이었던가, 기사를 낙종한 적이 있었어요. 전화 한 대 값이 집 한 채 값에 맞먹는 때였지요. (…)

그 때 우리는 TV도 없었어요. 남대문시장과 신세계백화점 중간에, 지금 이름을 잊어버렸는데, 백화점이 하나 있었어요. 어느 날 그 백화점 4층에서 홀 전체로 노래가 울려 퍼졌는데, 김추자의 「님은 먼 곳에」였습니다. 그 강렬한 애잔함에 눈물이 울컥 솟았어요. 그 때 한창 인기를 끌던 히트곡이었는데, 집에 TV가 없던 나는 그 노래를 처음으로 들었거든요.

안병훈 - 정말 가난했었지. 그래도 우리는 아프니까 청춘이라든가, 위로가 필요하다든가, 눈물을 닦아줄 사람이 필요하다든가 그런 건 아예 머릿속에 떠오르지도 않았어. 모두들 가난하고 힘들고 일자리도 없었지만 사회 전체 분위기는 언젠가 잘 살 수 있을 거라는 희망에 차 있었어.
(2013년 가을호·조우회보)

　　결혼하던 해, 인류가 달에 발을 디뎠다. 결혼한 후 채 3개월이
지나지 않았던 때라고 기억한다. 인류의 달 착륙 영상을 보며 나는
보도 매체로서의 신문에 대한 무력감을 절감했다.

　　조선일보는 1969년 7월 21일 호외를 발행하며 관련 사진을 실
었지만 영상매체가 지닌 신속성과 파급력을 당해낼 수 없었다. 백번
을 읽어도 한번 보는 것을 이길 수 없다. 신문이란 무엇인가. 이미 영
상으로 다 본 것을 사진과 활자로 전달해서 무엇을 하겠는가. 이런
무력감이 엄습해 왔다.

　　하지만 무력감은 곧 새로운 깨달음으로 바뀌었다. 그래도 신문
은 살아야 한다. 신문의 역할이 있다. 신속성과 파급력에선 영상매체
와 경쟁이 안 되지만 신문은 뉴스의 가치를 매기고 각종 현상과 정
세(情勢)를 분석하며 사회적, 국가적 아젠더(議題)를 설정하는 기능
이 있다. 이것이 신문의 특화된 역할이다. 이런 역할은 특히 정보의
홍수 속에서 더욱 빛나는 기능을 한다. 고요의 바다를 뛰어다니는
우주인들을 보며 깨달은 내 생각은 그랬다.

　　1960년대가 저물어가던 무렵, 내겐 신문에 대한 새로운 눈이 열
리고 있었다.

아내가 1988년 8월 서울대학교 후기 졸업식에서 문학박사 학위를 받은 날 가족들과 기념촬영.
사진 위 왼쪽에서부터 시계 방향으로 딸 혜리, 필자, 아내, 아들 승환, 어머니(김옥명).

2장

부녀(父女) 대통령과의 인연

첫 스트라이크 주동 기자

조선일보 사우라면 6·4파동과 3·6사태에 대해 들어봤겠지만 일반인에겐 낯선 얘기가 아닐 수 없다. 6·4파동은 조선일보 최초의 봉급 인상 스트라이크이고, 3·6사태는 조선일보 기자 32명이 회사를 떠난 불행한 사건이었다.

먼저 6·4파동은 1973년 6월 2일 토요일, 기자촌에서 열린 배구대회로부터 우연찮게 시작된다. 현재는 재개발로 이름만 남은, 서울 은평구 진관외동 기자촌에 기자들이 많이 살던 시절이다. 나 또한 기자촌에 살던 때라 이남규(李南圭), 김명규(金明珪), 이용호(李龍鎬)

등 조선일보 동료들과 함께 기자촌에서 열린 각 신문사 대항 배구대회에 참가했다.

뭐든 지기 싫어하는 마음이 작용했는지 조선일보 팀이 우승을 했다. 승리의 기쁨에 겨워 자리를 옮겨가며 기분 좋게 한잔 두잔 마시다보니 술자리는 진관리의 기자촌에서 광화문의 조선일보사 앞까지 옮겨지게 됐다. 어느덧 화제는 봉급에 대한 불평으로 모아졌다. 동료들이 "안병훈이는 뭐 하냐? 당신이 앞장서라"고 하기에 "그럼 내가 주동하겠다"고 했다. 객기였다.

이튿날 일요일, 나는 더 많은 동료들의 참여를 이끌어내기 위해 기자촌은 물론, 다른 지역에 사는 사우들에게까지 연락하고 전화를 걸었다. '거사' 시점과 장소는 6월 4일 월요일 10시 편집국으로 정했다. 막상 그 시간에 편집국에 가보니 동료들이 많지 않았다. 집회 자체가 불법화되고 주동자는 구속 수사를 받는, 이른바 국가보위에 관한 비상사태 시절인지라 겁을 먹은 모양이었다.

오전 11시경 편집국에서 7기 조동호 씨가 처우개선을 요구하는 결의문을 낭독했다. 평기자 전원과 차장 일부는 편집국에서 농성에 돌입했다. 김종환(金鍾煥) 편집부 차장, 이준우(李俊佑) 문화부 차장, 안종익(安鍾益) 사회부 차장 등이 "신문을 만들면서 투쟁하자"는 의견을 제시하며 신문 제작 참여를 권유했다. 그렇지만 동료들은 제작을 거부하고 성곡도서실로 자리를 옮겨 농성을 계속했다. 신동호(申

東澔) 편집국장이 기자들을 설득하기 위해 농성장 진입을 시도했지만 문을 열어주지 않으니 별 도리가 없었다. 미안하긴 했다. 회사 측과의 협상 대표로는 나와 조연홍(曺然興)이 뽑혔다.

협상 테이블에 방우영 사장과 마주 앉았다. 《조선일보 90년사》는 "농성자들이 장기간에 걸쳐 논의를 한 끝에 자정이 넘어 사측에 요구한 사항은 첫째 처우 개선, 둘째 인원 보강, 셋째 중간 관리층에 대한 불만 해소 등이었다"고 쓰고 있지만 결국 핵심은 봉급 인상이었다. 내가 요구 사항을 제시했더니 방 사장은 다 들어주겠다고 했고, 실제로 약속을 지켰다.

협상장을 나와 회사 측과의 합의안을 동료들에게 설명했다. 그런데 이번엔 동료들 중의 일부가 "그게 무슨 해결이냐? 더 받아내야 한다"고 불만을 토로했다. 농성을 주도하고 협상안까지 이끌어냈음에도 그런 반응이 나오자 나는 약간 화가 났다. 그래서 "나는 여기서 끝낸다. 더 하려면 당신들이 하라"고 대응했다. 다른 동료들로부터 고맙다는 얘기는 못 들었지만 박수는 받으며 집으로 왔다. 동료들은 이튿날 새벽 4시 농성을 풀고 신문 제작에 복귀했다. 16시간에 걸친 '6·4 파동'이 마무리됐다.

이른바 비상사태 시국이었다. 6·4파동은 일단락됐지만 나에 대한 사법처리가 남아있었다. '국가보위에 관한 긴급조치'가 선포된 상황에서 단체 행동의 주모자는 구속 수사가 원칙이었다. 이를 각오하

사회부 근무 시절 야유회. 왼쪽 둘째부터 필자, 최준명(편집국장을 거쳐 한국경제신문 사장 역임), 이도형(도쿄특파원을 거쳐 월간 한국논단 대표), 미상(未詳), 박경진(런던 공보관장 역임), 이용호(체육부장 시절 「벤 존슨 약물 복용」이라는 세기의 특종을 함).

고 농성을 주도했기 때문에 나는 회사에 사표를 제출하고 집에서 당국의 연행을 기다렸다. 오만 상념에 휩싸였다.

그런데 경찰은 오지 않고 방계성(方桂成) 총무과장이 집으로 왔다. 그로부터 자초지종을 들었다. 방우영 사장은 검경 관계자에게 "데모가 아니라 사내 의견 충돌일 뿐이다. 아무 일도 아니다"라고 설득했다고 한다. 그러면서 방계성 과장을 집으로 보내 정상적으로 출근하라고 했다. 한편으론 멋쩍었고 회사와 방 사장에게는 미안하고 고마웠다. 조선일보 역사에서 최초로 봉급 인상 농성을 주동한 나는 그렇게 회사로 돌아왔다.

이 사태로 인해 신동호 편집국장이 논설위원으로 물러나고 김용원(金容元) 경제부장이 편집국장이 됐다. 때문에 나는 평생 신동호 선배에게 미안한 마음을 지니고 산다.

기고문 하나로 야기된 3·6 사태

'6·4 파동'이 일어난 지 한 달 보름 후쯤 나는 정치부로 돌아왔다. 1973년 7월 20일이다. 국회 출입 여당 반장 노릇을 하다가 이듬해 11월 16일 정치부 차장으로 승진했다. 입사 9년 7개월 만에 평기자에서 간부 대열에 서게 됐다. 간부가 된 것은 내게 주어진 일이 달라진 것을 의미했다. 그 첫 시험대가 언론수호 투쟁인 이른바 3·6사태였다.

1974년 12월 16일 저녁, 다음날 배포될 신문 대장(臺帳)을 돌려 읽은 기자들 가운데 정치부 박범진(朴範鎭), 외신부 백기범(白基範), 문화부 신홍범(愼洪範)이 김용원 편집국장을 찾아가 항의했다.

소년조선일보 편집위원이던 김정 화백이 1975년 언론 파동 당시 조선일보 편집국 기자들의
농성 상황을 그린 스케치. 위쪽이 농성 이틀째, 아래쪽은 사흘째 편집국 풍경.

이들은 4면에 실린 「허점(虛點)을 보이지 말라」는 전재구(全在球) 유신정우회 의원의 기고문을 문제 삼았다. 전재구 의원의 글은 국제정세와 북한의 위협을 지적하면서 "총화단결에 일사불란한 체제만이 유일한 우리 민족의 활로"라며 유신체제의 불가피성을 주장하는 내용이었다.

유신에 관계된 것은 무조건 저항하는 것이 당시 언론계 분위기였다. 기자들의 반발은 당연했다. 박범진 기자 등은 "이 기고를 빼든지 아니면 같은 분량의 반대의견을 실어야 한다"고 주장했다. 그러나 김용원 국장은 "신문은 편집국장의 책임 하에 만드는 것"이라면서 그들의 주장을 수용하지 않았다.

전재구 의원의 원고는 모처(某處)로부터 조선일보 전무실로 전달되어, 전무실에서 정치부로 내려왔다. 보통 외부 기고문은 편집국에서 해당 부서로 내려오기 때문에 절차부터가 비정상적이었다. 최병렬 정치부장은 이 원고를 실을 수 없다고 난색을 표했지만 전무가 정치부장을 설득했다. 편집국엔 칸막이가 없는 것이 특징이어서 이 과정을 기자들이 목도했다.

200자 원고지 35매에 달했던 방대한 원고는 9매로 줄여져, 연재소설이 실리는 지면 한 켠에 쑤셔 박히듯이 배치됐지만 결국 이 기고문은 다음날 조선일보 지면에 실리게 된다. 가판(街販)이 나온 뒤 백기범, 신홍범 기자는 편집국장실에 들어가 다시 항의했다. 당시 백

1975년 3월 6일의 조선일보 편집국 모습. 백기범, 신홍범 두 기자의 복직이 이루어지지 않은데 항의하여 기자들이 신문제작을 거부하고 농성에 들어갔다. 이른바 3·6사태의 시작이다.

기범 기자는 한국기자협회 부회장을 맡고 있었다. 편집국장실에서 거센 고성이 흘러나왔다. 편집국 분위기는 싸늘하게 가라앉았다. 바람직하진 않지만 여기까지도 있을 수 있는 일이다. 유신 옹호 기고문 게재에 항의하는 기자나, "신문에 싣고 안 싣고는 편집국장이 책임진다"는 편집국장의 입장 모두 이해할 만한 대목이었다.

하지만 이때부터 감정이 개입돼 문제가 커지기 시작했다. 백기범, 신홍범은 김용원 국장이 아끼는 기자였다. 두 기자 역시 김 국장을 잘 따랐다. 퇴근 후 회사 인근 맥주집에서 자주 정담을 나누던 이들이 간부와 평기자로 입장이 갈려 서로 얼굴을 붉혔다. 편집국장은 자신의 입장을 이해해주지 않는 기자들이 서운했을 테고, 두 기자는 정당한 항의를 수용하지 않는 편집국장이 야속했을 것이다.

이날 밤 편집국장의 보고로 긴급 포상징계위원회가 열렸고 두 기자에게 '시말서 견책'이 내려졌다. 이튿날인 12월 17일, 편집국장이 두 기자를 불러 시말서 제출을 요구했지만 이들은 완강히 거부했다. 소속 부장과 선배들이 설득에 나서도 마찬가지였다.

편집국장은 두 번째 포상징계위원회를 요청했고, 위원회는 파면을 결정했다. 중징계였다. 하지만 방우영 사장은 파면 결정을 물리치고 징계 수준을 원래대로 낮춰 시말서 견책을 결재했다. 그럼에도 두 기자는 시말서를 제출하지 않아 세 번째 포상징계위원회가 열렸다. 파면 말고는 다른 선택이 있을 리 없었다. 방우영 사장도 어쩔 수 없이 위원회의 결정을 받아들였다.

그리고 방 사장은 비상조치를 단행했다. 흐트러진 편집국 분위기를 수습하기 위해 편집국장을 논설위원으로 전보하고 유건호 전무를 편집국장에 겸임시켰다. 이미 오래 전에 편집국장을 지낸 유건호 전무는 두 번째로 편집국의 수장을 맡게 됐다.

동료 기자 32명, 회사를 떠나다

'항의는 정당했지만 언성을 높인 것은 미안하게 생각한다' 정도의 시말서를 제출했다면 사태가 어떻게 됐을까. 두고두고 안타까운 심정이다.

사태는 더 악화됐다. 편집국 기자들은 기수별, 부별 회의를 가진 후, 파면된 두 기자의 복직요구 운동에 돌입했다. 파면은 너무 과하지 않느냐는 심정적인 동조였다. 12월 19일 기자총회가 열렸고, 두 기자의 복직과 불편부당(不偏不黨) 보도 등을 요구하며 농성에 들어갔다. '불편부당'은 조선일보의 사시(社是) 가운데 하나다.

농성 기자들은 회사 측이 "두 기자가 개전의 정을 보이면 적당한 시기에 복직시키겠다"는 약속을 했다면서 신문 제작에 복귀했다. 간부 중의 누군가가 "내년 창간 기념일 무렵이면 좋은 결과가 있지 않겠느냐?"고 했다는 설이 있는데 확인할 길은 없다. 문제는 농성 기자들이 이를 확정된 회사의 방침인 양 받아들였다는 점이다.

이듬해(1975) 3월 5일, 코리아나호텔에서 창간 기념행사가 열렸다. 두 기자의 복직은 이루어지지 않았다. 창간 기념식 후 한국기자협회 조선일보 분회 기자들은 회사가 약속을 지키지 않고 두 기자를 복직시키지 않았다며 이튿날인 3월 6일부터 신문제작을 거부했다. 이들은 회사 밖에서 결의문을 작성해 서명하고 오후 2시경 편집국에 모여 총회를 열었다. 이렇게 시작된 농성이 이른바 3·6사태의 본격적인 시작이었다.

나는 갈림길 앞에 섰다. 농성에 동조하느냐, 신문제작에 참여하느냐의 선택이었다. 마음은 아팠지만 내 생각은 처음부터 확고했다. 당시 내 직책은 정치부 차장, 다시 말해 간부였다. 간부에게는 간부에게 주어진 일과 책임이 있다. 농성 기자들은 "이렇게는 신문을 만들 수 없다"고 생각했겠지만 "그럼에도 신문은 만들면서 싸워야 한다"는 것이 내 판단이었다. 이것은 무엇과도 타협할 수 없는 원칙이었다. 다른 부서의 차장, 부장들도 나와 같은 생각이었다.

3월 7일자 신문은 기자들의 참여 없이 차장과 부장들이 제작했다. 회사 측은 단호했다. 두 기자에 대한 공식적인 복직 약속은 없었다는 것이 회사의 입장이었다. 회사로서는 두 기자의 '미안하게 됐다'는 정도의 유감 표명을 기다려온 것이 사실이다. 이 날 조선일보 사고(社告)엔 경력기자 모집 공고가 나갔다.

당시 국회 13개 상임위원회가 동시에 열린 상태였다. 정치부 기자 전원이 달라붙어도 취재가 쉽지 않은 형편이었다. 나 혼자 상임위 취재를 담당해야 했는데, 이때 신경식(辛卿植) 국회의장 수석비서관과 최문휴(崔文休) 공보비서관으로부터 큰 도움을 받았다. 이들이 국회의장실 비서관들을 각 상임위에 배치, 취재해온 자료를 내게 몰아줘 관련 기사를 쓰게 도와주었다. 회사가 정상적일 때보다 정치 지면

3·6사태로 인해 평기자들이 신문 제작을 거부한 가운데 차장급 이상 간부들이 신문을 만들던 때의 모습. 이규태 사회부장, 장광대 차장, 조덕송 논설위원, 유건호 전무의 얼굴이 보인다.

은 더 충실해졌다는 우스갯소리까지 나왔다. 하지만 언제까지 그럴 수는 없는 노릇이었다.

당연히 나는 집에 들어갈 수 없었다. 코리아나호텔에 기거하며 신문을 제작했다. 아내가 내의를 전해주러 오고갔다. 아내에게까지 압력이 들어왔다. "당신 남편만 이리로 오면 다 해결되니 잘 설득해 달라"는 말부터 '당신 남편은 회사의 노예냐'는 말까지 들었다. 경쟁 지 D일보의 한 후배는 내게 "후배들을 버리고 당신은 거기서 뭐하는 거냐?"고 핀잔을 줬다. 얼마 후 D일보에서도 기자들의 농성 사태가 벌어지자 그 후배 역시 나처럼 신문 제작 쪽에 참여하는 것을 보고 속으로 웃은 기억이 있다.

3월 8일 회사는 임시 이사회를 열어 농성 기자들에게 이날 저녁 7시까지 신문제작에 복귀해줄 것을 요청했다. 3월 10일에는 포상징계위원회가 열려 농성을 주도한 임시집행부 5명을 파면했다. 이튿날 위원회는 추가로 4명을 파면하고, 기자 37명에 대해 무기정직 처분을 내렸다. 농성이 마무리된 것은 사태 발발 5일째인 3월 11일이다. 총무부장 등 타국 소속 사원들의 설득을 받아들여 기자들은 마침내 농성을 풀고 해산했다.

파면과 무기정직을 받은 기자들은 선별적으로 처리되어 모두 32명의 기자들이 조선일보를 떠났다. 회사, 간부, 기자 모두에게 큰 상처였다. 회사 분위기가 영 말이 아니었다. 파면을 당한 이종구(李鍾求) 기자 등 6명은 이 해 7월 회사를 상대로 해고무효 소송을 제기했다. 이로 인해 당시 정치부장인 나와 사회부장 김대중은 원·피고 측이 요청한 증인으로 선정되어 재판정에 나가 증언을 하기도 했다. 대법원까지 5년 2개월을 끌었던 이 재판은 결국 회사 측이 승소했다.

하지만 이 재판으로 3·6사태가 끝난 것은 아니었다. 1988년 10월 조선일보 노동조합이 결성되면서 노조의 요구사항 가운데 하나가 3·6사태 때 해직된 기자들의 복직이었다. 회사와 노조는 진지하고 성실한 교섭 끝에 이듬해 1월 14일 단체협약을 체결했지만, 이때도 3·6

사태 문제는 타협에 이르지 못했다.

결국 3·6사태 문제는 1993년 3월 방상훈(方相勳) 사장 취임 이후 마무리된다. 방 사장이 물심양면으로 많은 노력을 하여 원만한 해결을 이뤄냈다. 삼촌인 방우영 회장을 끔찍이 모셨던 방 사장은 삼촌이 사장이던 시절에 일어난 3·6사태를 해결하려는 의지가 강했다. 그것이 '방우영 사장 시대'를 마무리하고 자신이 새 사장이 되어 조선일보를 이어가는 도리라고 생각했던 듯하다.

나는 조선일보의 미덕 중의 하나를 의리(義理), 인화(人和), 화목(和睦) 같은 단어들로 설명할 수 있다고 생각한다. 방일영(方一榮), 방우영 회장과 방상훈 사장을 수십 년 동안 지켜보면서 나는 조선일보의 이러한 미덕이 이들과 무관치 않다는 것을 느끼고 있다.

인화의 보스, 방일영 고문

방우영 회장이 조선일보의 황금기를 이끌었고, 방상훈 사장이 창업(創業)보다 어렵다는 수성(守城)을 이루고 전성기를 이어가지만, 앞서 언급했던 조선일보의 미덕을 굳건히 세운 분은 역시 방일영 고문이다.

방일영 고문은 일본 주오(中央)대학 예과를 졸업한 직후인 1943년 4월 조선일보사에 입사했다. 계초(啓礎) 방응모(方應謨) 사

방일영 고문이 조선일보 편집동(編輯棟)인 정동별관으로 건너와 6층 사장 접견실에서 간부들과 기념 촬영했다. 왼쪽부터 송희영, 조연흥, 류근일, 방 고문, 방상훈, 필자, 변용식, 이혁주. 2002년 7월 26일.

장은 갑작스럽게 세상을 떠난 아들(방재윤)의 자리를 장손인 방일영 고문에게 잇게 했다. 방일영 고문은 계초가 6·25때 납북되면서 만27세의 나이에 조선일보 경영을 맡게 되었다.

환도(還都) 후 그가 "사옥은 폐허가 돼 버렸고 지닌 것이라곤 손목시계 하나뿐이었다. 완전한 무(無)의 상태에서도 신문을 찍어내야 했다"고 회고했을 만큼 당시 조선일보는 하루하루 연명을 걱정해야 했던 시절이었다. 그가 사채를 얻어오느냐 마느냐에 그날의 희비가 좌우되는 정도였다.

그러나 방일영 고문은 조선일보의 어려운 재정 상황을 사원들에게 결코 내색하지 않았다. 다만 "돈을 끌어들이고 권력을 막는 문제는 내가 책임진다. 기자와 사원들은 신문 만드는 일에만 전념해달라"고 할 뿐이었다. 그래서 회사의 경영난을 모르는 사원들도 많았다.

'권력을 막는 문제'에 대해서도 그는 자신의 말을 지켰다. 1963년 3월에는 "검열을 받고 사설(社說)을 내느니 사설을 싣지 않겠다"며 12일 동안 사설이 없는 신문을 발행했다. 군정 연장을 결단코 반대한다는 의사 표시였다. 1964년 8월 박정희정부가 언론탄압을 목적으로 언론윤리위원회법을 제정했을 때도 그는 반대 의사를 분명히 했다. 방우영 회장은 이에 대해 "오전 11시, 형님께서 결심하시다"라고 일기에 쓰기도 했다.

정치부 차장 시절이었던 것으로 기억된다. 방일영 고문이 불러 저녁을 함께 먹었는데, 그는 맥주잔에 가득 양주를 따라주었다. 젊은 기자들이 술 취한 모습을 흐뭇하게 바라보는 것이 그의 취미였다. '마시라우' 하는 그 정겨운 평안도 사투리가 지금도 귀에 들리는 듯하다. 술자리에서 그는 자신과 일행의 지갑에 들어있는 돈을 있는 대로 꺼내 기자와 종업원들에게 나눠주곤 했다. 그렇게 몇 번씩이나 지갑을 털린 지인들은 이후 그와의 술자리가 있을 때면 미리 적당한 금액만을 지갑에 넣어두는 요령을 터득했다고 한다.

그는 사람을 편하게 하고 누구든 마음으로 대하는 분이었다. 그의 주변에는 늘 인재들이 몰려들었다. 홍종인(洪鍾仁), 천관우(千寬宇), 부완혁(夫玩爀), 최석채(崔錫采), 송지영(宋志英), 고정훈(高貞勳), 선우휘(鮮于煇), 양호민(梁好民) 등 한국 최고의 논객들을 조선일보에 영입한 것도 방일영 고문이었다. 하지만 일단 인재들을 영입해 놓고는 일체 간섭하지 않았다. 여기저기서 청탁이 쏟아졌을 텐데도 "편집은 편집국장이 전권을 갖고 하는 것이니 그쪽에 얘기하시오"라며 일체 받아들이지 않았다. 그를 아는 조선일보 사우라면 그의 '불간섭주의'에 대해서만은 단 한 사람도 이의가 없을 줄 안다.

방일영 고문과의 일화 하나를 옮겨본다. 내가 편집국장에서 물러나 일본 게이오(慶應)대학에 연수 중이던 1989년 초라고 기억된다. 미국에 갔던 방일영 고문이 귀국을 위해 도쿄에 왔다. 당시 조선일보는 노조가 설립된 직후라 여러 문제가 산적한 상황이었다. 잠시 도쿄를 거쳐 서울에 갈 줄 알았던 그가 20여 일이나 도쿄에 머물렀다. 그 기간 동안 매일같이 함께 저녁을 먹고 술을 마셨다.

그는 내게 단 한 번도 "같이 서울에 가자"는 말은 하지 않았지만 '회사의 간부인 자네가 가서 문제를 해결하라'는 무언의 암시를 주는 것 같았다. 서울로 떠나기 전날, 결국 방일영 고문은 내게 "짐

편집국장에 임명된 뒤 방일영 회장에게 인사하는 필자. 1985년 1월.

싸라우!" 하는 한마디를 던졌다. 천금처럼 무거웠던 그 말의 무게가
조선일보에 대한 사랑의 그것이었음을 그때 나는 깨달았다. 나는 연
수 기간 6개월을 채우지 못하고 3개월 만에 그와 함께 귀국했다.

사원들 사이에 방일영 고문은 방 대인(大人)이라 불렸다. 사람
좋은 호인(好人)이라는 뜻일 터이다. 사람이 좋아 인재가 모였고, 그
사람을 닮아 인재는 화목했다. 조직 문화는 놀랍게도 리더의 성향을
그대로 따르기 마련인데, 조선일보 특유의 인화는 오로지 방일영 고
문으로부터 시작되었다고 나는 확신한다. 방일영 고문은 항상 방씨
일문과 조선일보의 우두머리였고, 버팀목이었다.

박정희 대통령과의 첫 만남

3·6사태 이후 편집국은 침울하고 서먹했다. 시간은 얼마 후 편집국 분위기를 원래대로 돌려놓았지만 3·6사태가 남긴 상처까지 완전히 아물게 하지는 못했다.

그나마 다행인 것은 3·6사태 과정에서 회사가 횡(橫)으로 갈렸다는 점이다. 기자들은 신문제작 거부 농성을 하고 차장, 부장 이상의 간부들은 제작에 참여했다는 뜻이다. 반면 엇비슷한 사태를 겪은 경쟁지는 종(縱)으로 나뉘었다. 제작에 참여하는 기자, 차장, 부장이 있는가 하면 농성에 들어간 기자와 간부들도 있었다. 이 것은 조선일보에는 '상하 갈등'이 일어났지만 이 신문의 경우 위는 위대로, 아래는 아래대로 편이 갈리는 갈등이 생겼다는 이야기가 된다.

3·6사태를 겪은 회사의 갈등과 상처가 경쟁지보다는 비교적 덜 했지만 그때 분위기는 꽤나 심각했다. 정치부 부장대우 차장이었던 이종구 청와대 출입기자가 3·6사태를 이유로 조선일보를 떠난 사실이 이를 상징적으로 보여준다. 이종구 차장이 퇴사하면서 내게 청와대를 출입하라는 지시가 떨어졌다. 1975년 6월 3일이었다. 국회의장 정일권의 미국·유럽 순방을 동행 취재했다가 귀국한 직후였다.

그런데 문제가 생겼다. 청와대 신원조회에서 아버지가 납북되었

박정희 대통령이 해외에서 활동하는 정치학자들을 청와대로 초치, 환담을 나누면서 환하게 웃고 있다. 박 대통령 바로 뒤에서 취재하는 필자. 그 뒤쪽은 최광수 의전수석. 1975년 6월 21일.

으나 북한에 계시다는 것이 결격 사유가 되었다. 결국에는 신동호 편집국장이 평소 잘 알고 지내던 서울고 선배인 김성진(金聖鎭) 청와대 대변인을 설득, 그의 보증으로 청와대 출입이 가능하게 되었다.

당시 정치부에는 최병렬 부장과 차장인 나를 포함해 이현구,

주돈식(朱燉植), 강인원(姜仁遠), 이영덕(李永德), 하원(河沅) 등이 있었다. 최병렬 부장과 이현구 기자가 나와 서울대 법대 동기였다.

이현구는 여당인 공화당과 유정회, 통일주체국민회의를 출입했고 주돈식은 야당인 신민당과 통일당, 중앙선관위가 출입처였다. 강인원은 외무부와 총무처, 문공부, 법제처를, 이영덕은 신민당을 맡았다. 내 출입처는 청와대를 포함해 총리실과 감사원이었다.

박정희(朴正熙) 대통령은 청와대 출입기자가 새로 올 때마다 환영 오찬을 열어 주었다. 날짜까지 정확히 기억한다. 청와대 출입 발령을 받은 지 이틀 후인 6월 5일 환영 오찬에서 박 대통령을 처음 만났다. 직접 만나기 전까지 박 대통령은 내겐 '무서운 독재자' 이미지로 각인되어 있었다.

박 대통령은 나를 자신의 왼쪽에 앉히고 담배부터 권했다. 신입 기자를 왼편에 앉히고 담배를 권하며 불을 붙여주는 것이 그의 손님맞이 방식이라는 사실을 나중에 알았다. 그 무렵에는 나도 담배를 많이 피울 때였지만, 대통령이 권한다고 해서 선뜻 담뱃불을 붙일 분위기는 아니었다. 오찬에 코스 양식이 나왔는데 너무 긴장해 처음엔 물도 목구멍으로 잘 넘어가지 않을 지경이었다.

기자들과 식사를 할 때 박 대통령은 먼저 이야기를 꺼내는 편이 아니었다. 첫 만남에서 내가 작곡가 윤이상(尹伊桑) 이야기를 먼저 꺼낸 것이 기억에 남아있다. 국회의장 해외 순방을 동행 취재하는

청와대 대접견실에서 거행된 신년 하례식에서 박 대통령과 악수하는 필자.
큰영애(박근혜)가 곁에서 지켜보고 있다. 1979년 1월 1일.

과정에서 서독 본 공항에 내린 적이 있다. 윤이상이 주도하는 반정
부 세력이 시위를 벌일 것이라는 소문이 돌았는데 막상 공항에 내리
자 말 그대로 소문에 그쳤다. 이 이야기를 박 대통령에게 했더니 그
는 동석해 있던 김성진 대변인에게 따로 기회를 마련해서 윤이상이
어떤 사람인지 기자들에게 알려주라고 지시했다. 기자들이 윤이상에
대해 호의를 갖고 있다고 생각한 듯하다.

청와대에 출입하는 동안 박 대통령과 대여섯 차례 비공식 오찬
이나 만찬을 가질 기회가 있었다. 그럴 때는 각 매체 청와대 출입기

자들이 모두 참석한다. 당시 출입기자들이 22명이나 되다 보니 대화에 소외되는 사람도 있기 마련인데 이런 일이 있었다.

하루는 박 대통령이 TBC 구박(具博), MBC 이득렬(李得洌), KBS 이석희(李晳熙) 등 TV 뉴스 앵커를 담당한 출입기자들 이름만을 부르며 대화를 나누다 만찬이 끝났다. 만찬 후 몇몇 신문기자들이 청와대 대변인실에 들른 김에 "왜 박 대통령은 TV에 나오는 기자들 이름만 부르시느냐. 신문은 안 보시느냐?"는 농담을 했다. 그 다음 만찬에서 박 대통령은 나를 비롯한 신문기자들의 이름을 부르며 대화를 시작했다. 별일은 아니지만 청와대의 소통이 잘 이뤄지고 있다고 느꼈던 당시의 일화다.

또 한 가지, 내 뇌리에 진하게 각인되어 평생 잊지 못하는 장면이 있다. 이 날도 대통령과 청와대 출입기자단의 오찬이 예정되어 있었다. 우리는 관례대로 오찬장 입구에 줄을 서서 대통령이 오기를 기다렸다. 박 대통령은 미소를 머금고 기자들과 일일이 악수를 나누었다. 그러다 경향신문 이형균(李炯均) 기자 앞에 서자 박 대통령이 갑자기 한걸음 뒤로 물러서더니 정중하게 고개를 숙이면서 "상(喪)을 당하셨다는데…" 하고 인사를 하는 것이 아닌가. 이 기자의 친상(親喪)은 보름쯤 전이었는데, 그걸 기억하고 있었던 것이다. 나는 박 대통령의 몸에 밴 유교 예절에 다시금 찬탄을 금할 수 없었다.

한 번은 출입기자들이 귀성 열차표 예매의 문제점에 대해 대통

출입기자들과 오찬을 나눈 뒤 함께 청와대 뒤뜰을 산책하는 박 대통령. 왼쪽이 필자,
그 뒤가 구박 TBC 기자이다.

령에게 이야기한 적이 있었다. 예매표를 구하기 위해 줄을 선 시민들을 역무원들이 장대를 휘두르며 통제하는 사실을 알고 있느냐, 그런 방법보다는 표를 쉽게 판매하는 방법을 강구해야 되지 않겠느냐는 지적이었다.

이 말을 들은 박 대통령은 우리가 보는 앞에서 민병권(閔丙權) 교통부장관에게 전화를 걸어 "당장 시정하라!"고 지시했다. 사정이 이런지라 박 대통령과 식사가 잡힌 날이면 회사 편집국 부장들과 논설위원실을 두루 돌며 "대통령에게 물어볼 거나 쓴소리, 건의할 것이 있습니까?" 하고 사전 조사를 벌이며 질문거리를 만드는 버릇이 생겼다.

중화학공업 추진과 유신(維新)

박 대통령과 저녁에 여러 차례 술자리를 가졌다. 어느 날인가 대통령이 급하게 출입기자들을 찾는다는 전갈을 받고 청와대로 올라갔다. 박 대통령은 우리들을 보자마자 "이 부장, 담배 있지?"라며 담배부터 찾았다. 박 대통령과 키가 엇비슷한 이형균 경향신문 정치부장이 박 대통령이 말하는 이 부장이다.

박 대통령은 청와대 본관에서 담배를 피우지 못했다. 본관에는

대통령 휴양지 저도에서 출입기자들과 오찬 후 기자회견을 하는 모습. 이 자리에서 박 대통령은 유신의 불가피성을 강조했다.

담배도, 재떨이도 없었다. 주치의와 퍼스트레이디 역할을 하던 근혜 (槿惠) 씨가 담배를 못 피우게 했는지도 모르겠다. 하루 종일 담배를 참다가 갑자기 저녁을 하겠다며 기자들을 불러 담배를 얻어 피우는 사람이 박 대통령이었다. 가까이서 본 박 대통령은 그렇게 소탈한 사람이었다. '독재자'라는 무서운 이미지는 이내 사라졌다.

　하지만 유신(維新)까지 옹호하려는 것은 아니다. 박 대통령은 1972년 '10월 유신'을 선포하면서 국회를 해산하고 모든 정당 및 정치 활동을 중지시킨 후 헌법 개정을 선언했다. 그리고는 국회의원 3

분의 1을 대통령 추천으로 임명했다. 이른바 유신정우회였다. 개인의 자유를 구속하고 민주주의의 꽃인 선거를 차단한 유신은 자유민주주의의 기본 질서를 철저히 무너뜨린 처사였다. 다만 청와대 출입기자로서 박 대통령을 가까이서 지켜보면서 유신에 대한 그의 철학만은 어느 정도 이해하게 되었다.

나는 박 대통령이 연두순시를 떠나거나 산업시설을 시찰할 때, 또는 기공식·준공식에 참석할 때 수행취재를 했다. 창원기계공단, 포항제철, 안동댐, 여천 비료공장, 구마고속도로, 창원직업훈련원, 고리원자력발전소, 경주보문관광단지 등을 박 대통령과 함께 누볐다. 특히 1978년 12월 8일 포항제철 제2고로(高爐)의 화입식(火入式)에 참석한 박 대통령의 발언이 기억에 남는다.

이날 정부는 "철강, 조선, 석유화학, 자동차, 시멘트공업 등 10대 중화학공업을 10년 안에 세계 10위권에 올려놓겠다"고 선언했다. 대부분의 국민들에겐 꿈같은 이야기로 들렸을 것이다.

그러나 박 대통령 자신은 그에 대한 확고한 믿음이 있었다. 그 확신을 나 역시 믿고 싶었는지 모른다. 이날 나는 스트레이트 기사와 함께, 박 대통령이 제시한 자료를 분석해 「현실로 본 10위권」이라는 해설기사를 썼다. 서울에서 이 기사를 본 정치부장은 "그게 무슨 실현 가능한 소리라고 죄다 써 주느냐?"고 핀잔을 주며 지방판에는 기사화하지 않았다.

선거용 공약(空約)이라는 것이었다. 그래서 청와대 출입기자를 못 믿으면 목을 자르라며 농담성 항의를 했고, 기사는 이튿날 서울 시내판 지면에 실렸다. 실현 불가능해 보이던 박정희의 선언은 십여 년 후 현실로 이뤄졌다.

유신이 그의 과(過)라면 중화학공업화는 그의 공(功)이었다. 박 대통령의 결정적인 업적은 중화학공업화 정책이라고 나는 생각한다. 식민지에서 해방된 후진국 대부분은 이전까지 선진국에서 수입해 오던 공산품을 국산화시키는 정책을 폈다. 이른바 수입대체공업화 전략이다. 그러나 이런 정책은 거의 실패했다.

후진국은 소득수준이 낮아 국내 시장이 협소했고, 기업은 생산성이 낮아 수익을 내기 어려웠다. 박 대통령은 이런 경제 구조 하에서는 자본 축적과 기술발전이 어려워져 경제가 도약할 수 없다고 본 듯하다. 그가 중화학공업을 통한 수출주도형 경제로 방향을 튼 것은 그런 이유에서가 아닐까.

유신 직후인 1973년 1월, 박 대통령은 중화학공업화를 선언하면서 철강, 비철금속, 기계, 조선, 전자, 화학 공업을 6대 전략 업종으로 선정했다. 1981년까지 중화학공업 비중을 51퍼센트로 늘리고, 1인당 국민소득 1천 달러와 수출 100억 달러를 달성한다는 청사진도 제시했다. 이때 국내의 경제기획원뿐만이 아니라 국제통화기금(IMF)과 국제부흥개발은행(IBRD) 같은 국제기구도 부정적인 견해를 표명했다.

　그러자 박 대통령은 청와대 안에 중화학공업추진기획위원회를 설치하고 이 계획을 강력하게 추진했다. 한 부문에 한두 개 민간업체를 선정해서, 국제경쟁력을 갖출 수 있도록 공장부지, 도로, 설비자금 등을 전폭적으로 지원했다. 통상적인 민주주의 정치제도 하에서는 도저히 합의하기 어려운 일이었다. 그런 이유로 박 대통령은 자신의 공과(功過) 가운데 '과'로 꼽히는 유신을 앞세워 중화학공업화를 실현시킨 것이다.

　박 대통령은 유신을 통해 반대 정치세력이 경제에 개입하고 간섭할 수 있는 모든 경로를 강제적으로 차단했다. 국력의 조직화, 능률의 극대화를 위해서는 유신이 불가피하다고 본 것이다. 결과적으로 박 대통령의 중화학공업화 계획은 조기에 목표를 달성했고, 나라의 근대화도 이룩되었다. 1980년 전체 제조업에서 중화학공업의 비중은 54퍼센트가 되었고, 수출에서 중화학 제품의 비중은 88퍼센트였다. 수출 100억 달러도 목표보다 4년 앞당겨 1977년 말에 달성되었다. 그렇다고 공이 과를 가릴 수는 없다. 하지만 과가 공을 덮을 수도 없다. 박 대통령은 유신독재라는 비판을 받으면서도 "내 무덤에 침을 뱉으라"는 말로 자신의 소신을 밀고 나갔다. 그를 가까이서 지켜본 수행기자로서 나는 그가 정치인이기 보다는 「혁명가」였다는 진정성만은 기꺼이 대변할 수 있다.

박 대통령은 정치부장으로 발령이
나 청와대를 떠나는 필자를 집무실로
불러 치하하며 봉투를 건네주었다.
봉투에는 짤막한 편지와 함께 약간의
전별금이 들어 있었다.

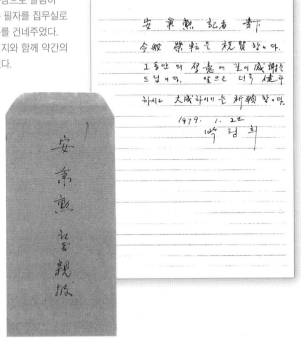

박 대통령의 전별금 봉투

최병렬은 자서전 《보수의 길 소신의 삶》에 나의 청와대 출입기자 시
절에 대해 이렇게 썼다.

나는 청와대 취재에 관한 모든 것을 안병훈에게 일임했다. 안병훈은

기사를 쓰기 위해 오후에 회사로 들어오면, 내 옆에 와서 그날 청와대에서 취재한 내용이 적힌 수첩을 꺼내 자세히 보고하곤 했다. 특종을 많이 하기로 유명했는데, 그가 편집국으로 들어올 때 손을 번쩍 들고 씩 웃으면 그날은 뭔가 한 건을 들고 들어오는 날이었다.

개각 기사를 제법 충실하게 썼던, 그리고 몇 번의 특종을 했던 기억은 있다. 1975년 12월 20일자 「탈(脫)정치 실무내각 출범」 기사, 1976년 12월 5일자 「5부 장관, 정보부장 경질」 기사, 1977년 12월 21일자 「그 얼굴이 그 얼굴의 12·20 개각」 기사, 1978년 12월 23일자 「최규하 유임·부총리 신현확」 기사가 그것이다. 1975년 6월부터 1979년 1월까지 청와대 출입을 하는 동안 해마다 12월에 개각이 있었으니 네 차례 개각 기사를 쓴 것 같다.

이 가운데 나는 네 번째 쓴 개각 기사가 잊히지 않는다. 같은 날 취임해 같은 날 물러나며 9년 2개월 동안 나란히 재직했던 비서실장 김정렴(金正濂)과 부총리 남덕우(南悳祐)는 경제성장의 두 공신(功臣)이었다. 성장주의자가 물러나고 신현확(申鉉碻) 등 안정론자들이 들어선 것이다. 두 사람을 인터뷰하고 사회면인 7면에 각각 같은 분량으로 6단 기사를 썼다. 리드는 이렇게 시작된다.

'경제 10년의 주역들'이 물러났다. 고도성장으로 빛나는 '세계 속의 한국'을 이룩한 반면, 인플레로 인한 물가고로 국민들 시름이 컸던 세월―. 경제내각을 이끌어왔던 남덕우 부총리 겸 경제기획원장관, 그리고 이 경제팀을 밀며 대통령을 보좌했던 김정렴 청와대 비서실장은 지난날들을 돌아보며 아쉬운 듯, 안타까운 듯 '10년 자리'를 떠났다. (1978년 12월 23일자 조선일보)

이 기사는 청와대 출입기자로 쓴 실질적인 마지막 기사였다. 나는 1979년 1월 10일 정치부장으로 발령이 나 후임 청와대 출입을 이현구 차장에게 물려주었다. 박 대통령은 청와대를 떠나는 송효빈(宋孝彬) 한국일보 기자와 나를 집무실로 불렀다. 송효빈 기자 또한 도쿄특파원으로 발령받아 나와 함께 청와대를 떠나게 된 상황이었다. 박 대통령이 집무실에서 마련해준 환송의 자리였다.

이때 박 대통령이 우리 두 사람에게 봉투를 주었다. 봉투에는 '대성하시라'는 메모와 함께 당시로서는 관행인 전별금이 들어있었다. 이후 10·26이 나고 청와대 출입기자 전별금이라는 관행 자체가 사라졌다. 나는 송효빈 기자와 함께 박 대통령으로부터 마지막 전별금을 받은 기자였던 셈이다. 그때 받은 봉투와 메모는 아직까지 간직하고 있다.

3장

정치부장, 사회부장으로 격변을 치르다

'김대중' 대신 '동교동'이라 쓰던 시절

1979년 1월 10일 나는 정치부장이 됐다. 박 대통령의 소탈한 인간미에 끌리고 그의 중화학공업정책에 동조하며, 유신체제의 불가피성에 대해 어느 정도 공감하고 현실로 인정하면서도 언론의 자유가 억압된 상황에 대해서는 깊은 절망을 느꼈다. 이를테면 '김대중(金大中)' 대신 '동교동'이라고 표현해야 하는 시절이었다. 1979년 5월 30일 신민당 전당대회에서 김대중 씨의 지원으로 김영삼(金泳三) 씨가 이철승(李哲承) 씨를 꺾고 당권을 차지하자 조선일보는 이렇게 썼다.

조직 담당자들이 갈피를 잡지 못하는 것은 (전당)대회 하루 전인 (5월) 29일 재야 인사의 표면 등장과 조윤형, 김재광, 박영록 후보의 사퇴 및 김영삼 지지 등으로 변수가 변수를 낳는 유동사태가 연발됐기 때문이다. 이철승, 신도환, 이기택 후보 측은 이 동교동을 발원으로 한 동남풍의 풍향과 풍속을 재기에 분주했다. (1979년 5월 31일자)

이 기사에서 '재야인사', '동교동'은 물론 김대중 전 대통령을 지칭한다.

정치부장으로서는 죽을 지경이었다. 지금 관점으로는 "김대중을 김대중이라고 쓰지도 못하고 동교동이 뭐냐?"고 우습게 볼 수 있다. 그렇게 묻는다면 할 말은 없다. 한국 전체 언론과 조선일보의 수치였다고 할 수도 있다.

그러나 당시로서는 '동교동'이라고 쓰면서 김대중의 존재와 역할을 한 줄이라도 내주는 것이 언론의 사명이라고 생각했다. '동교동'이라는 표현은 그나마 한국 언론과 조선일보가 언론 자유를 위해 애를 쓴 흔적이다. 조금의 여지만 생기면 그 안에서 최대한 쓰기 위해, 독자들에게 진실의 한 단면이라도 전하기 위해 노력했다. 5공 시절, 조선일보를 비롯한 여러 언론이 김영삼 총재의 단식을 '정치 관심사', '정치 현안'으로 표현한 것도 같은 맥락이다.

정치부장이 된 지 6개월쯤 지났을 무렵, 조선일보 사보에 이런 글을 썼다. 제목은 「정치 부재(不在)의 정치부장」이다.

왜 김대중이란 이름 석자가 버젓이 있는데 동교동(東橋洞)으로 표현해야 하느냐 라든가, 유신헌법과 관련된 많은 정치적 발언이 대두될 때마다 어떤 결정을 내려야 하는가가 정치부 데스크가 겪는 갈등들의 하나이다. 국회에서 의원들은 무슨 말을 하든 면책 특권이란 이름 아래 보호되고 있다. 그런데 신문이 이를 기사화할 땐 명백히 긴급조치 9호에 저촉된다는 것이 현재의 법질서다. 이런 상황 아래서 체제 하의 신문으로서 반체제적 기사들을 여하히 처리하느냐는 정치부 데스크에 요구되는 작지 않은 고민 중 하나이다.

기자들이 출입처마다의 입장과 논리로 데스크와 부딪히는 것도 곤혹스러웠다. 여당 출입 기자는 여당의 논리, 야당 출입 기자는 야당의 논리를 펼칠 때가 많았다. 또한 여당 출입 기자와 청와대 출입 기자의 입장이 달랐고, 동교동 담당과 상도동 담당의 의견이 같지 않았다. 그럼에도 신민당 전당대회, 또는 카터 미국 대통령 방한 등 주요 이슈 때마다 조선일보 정치부는 경쟁지를 압도했다. 정치부 막내인 하원 기자는 박정희-카터 공동성명 내용을 사전 입수해 「남북한-미 3당국 회의 제의」라는 세계적인 특종을 했다. 그런 면에서 나는 누구보다도 운이 좋고 행복한 정치부장이었다.

1979년 초의 조선일보 편집국. 맨 왼쪽에 턱을 괴고 정치부장석에 앉은 사람이 필자,
전화를 받고 있는 하원 기자(스포츠조선 사장과 백석대학 총장 역임), 그 곁에 김용태 부국장
(편집국장 거쳐 대통령 비서실장, 내무장관 역임)이 정치부로 와 대화를 나누는 모습.
뒤편 응접세트 오른쪽에 신동호 편집국장(조선일보 발행인, 스포츠조선 사장 역임),
그 앞으로 오룡 화백과 송형목 부장(스포츠조선 사장 역임)을 비롯한 경제부 기자들이
앉아 있다.

"김재규가 자른 목, 박근혜가 붙이다"

조선일보 정치부는 경쟁지들보다 인원이 적었다. 부장인 나까지 합쳐 7명이었다. 데스크로서 인원 부족을 호소하면 국장단은 "정치 부재인데 그 정도면 됐지…"하는 반응이었다. 물론 농담이었지만 정치 기사를 마음대로 쓰지 못하는 상황에서 나는 자격지심을 느낄 수밖에 없었다.

정부는 "집행부서도 아닌 정당의 무책임한 발언을 기사화 하는 것은 삼가야 한다"는 압력을 가했고, 이후 그 흔하던 여당발(發) 정책 기사도 브레이크가 걸렸다. 기사 거리가 없으면 톱 자리를 차지하던 외무부의 작문성 기사마저도 국익에 반(反)한다는 압력 때문에 쉽게 실을 수가 없었다. 그만큼 '정치와 정치기사가 부재한 상황'이었다.

이 때문에 정치부는 더욱 곤혹스러웠다. 오후 2시에 열리는 편집회의 때마다 편집국장이 내게 "정치부장, 오늘 톱기사는 뭐요?"라고 물었다. 나는 묵묵부답일 때가 많았다. 김용태 국장대리는 "안 부장, 오늘도 별 볼 일 없지?"라는 질문을 입에 달고 있었고, 인보길 편집부장은 "1면은 신문의 얼굴이라는데…" 하며 어두운 표정을 지었다.

다행히도 나를 제외하면 모두 일당백(一當百)의 기자들이었다. '정치부는 조선일보 정치부다'라는 선임 부장들이 세운 전통을 저버

덕수궁에서 열린 조선일보 주최 프랑스 명화전 개막식에 참석하기 위해 대한문 앞에 도착한 박근혜 씨를 필자가 맞았다. 뒤에 김성진 청와대 대변인과 방우영 사장이 보인다.

리지 않기 위해 기자들과 나는 하루하루 고투(苦鬪)를 벌였다.

1979년 10월 5일자 「김영삼 총재 제명」 관련 기사는 그런 산물 가운데 하나다. 전날 오후 국회에서는 백두진(白斗鎭) 국회의장이 경호권을 발동한 가운데 여당 단독으로 김영삼 총재의 의원직 제명을 전격 처리했다. 유례가 없는 큰 사건이었다. 정치 부재 상황에서 작심하고 '정치 기사'를 쏟아냈다.

1~3면을 관련 기사로 도배를 했다. 1면은 당연히 스트레이트를 실었고, 2면엔 정치부 기자 전원이 참여한 방담(放談) 기사를 게재했

다. 3면에는 김영삼 총재가 제명당하기까지 국회의사당의 숨 가쁜 움직임을 상세히 스케치했다.

2면에 실린 6단 방담 기사에 특히 신경을 썼다. 방담 참가자는 정치부장인 나를 비롯해 이현구·주돈식 차장, 강인원·김명규·이영덕·하원 기자였다. 기사 중앙에 신민당 소속 의원들이 손수건으로 눈물을 훔치는 모습의 사진을 실었고, 「4개월 만의 고별… 울어버린 야당」이라는 사진 제목을 달았다. 캡션에는 "나는 지금 가지만, 여러분들은 국회에 남아 끝까지 싸워달라"는 김영삼 총재의 고별사를 인용했다.

쓰고 싶어도 쓸 수 없었던, 두 달 동안 정치부 기자들이 심층 취재해온 정보들을 한꺼번에 방담 기사에 쏟아냈다. 핵심은 "김영삼 총재 제명의 최종 작전명령은 공휴일인 지난 (10월) 1일 성안됐다", "S호텔 2029호에서 이날 오전 기획위원들이 김계원 대통령 비서실장, 김재규 중앙정보부장, 그리고 박준규 당의장 서리, 태완선 의장 등 5명의 최고 간부들에게 브리핑했다"는 것이었다. 청와대, 중앙정보부, 공화당이 참여해 야당 총재를 제명시켰다는 내용이었다. 정부와 정권, 중앙정보부로선 상당히 아픈 타격일 수밖에 없었다.

조선일보 정치부는 한 달 전에도 중앙정보부의 심기를 건드린 적이 있었다. 1979년 9월 8일 서울민사지법은 신민당 원외 지구당위원장 등이 낸 총재단 직무집행정지 가처분신청을 받아들였다. 이 또

방우영 회장은 2008년 산수 때
펴낸 회고록 《나는 아침이 두려웠다》에서
「김재규가 자른 목, 박근혜가 붙이다」라는
소제목으로 필자의 정치부장 해임 관련 내용을
두 페이지 가량 소개했다.

한 전대미문(前代未聞)의 사건이었다. 이튿날 조선일보는 「토요일의
대학살, 착잡한 법원」이라는 비평기사를 실었다. '대학살'이라는 표현
하나가 모든 것을 말해주지만 "이 같은 사건을 맡고 보니 법관이 된
것이 마음이 무겁다"는 한 담당 판사의 언급을 인용해 '정치적인 판
결'임을 분명히 암시했다.

예상은 하고 있었지만 「김영삼 총재 제명」 기사가 나가자 중앙
정보부는 즉각적으로 반응했다. 방우영 사장은 "신민당 총재 김영삼
의 국회 제명을 비판한 기사가 당국의 심기를 건드려 중앙정보부로
부터 정치부장을 해임하라는 압력이 들어왔다"고 회고한다.

그 소문이 내 귀에 들어오지 않을 리가 없었다. 신문 제작에 관해 일체 관여하지 않는 방일영 고문 방에서 방우영 사장과 간부들이 모여 내 문제를 놓고 논의한다는 소식을 듣고 나는 고문실을 찾아갔다. 방우영 사장에게 "회사 처분대로 하겠다"고 했다. 해임 방이 붙었다. 다시 방 사장의 회고다.

해임 방을 붙인 지 몇 시간 지나지 않아, 이번에는 중앙정보부로부터 "빨리 복직시키라"는 전화가 걸려왔다. 알고 보니 그날 저녁 박근혜를 만난 다른 신문 청와대 출입기자들이 그 이야기를 꺼냈다고 한다. "근혜 양도 알다시피 안 부장이 얼마나 좋은 사람입니까? 그런데 오늘 해임됐어요." 깜짝 놀란 박근혜가 아버지에게 이 소식을 알렸고, 박 대통령으로부터 호통을 들은 김재규 중앙정보부장이 급해서 나에게 전화를 건 것이었다.

김재규는 "빨리 복직시키지 않으면 참지 않겠다"고 했다. 기가 막혀 "안 참으면 어쩌자는 거냐? 신문사 체면이 있지 어떻게 몇 시간 만에 바꾸느냐"며 실랑이를 벌이는 웃지 못할 일이 있었다. (방우영, 《나는 아침이 두려웠다》)

이 같은 내용은 김성진 전 문공부장관이 쓴 《박정희를 말하다》에도 비슷하게 소개되어 있다.

중앙정보부의 압력으로 정치부장에서 물러났다가 청와대의 압력으로 복귀한 형국이다. 이 소동은 "김재규가 자른 안병훈의 목을 박근혜가 다시 붙여줬다더라"라는 속칭 '카더라 통신'으로 언론계에 한동안 회자(膾炙)됐다. 김재규가 박 대통령을 시해하기 불과 19일 전에 일어난 일이었다.

대통령이 유고(有故)라니?

1979년 10월 26일 밤, 김성진 문공부장관이 갑자기 중앙청 기자실로 각사 기자들을 호출했다. 조선일보 정치부에선 김명규 기자가 들어 갔다. 경쟁지들보다 앞서 제일 먼저 들어간 것으로 기억한다.

김명규 기자의 얘기로는 밤늦은 시간, 기자들이 별로 나타나지 않자 김성진 장관이 중앙청 기자실 칠판에 분필로 '대통령 유고(有故)'라고 적고 전국 일원에 비상계엄이 선포되었음을 알렸다는 것이다. '유고'는 '특별한 사정이나 사고가 있음'이라는 뜻이다. 대통령이 유고라니……, 모두들 영문을 몰라 허둥지둥했다. 분명한 것은 긴박한 상황이라는 것뿐이었다. 김성진 장관은 그때까지도 유고의 내용이 대통령 서거임을 밝히지 않았다.

김명규 기자와 함께 직접 명륜동에 있는 김성진 장관의 집으로 급히 달려갔다. 초인종을 누르고 장관을 찾았지만 부재중이어서 '연락을 바란다'는 쪽지만 남겨 놓고 회사로 돌아왔다. 이후 10·26 직후의 급박한 전개 과정은 알려진 바와 같다.

최규하(崔圭夏) 국무총리는 10·26 당일 밤 11시, 대통령 권한대행으로 취임했다. 이날 전국에 비상계엄이 선포됐다. 최규하 국무총리와는 내가 외무부에 출입할 때부터 개인적으로 상당히 가까운 사이였다. 그는 12월 6일 통일주체국민회의에서 대통령으로 선출되어 21일 취임했다.

타사 정치부장 몇 명과 함께 삼청동 총리공관에서 그를 만나 몇 시간 가량 이야기를 나눈 적이 있다. 권한대행 시절이니 10·26부터 12월 5일 사이의 어느 날이다.

대통령 직선제 개헌 논의와, 3김씨의 대권 도전으로 정국이 극도로 혼란스러울 때였다. 최규하 권한대행의 이야기 가운데 미묘한 행간을 읽었다. 대통령은 외교와 국방만을 전담하고, 내치(內治)는 총리에게 맡기는 헌법으로의 개헌을 생각하고 있는 것 같은 느낌이었다. 이른바 이원집정부제(二元執政府制) 개헌이 그것인데, 당시는 이원집정부제라는 용어 자체를 모르는 사람이 대부분이었다. 10·26 직후 유신체제는 무너졌지만 사회가 너무 혼란스러우니까 그런 발상을 한 것으로 추측된다. 당시 살아있는 권력인 군 출신이 대통령을 맡고 정치인들에게 내치를 맡긴다는 발상을 내비친 것 같다.

최규하 대행은 대통령으로 취임하자마자 긴급조치 9호부터 해

최규하 대통령이 자신의 공식 사진 아래 친필로 서명하여 필자에게 보내온 사진.

제했다. 그리고 일주일도 안 돼 12·12가 발발했다. 그가 대통령으로 취임한 이후에도 이원집정부제 개헌에 대한 의문은 잦아들지 않았다. 마침 주돈식 정치부 차장이 좀 더 심층적으로 이를 취재해 왔다. 거기에 최규하 대행과의 대담에서 얻은 내 심증도 있고 해서 1980년 1월 10일자 조선일보에 「정부 이원적 집정부제 검토」라는 제목의 기사를 톱으로 다루게 됐다.

이 기사는 "공화당과 신민당이 개헌에서 대통령중심제를 구상하고 있는 데 비해 정가 일각에선 대통령이 외교 국방권만을 관장하고, 그밖의 내정(內政)은 국회에서 선출하는 국무총리가 관장하는 대통령중심제와 내각책임제를 절충한 제도가 진지하게 검토되고 있는 것으로 알려졌다"고 시작된다.

사실 '이원집정부제'라는 용어가 한국 정치계와 언론계에 쓰이기 시작한 것이 이때부터다. 외교·국방은 대통령이, 내치는 총리가 담당하는 제도를 어떤 용어로 표현할까 고민하다가 헌법학자 김철수(金哲洙) 교수의 저작을 훑어보게 됐고, 거기서 '이원집정부제'라는 적절한 용어를 발견했던 것이다.

경쟁지들도 이원집정부제 개헌 움직임과 관련된 기사를 실었지만 조선일보처럼 크게 다루지는 않았다. 기사가 나가자 조선일보는 정계와 다른 언론으로부터 그야말로 십자포화를 맞았다. 조선일보가 이원집정부제를 미는 것 아니냐는 의심에서 비롯됐을 것이다. 그 후에야 이원집정부제 개헌 논란이 잦아들었다.

김종필 씨는 중앙일보에 연재한 회고록 「소이부답(笑而不答)」에서 최 대통령이 대통령을 계속할 욕심으로 그런 발상을 한 것처럼 돌이켰다. 그러나 지금 생각해보면 최규하 대통령은 다른 욕심이 있었던 것이 아니라, 이원집정부제 개헌 후 정국의 안정을 위해 자신은 은퇴하고 군인 출신 대통령 등이 외교와 국방을, 정치인들은 내치를 담당하기를 희망한 것으로 짐작된다.

"안 부장, 요즘 공 잘 맞아요?"

최규하 대통령은 외로운 사람이었다. 정동열(鄭東烈) 의전수석, 서기원(徐基源) 공보수석, 이경식(李經植) 경제수석, 고건(高建) 정무수석, 이원홍(李元洪) 민정수석, 신두순(申斗淳) 의전비서관 등이 있었지만 끝내 그를 지켜주지 못했다. 일부는 그를 떠나 신군부와 손을 잡았다.

12·12는 정승화(鄭昇和) 계엄사령관, 장태완(張泰玩) 수도경비사령관, 정병주(鄭柄宙) 특전사령관 등에게도 악몽이었지만 최규하 대통령의 수석비서들에게도 수모를 안겼다. 서기원 수석의 경우, 12·12가 발발한지도 모르고 집에 있다가 조선일보 기자가 알려주자 황급히 조선일보 보도차량을 타고 총리공관으로 갔다. 총리공관은 이미 신군부가 장악하고 있었고, 서기원 수석은 밖에서 발만 동동 굴렀다.

최규하 대통령은 신군부측이 들고 온 정승화 체포영장을 재가하지 않고 노재현(盧載鉉) 국방부장관의 결재를 받아오라고 버텼다. 피신했던 노재현 장관을 신군부측이 데리고 오자 그때서야 사인을 했다. 정동열, 서기원 수석, 신두순 비서관 등은 그런 대통령을 지켜봐야만 했다.

최규하 대통령은 12·12와 관련해 단 한 번의 언급도 없이 세상을 떠났다. 그 아래서 비서관을 지낸 이들도 마찬가지였다. 일부는 나라에서 받은 훈장까지 반납하려 했다. 한이 맺혔던 것이라고 생각한다.

12·12 직후 갑자기 실권을 장악한 전두환(全斗煥) 보안사령관을 만난 적이 있다. 몇몇 정치부장들에게 12·12의 경위와 정당성을 설명하기 위한 것으로, 이 만남의 보안 문제로 모임 장소가 세 차례나 변경되기도 했다. 김길홍(金吉弘) 신아일보 정치부장, 성병욱(成炳旭) 중앙일보 정치부장 등이 동석했던 것으로 기억한다.

전두환 사령관으로서는 12·12 이후 최초의 언론계 인사 접촉이었다. 그 자리에서 전 사령관이 핵심은 슬쩍 피해가면서도 글라이스틴 주한 미국 대사를 만난 이야기를 해준 것이 기억에 남는다.

그의 말로는 어느 날 글라이스틴이 먼저 보안사령관실로 찾아가겠다는 연락을 해왔다고 한다. 전두환 사령관은 "아니 미국 대사를 어찌 일개 소장 방으로 찾아오게 할 수 있느냐?"고 하면서 자신이 찾아가겠다고 했다고 한다. 결국 제3의 장소에서 만남이 이뤄졌다.

전두환 사령관은 글라이스틴 대사에게 "미국이 박 대통령 시해의 배후라는 소문이 있다. 어떻게 된 거냐?"고 물었다고 한다. 그러자 대사가 "말도 안 되는 소리다. 천부당만부당하다"고 대꾸했다는 것이다. 미국 대사가 한국 군부의 실세로 떠오른 인물이 어떤 사람인지 탐문할 때의 일화다.

12·12 직후, 골프장에서 전두환 사령관을 만난 적도 있다. 한양 컨트리클럽에 갔더니 앞 팀이 전두환, 김윤환, 이건개(李健介) 씨였다.

전두환 대통령이 1981년 중앙 언론사 정치부장들을 청와대로 초청, 오찬을 베풀었다.
오른쪽부터 정두진 CBS, 필자, 남중구 동아일보, 송효빈 한국일보 정치부장.

전두환 사령관이 티샷을 할 때 힘만 들이며 뒷땅을 치는 것을 보며
"힘 좀 빼고 치시라"고 뒤에서 건방지게 거들었다. 그때는 그가 최고
실세이긴 하나 대통령이 되리라고는 전혀 예상 못했는데, 얼마 후 11
대 대통령으로 취임했다.

취임 이후 정치부장 초청 청와대 오찬에서 전두환 대통령을 다
시 만났다. 오찬 전에 청와대 대변인실에 먼저 들러 이런저런 환담을

나눴다. 이웅희(李雄熙) 대변인은 동아일보 기자를 지낸 언론계 선배였다. 누군가가 "요즘 시국도 시국이고 재미도 없는데 같이 술을 먹든지 골프나 치러가자"고 했다. 그 무렵은 공무원의 골프가 금지된 시절이었다. 반은 농담이었다. 이웅희 대변인이 "지금이 어떤 시국인데…. 골프는 말도 꺼내지 말라"고 했다.

오찬장에 올라갔더니 전 대통령이 내게 대뜸 묻는 말이 "안 부장, 요즘 공 잘 맞아요?"였다. "공무원 골프 금지령이 내려져 있는데 요즘 골프 치는 사람이 누가 있습니까?"라고 대답하자 그가 "아니, 이젠 치세요"라고 했다. 아마도 나를 보는 순간 골프장에서 "힘 좀 빼고 치시라"던 내 말을 떠올린 모양이었다.

그 날 이후로 공무원 골프 금지 조치가 해제되었다. 오찬을 마치고 이웅희 대변인이 "대통령이 이제 골프를 쳐도 된다고 했으니 기념으로 한 번 나가자"고 해서 그 후 함께 골프를 치기도 했다.

안기부에 끌려가다

1981년 12월 5일 나는 사회부장 발령을 받았다. 해를 넘긴 5월, 건국 이후 최대 규모의 금융사기 사건으로 불렸던 '이철희·장영자 사건'이 터졌다. 사회부장이 된 지 만 5개월이 지났을 무렵이다.

정치부장에서 사회부장으로 자리를 옮긴 필자.

　　권력과 연줄이 있는 이들 부부가 기업들로부터 받은 어음을 현금화해 이를 착복했다는 혐의의 사건이었다. 이철희(李哲熙) 씨는 전직 국회의원이자 중앙정보부 차장 출신이었고, 장영자(張玲子) 씨는 전두환의 처삼촌인 이규광(李圭光) 씨의 처제였다. 이규광 씨는 당시 광업진흥공사 사장이었다. 이런 배경을 지닌 부부가 사기를 칠 것이라고 의심하는 사람은 없었다.

　　이·장 부부는 자금난을 겪고 있는 기업에게 싼 이자로 사채를 빌려주겠다는 조건으로 어음을 받아냈다. 어음은 빌려주는 돈에 대한 일종의 담보였는데, 이들은 어음을 할인해 만든 현금의 일부를 다른 회사에 빌려주거나 주식에 투자했다. 이·장 부부가 받아낸 어음은 7천여 억 원에 달했고, 이들이 조성한 자금은 6천400억 원이 넘었다. 돌아온 어음을 막지 못한 기업들이 줄줄이 부도를 내기 시작했고, 소액주주들의 주식은 휴지가 됐다. 이 사건으로 30여명이 구속되고, 11개 부처 장관을 포함해 많은 공직자들이 사퇴했지만 성난 민심은 쉽게 가라앉지 않았다.

이들에 대한 수사 및 재판 과정도 공분(公憤)을 샀다. 1982년 7월 18일자 조선일보에 실은 「칼날 같은 검찰 신문 안 보였다」는 제목의 기사는 재판 과정의 문제점을 지적하는 이혁주(李赫周), 김창수(金昌洙) 두 법조 출입 기자의 대담(對談)이었다. 이 기사는 이·장 부부가 기소된 후 네 차례 공판 과정에서 벌어진 검찰의 무단 신문(訊問), 사실심리 관행을 무시한 재판부의 속성 진행, 피고인(이규광)에 대한 특별대우 등을 비판했다. 맥 빠진 공판정 분위기나 교도관들의 피의자 과잉보호도 비판의 대상이었다.

조선일보 사회부는 이 사건이 터진 이후부터 비판성 기사를 쏟아냈지만 안기부가 문제를 삼은 것은 특히 이 대담기사였다. 대통령 인척이라도 비리가 있으면 엄격히 다뤄야 한다는 측과, 대통령과 관계가 있다는 이유만으로 과잉수사 대상이 되는 것은 곤란하다는 측이 청와대와 검찰 내에서 첨예하게 대립해 있던 때였다.

기사가 실린 7월 18일이 일요일이다. 친구들과 운동을 하고 귀

노신영 총리(오른쪽 두 번째)와 함께 북한산에 올라 보현봉을 배경으로 기념촬영했다. 노 총리 오른쪽이 홍순길(해외건설협회 회장 역임), 왼쪽이 필자와 조병필 씨(코리아타임스 사장 역임). 노 총리와 홍 회장은 언제나 내 인생의 사표(師表)였고 길잡이였다.

가했더니 거실 소파에 웬 두 남자가 앉아있었다. 아내는 불안에 떨고 있었다. 안기부 요원이었다. 두 사람은 차에 나를 태우더니 갑자기 내 머리채를 잡아 얼굴을 차 바닥으로 밀어 넣었다. 어디로 가는지 모르게 하려는 조치였을 테지만 남산 안기부로 간다는 것은 뻔히 알 만한 일이었다. 기선을 제압하려는 그들만의 방식인 듯했다.

기사를 쓴 이혁주, 김창수 기자가 먼저 끌려와 있었다. 이들과는 다른 방에서 혼자 조사를 받았다. 안기부가 대낮에 영장도 없이 신문사 사회부장과 사회부 기자들을 연행해 조사하는 무법을 저지른 것이다. 나중에 들은 이야기로는 전두환 대통령이 아침에 이 기사를 읽고 불같이 화를 내며 조사를 지시했다고 한다.

고문이나 구타를 당하지는 않았다. 그들이 묻는 방식은 뻔 했지만 집요했다. 별건 수사를 하듯이 기사와 무관한 내용을 묻고 또 물었다. "어디서 촌지를 받지 않았느냐?", "당신 우리 노신영 부장과 친하지? 우리 부장에게 받은 돈이 있을 테니 다 불어"라는 식이었다. 해서 나는 "노 부장이 어디 돈 주는 사람이더냐?"고 되묻기도 했다.

그때 안기부장 노신영(盧信永), 대통령 비서실장 함병춘(咸秉春), 정무수석 허화평 씨였다. 비서실이 대통령의 지시를 받아 안기부장에게 전달했을 것이다. 모두 나를 잘 알고 친한 사람들이었다.

나와 사회부 기자들이 안기부에 연행됐다는 사실은 조선일보에 일체 보도되지 않았다. 다른 신문들은 그런 일이 생길 때 크게 보도했지만 조선일보는 당시 비보도가 관행이었다. 그래야 상황이 극단으로 치닫지 않는다. 그것이 조선일보의 힘인지도 모른다. 그래도 이 사건은 활자화되긴 했다. 일본 마이니치신문(每日新聞) 서울 특파원이었던 시게무라 도시미쓰(重村智計) 기자가 월간지 주오코론(中央公論)에 우리의 연행 사실을 기사화했던 것이다. 시게무라 기자는 나중에 신문사를 그만둔 뒤 와세다대학(早稻田大學) 교수를 지냈다.

어쨌든 속으로 이를 갈고 있는 상황에서 안기부 측으로부터 사과의 메시지가 내게 전달됐다. 총리 공관 근처 한식집에서 노신영 안기부장, 허삼수(許三守) 사정수석비서관, 허화평 정무제1수석을 만났다. 그때 최병렬 편집국장이 나와 동석했다. 참석자들이 미안하게 됐다고 사과하자 그때서야 나는 화가 조금 풀렸다. 허화평 씨와는 12·12사태 이후 전두환 보안사령관이 실권을 장악한 이후부터 알고 지내던 사이이다. 지금도 1년에 한두번씩 만나 소줏잔을 나누는 사이이다.

그와 얽힌 에피소드 하나. 내가 조선일보 정치부장 시절, 그가 대통령 정무수석 비서관시절, 서로 만나 얘기하던 중 "미군이 한반도에 발을 들여 놓는 순간부터 시작된 야간통행금지제도는 이제 없애는 게 좋겠다"는 아이디어를 내자, 그는 "좋은 생각"이라며 메모해 갔다. 그런 후 1982년 1월 5일 전두환 정권은 37년간 지속되어 온 야간 통행금지제도를 폐지했다. 통행금지제도란 미군정이 1945년 9월 7일 치안 및 질서유지를 명분으로 야간(대체로 자정부터 새벽 4시까지)에 일반인의 통행을 금지한 제도로 통금(通禁) 또는 야통(夜通)이라 불리기도 했다. 정권내부에서 어떤 경로를 통해 국민의 족쇄였던 이 제도가 폐지됐는가는 알 수 없으나, 지금도 임덕규(林德圭) 디플로머시 회장은 나만 보면 "통금을 없앤 공로자"라고 얘기하고 있다. 여러권의 책을 낸바 있는 허 씨는 '경제민주화를 비판한다'라는 역저를 내가 경영하는 기파랑에서 출간하기도 했다.

4장

1등 신문의 편집국장

삼천 배(拜)도 하지 않고 만나 뵌 성철 큰스님

1984년 1월 1일 나는 편집부국장이 됐다. 기자들과 일선에서 기사를
생산하는 일에서 벗어나, 편집국장을 도와 정치·경제·사회·문화·스포
츠 등 모든 분야의 뉴스에 대해 취사선택하고 경중을 따져 기사화하
는 일을 맡게 되었다. 편집부국장이 되면서 사회적, 국가적 아젠더를
설정하는 일과도 좀 더 가까워졌다. 이를테면 누구를 인터뷰해 어떤
메시지를 정할까 고민하는 것도 나의 일이 됐다. 성철(性徹) 스님과
의 인터뷰가 그런 사례다.

　　인보길 문화부장과 서희건(徐熙乾) 종교 담당기자가 성철 스님

과의 인터뷰에 동행하자고 했다. 조계종 종정(宗正)에 대한 예우 차원에서 편집부국장이 가야 한다는 것이었다. 두말없이 동의했다.

1981년 1월 종정으로 추대된 성철 스님은 추대식에 참석하지 않고 "산은 산이요, 물은 물이로다"라는 취임 법어로 대신했다. 스님의 법어는 크나큰 사회적 반향을 일으켰다. 그 후 수년 동안 석가탄신일 무렵이면 성철 스님과의 인터뷰를 시도하는 것이 신문사의 관례이다시피 했는데 단편적인 서면 인터뷰 일색이었다. 예를 들면 한 경쟁지에 실린 인터뷰는 이런 식이었다.

－1천300만 불자(佛子)에게 한 말씀 해주십시오.

"내 말에 속지 말라. 나는 거짓말하는 사람이여."

－건강은 어떻습니까?

"건강 그리 안 좋아. 난 속이 비어있어."

－평소에 어떻게 지내십니까?

"밥 먹고 살지."

－계절에 따라 느끼시는 것은?

"겨울 되면 춥고 여름 되면 덥지."

편집부국장이 되고 두 달 보름이 지난 3월 15일, 인보길 부장과 서희건, 유남희(柳南熙) 사진부 차장과 함께 가야산 해인사로 성

필자가 편집국장이던 시절 편집국 기자 전원이 1박2일 일정으로 남한강 수련원에서
단합대회를 가졌다. 이 자리에서 필자는 편집국장으로서의 신문 제작 방향과 목표를
설명했다. 골자는 한마디로 권력을 감시하고 자유와 인권을 위해 싸우는 저널리즘의 원칙에
충실하자는 것이었다. 1985년 10월 6일.

철 스님을 찾아갔다. 경쟁지보다 차별화된 인터뷰를 하기 위해서였지만 성공 여부는 안개 낀 산을 헤매는 형국이었다. 스님은 산의 안개인 동시에 안개의 산이었다. 자신을 만나려면 부처님께 삼천 배를 해야 한다는 원칙을 고집하는 것으로도 유명했다. 삼천 배를 하지 않는 사람은 그가 누구이건 만나주지 않았다. 그 '누구' 가운데 하나가 박정희 대통령이다.

1977년 12월 구마고속도로 개통식에 참석했던 박 대통령이 내친걸음에 해인사를 찾게 되었다. 청와대 측은 당연히 해인사의 제일 어른으로 방장(方丈)인 성철 스님의 영접을 은근히 기대했다. 주지가 성철 스님의 거처인 백련암으로 올라가 "대통령이 오시니까 큰스님께서 내려와 영접을 해주셨으면 좋겠습니다" 하고 건의했다. 성철 스님은 한동안 주지의 얼굴을 빤히 쳐다보다가 "세상에선 대통령이 어른이지만 절에 오면 방장이 어른이므로 내가 내려가서 모시지는 않겠다"고 거절했다는 것이다. 결국 박 대통령은 주지 스님의 안내를 받으며 경내를 둘러본 다음, 수행하던 관계자에게 허물어져 가는 홍제암을 보수하라는 지시를 내린 뒤 해인사를 떠났다고 한다.

성철 스님이 삼천 배를 고집했던 것은 내(我)가 아닌 남(他)를 위해 삼천 배를 하며 마음가짐을 똑바로 하라는 뜻이 담겨 있었다. 우리 일행은 해인사 밑에서 하룻밤을 묵은 뒤 3월 16일 아침 백련암

해인사 백련암에서 성철 큰스님과 인터뷰를 끝내고 앞뜰로 나와 계속 담소를 나누었다.
왼쪽부터 서희건 문화부 차장, 법정 스님, 성철 큰스님, 필자, 인보길 문화부장. 1984년 3월 24일.

으로 올라갔다. 백련암은 성철 스님이 출가한 암자이자 훗날 열반에
든 곳이기도 하다.

백련암에 도착하자 미리 연락을 취했던 법정(法頂) 스님이 우리
를 맞았다. 법정 스님은 우리를 성철 스님에게 안내하지 않고 종이부
터 건넸다. 미리 보낸 인터뷰 질문지에 답을 적은 종이였다. 직접 인
터뷰를 하지 않겠다는 성철 스님의 의사 표시였던 것이다. 낭패였다.

그렇다고 그냥 돌아갈 수도 없는 노릇이었다. 우선 "올라가 보
자"며 일행과 함께 스님의 거처로 쳐들어갔다. 그리곤 스님을 대하

자마자 서희건 차장이 얼른 넙죽 삼 배를 올렸다. 나머지 일행도 따라 절을 했다. 스님은 우리의 당돌함에 꾸지람 대신 너털웃음으로 화답했다. "신문에 내준다고 삼천 배도 안했는데 (기자들을) 받아주는구나. 나도 인제 미쳤는갑다!"라며 스님은 선선히 인터뷰에 응해 주었다. 성철 스님이 언론과 직접 인터뷰를 한 것은 이때가 처음이었다.

1984년 3월 17일자 조선일보에 성철 스님과의 인터뷰를 거의 한 면 전체에 게재했다. 제목은 「사람이면 '사람'을 찾아야지」였다. 스님은 온화하면서도 이따금 사자후(獅子吼)를 방불케 하는 법어로 대중들에게 가르침을 전했다.

스님은 속세의 연을 끊는 것이 어렵지 않았느냐는 질문에 "장사를 하는데 이쪽은 10원짜리 하나고, 저쪽은 100만 원짜리가 있다면 10원을 버리고 100만 원을 갖지 않겠느냐?"며 "내가 보는 것은 돈으로 가치를 따질 수 없는 좋은 길인데 10원 짜리가 눈에 들어오겠느냐?"고 답하셨다. 자신의 출가 과정을 이야기할 때는 "중 된 것은 후회를 안 하지만 종정을 맡은 것은 후회한다"고 혼탁한 불교계를 질타하고, 부처님의 가르침을 배우고 실천하는 데는 열심이지 않고 자신들의 복(福)만 비는 세태를 한탄하기도 했다.

스님은 방황하는 현대인에 대해 "내가 사람이다"라고 생각하면 모든 고통이 없어질 것이라면서 "사람이라고 생각하면 사람의 본분을 지켜야 한다. 사람이 사람을 발견해야 하는데 도대체 천지간에 사람이 없다"고 덧붙였다. 스님의 가르침은 지면 한 면으로는 모자라 전문(全文)을 월간 조선에 따로 수록했다.

비류백제와 소설 「잃어버린 왕국」 연재

1984년 9월 6일은 전두환 대통령의 일본 공식방문이 예정된 날이었다. 공식방문을 앞두고 양국이 사전 조율을 하는 것은 외교의 기본이다. 한국 정부 측에선 일제 강점기에 대한 일왕의 사죄를 강하게 요구했고, 일본 측은 한일 국교정상화 때 밝힌 선 이상으로 다시 사죄할 수는 없다고 버텼다. 그래서 나온 차선책이 환영 만찬에서 히로히토(裕仁) 일왕이 "일본의 국가 형성기에 한국과의 교류를 통해 많은 것을 배웠다"고 인사하고, 종전과 같은 '유감'을 표시하는 것으로 낙착되었다. 이 같은 이야기를 내게 미리 귀띔해준 이가 외무부장관을 지낸 당시 노신영 안기부장이었다.

조선일보는 대통령의 방일을 앞두고 일본의 국가 형성기인 6~7세기에 백제가 일본에 문물을 많이 전해주었다는 내용의 기사를 크게 다뤘다. 대통령의 방일 분위기도 조성하고, 국익에도 도움이 된다고 판단했기 때문이다.

8월 29일 《비류(沸流)백제와 일본의 국가기원》이라는 책이 출간되었다. 서울대 농과대를 졸업한 저자 김성호(金聖昊) 박사는 당시 농수산부 정책연구관이었다. 이 책의 요지는 백제가 하나가 아니라 둘이었고, 그것이 온조(溫祚)백제와 비류백제였으며, 고구려 광개토대왕 정벌 때 멸망한 비류백제의 왕족들이 바다를 건너가 일본을 건국했다는 것이었다.

신선한 충격을 주는 내용이었다. 논리 전개가 설득력이 있었고, 논거(論據) 역시 탄탄했다. 편집국장과 협의를 거쳐 인보길 문화부장과 서희건 차장이 당장 저자와 접촉했다. 9월 13일자부터 조선일보 지면에 「해상강국 비류백제」가 연재되기 시작했다. 9월 29일자까지 13회분이 연재된 이 시리즈의 필자는 당연히 저자 김성호 박사였다. 그는 저서의 내용을 신문 독자에 맞게 요약, 정리했다. 반향이 엄청났다. 책이 베스트셀러가 된 것은 두 말할 필요가 없고, 한국사회에 고대사(古代史) 붐, 특히 한일 고대사 붐까지 일어났다. 학계의 찬반 논쟁 역시 뜨거웠다.

그러다 보니 「해상강국 비류백제」의 소설판이라고 할까, 재야 사학자들이 주장하는 일본 천황의 뿌리가 한국인이라는 이야기 같은 것을 소설로 꾸며보자는 아이디어로 진전됐다. 논문보다는 소설이 아무래도 독자들에게 읽히기 때문이다. 나는 평소 우리 민족의 자부심을 드러낼 수 있는 소설이나 영화 등이 많이 만들어져야 한다

역사소설 「잃어버린 왕국」의 연재를
알리는 조선일보 사고.

고 믿었다. 예를 들어 「사막의 라이언」이나 「아라비아의 로렌스」 같은
아랍 민족의 우수성을 드러내는 영화를 보며 부러움을 느끼곤 했다.

서둘러 필자 섭외에 들어갔다. 문화부에서는 최인호(崔仁浩) 씨
등 작가 몇 명을 추천했다. 최인호 씨는 이미 조선일보에 「별들의 고
향」, 「불새」 등을 연재해 현대인의 도시적 감수성을 대변하는 작가로
이름을 떨치고 있었다. 하지만 이전까지 역사소설을 단 한 번도 써본
적이 없는 것이 단점이었다.

단점은 종종 장점이 된다. 발상의 전환이라고도 할 수 있다. 방우영 사장도 좋은 생각이라고 동의한 부분이지만 역사소설을 써본 적이 없기 때문에 더욱더 최인호 작가로 밀어붙였다. 대신 그를 전문 학자들과 동행케 해 역사의 무대인 일본과 부여 등지로 보내기로 했다. 한국 신문으로는 보기 드문 전폭적인 지원이었다. 우선 최인호, 김성호 두 분과 이석호(李夕湖) 부여문화원장 등으로 현지 답사팀을 꾸렸다.

이들은 규슈(九州)로부터 오사카(大阪), 아스카(飛鳥), 나라(奈良), 교토(京都), 도쿄(東京)에 이르기까지 일본 각지를 샅샅이 훑으며 역사가 남긴 한민족의 흔적들을 취재했다. 일본 현지에서는 재일 원로 사학자인 이진희(李進熙), 김달수(金達壽) 씨도 가세했다. 최인호 씨에겐 조금 미안한 말이지만 작가를 사전에 공부시켜 소설을 쓰게 했다고 할 수 있다.

그렇게 1985년 3월 5일자 조선일보에 「잃어버린 왕국」 첫 회가 실렸다. 「한일 고토(古土)에 펼친 민족의 대(大) 로망 탐험」이라는 사고(社告)의 제목이 암시하듯, 「잃어버린 왕국」은 한반도에서 건너간 백제 유민들이 일본열도에 남긴 발자취를 추적하는 일종의 팩션이었다. 그 인기에 대해서는 특별한 부기(附記)가 필요없을 듯하다. 연재 내내 화제가 되었고, 1987년 5월 31일 995회를 최종회로 막을 내렸다. 인보길 문화부장과 서희건 차장이 노력한 결과였다.

김일성이 시켜준 두 번째 남산 구경

성철 스님의 인터뷰처럼 사회에 청아한 울림을 전달할 수 있는 것, 「해상강국 비류백제」 연재처럼 강력한 충격과 반향을 사회에 전파할 수 있는 것은 여간 흐뭇한 일이 아닐 수 없다. 그것은 신문을 편집하는 이의 권리이자 의무이다.

하지만 그때까지 내 직책은 편집부국장이었다. 주어진 일의 범위와 한계가 명확했다. 편집부국장은 편집국장의 보좌하는 자리다. 자기주장이 있을 순 있으나 편집국장의 책임과 권한을 넘어서는 안 된다. 당시 편집국장이 최병렬이다. 그는 회고록 《보수의 길 소신의 삶》에 이렇게 썼다.

나와 서울대 법대 동기인 안병훈은 평생의 지기로 지내왔다. 그는 마음이 깊고 여린 사람이다. 나와 조선일보 편집부에서 같이 기자로 일했는데, 내가 정치부장과 편집국장을 할 때 안병훈은 친구이면서도 내 밑에서 차장과 부장을 했다. 그렇지만 그는 단 한 번도 친구 밑에서 일하는 것에 대해 내색하지 않았다.

대학 동기생이지만 신문기자로서는 최병렬은 나의 대 선배였다. 조선일보 사보는 "서울법대 동기인 최병렬 부장을 오랫동안 보좌, '1

등 정치부'를 만들어온 (안병훈)"이라고 써주었다.

편집부국장이 된 지 1년이 갓 지났을 무렵, 신문사의 꽃이라는 편집국장 직책이 내게 주어졌다. 1985년 1월 16일이었다. 최병렬이 갑자기 정계에 입문하면서 편집국장 자리가 공석이 되자 회사에서 나를 후보에 올린 모양이었다.

편집국장이 되자마자 첫 '액땜'을 크게 치렀다. 조선일보는 1985년 1월 1일자부터 한민족 동질성 회복 캠페인을 위한 시리즈 「역사는 흐른다」를 연재하기 시작했다. 필자는 조선일보 기자 출신인 김학준 서울대 정치학과 교수였다. 그는 나중에 동아일보 사장을 역임한다.

3월 22일자 가판이 나간 뒤, 난리가 났다고 해서 황급히 회사로 들어갔다. 이미 안기부 요원들이 들이닥쳐 있었다. 이 날 「역사는 흐른다」 시리즈에 실은 젊은 시절의 김일성(金日成) 사진이 문제가 됐다. 김학준 교수가 조선일보 기자 동기인 인보길 부국장에게 전달한 김일성 사진을 인 부국장이 별 생각 없이(?) 지면에 실은 것뿐이지만 이것이 문제가 됐다. 최종 데스크를 보지 못한 내 잘못이기도 했다. 김일성 사진을 일간신문에 싣는다는 것은 당시로서는 금기였고 그게 상식이었다. 지금 관점에서 보면 유치한 일이긴 하다.

한국 언론에 김일성 사진 게재가 용인된 것은 노태우 정부 출범 이후다. 그 이전에는 상상도 할 수 없었다. 간지(間紙)에 들어가는 연재물이라 편집국장이 세밀히 살피지 않는 사각지대에 있었기 때문이라는 것은 변명에 불과하다. 외출로 인해 최종적으로 이를 솎아내지 못한 나의 과오였다. 기자가 아닌 학자가 쓴 연재물, 그리고 전직 조선일보 기자가 쓴 글이라 방심했다가 큰 일이 벌어진 것이다.

지면을 보니 기가 막혔다. 그때까지 본, 아니 지금까지 내가 본 김일성 사진 가운데 가장 잘 나온, 가장 잘 된 사진이었다. 윤전기는 이미 세워져 있었다. 김일성 사진은 다른 사진으로 교체됐지만 이미 가판을 보고 들이닥친 안기부 요원들이 그냥 갈 리 없었다.

해당 면 편집자인 강세훈(康世勳) 기자, 데스크를 본 인보길 편집부국장, 유건호 발행인 겸 부사장, 허술(許鉥) 월간조선 부장, 그리고 편집국장인 나까지 5명이 줄줄이, 그리고 개별적으로 남산 안기부로 연행됐다. 회사에서 곧바로 연행된 것이라 그나마 다행이었다. 가족들이 못 볼꼴을 안 봤기 때문이다.

요원들은 일단 군복으로 갈아입을 것을 지시했다. 포로가 된 듯한 느낌을 받았고, 처음 연행됐을 때와는 또 달랐다. 각 방에서 따로따로 조사를 받았는데 옆방에서 유건호 부사장의 기침 소리가 들려 송구스러워 미칠 지경이었다. 천식을 앓았던 유건호 부사장은 회사에서도 특유의 기침 소리를 내곤 했다.

요원 중의 하나는 "아 이제 알겠다. 북한에서 내려온 최고 간첩이 바로 네 놈"이라며 나를 신문(訊問)했다. 요원들의 손과 발이 마구

전임인 최병렬이 앉았던 편집국장석에 신임인 필자가 바꿔 앉은 뒤 동료들의 축하를 받았다.
왼쪽부터 강천석, 김명규, 인보길, 최병렬, 이영덕, 주돈식, 임동명, 정운성. 1985년 1월 16일.

들어왔다. 당시 사회 분위기에서 김일성 사진을 게재한 책임은 저야
한다고 생각했다.

안기부의 신문 요지는 불온분자가 불순한 의도로 사진을 실은
것이 아니냐는 것이었다. 조선일보에 불온분자가 있을 리 없었으니
'불순한 의도'는 아니었다. 옛날 자료 사진이니 괜찮겠거니, 역사 시리
즈니까 문제가 없겠거니 했을 것이다. 말하자면 '순수한 의도'였다. 다

섯 명의 대답이 한결 같으니 안기부도 더 이상 추궁하지 못했다. 이틀 동안 나는 이가 갈리도록 시달리다 풀려나왔다. 풀려나올 때 안기부 요원들이 복도에 도열해 "수고하셨다"는 인사를 했다.

김일성 사진 때문에 겪게 된 두 번째 남산 구경의 전말이다. 우스개이지만 기사와 사진은 김학준 교수가 전달한 것이니까 그도 연행됐어야 할 일이었다.

동아일보와의 '민족지 논쟁'

카운터펀치가 연이어 들어왔다고 할까. 안기부에서 풀려나온 직후 동아일보와 민족지 논쟁이 벌어졌다. 조선일보보다 창간일이 25일 늦은 동아일보는 이 해 4월 1일자 창간기념일 특집으로 「동아일보, 민족혼 일깨운 탄생」이라는 기고문을 실었다. 필자는 조용만(趙容萬) 고려대 명예교수였다.

총독부 당국은 신중히 고려한 끝에 민족진영 측으로 동아일보를 허가하고, 다음으로 실업신문을 내겠다고 하는 대정실업친목회 측에 조선일보를 허가하고, 끝으로 신일본주의를 표방하는 국민협회 측에 시사신문을 허가하였다. 이렇게 해서 민족주의를 표방하는 신문 하나, 실업신문

하나, 친일신문 하나를 허가해서 균형을 잡히게 하였다고 발표했지만 실상은 다른 속셈이 있었다. 즉 총독정치에 비판적인 동아일보의 허가에 대해서는 자기네들 속에서도 이론(異論)이 많았지만, 실업신문을 위장한 친일신문과 진짜 친일신문이 합장하면 2대1로 그까짓 민족진영의 동아일보쯤은 누르지 못하겠느냐는 판단 아래서 동아일보를 허가한 것이었다.

(1985년 4월 1일자 동아일보)

'실업신문'은 요즘 용어로 '경제지' 정도가 될 듯하고 '실업신문을 위장한 친일신문'이란 물론 조선일보를 지칭하고 있다. 동아일보와 민족지 논쟁은 내 앞에 놓여진 첫 번째 싸움이었던 것 같다. 지는 건 죽는 것보다 싫었지만 그때는 동아일보가 먼저 걸어온 싸움에 선뜻 대응하지 못했다. 우선 같은 언론끼리 싸운다는 것이 내키지 않았다. 조선일보가 '빌미'를 제공한 면도 없지 않아 있었다.

창간 65주년 기념일인 3월 5일, 조선일보는 「구독률 전국 최고… 25%」라는 특집기사를 실었다. 발행부수와 유료 구독부수 조사에서 조선일보가 신문업계 최고라는 내용으로, 서강대학 팀이 실시한 여론조사 결과를 분석해 작성한 기사였다.

사실 조선일보는 이보다 몇 해 전 이미 정상의 자리에 올라있었다. 그러나 방우영 사장은 이를 공개하지 말 것을 당부해왔다. 경쟁지들을 자극할 필요가 없다는 취지였다. 반면 간부들이나 사원들

편집국장석 앞으로 기자들을 불러 모아 동아일보와의 일전(一戰)을 결의하는 긴급회의를 열었다.

의 의견은 달랐다. 회사 매출에 영향을 미칠 뿐더러 사우들의 자부심, 애사심과도 관계되는 문제였다. 특히 목사균 광고국장은 "조선일보가 1등 신문이라는 것을 이미 세상이 다 아는데 우리가 애써 밝히지 않는다는 것은 의미가 없다"며 여론조사 결과 공개를 강력히 주장했다.

편집국장으로서 결단을 내렸다. 창립기념일에 그 정도 자랑은 용인되리라는 생각을 했다. 그 결정은 경쟁지의 선제공격으로 되돌아왔지만 그래도 맞대응은 자제했다. 앞서 말한 이유에서였다. 맞대응을 하면 싸움만 커지고 볼썽만 사나워질 것이 불을 보듯 뻔했다.

대응을 하지 않으면 잦아들 것이라는 기대와는 달리 동아일보의 공세는 계속됐다. 동아일보는 4월 12일자를 통해 일본의 한 일간지를 거론하면서, 다시 동아일보만이 민족지이고 조선일보는 총독부 시책을 추종해온 신문인 양 보도했다.

조선일보 기자들은 분노했다. 상황이 급박하게 돌아갔다. 나는 기자들의 흥분은 가라앉히고, 동아일보 측의 자제를 당부하기 위해 접촉을 시도했다. 동아일보 편집국장 L씨는 서울대 법대 4년 선배였다. 그에게 수차례 전화를 걸었지만 연결되지 않았고, 메모를 남겨도 회신이 없었다.

참는 것이 더는 능사가 아니었다. 기자들의 분노는 극에 달했고, 독자들로부터도 "조선일보가 왜 참고만 있느냐?" "당당하게 나서서 해명을 하라"는 전화가 빗발쳤다. 편집국장으로서 조선일보의 입장을 분명하게 드러내야 한다는 결론에 이르렀다.

나는 편집국 기자 전원을 비상소집, 동아일보와의 전면전을 선언하고 구체적인 작업에 들어갔다. 그런데 사태 해결의 실마리는 우연찮게 찾아왔다. 그 무렵 선우휘 조선일보 논설고문이 수술을 받고 서울대병원에 입원 중이었다. 문병 차 찾아가 이런저런 얘기를 나누다 보니 자연스럽게 회사 이야기가 나왔다.

내 이야기를 조용히 듣고 있던 선우휘 고문은 몇 시간 후 원고를 보내왔다. 예상치 못한 일이었다. 방우영 사장과 사전에 어떤 이야

제37회 신문의 날을 맞아 한국프레스센터에서 열린 리셉션에 참석한 김영삼 대통령과 악수를
나누는 필자. 당시 나는 한국신문방송편집인협회 회장으로 한국신문협회 회장이던 김병관
(金炳琯) 동아일보 회장(사진 가운데)과 함께 내빈을 맞았다. 1993년 4월 6일.

기를 나눴는지 알 길은 없으나 곤혹스런 상황에 처해 있는 회사에
대한 애정에서 써내려간 칼럼이었다. 명문(名文)이었다. 한 대목을 옮
겨보면 아래와 같다. 칼럼명은 「동아일보 사장에게 드린다」이다.

동아일보가 자신만 추켜세우면 될 것을 남의 신문까지 헐뜯어 이미
지를 손상시키지 않으면 안 될 무슨 어려운 사정이 있는가? 정확하게 말
하자면 일제 위정 당국은 조선일보는 대정실업친목회를 대표한 예종석

(芮宗錫)에게, 동아일보는 박영효(朴泳孝)에게 허락해준 것이다. 당시 박영효가 어떤 경력의, 어떤 정치적 성향의 인물로서 일제 당국으로부터 굳건히 신뢰를 얻고 있었다는 것은 가히 짐작이 가고도 남는 일이다. (1985년 4월 14일자 조선일보)

선우휘 고문의 칼럼에 동아일보는 맞대응했다. 4월 17일자에 「애독자 제현에게 알려드립니다」라는 글을 실었다. 동아일보는 "조용만은 조선일보 창간에서 갱신까지를 다 다뤘는데 갱신 부분이 빠지다보니 조선일보가 오해를 한 것이다. 그래서 월간조선 4월호에 실었던 조선일보 창간 65주년 기념 특집 논문 중에서 그 부분을 소개했다"라며 은근히 한 발을 뺐다. 그러면서도 여전히 조선일보는 친일신문으로 창간된 것이라는 주장을 고집했다.

그렇다면 전면전이었다. 더는 참을 수 없고 질 수도 없었다. 싸우면 이겨야 한다. 이틀 뒤인 4월 19일자 조선일보에 「우리의 입장 -

동아일보의 본보 비방에 붙여」라는 반박문을 실었다. 조선일보는 이 글을 통해 "그동안 왜곡된 민족사 서술을 바른 시각에서 제대로 정립해나갈 것"이라고 다짐한 뒤, "이 기회에 조선일보와 동아일보를 포함해 각계각층이 민족의 정통과 이단(異端)의 옥석(玉石)을 가리는 작업에 나서자"고 제안했다. 또 "이제부터라도 조선 말기에서 1940년대 말에 이르기까지의 민족사의 내측에 숨겨 있던 친일 계보를 속속들이 파헤쳐야 한다"고 당당한 전면 대응을 선언했다.

하지만 동아일보는 더 이상의 대응을 보이지 않았다. 애초부터 조선일보도 원했던 싸움이 아니었다. 상대가 공세를 거뒀으니 더는 싸울 명분이 없었다. 보름 남짓한 '민족지 논쟁'은 그렇게 유야무야(有耶無耶)됐다.

「좋은 아침 좋은 신문 조선일보」 구호 만들어

신문기자가 되면 그 순간부터 언론의 자유, 표현의 자유를 지키는데 앞장서야 한다는 것을 배운다. 또 권력을 감시하고 자유와 인권을 지키는 것이 저널리즘의 원칙이라는 것도 배운다.

조선일보기자라면 이밖에 조선일보 사시(社是)가운데 하나인 불편부당(不偏不黨)을 지켜야 할 지침으로 삼고 행동한다. 기자란 조직의 논리보다는 개인의 일(業)을 우선시하고 속으로는 '무관의 제왕'을 자처하기도 한다.

나는 편집국장에 임명되면서 이런 각양각색의 개체인 편집국 기자들과 함께 조선일보라는 조직 속에서 어떻게 조화를 이루어 내가 지향하는 신문을 만들어 낼 수 있을까 많은 고민을 했다.

'안병훈 편집국장시대'가 전임 '최병렬시대'와 다른 점은 무엇일까, 경쟁지를 제치면서 독자들을 사로잡아 조선일보가 계속 1위 자리를 유지 할 방법은 무엇인가.

고민 끝에 나온 결론은 새로울 것도 내세울 것도 아닌, 그저 평범한 "좋은 신문"만들기였다.

언론이란 무엇인가. 팩트 비즈니스(Fact Business)아닌가. 사실과 진실보도에 충실하면서 결국은 독자들이 읽고 싶어 하는 기사를 써주는 것, 독자와 광고주들이 읽고 고개를 끄떡이는 기사를 쓰는 것이 올바른 언론, 좋은 언론이 아닌가. 기자들의 주장만이 아닌 독자들이 기대하고 소통하는 기사가 게재되는 것이 좋은 언론이 아닌가 하는 결론을 내렸다.

나는 이 해(1985년) 10월 초 '좋은 신문 만들기'란 주제를 전 편집국기자들과 공유하기 위해 남한강 수련원에서 1박 2일 일정으로 편집국 연수회를 개최했다. 연수회 강사인 김동길 교수는 연수 주제에 맞게 강연 서두에 "조선일보는 좋은 신문입니다"라고 좋은 신문

필자가 편집국장이던 시절 남한강 수련원 연수회에서 찍은 편집국 기자 전원의 기념사진.
나는 이 자리에서 동아일보 등 모든 석간신문들이 조간화 하는 것을 계기로 '좋은 아침 좋은 신문,
조선일보'라는 구호를 만들어 편집국 동료들에게 다른 신문과의 차별화를 강조했다.
앞줄 오른쪽부터 아홉 번째가 필자. 1985년 10월 6일.

을 내세웠고 분임토의에선 최고 품질의 기사는 어떤 것인가, 조선일
보를 읽고 독자로서 자긍심을 느끼게 할 방법은 없을까 등 '좋은 신
문 만드는 방법에 대해 토론하며 이 주제가 기자들의 몸에 배도록
유도했다. 결과는 대성공이었다.

연수회는 내가 제안한 〈좋은 아침 좋은 신문 조선일보〉라는

구호를 편집국 기자들 모두가 열창한 후 회의를 마쳤다. 이 구호는 그 후 조선일보 홍보 문구로 정해지고 광화문을 향한 조선일보사 구관 입구의 대형 전시판에 붙여져 오랫동안 전시, 홍보됐다. 이 밖에도 나는 "신문에도 품질이 있습니다. 조선일보"라는 선전 구호 등을 만들기도 했는데, 이는 각 지하철역이나 TV를 통해 광고되기도 했다.

기자는 권력을 감시하고 비판하는 것을 제일 큰 의무로 알고 있다. 그런데 기자가 남을 비판하는데 있어서 제일 큰 전제조건은 먼저 기자가 겸손하고 깨끗해야 신뢰를 받을수 있다는 것이다.

나는 조선일보 기자들도 좋은 신문을 만들기 위해서는 먼저 돈 문제에 무엇보다도 깨끗해야 한다고 생각했다.

방상훈 사장과 많은 논의를 거친 끝에 앞으로 조선일보의 모든 기자들은 명분이 어떻든 취재원으로부터 오는 이른바 촌지(寸志)는 절대 받지 말고 거부하라고 지시하고 이를 어기면 퇴사등 중징계를 한다는 경고를 내렸다.

이와 동시에 회사는 기자들에게 취재원과의 접촉에서 발생하는 비용을 기자가 지불하도록 크레디트 카드를 발급했다. 방 사장은 평소에도 "기자가 밥값 내면 안 되나" "기자가 먼저 대접하라"고 강조해 왔었다. 그러다가 모든 기자들에게 크레디트카드 발급을 결정한 것이다.

그 후 이 일로 출입처에서 촌지를 받다 말썽을 빚은 한 두기자가 퇴사한 경우가 있긴 했으나, 조선일보 기자의 촌지거부가 불러온 각계의 반응은 가히 충격적이었다. 물론 조선일보 기자의 품격과 신뢰도는 급상승 했다고 짐작된다.

1986년 8월, 나는 조선일보 사보(社報) 인터뷰를 통해 "매일 좋은 신문을 만들어 조선일보를 최고 최대 최선의 신문으로 만드는 것이 편집국장의 목표"라고 말하고 이를 위해서는 "남을 따라가지 않고 남이 우리를 따라오게 하는 것이 1등 신문이 되는 길"이라고 강조했다.

이어 "나는 지는 것이 싫고, 지고 사는 사람 보는 것도 싫다 지기 싫다. 지지 않으려면 이겨야 하고, 이기는 길은 매일 싸워 매일 매시간 이겨야 한다. 이를 위해서는 상대방보다 한발 앞서 치열하게 살아야 한다. 신문의 경우는 'One Day Bestseller'가 되어야 한다. 이것이 매일 이기는 것이다"라고 덧붙이기도 했다.

나는 조선일보 독자의 성향이 대부분 보수성향임을 감안하여 보수 색깔의 독자들이 조선일보를 자기 신문, 자기 가족신문처럼 느끼도록 신문을 만들어야겠다고 생각했다. 이를 드러내놓고 떠들지는 않았으나 회의 때마다 보수적 가치를 강조하고 이런 신문의 길이 나라를 위한 길이라고 강조하기도 했다. 그러나 진보세력들이 늘상 강조하는 환경 문제나 여성, 외국인 노동자, 장애인문제 등도 신문제작에 적극 반영토록 배려했다.

그동안 나는 거의 매일 밤 12시에서 새벽 1시, 2시께 편집국에 나타나 서울과 경기도등지에 배달되는 조선일보 최종판 대장을 마지막으로 확인하고 귀가했다. 그리고 다음날 회의에 참석키 위해 매일 아침 9시께 출근했다. "철야하며 신문제작을 책임지는 야간국장이 있는데, 왜 매일 그러느냐. 몸이 견디겠느냐"며 만류하는 사람도 있었으나, 조선일보 제호 밑에 내 이름이 들어가 있는 이상 내가 최종 책임자로서 OK 사인을 해 주는 것이 당연하지 않느냐는 것이 내 신념이었다. 조선일보 편집국장 자리에 3년 10개월 재직하는 동안 거의 매일 그렇게 고집스럽게 보냈다. 지금 생각해 봐도 신기할 따름이다.

첫 작업, 21세기 모임

편집국장이 되면서 나의 마음가짐과 태도도 달라졌다. 이전까진 주어진 일을 열심히 하는 데 노력했지만 이제는 일을 찾아나서야 했다. '조선일보 21세기 모임'은 편집국장에게 맡겨진 일을 찾는 내 첫 작업이라 할 수 있다.

이 모임의 시작은 편집부국장 시절이던 1984년 초겨울로 거슬러 올라간다. 대학 동기 두 명과 이젠 신문이 미래를 얘기할 때라는 논의가 오고갔고, "나라를 미래로 밀어올리자"는 데 뜻을 같이 했다. 한 명은 편집국장 최병렬이었고, 또 한 명은 서강대 정치외교학과 교수로 재직 중이던 이상우였다. 예의 그 평생의 지기(知己)들이다. 뜻이 같고 말이 통했으므로 논의는 일사천리로 진행됐다. 큰 그림은 이상우 교수가 그리고, 지휘는 최병렬 국장이 했지만 그는 얼마 후 정계에 진출하며 조선일보를 떠났다. 남은 일은 나의 몫이었다.

이홍구(李洪九) 서울대 정치학과 교수를 '21세기 모임' 위원장으로 추대했고 권태완(權泰完) 한국과학기술원 생물공학부장, 권태준(權泰埈) 서울대 환경대학교 교수, 김우창(金禹昌) 고려대 영문학과 교수, 김학준 서울대 정치학과 교수, 서광선(徐洸善) 이화여대 종교학과 교수, 이인호(李仁浩) 서울대 서양사학과 교수, 정근모(鄭根謨) 한국전력기술회사 사장, 한승수(韓昇洙) 서울대 경제학과 교수, 그리고 이상우와 내가 기획위원으로 초빙됐다.

1985년 1월 1일자 조선일보에 '21세기 모임' 관련하여 사고(社告)가 나갔다. 한 대목을 옮겨보면 이 모임의 성격이 분명해진다.

우리는 20세기의 남은 15년 동안, 20세기의 열림과 더불어 우리 겨레에게 부과됐던 타율적인 역사의 빚을 완전히 청산해 버리는 한편, 늦어

조선일보 21세기 모임 회원들이 한승수 전 국무총리의 형님이 운영하는 소양강 양어장을
견학하며 기념촬영을 했다. 아래 오른쪽부터 시계바늘 방향으로 한승수, 정근모, 신동호,
이상우, 이홍구, 방상훈, 김대중, 김우창, 권태완, 필자, 이현구, 안종익. 1985년 가을.

도 21세기부터는 자율적인 민족사를 우리 스스로 창조해 나갈 수 있도록
그 준비 작업을 충실히 해나가야 하겠습니다.

요컨대 '조선일보 21세기 모임'은 21세기 자율적인 민족사 창조
를 위한 준비 작업을 하는 모임이었다. 9개 소위원회로 나눠진 '21세
기 모임'은 각계 전문가들을 초청, 현 상황을 진단하고 다가올 21세
기에 전개될 상황에 대한 해답을 모색했다. 그 논의와 결론은 이 해
3월 5일자 지면에 첫 회가 나갔고, 12월 29일자까지 총 36회로 연재

됐다.

나는 기획위원들과 각계 전문가들의 회의 장소를 편집국 부장 회의가 열리는 회의실로 굳이 잡았다. 모든 편집국 기자들이 밖에서 훤히 볼 수 있도록 된 이 회의실 광경을 지켜보면서 자극을 받으라는 의도에서였다. 학자들과 전문가들이 매주 조선일보 편집국에 드나들었다. 때로는 밤늦게까지 토론을 벌였다. 기자들이 얼마나 자극을 받았는지는 알 수 없으나 편집국장으로서 이를 지켜만 봐도 뿌듯했다. 이 기획이 나라를 미래로 밀어올리고 선진화하는 데 큰 기여를 했다고 자부한다.

연재가 끝난 후 이상우 교수는 "이 기획이 성공한 이유는 물론 뜻도 훌륭했지만 조선일보가 엄청난 비용과 지면을 들여 지원했기 때문"이라는 덕담을 했다. 그 후 정부 안에 21세기위원회가 설치됐고, 초대 위원장에 이상우 교수가 임명됐다.

이어령 교수, 워드프로세서로 원고 전송

언어의 유희가 아니라 그 무렵 나는 조선일보를 '다른 신문과 다른 신문'으로 만드는 방법에 천착(穿鑿)하고 있었다. 고심 끝에 도출한 그 방법은 '미래로 가자'는 것이었고 '21세기 모임'은 그 첫걸음이었다.

그러나 미래는 현재를 기반으로 한다. 어제 없는 오늘이, 오늘 없는 내일이 있을 수 없다. 불행하고 다행스러운 것은 오늘이 오늘일 때, 현재가 현재일 때 그 의미를 알 수 없다는 점이다. 그래서 이런 사고를 냈다.

오늘의 시대는 변화하고 있습니다. 앞서가는 신문 조선일보는 달라진 우리 사회와 오늘의 한국인의 모습을 현장리포트로 엮어갈 새 칼럼 「신한국인」(부제-당신은 바람을 보았는가)을 (6월) 18일부터 연재합니다. 필자 이어령 씨(이화여대 교수)는 전후 새로운 문학이론의 기수로 문단에 새 지평을 열었고, 저널리스트 에세이스트로 수많은 저술을 발표한 지성입니다. 특히 1960년대 초 《흙 속에 저 바람 속에》를 발표, 한국론에 불을 당기며 선풍을 일으켰던 베스트셀러 작가입니다. (1985년 6월 14일자 조선일보)

오늘의 의미를, 현재의 의미를 모든 사람이 다 알고 있다면 논객과 신문이 무슨 필요가 있겠는가. 미래로 가기 위해선 현재를 알아야 했고, 현재를 알기 위해선 논객과 신문이 필요했다. 이어령 교수가 그 논객 역할을 했다면 조선일보는 그에게 지면을 제공한 신문이었다. 이어령 교수가 먼저 아이디어를 내긴 했지만 이 일 역시 내게는 하나의 자부심으로 남아있다.

어느 날 그는 내게 "새로운 세상에 새로운 한국인은 어떻게 해야 하는지, 새로운 변화의 시대는 어떻게 맞이해야 하는 지 1면에 시리즈를 실으면 어떻겠느냐?"고 제안한 적이 있었다. 그러면서 국내 신문사 역사상 최초로 워드프로세서, 그러니까 컴퓨터로 입력한 원고를 신문사에 워드프로세서로 전송하여 지면 제작을 시도해보자는 데까지 이야기가 진전됐다. 나는 이어령 교수의 에세이 내용보다도 그 원고를 전화선으로 전송한다는 사실이 더 흥미로웠다. 그의 제안을 당장 받아들였고, 그렇게 탄생한 것이 「신한국인, 당신은 바람을 보았는가」 시리즈였다.

이 시리즈 첫 회에서 이어령 교수는 바람처럼 보이지 않는 현재의 의미에 대해 이렇게 썼다.

나뭇잎 하나의 흔들림에서 바람이 지나는 것을 보듯이, 아무리 작은 옷자락의 나부낌이라 하더라도 우리는 이 시대의 바람을— 정신과 문명, 그리고 세계의 지붕 위로 부는 바람의 의미를 놓쳐서는 안 될 것이다.
(1985년 6월 18일자 조선일보)

이 교수는 이 시리즈를 8월 31일자까지 41회를 연재하면서 현대 한국 사회에 불어오는 '바람'을 날카롭게 분석, 통찰했다. 그러나 나는 이 원고가 워드프로세서로 송수신된 글을 처음 시리즈로 싣는

방상훈 사장(맨 왼쪽)을 비롯한 조선일보 간부들이 납 활자를 문선 정판하여 만들던 마지막
신문의 제작 과정을 지켜보았다. 이날 이후로는 첨단 CTS 방식으로 신문을 제작하기 시작했다.
1992년 9월 22일.

다는 데 더 큰 의미를 두고 있었다.

　　앞서 언급했듯이 6월 18일자 이어령 교수의 글은 워드프로세서
로 보내온 글이었다. 이후의 원고도 워드프로세서에서 워드프로세
서 간의 전화선으로 옮겨졌다. 지금으로 말하면 이메일로 보내온 기
고문이라 할 수 있다. 당시는 팩시밀리로 외부 필자의 원고를 받는
것이 그나마 최첨단이었다. 그게 아니면 사람을 통해 주고받은 필자
의 원고를 일일이 보며 문선(文選)하고 식자(植字)해서 조판(組版)하
던 시절이었다.

어쨌든 원고를 워드프로세서로 받아 조판한 것은 경쟁지를 압도하는 일이었다. 그래서 나는 '이 원고는 한국 언론 최초로 워드프로세서로 받은 것'이라는 편집자 주(注)를 넣었다가 최종 단계에서 빼버렸다. 그 의미를 설명하기도 어렵고, 설명한다 해도 이해하는 사람이 극소수였기 때문이다. 편집자 주를 밀어붙였다면 한국 언론사에 남는 한 구절이 됐을 텐데 그렇게 하지 못했다는 아쉬움이 남아있다. 다시 이어령 교수의 글을 옮겨본다.

또한 옆에는 이름도 생소한 워드프로세서가 있다. 쉽게 말하자면 원고를 쓰는 컴퓨터이다. 붓은 아주 옛날의 이야기이고 이제는 펜으로, 타이프라이터로 글을 쓰던 시대가 가고 있는 중이다. 500년이나 묵은 한글이 최신 기술의 반도체 소자로부터 찍혀 나오고 있다. 그것 역시 종이를 찢지 않고서도 글을 쓸 수 있다는 진부한 감탄 부호로 끝나는 이야기가 아닐 것이다. (1985년 6월 14일자 조선일보)

5장

오보(誤報)의 쓴 맛, 특종(特種)의 단 맛

조선일보 지령(紙齡) 2만 호

1986년 2월 27일 나는 조선일보 주주총회와 이사회를 통해 편집인으로 선임됐다. 편집국장이 편집인을 겸임한 사례였다(오른쪽 조선일보 사보 사진). 경영과 편집의 분리라는 조선일보의 전통적 방침을 더욱 확고히 한 조치였다는 평가가 나왔다.

　이 해는 조선일보가 창간 66주년, 지령 2만호를 맞이하는 해였다. 지령 2만호는 한국 언론 가운데 최초였다. 가만히 있을 수 없었다. 나는 조선일보가 한국 언론사에서 가장 오래된 신문이라는 것을 이 기회에 널리 알리는 방법이 없을까 고심하다가 여러 아이디어 중

신용석 부장이 제안한 '현대사 퀴즈' 연재로 결정했다.

신문은 역사 서술의 가장 기본적인 사초(史草)다. 역사를 모르는 민족은 망한다. 신문은 끊임없이 독자들에게 역사를 환기시켜야 한다. 3월 13일자에 사고(社告)를 냈다. 요지는 "창간 이후 66년간의 국내외 사건과 우리가 알아두어야 할 현대사를 중심으로 독자 사은 현대사 퀴즈를 마련했다"는 것이었다. 4월 4일자로 예정된 지령 2만호를 20일 앞둔 날이다.

이 날부터 4월 4일까지 매일 한 문제씩 20문제를 지면에 실었다. 20일 동안 조선일보가 가장 오랜 역사를 가진 신문이라는 사실이 독자들에게 자연스레 선전됐다. 당시 지면을 찾아보니 3지선다(三枝選多)였다. 지면을 찾아본 김에 첫 문제가 무엇인지도 궁금했다. 지문(地文)의 일부는 이렇다.

조국의 해방을 여섯 달 앞두고 옥중에서 생체 실험의 대상이 되어 모진 고문 끝에 29세의 나이로 요절한 어떤 시인은 일제에 저항하는 많은 시를 남겼다.

정답은 ①이상화 ②이육사 ③윤동주 중의 하나다. 112만 8천여 통의 응모편지가 조선일보에 답지했다.

4월 4일자 지령 2만호에는 방우영 사장의 「감사와 자성의 다짐」이라는 기념사와, 전 조선일보 주필 최석채의 「언론이 죽으면 민족이 퇴보한다」는 기고문을 실었다.

또한 수도권 6개 도시에서 조사한 한국 일간신문 구독률 분석 결과도 당당하게 실었다. 구독률 33%를 차지한 조선일보가 1위였다. 이튿날에는 독립기념관 '추념의 숲'에 조선일보 지령 2만호 기념식수를 하고 기념비를 세웠다. 어제 일 같기도 하지만 그때 우리가 심은 나무는 꽤 자랐을 것이다.

잠실 주경기장에서 편집국 부장회의 열다

그래도 내게 1986년은 유남규(劉南奎)와 김일성으로 기억되는 해다. 이 해 9월 20일부터 10월 5일까지 열린 제10회 서울아시아경기대회는 단순한 스포츠 제전이 아니라 우리나라로서는 중대한 역사적 분기점이 된 잔치였다.

그 무렵까지만 해도 세계인들에게 한국은 동북아시아의 끝자락에 자리한 조그만 나라에 불과했다. 일제 식민지였고, 남북이 분

조선일보는 지령(紙齡) 2만호 발행을 기념하기 위해 천안의 독립기념관 내에 소나무 숲을 조성했다. 필자와 조연흥 총무국장(오른쪽)이 표지석을 보고 있다. 1986년 4월 4일.

단되어 있으며, 6·25전쟁을 겪은 나라라는 정도의 인식이 대부분이었다. 86아시아경기대회는 이 같은 부정적인 한국관을 바꿔놓을 절호의 기회라고 생각했다. 여기에 도움이 된다면 무슨 일이든 하고 싶었다.

하지만 서울대회 이전까지 아시안게임은 우리나라에서도 동네축구시합만큼도 대접을 못 받는 처지였다. 국민들의 관심도 시들했다. 경쟁지들도 대수롭지 않게 여기는 눈치여서 취재준비도 대충 시늉만 내고 있었다.

내 생각은 달랐다. 일본은 1958년 아시안게임과 1964년 올림픽을 개최하는 동안에 비약적인 경제성장을 달성했다. 아시안게임이 "우리 이제 살만 해졌소!"라는 선언이었다면 올림픽은 "이제 우리는 선진국이오!"를 천명한 대회였다. 한국이라고 해서 그러지 말라는 법은 없었다.

아시안게임을 다룬 일본 신문을 뒤졌다. 어떻게 취재하고 어떻게 지면화했는지 아사히신문부터 요미우리신문(讀賣新聞)까지 샅샅이 검토했다. 결과는 놀라웠다. 일본 신문은 아시안게임을 국력 신장의 상징적인 행사라고 보고 대대적인 보도를 하고 있었다. 특히 아사히신문은 전체 지면의 절반 이상을 아시아경기대회 관련 기사로 채워놓고 있었다. 경쟁지들과 차별화된 지면을 꾸미겠다는 내 생각은 확고해졌다.

편집국 부장단 회의에서 나는 "국가 간의 대항전은 민족감정이 있어서 경기 수준이 낮더라도 흥미가 더 하고 폭발력이 잠재해 있다"며 아시안게임 보도 준비에 최대한의 역량을 기울이자고 역설했다. 신문사로서는 2년 뒤에 치를 88서울올림픽에 대비한 '시험판'을 만든다는 생각도 해야 했다. 어느 경쟁지도 그 같은 글로벌 이벤트를 국내에서 경험한 바 없었으므로 우선 86아시아경기대회를 통해 노하우를 익혀둘 필요가 있었다.

체육부 기자들과는 별도로 외국어에 능통한 기자들로 특별취

아시안게임의 중요성을 강조하느라 편집국 부장회의를 이례적으로 잠실 주경기장 한복판에서 열기도 했다. 왼쪽 11번째가 필자. 1986년 5월 3일.

재팀을 구성했다. 이들에게는 메인프레스센터(MPC) 내에 마련된 취재본부를 거점으로 경기 외적인 취재를 주로 맡겼다. MPC에 입주한 외국 언론사 기자들을 접촉하여 색다른 화제와 낙수(落穗) 등 이른바 '피쳐(feature)'를 긁어모아 경쟁지에 비해 훨씬 다양한 읽을거리를 제공하려고 했던 것이다.

특히 나는 아시안게임을 계기로 조선일보를 스포츠 제전뿐 아니라 문화축전이 가득한 지면이 되도록 하라고 문화부 기자들을 다그쳤다. 자유아시아방송 대표로 있는 오중석(吳重錫) 전 문화부 기자는 '그때가 가장 신나게 일하던 시절'이라고 회상하기도 했다.

아시아경기대회 개막 첫날이다. 당시 조선일보 지면이 12면이던 때다. 지면 대부분을 아시안게임 관련 보도로 뒤덮었다. 너무 파격적인 지면 구성에 신동호 주필이 전화를 걸어와 "편집국장, 자네 미쳤나!" 하고 고함을 칠 정도였다. 지면을 만든 편집국 기자들 역시 어안이 벙벙한 모습이었다.

나의 파격은 적중했다. 대회 초반 한국은 안재형(安宰亨), 유남규의 활약으로 탁구 단체전에서 36년 만에 중국을 꺾는 파란을 연출해냈다. 무려 3시간 반 동안의 혈전 끝에 극적인 역전 드라마를 펼친 것이었고, 유남규는 그 주역이자 영웅이었다. TV를 본 온 국민이 환호했고, 그때부터 아시아경기대회에 남녀노소 가리지 않고 다들 관심을 쏟기 시작했다. 우리나라 신문에서 스포츠 기사가 제대로 대접을 받기 시작한 것은 이때부터다.

이후 지면 배분에 대한 편집국이나 사내의 시비는 사라졌다. 유남규 선수가 내 체면을 살린 셈이다. 눈치만 보고 있던 다른 신문들도 뒤늦게 아시아경기대회 보도를 경쟁적으로 늘리며 조선일보를 뒤따라왔다. 공들인 취재와 보도는 나름대로 큰 성과를 거뒀다고 자부한다. 88올림픽에 대비한 신문제작에도 웬만큼 자신과 감각이 생겼다.

27개국 4천800여 선수가 참가한 큰 대회를 한국인들은 특유의 '하면 된다'라는 정신으로 훌륭하게 치러냈다. 더불어 한국의 눈부신 경제발전과 한국인의 활기찬 삶의 모습을 세계인들에게 심어주었다. 성적에서도 한국 선수단은 금메달 93개를 따 94개의 중국에 이어 2위를 차지했다.

이로써 그동안 소홀히 다루어진 스포츠 기사가 제대로 대접 받는 계기가 마련되었다. 무엇보다 큰 소득은 국민의식의 향상이었다. 국제적인 이벤트를 치르면서 우리도 이제 세계인으로서 갖춰야할 선진 의식을 가져야겠다는 자각을 하기 시작했던 것이다.

김일성 사망 오보

아시안게임에 대한 성공적인 대처와 보도에 한껏 고무돼 있을 무렵, 내 자존심을 가차 없이 짓밟는 일이 일어났다.

1986년 11월 16일 조선일보는 외신(外信)에서 떠도는 '김일성 피살설' 기사를 2면 3단으로 실었다. 김윤곤(金潤坤) 도쿄특파원이 쓴 이 기사는 "북한 김일성이 암살되었다는 소문이 (11월) 15일 나돌아 도쿄 외교가를 한동안 긴장시켰다. 일본 공안경찰 관계자들은 이 소문의 진위를 확인하기 위해 갖가지로 시도했으나 아직 확인되지 않고 있다"고 보도했다.

이 날은 일요일이었다. 부연하자면 이튿날인 월요일은 당시로선 조간신문이 나오지 않는 요일이었다. 소문이 사실로 확인되지 않아 사망설 기사를 2면 3단 기사로 작게 취급한 것이다.

워낙 큰 사안인지라 일요일 하루 동안 상황은 물밑에서 급박하게 돌아갔다. 사실로 확인되면 세계적인 특종이 될 기사였다. 나는 여러 채널을 통해 사실 확인을 시도했다. 그러나 오보를 내느라고 그랬는지 이날 오후 휴전선 이북 북한의 선전마을에 조의(弔意)를 의미하는 반기(半旗)가 걸렸다는 정보와, 북한군 관측소 여러 곳에서 "김일성 주석이 총격을 받아 사망했다", "김정일 동지를 수령으로 모시자"고 대남 방송하는 것을 확인했다는 정보까지 편집국에 들어와 있었다.

사실 확인을 더 해야 함에도 소문을 토대로 11월 17일자 호외를 발행했다. 신문 없는 날 독자서비스를 위해서였다. 톱기사 제목은 「김일성 총 맞아 피살」이었다. 전날에 이어 이 날도 국내외 정세가 요동쳤다. 나카소네 야스히로(仲曾根康弘) 일본 총리는 "그 같은 정보를 들었으나 아직 확인되지 않았다. 외무성에 확인을 지시했다"고 했고, 미 국무성 대변인은 "확인된 정보를 갖고 있지 않으며 상황이 분명해질 때까지 추측하지 않겠다"고 했다. 그러나 이기백(李基百) 국방부장관은 국회에 출석해 "아직 단정할 수 없으나 김(金)이 사망했거

「김일성 총 맞아 피살」이란 제목이 달린 '신문 없는 날'(1986년 11월 17일)의 호외.
이틀 뒤에 오보로 판명됐다.

나 그렇지 않으면 북 내부에 심각한 권력투쟁이 있는 것이 사실"이라
고 했다.

안 되려면 안 되는 쪽으로만 흐르는가 보다. '사망설' 기사와 '피
살' 호외를 낸 김에 다시 한 번 조선일보의 '세계적 특종'임을 강조하
려 11월 18일자 본지(本紙) 1면에 또 김일성 피격 사망 기사를 크게
냈다. 이 기사를 내기 전에 장세동 안기부장의 전화를 받았다. 장 부
장이 말한 요지는 "기사를 신중히 다루라. 우리가 아는 한 김일성은
죽지 않았다"는 것이었는데 이를 무시한 것이 결정적 실수였다. 이유

는 청와대에서 열린 대책회의에서 안기부장을 제외한 모든 정보기관장이 '김일성 사망'을 전두환 대통령에게 보고했다는 정보가 입수되었기 때문이다.

11월 18일자 조선일보를 손에 든 독자들이 술렁거리고 있을 무렵, 김일성은 이 날 오전 10시 몽골 주석을 영접하기 위해 평양공항에 나타났다. '세계적 특종'이 '세계적 오보'가 되는 순간이었다. 이튿날 조선일보 1면 제목은 「김일성은 살아있었다」였다. 이 날짜 지면 편집을 마치고 나는 사표를 들고 사장실로 찾아갔다. 방우영 사장에게 "조선일보 독자들에게 큰 실망과 불신을 안겼다. 책임을 지고 편집국을 떠나겠다"고 했더니 방 사장은 "모든 신문이 오보를 했는데……더욱 열심히 하라"고 했다. 또 한 번 "미안하고 멋쩍고 고마웠다"는 표현을 쓸 수밖에 없다.

방우영 회장과 나

방우영 회장이 지난해 5월 8일 별세했다. 방우영 회장은 조선일보를 오늘의 1등 신문으로 만드는 데 절대적인 역할을 한 언론 경영인이다.

내게 방우영 회장은 같은 길을 걸었던 '동지'이자, 언제나 나를 믿어주고 지원해주었던 은인(恩人)이었다. 내 일생은 '조선일보'라는

소련을 비롯한 동구권 공산국가들이 무너지고 중국마저 개방된 이후 조선일보는 모든 사원을 대상으로 이 지역에 대한 해외연수를 실시했다. 연수를 마치고 돌아온 사원들이 찍은 사진으로 연 전시회를 둘러보는 방우영 사장, 방상훈 부사장, 목사균 상무와 필자(오른쪽부터). 1990년 11월 3일.

사명(社名)과 '방우영'이라는 이름을 빼놓고선 단 한 줄도 써내려갈 수 없다.

방우영 회장은 세상을 떠났지만 그가 이룬 조선일보의 황금기는 그의 이름과 함께 모든 조선 사우들의 가슴 속에 영원히 기억될 것이다. 삼가 고인의 명복을 빈다.

내 회고록에 방우영 회장에 관한 챕터를 마련하려고 했는데 마침 조선일보사로부터 원고 청탁을 받았다. 2016년 1월 22일 미수(米

壽)를 맞이하는 방 회장을 기리기 위해 그를 추억하는 글을 보내달라는 것이었다. 출간된 책 《신문인 방우영》에 소개된 글을 아래에 옮겨본다. 소제목은 「조선일보 황금기를 함께 하다」이다.

조선일보에서 나는 38년 7개월 동안 재직했다. 1965년 6월 1일부터 2003년 12월 31일까지 근무하면서 나의 모습은 여러 가지로 변모해 갔다. 스물일곱 홍안 청년의 머리는 서른, 마흔, 쉰을 지내며 예순다섯의 서리가 내렸다. 편집부에서 근무해야 편집국장이 되는 줄 알았던 올챙이 기자의 명함에는 정치부장, 사회부장, 편집국장, 편집인, 대표이사 같은 직책들이 명멸했다.

이 같은 '변모'와 함께 내게는 단 한 번도 변하지 않았던 사실이 두 가지 있다. 하나는 내 명함에 쓰여진 조선일보라는 사명(社名)이었고, 다른 하나는 방우영 회장이 언제나 나의 보스였다는 점이다.

한 회사에서, 그것도 조선일보처럼 좋은 신문사에서 40여 년을 보내며 정년퇴임한 것은 크나큰 행운이 아닐 수 없다. 하지만 그보다 더 큰 행운은 방우영이라는 거목의 그늘 아래서 할 수 있는 것은 원하는 대로 다해봤다는 점일 것이다.

방 회장을 처음 본 것은 조선일보 입사 면접을 봤을 때다. 동양통신과 조선일보 필기시험에 동시에 합격했던 내게 방 회장은 "안찬수 편집부장의 아들이면 당연히 조선일보로 와야 한다"며 나의 조선일보 입사를

방우영 사장은 편집국장에서 물러난 필자를 위해 사임 8일 후 당시 미수교국이던 중국의 베이징, 상하이 등지를 10여 일 동안 함께 여행했다. 왼쪽부터 윤주영 장관, 방우영 사장, 필자.

결정해 버렸다.

내 선친의 함자(銜字)가 찬(燦)자, 수(洙)자이다. 선친은 1946년 9월부터 1년 5개월여 동안 조선일보 편집부장으로 재직한 바 있다. 방 회장의 말에는 "당신 부친처럼 당신도 조선일보에서 일해 달라"는 간곡한 뜻이 담겨 있었다.

방 회장은 조선일보가 '4등 신문'이라는 소리를 듣던 1952년부터 조선일보 기자로 재직했다. 그의 꿈은 편집국장이었다. 그러나 조선일보가 소유한 아카데미극장이 경영난을 겪게 되면서 그는 8년 간의 평기자 생활을 접고 1962년 10월 신문사 경영에 참여하게 된다. 약 2년 후인 1964년 11월 방 회장은 조선일보 대표이사로 취임했고 이때부터가 조선일보 중흥의 시작이었다.

평기자 생활을 통해 신문에서 편집이 차지하는 중요성을 익히 잘 알고 있었던 방 회장은 취임 직후부터 편집의 변화를 추구했다. 이듬해 1월 편집전문가인 김경환을 편집국장으로 임명하면서 "조선일보라는 제호만 빼고 우리 처음부터 새로운 신문을 만들어 보자", "잘한다는 편집자는 몽땅 데려와. 조선일보 한번 말아먹어 보라우"라고 했던 것은 그의 조선일보 중흥이 어디서부터 시작됐는지 단적으로 보여준다.

나는 방 회장이 이끈 중흥의 시작부터 참여한 행운아였다. 조선일보에서 내가 한눈팔지 않고 소신대로 일할 수 있었던 배경에는 방 회장의 지우(知遇)가 있다. 개인적으로 나는 동기 가운데 가장 승진이 빨랐고 가장 먼저 편집국장에 발탁됐다. 이 역시 방 회장의 뜻이 담겨있을 것이다. 하지만 이 같은 사실보다 더 고마운 것은 그가 나를 알아주었고, 내게 일을 맡겼으며, 무엇보다 나를 믿어주었다는 점이다.

나는 조선일보 최초로 봉급 인상 농성을 주동한 기자였다. 기자 대표로 방 회장과 협상 테이블에 마주 앉은 적도 있었다. 내가 기자들의 불만과 요구사항을 이야기하자 그는 다 들어주겠다고 했고 실제로 약속을 지켰다. 나를 밉게 본다면 밉게 볼 수도 있는 일임에도 방 회장의 공평무사한 태도는 이후에도 변함이 없었다.

"조선일보를 말아먹어 보라"는 말에서 알 수 있듯이 방 회장은 일단 일을 맡기면 간섭을 하지 않는 스타일이다. 하지만 한 번씩 일의 진행상황을 물어보며 정확한 판단을 내렸다. 독서광이라 그런지 적절한 시점에 등장해 한두 마디 던지는 말마다 핵심을 찔렀다.

나의 소신은 회사 안팎의 반발에 부딪힐 때가 많았다. 이를테면 86서울아시안게임을 보도할 때가 그랬다. 당시 12면에 불과하던 지면 대부분을 아시안게임 관련 보도로 꾸몄더니 편집국 여기저기서 볼멘소리가 터져 나왔다. 주필로부터 "자네 미쳤나"라는 말을 듣기도 했다. 그럴 때 방 회장은 든든한 지원자였다. 그는 내가 편집국장으로서 추진하는 대부분의 사안에 대해 "알아서 하게" 또는 "소신대로 하라"고 할 뿐이었다.

단 한 번 예외는 있었지만 그는 내가 올린 인사 서류에 보지도 않고 사인을 해주었다. 그만큼 나를 믿어주었고 내게 힘을 실어주었던 것이다. 역시 편집국장 시절, '김일성 사망 오보'를 내고 사표를 들고 회장실을 찾아갔을 때도 그는 "모든 신문이 오보를 냈는데 무슨 문제냐. 열심히 하라"고 할 뿐이었다.

나로서는 미안하고 고마울 따름이었다. 그의 믿음 덕분에 나는 조선일보라는 큰물에서 마음껏 유영(遊泳)할 수 있었다. 그가 없었다면 조선일보에 남은 '안병훈의 흔적'도 미미했을 것이다.

내가 편집국장에서 물러나 「쓰레기를 줄입시다」, 「정보화는 늦었지만 산업화는 앞서 가자」 같은 캠페인을 펼칠 때나, 「이승만과 나라세우기」, 「대한민국 50년, 우리들의 이야기」 등의 전시회를 추진할 때도 방 회장은 변함없는 나의 지지자였다. 그의 지원이 없었다면 회사 안팎의 방해와 반대를 이겨내지 못했을 것이다.

그런 면에서 감히 말하건대 방 회장과 나는 환경 운동, 정보화 운동, 역사바로세우기 운동을 함께 한 동지였고, 같은 길을 걸었던 동행자였다. 나아감과 물러감이 비슷했던 것도 우연만은 아니었다고 믿고 있다. 그가 조선일보 사장으로 취임한 직후, 나는 신입기자로 입사했고 내가 편집국장 사퇴 의사를 밝혔을 때 그는 경영 일선에서 물러날 준비를 하고 있었다.

편집국장으로서 '벤 존슨 약물 복용' 특종 등 88서울올림픽 관련 보도를 성공적으로 끝내고 방 회장의 집무실을 찾았을 때다. 그에게 "가장 행복할 때 편집국장에서 물러나고 싶다"고 하자 그는 적지 않게 놀라며 나를 설득하려 했다. 방 회장은 "나도 내년 창간기념일에 경영 일선에서 물러날 것이니 그때까지 편집국을 이끌어 달라"고 만류했지만 끝내는 내 뜻을 받아주었다.

방 회장은 편집국장에서 물러난 내게 중국 여행을 같이 가자고 했다. 그가 준비한 일종의 '위로 여행'이었는데, 내가 위로받을 것은 없었지만 그 마음이 너무 고마웠다. 방 회장과 윤주영(尹胄榮) 고문과 함께 당시 미수교국이었던 중국의 명승지 베이징, 상하이, 쑤저우, 항저우 등지를 돌았다. 말 그대로 '동행'이었다.

너무나 뿌듯하고 자랑스러운 것은 방 회장과 함께 했던 시간이 한국 언론이 가장 빛나던 시기, 구체적으로는 조선일보의 황금기였다는 점이다. 방 회장은 '4등 신문'이었던 조선일보를 자신의 재임 기간 동안 부동의 1등 신문으로 성장시켰다. 나는 그와 함께 하면서 조연 역할을 약간 했을 뿐이지만 그 기간은 내 인생에서 가장 소중한 기록으로 남아있다.

조선일보에서 기자, 차장, 부장, 편집국장, 편집인, 대표이사를 지냈지만 내 이력은 단 한 줄로 정리가 가능하다. 그것은 '조선일보 기자로 입사해 조선일보 기자로 퇴직하다'이다. 그것만으로도 가슴 벅찰 정도로 뿌듯한데 더욱이 '방우영 시대의 기자'였다는 점이 너무나 자랑스럽다.

방 회장에게 들었던 여러 가지 말 가운데 결코 잊을 수 없는 말이 있다. 1994년 5월 조선일보가 유엔 환경상인 '글로벌 500'에 선정됐을 때의 일이다. 이 상을 수상하기 위해 방 회장이 직접 영국으로 떠났다. 출국 직전, 수행 인원을 선정하는 과정에서 나는 방 회장에게 "영어에 능통하지 않은 내가 따라가면 짐만 될 것 같다"고 했다. 그러자 그는 내게 이렇게 말했다.

"아냐. 당신이 없으면 내가 불안해."

이제 나는 그에게 이런 말을 드리고 싶다.

방 회장, 당신과 함께 할 수 있어서 고마웠습니다. 그리고 행복했습니다.

여론조사, 신문에 본격 도입

86아시안게임과 88올림픽 사이에 낀 1987년은 6월 항쟁과 6·29선언, 그리고 대통령선거가 있었던 해였다.

6·29 선언이 '노태우 작품이냐, 전두환 작품이냐'는 문제에 대해선 약간의 논란이 있다. 그러나 노태우(盧泰愚) 후보를 보좌했던 최병렬의 주장에 따르면 6·29는 단연 노태우의 작품이다. 당시 노태우 민정당 대표위원은 김영삼, 김대중, 이민우(李敏雨) 등 야권 인사들이 요구하는 11개항 중 9개항을 수용했다는 것이다. 특히 대통령 직선제와 김대중 사면복권이 그들이 요구하는 핵심 사항이었다. 물론 6·29선언의 핵심 사항을 전두환 대통령이 사전에 수락했느냐 아니냐는 별개의 문제다.

6월 28일은 일요일이었지만 조선일보 간부들과 일부 기자들이 우리 집에 모였다. 최병렬을 통해 6·29선언이 나올 것을 미리 알고 있었다. 이튿날은 조간신문이 발행되지 않는 월요일이어서 비밀리에 호외 발행을 준비했다. 6·29선언이 발표되자 조선일보 호외가 경쟁지를 압도한 것은 당연했다. 정국(政局)은 이내 대선 국면으로 접어들었다.

대통령선거가 본격적으로 다가오면서 민심의 향방을 알고, 이를 보도해야할 필요성이 절실해졌다. 지금은 여론조사가 지나치리만

큼 잦은 감도 들지만, 당시에는 여론
조사 기관도 별로 없었고 또한 여론
조사 결과를 신문기사로 활용하는
예는 아주 드물었다. 그렇지만 한국
정치사에 대변혁이 일어난 시점에서
신문이 민심을 과학적으로 수치화
해서 보여주는 건 시도해볼 만한 가
치가 충분히 있었다.

마침 윤석홍(尹錫弘) 외신부
기자가 미국 미주리대학에서 박사
학위를 따고 여론조사 전문가가 되
어 돌아온 직후였다. 그는 여론조사
의 필요성을 역설하며 내 결심을 더
욱 다지게 했다. 회사 내에 여론조사 전담기구를 설치하고, 한국갤럽
의 박무익(朴武益) 사장과 제휴해 수시로 여론조사 결과를 발표하기
로 했다. 신문에 여론조사를 본격 도입한 것이 이때였다.

10월 10일자 조선일보 사고(社告)는 "현대 사회에서는 국민의
뜻을 정확히 파악하려는 부단한 노력이 필요합니다. 조선일보사는
이 같은 노력의 하나로 최근 전문가들로 사내에 여론조사 전담기구
를 설치하고 한국갤럽조사연구소와 장기계약을 체결, 정치 경제 사

회 문화 등 사회 전반에 걸친 국민의식과 주요 문제에 대한 여론조사를 수시로 실시할 계획"이라고 알리고 있다.

첫 여론조사는 대통령선거를 두 달 앞둔 10월 16일과 17일 이틀 동안 무작위 추출한 전국의 20세 이상 남자 262명, 여자 238명(총500명)을 대상으로 실시했다. 여론조사 결과는 10월 20일자에 게재했다. 제목은 「대통령선거 지역감정 우려…66%」였다. 조사 대상자의 76.4%는 아예 "지역감정이 대통령 선거 투표를 좌우할 것"이라고 단언한 것으로 드러났다.

여론조사는 과학이지만 당시는 여론조사의 정확성과 위력에 대해 반신반의했다. 그러나 조선일보의 여론조사는 독자들의 흥미를 불러일으키기에 충분했다. 숫자가 갖는 특유의 마력도 한 몫을 했다. 지역감정이 대선을 좌우하리라는 것은 시간이 갈수록 분명해지고 있었다.

10월 22일자에 후속 여론조사 보도를 실었다. 응답자의 64.2%가 "양 김이 모두 출마하면 당선 가능성이 희박하다"고 점쳤다. 이렇게 민심은 분명한 신호와 경고를 보냈지만 양 김씨에게는 들리지 않았던 모양이다. '4자 필승론'을 흘리며 상황을 즐기는 인상도 있었다.

여론 조사 결과를 외면한 김영삼, 김대중 후보는 각각 2위와 3위를 기록하면서 대권은 민정당 노태우 후보에게로 돌아갔다. 조선일보 여론조사가 예측한 그대로였다. 야당이 정권교체에 실패했음은 물론이다.

　대선 후에도 조선일보 여론조사는 이슈마다 민심의 향배를 읽는 수단으로 활용되었다. 또 조선일보의 부수 확장에도 기여했다는 소리도 들려왔다. 여론조사의 역사가 오랜 선진국 매스미디어와 어깨를 견줄 수준에 올랐고, 국내에서는 처음으로 TV 시청률 조사를 하기도 했다. 조선일보와 제휴하기 전까지 경영이 어려웠던 한국갤럽은 이후 우량기업으로 성장했다는 소문이 들려왔고, 다른 여론조사 회사도 20여 개나 생겨났다. 한국갤럽 박무익 대표는 "한국갤럽이 성장한 것은 조선일보 덕분"이라며 한동안 나를 볼 때마다 고마움을 표시하기도 했다.

「선생님을 해외로 보냅시다」 캠페인

1987년 대한민국의 연말은 대통령 선거와 함께 저물었지만 조선일보의 그것은 「일본 속의 한민족사 탐방」 행사로 막을 내렸다. 조선일보가 이끄는 840명의 탐방단이 12월 21일부터 26일까지 5박6일 동안 한반도의 고대사와 연관된 일본 각 지역을 둘러보는 역사 기행을 하고 돌아왔다. 조선일보가 「해상 강국 비류백제」, 「잃어버린 왕국」 연재로 한일 고대사 붐을 일으켰던 후라 이에 대한 일반인의 관심이 높을 때였다.

조선일보 조연흥 사업부장과 서건(徐健) 차장이 아이디어를 내어 이 행사가 기획되고 성사됐다. 조선일보에 실린 탐방 기사를 읽으면서 나는 이 행사를 초중등학교 공민·사회 교사들을 대상으로 실시하면 더 좋겠다는 생각을 했다.

현재는 해외여행에 가장 자유로운 직업군이 교직(教職)이다. 하지만 그때는 교사들이 해외로 나갈 수 있는 기회가 극히 적었다. 근대화, 산업화 과정에서 가장 소외되었던 사람들이 교사였다고 할 수 있다.

1960년대 후반의 베트남 파병, 1970년대의 중동지역 건설 붐으로 많은 군인, 근로자들이 외국 땅을 밟았다. 해외 파견 근로자만 해도 100여만 명을 헤아렸다. 게다가 스포츠 교류, 국제행사, 종교행사 등을 통해 견문을 넓힌 사람은 이를 훨씬 웃돌았다. 이처럼 우리나라가 경제성장을 이루는 과정에서 여러 분야의 사람들이 세계를 접할 기회를 가질 수 있었으나, 유독 교직 종사자들에게는 그런 기회가 주어지지 않았다. 그래서 학교 현장에서 현대사 왜곡 교육이 문제가 되고 있었다.

이를 시정하기 위해서라도 교사들의 해외체험이 필요했다. 교사들의 해외체험이야말로 우리의 미래가 될 학생들이 국제화시대에 적합한 교육을 받을 수 있는 지름길이라고 믿었다. 교사들이 먼저 세계

「일본 속의 한민족사 탐방」에 참석한 교사들이 일본 중부 나라(奈良)에 있는 고찰(古刹) 도다이지(東大寺)에서 윤명철 동국대 교수로부터 현장 강의를 듣고 있다.

를 알아야만 국제화시대에 부합하는 인재를 육성할 수 있었다. 더구나 86아시안게임에 이어 88올림픽이라는 글로벌 이벤트가 코앞에 닥친 상황이었다.

문제는 자금이었다. 궁리 끝에 조선일보 최준명(崔埈明) 경제부장과 함께 신한은행 나응찬(羅應燦) 이사를 찾아가 취지를 설명했다. 그를 찾아간 이유 중의 하나는 신한은행이 재일동포의 주도로 설립된 은행이라는 점이었다. 나응찬 이사는 나중에 신한은행 회장을 역임하게 된다.

나응찬 이사와 함께 우리를 맞은 김재윤(金在潤) 신한은행장도 조선일보의 취지에 적극 공감했다. "조선일보의 교사 해외탐방 사업을 해마다 후원하겠다"는 흔쾌한 대답을 들을 수 있었다.

고맙고 뿌듯한 심정으로 6월 15일자 1면에 「제1회 교사 해외시찰 300명 초청, 7월 21일부터 8일간…일본 속의 한민족사 탐방」을 독자들에게 널리 알릴 수 있었다.

여름방학 기간을 이용해 총 310명의 교사가 탐방단의 일원으로 김포공항을 출발했다. 탐방단은 7박 8일 동안 오사카, 나라, 교토, 아스카 등지를 돌며 한일 고대사와 문화교류에 관한 견문의 기회를 가진 뒤 귀국했다.

처음부터 끝까지 학술기행이었다. 선상(船上)에서 강연을 듣고, 버스 안에서 비디오를 보며, 현장에 가서는 또 다시 현장 강의를 들는 식이었다. 해마다 열린 이 행사는 전국의 초중고 교사들 사이에서 큰 화제가 되었다. 조선일보는 참가 대상 교사를 '해외여행 경험이 없을 것', 그리고 중·고 교사의 경우에는 '역사 담당교사를 우선한다'는 원칙을 내세웠다.

일선 교사를 위한 「일본 속의 한민족사 탐방」 행사는 이후 지금까지 이어져 올해로 29년째를 맞았다. 그동안 한 해 두 차례 다녀온 것을 포함, 모두 38회에 1만 7천여 명의 교사들이 참여하는 큰 성과를 거뒀다고 한다. 여간 흐뭇한 소식이 아닐 수 없다.

지난해 11월 초 한일교류재단 이상우 소장이 일본 도쿄에서 주최한 한일 언론인 세미나에서도 이것이 화제가 되어 한 토론자가 "그동안 한일간 친선 교류에 가장 큰 공로자의 한 분은 안 선배"라고 말하는 것을 듣기도 했다.

88서울올림픽 계기로 신문 증면 시작

1988년 8월 1일, 나는 편집국 내에 올림픽특별취재본부를 발족시켰다. 88서울올림픽 개막을 한 달여 앞둔 시점이었다. 특별취재본부는 각 부서에서 차출한 외국어에 능통한 기자 30여 명으로 구성했다. 본부장은 신용석 전(前) 파리특파원에게 맡겼다.

주무 부서가 되어야 할 체육부 기자들이 은근히 불만을 표시했다. 그렇지만 86아시아경기대회에서 특별취재팀을 가동했던 것처럼 올림픽 보도 역시 단순히 경기 내용의 전달만으로 그쳐서는 안 된다는 게 내 믿음이었다. 물론 스포츠제전인 만큼 신기록 수립이나 메달 획득과 같은 아이템이 메인 뉴스가 되어야함은 당연했다. 그러나 짧은 기간일망정 서울로 몰린 세계인들의 문화와 생활을 국민들에게 알리는 것도 뉴스로서의 충분한 가치가 있었다.

올림픽을 코앞에 둔 8월 초까지의 국내 상황은 최악이었다. 큰 역할을 해야 할 KBS와 MBC 노조가 파업 중이었다. 데모가 그치지 않았고, 일부 시위대는 올림픽 마라톤 경기 때 최루탄을 뿌리겠다고 협박하고 나서는 지경이었다. 세계의 손님들을 초청해놓고 정작 주인이 집안싸움에 열중인 모양새였다. 이대로 가다간 올림픽의 성공은 커녕 톡톡히 나라 망신이나 할 게 뻔했다.

올림픽을 성공시키는 국면전환의 방법이 없을까 고심하던 중 신문사 편집국장으로서 할 수 있는 일은 국민들의 시선과 관심을 올림픽에 집중시키는 것이라고 판단했다. 이를 위해 나는 올림픽 지면을 대폭 늘리고 다채로운 기사와 화보로 꾸민 올림픽 특집 신문을 연일 만들기로 했다.

우선 8월 2일자를 32면으로 발행했다. 이제까지 8면에서 12면, 16면이 고작이던 신문을 하루아침에 두세 배 이상 늘렸다. 늘어난 16

면은 몽땅 '서울문화올림픽' 기사로 꾸몄다. 그렇다고 편집국 기자가 증원된 것은 아니었으니 체육부는 물론 서희건, 정중헌(鄭重憲) 부장 등 문화부와 편집부 기자들의 고생이 무척 심했다. 그때 묵묵히 내 지시를 따라준 기자들이 지금도 그저 고마울 따름이다.

증면된 신문에 대한 독자들의 반응은 뜨거웠다. 경쟁지들도 난리가 났다. 당시 하루 32면 발행은 '어찌 감히…'와 같은 일이었다. 더구나 늘어난 지면을 오로지 올림픽 관련 컬러 기사로만 채웠다. 체육부와 특별취재본부 기자들의 입에서 단내가 나는 듯했다.

운이 좋았던지 조선일보 서울올림픽 특집 증면 이후 바로 그날, 나라에도 국면전환이 이뤄졌다. 경쟁지들 역시 올림픽 무드로 돌아섰고, 무엇보다 KBS와 MBC 노조가 당장 그날로 파업을 중지하고 올림픽 준비에 나섰다. 이런 변화에 박세직(朴世直) 올림픽조직위원장으로부터 "너무 고맙다"는 전화를 받기도 했다. 연일 32면을 발행한다는 계획이 필요없게 되어 2주일마다 32면을 내기로 했다. 따라서 8월 16일자도 16면을 증면하여 32면을 발행했다. 이번은 '경제올림픽' 특집이었다. 올림픽 참여 기업 활동, 올림픽 관련 상품, 유통과 관광을 포함한 경제뉴스를 망라했다. 보름 후 9월 1일자도 32면을 발행했다. 세 번째 올림픽 특집으로, 역시 문화에서부터 올림픽의 역사와 상식 등을 담은 내용이었다. 놀랍게도 나라 분위기가 온통 올림픽 무드로 돌아섰다.

이번에도 내가 크게 신경을 쓴 것이 사진이었다. 2년 전 아시아 경기대회에서 경쟁지를 압도했던 조선일보 편집국은 또 다시 경쟁지를 따돌릴 '비장의 무기들'을 준비하고 있었다.

비장의 무기 가운데 하나는 세계 2대 스포츠 사진회사와의 독점계약이었다. 40개국의 신문과 잡지에 사진을 공급하는 영국의 올스포츠와 프랑스의 시파 스포츠였다. 이 두 회사는 55명의 사진 전문가를 서울에 파견해 조선일보 기자들과 함께 올림픽 현장의 생생한 화보를 독자들에게 전했다.

결과는 자명했다. '해묵음'과 '싱싱함'의 차이였다. 조선일보는 신문 마감 직전에 끝난 경기의 화보까지 이튿날 아침 생생하게 전달할 수 있었다. 독자들은 전날의 감동과 여운을 아침을 시작하며 재음미 할 수 있었을 것이다.

훗날 조선일보 사진부는 디지털화에도 앞서 가며 한국 사진업계를 선도했다. 미국 미주리대학으로 연수를 다녀온 사진부 구자호(具滋虎) 기자는 디지털카메라의 도입을 강력히 주장했다. 신문 편집의 전산화(CTS)에 맞추려면 사진을 디지털카메라로 찍어야 한다는 것이었다. 당시 디지털카메라 한 대의 가격은 어지간한 자동차 값에 육박했지만 그의 의견에 공감했다. 당장 목돈이 들어도 결과적으로는 회사에 도움이 되며, 무엇보다 더욱 생생한 사진을 즉시 전송하는 독자 서비스 차원에서라도 디지털화로 가야한다는 구자호 기자의 주장에 마음이 움직였다.

그의 요청대로 나는 회사 측에 건의를 했고 마침내 방상훈 발행인이 단안을 내렸다. 조선일보는 한국 언론 가운데 가장 먼저 디지털화로 갔고, 뒤이어 경쟁지들이 따라왔다. 지금은 디지털카메라가 없는 신문 편집은 상상하기도 어려운 상황이다.

방 발행인은 1993년 3월 조선일보 대표이사로 취임했다. 이때 방일영 회장은 이사고문으로 추대됐고, 방우영 사장은 대표이사 회장으로 선임됐다. 방상훈 사장의 장점 중 하나는 기자들을 선비처럼 대하고 존중하는 점이다. 자신은 기자들을 뒷바라지하는 사람으로 자처하는 겸손을 보여준다. 이것은 계초 방응모 선생 때부터 방일영 고문, 방우영 회장을 거쳐 지금까지 내려오는 가풍(家風)이기도 하다.

루드밀라 남(南)과 넬리 리(李)의 서울 공연

88서울올림픽의 캐치프레이즈는 「세계는 서울로, 서울은 세계로」였다. 올림픽은 대한민국의 잔치였고, 국민들은 그 잔치의 주인이었다. 신문사도 잔치의 들러리일 수만은 없었다. 나는 주인된 마음으로 고심 끝에 구상한 것이 '세계의 눈을 조선일보로 모이게 하자!'였다. 세계의 눈을 조선일보로 모이게 하려면 우선 서울에 온 세계의 VIP들을 조선일보사에 모이게 해야 했다.

그래서 나는 조선일보 정동별관 전시장에 스포츠 사진 전시회를 준비하고 서울에 온 세계의 VIP들을 모두 초청했는데, 각 나라의 체육부장관과 IOC위원들이 거의 다 참석했다. 교유의 자리가 마련됐음은 물론, 전세계에서 모여든 언론인들로 하여금 한국을 소개하고 더불어 조선일보도 알리는 계기가 됐다고 본다.

여러 가지 문화행사도 마련했다. 특히 교류가 막혀있던 소련과 관계된 문화행사는 국민의 관심을, 세계의 눈을 조선일보로 모이게 하는 볼거리였다. 알려진 바대로 1980년 모스크바올림픽은 미국이, 1984년 LA올림픽은 소련이 보이콧했다. 1988년 서울올림픽은 소련이 8년 만에 올림픽에 재등장해 세계 양대 강국이자 스포츠 강국이 미국과 일전을 치른다는 의미가 있었다. 국민들의 관심이 미국보다는 소련에 집중된 것도 자연스러웠다. 호기심도 크게 작용했을 것이다.

하지만 소련 관련 문화행사는 처음에는 대부분 동아일보가 독점, 주최하는 것으로 예정돼 있었다. 뒤늦게 이 사실을 알고 화가 머리끝까지 치밀어 올랐다. 조선일보만큼 서울올림픽의 성공을 위해 노력한 신문사가 없다고 자부했다. 그럼에도 소련 관련 문화 이벤트를 동아일보가 독점한다니 올림픽 조직위의 처사를 도저히 납득할 수

예술의전당 공연에서 루드밀라 남은 객석을 울음바다로 만들었다.

없었다.

문화부 정중헌 차장과 함께 서울올림픽 조직위로 달려갔다. 너무 화가 난 탓에 박세직 조직위원장의 집무실 문을 걷어차고 들어갔다. 깜짝 놀란 그는 벌떡 일어나 "왜 그러시냐?"며 당황해 했다.

이유를 설명하자 그는 뜻밖의 대답을 했다. "조직위는 소련을 대표할 수 있는 예술인의 공연을 유치하고 싶었다. 그러나 어느 언론도 선뜻 나서서 주최해주지 않을 것 같아 고민이었다. 마침 동아일보 김상만(金相万) 회장과 저녁식사를 하는 자리에서 슬쩍 털어

놓았더니 김 회장이 덥석 채어갔다"는 것이었다. 이 설명을 듣고 나는 단도직입적으로 한마디 던졌다. "반을 떼어내서 조선일보에 주세요!"

이런 과정을 거쳐 모스크바방송합창단 공연과 메조소프라노 루드밀라 남(南), 소프라노 넬리 리(李)의 공연이 조선일보로 넘어왔다. 이 가운데 루드밀라 남은 이미 조선일보와 인연이 있었다. 소설 「순교자」로 국내에 이름이 널리 알려진 재미교포 작가 김은국(金恩國) 씨는 조선일보 자회사인 조광 정광헌(鄭光憲) 사장과 평양 제2중학교 동창생이었다. 김은국 작가는 이해 봄 소련, 우즈베키스탄, 카자흐스탄을 취재차 다녀온 뒤 서울에 들어왔다.

정광헌 사장의 안내를 받아 편집국장실로 찾아온 그는 내게 소련에서 볼쇼이오페라 프리마돈나로 활약하는 한국계 메조소프라노를 만나고 왔다는 이야기를 했다. 이름이 루드밀라 남인 그녀는 아버지가 한국인이고 어머니가 러시아인인 동포 2세였다. 사연이 절절했다. 한국에 대한 이야기는 어릴 적부터 할머니에게 들었고, 아버지 나라가 너무나 그립고 꼭 한 번만이라도 가고 싶다는 것이었다. 한국에서 공연하는 것이 소원이라고도 했다..

그녀는 볼쇼이의 제1가수이자 소련의 공훈배우였다. 나는 김은국 작가에게 당장 그 이야기를 조선일보에 써달라고 했다. 그의 글이다.

그녀가 서울에 대해 알고 싶어 하는 것이 한두 가지가 아니었다. 서울에서 공연을 하는 것이 소원이라고 말하기도 했다. 서울에서 공연 초청이 있으면 갈 수 있다고 그녀는 자신하기까지 한다. (…) 지금도 그가 부르는 노래를 들으면서 그녀의 활달한 인상, 시원한 웃음소리, 다정스러운 대접을 회상한다. 나는 모스크바의 '우리네의 딸'인 루드밀라가 자랑스럽다. 루드밀라가 언젠가는 아버지의 나라였던 이 땅에 와서 노래를 불러볼 수 있는 날이 오기를 기대한다.

기고문이 조선일보에 실린 것이 5월 15일이다. 그녀의 애절한 소원은 그 사연이 한국에 알려진 지 4개월여 만에 이뤄졌다. 소련 측 관계자와 공연계약을 체결한 직후인 8월 9일자 1면에 「소(蘇) 정상 한국계 성악가 조국 온다」는 기사를 크게 실었다.

루드밀라 남과 함께 조선일보 주최로 공연을 한 넬리 리는 독립운동가의 후예였다. 소련 최고의 음악학교인 레닌그라드 국립음악원을 졸업한 넬리 리는 레닌그라드필하모니의 대표 소프라노였다.

9월 9일, 서울 예술의전당에서 루드밀라 남의 공연이 먼저 열렸다. 내게도 감회가 남다를 수밖에 없는 공연이었다. 다음날 조선일보에 실린 한 대목을 옮겨본다.

눈물의 음악회였다. 핏줄이 무엇인지 동족이 어떤 것인지를 생각케

하는 감동의 음악회였다. 가슴을 치는 동포의 노래는 청중을 울렸고 끝내 무대 위의 가수도 울고 말았다.(…)

분홍바탕에 금빛무늬가 고운 한복차림의 명가수는 한국적인 정서로 홍난파의 「그리움」을 열창, 청중을 감동의 도가니로 몰아넣었다. 너무 감격한 청중들은 노래가 채 끝나기도 전에 우레 같은 박수를 보냈고 루드밀라는 곧이어 영원한 한민족의 민요인 「아리랑」을 3절까지 가사를 외워 열창, 객석을 울음바다로 끌어넣고 말았다.(…)

「아리랑」이 끝나고 청중 모두가 일어섰고 박수와 환호는 그칠 줄 몰랐다. 루드밀라는 서툰 우리말로 "행복합니다, 감사합니다" 인사를 했고 수십 번씩 눈물의 답례를 올려야 했다. 가슴이 벅찬 듯 한동안 말없이 퇴장하던 청중과 음악인들은 저마다 한마디씩 감격을 다시 나누는 모습이었다. (1988년 8월 10일자)

넬리 리의 공연은 이튿날 같은 장소에서 열렸다. 압권은 태극무늬가 수놓인 한복으로 갈아입고 나온 2부였다. 예정에도 없던 우리 민요 「뱃노래」를 첫 곡으로 부르자 청중들 사이에서 탄성이 터졌다. 이어 동·서양의 명곡을 넘나들던 그녀는 「그리운 금강산」을 눈물로 열창했다. 객석이 또 다시 울음바다로 변했다. 엔딩 곡은 피아노 반주도 없이 부른 민요 「도라지」였다. 그녀는 "제 가슴은 울고 있습니다. 감사합니다"라고 울먹이며 간신히 무대를 떠났다.

소련의 프리마돈나 넬리 리는 고국 무대에서 청중들의 기립 박수에 감격, 울음을 터트렸다. 넬리 리는 이날 태극 무늬 한복을 입고 나와 「그리운 금강산」을 열창, 객석을 울음바다로 만들었다.
1988년 9월 10일

공연 후 뒤풀이 자리도 인상적이었다. 이례적으로 뒤풀이까지 참석한 방우영 사장은 자신이 차고 있던 롤렉스시계를 그녀에게 풀어주면서 "소련에 돌아가면 남편에게 채워주라"며 격려했다.

세월이 흘러 2007년 봄, 루드밀라 남의 타계 소식이 전해지더니 2015년 12월에 넬리 리마저 세상을 떠났다는 뉴스에 착잡함을 금할 수 없었다.

세계를 놀라게 한 '벤 존슨 약물 복용' 특종

세계인들은 88서울올림픽을 어떻게 기억하고 있을까. 개발도상국에서 개최된 최초의 올림픽, 미국과 소련이 8년 만에 함께 참가하여 재대결한 명실상부한 올림픽으로 기억하는 이도 있을 듯하다. 하지만 서울올림픽하면 떠오르는 이미지에 대해 100미터 경기 세계기록 보유자였던 벤 존슨의 약물 복용이 1위로 나온 조사결과를 수년 전에 본 기억이 난다.

88서울올림픽이 대회 중반을 넘어서던 무렵인 9월 26일 오후 4시경이었다. 이용호 체육부장이 편집국장실로 찾아와 자신이 직접 쓴 스트레이트 기사를 내밀었다. 꽤 상기된 표정이었다. 기사 내용은 인보길 편집부국장과 나를 경악케 했다. 이용호 부장은 낮은 목소리로 취재 경위를 설명했다.

오후 1시쯤이었다고 한다. 점심식사를 한 뒤 배달된 석간신문을 뒤적이며 내일 자에 실릴 기사 배정을 구상하는데 전화가 걸려왔다고 했다. 사회부 기자 시절 보사부를 출입하면서 친하게 지낸 의사 출신 관리였다. 그는 올림픽 기간 동안 IOC 도핑센터에 파견돼 근무한다면서 벤 존슨이 약물을 복용, IOC의 조사를 받고 있다는 사실을 제보했다.

이용호 부장은 잠시 말을 잇지 못했다고 한다. 그는 기자 두 명

을 IOC 의무분과위에 보내 확인 취재를 시켰다. 최대한의 보안을 유지하며 두세 시간을 취재한 결과, 사실임이 분명해졌다. 보안을 우려한 이용호 부장이 직접 스트레이트 기사를 썼고, 체육부 이홍렬(李洪烈) 기자가 해설기사를 썼다. 그 원고가 내 눈앞에 펼쳐진 상황이었다.

떨리지 않았다면 거짓말이다. 보안은 기본이었다. 그런데 만에 하나, 오보(誤報)라고 판명나면 상상하기조차 끔직한 상황이 벌어진다. 마감시간이 다가올수록 속이 타들어갔다.

결단을 내려야했다. 빈 말이 아니라 나는 목숨을 걸었다. 이 기사가 만일 오보라면 목숨을 걸 수밖에 없지 않은가. 조선일보가 전 세계적으로 망신 당하는 것이기 때문이다. 나는 조선일보 기자들의 취재력을 믿을 수밖에 없었다.

극비리에 신문 제작에 들어갔다. 당연히 5.5판이었다. 당시 조간 신문은 이튿날 신문을 전날 저녁에 미리 만들어 서울시내 일부 지역에만 먼저 돌렸다. 이를 가판(街販) 혹은 5판이라고 부른다. 퇴근 전에 5판을 필독해야 하는 사람들이 있다. 경쟁지의 기자들이나, 정부기관 또는 대기업의 홍보 담당자들이다.

특종이나 낙종이 있는지, 혹은 자기 부처나 기업에 불리한 기사가 실렸는지 확인해 미리 대책을 세우기 위해서다. 5.5판은 이를 막기 위한 작전의 소산이다. 평소와 다름없이 5판을 제작하여 외부에

서울올림픽이 막을 내린 후 편집국 기자들과 함께 서울시청 앞에 설치된 올림픽 엠벌럼을
배경으로 기념촬영을 했다. 이때까지만 해도 기자들은 필자의 편집국장 사임 사실을 몰랐다.
앞줄 오른쪽에서 다섯 번째가 필자.

내보낸 뒤, 특종기사가 들어간 신문을 별도로 제작하는 것이다.

서울시내에 평이한 내용의 조선일보 5판이 배포되고 있을 무렵, 윤전기에 걸린 5.5판 1면에는 「벤 존슨 약물 복용」이라는 큼지막한 제목이 인쇄되고 있었다. 자택에서 이 사실을 보고받은 방우영 사장이 다시 회사로 뛰어나왔다. 평소 신문 제작에 관해서는 일절 간섭하지 않던 방일영 고문마저 "어떻게 하지? 괜찮겠어?"라는 전화를 걸어왔다. 오보에 대한 걱정이었다. 하지만 이미 던져진 주사위였다.

초조하게 시간이 흘러갔다. 신용석 부장과 김승연 기자가 추적 끝에 이 날 밤 10시에 IOC 의무분과위가 신라호텔에서 열린다는 사실, 이 자리에는 당사자인 벤 존슨은 물론 캐나다의 제임스 워렐 IOC 위원, 그리고 팀 닥터가 소환돼 청문회를 갖는다는 결정적인 사실까지 확인할 수 있었다. 이어서 벤 존슨이 복용한 약물이 '아나볼릭 스테로이드'이며, 27일에 IOC 측이 공식 발표할 예정이라는 사실도 추가 취재를 통해 확인했다. 조선일보와 이용호 부장의 세기적 특종이 탄생하는 순간, 나로서는 가슴을 쓸어내리는 순간이었다.

이튿날 아침, 조선일보 편집국의 풍경은 상상에 맡긴다. 세계의 이목이 조선일보로 쏠렸다. 이 특종으로 「세계의 눈을 조선일보로!」라는 캐치프레이즈는 절정의 순간을 맞이했다. 외국 언론사들은 조선일보를 인용해 황급히 뉴스를 송고했고, 취재 경위를 확인하느라 부산을 떨었다. UPI통신을 비롯해 일본의 마이니치신문, 독일과 프랑스 10여 개 신문, 통신사 취재팀은 조선일보가 단독 촬영한 스케치 사진을 달라며 사정하기도 했다.

특종의 기억은 달콤하다. 기자라면 누구나 세계가 깜짝 놀랄만한 특종을 꿈꾼다. 하지만 그 꿈은 쉽게 이루어지지 않는다. 나 역시 기자 시절 크고 작은 특종도 해보았고, 낙종을 하여 고개를 들지 못했던 아픈 기억도 있다. 하지만 편집국장으로서 내 평생의 가장 큰 특종, 잠을 못 이룬 채 설렘과 불안을 동시에 안고 이룬 특종은 이용호 부장이 건진 「벤 존슨 약물 복용」이었다.

"행복할 때 물러나고 싶습니다."

88서울올림픽은 민족사의 한 분기점이었다. 평화적 정권교체, 대통령 직선제로 절차상의 민주주의를 절반쯤 이룬 것이 이때였다. 국민들 사이에서 "우리도 이제 개발도상국에서 벗어나 선진국으로 간다"는 공감대가 형성된 것도 이때였던 것 같다. 정치와 경제의 발전, 그리고 올림픽의 성공적인 개최는 국민적 에너지를 최고조로 드높였다. 이 에너지로 그냥 가기만 하면 모든 것이 잘 될 것처럼 보였다. 적어도 IMF 외환위기 직전까진 그랬을 것이다.

조선일보로서도 어떤 분기점을 맞고 있다고 생각했다. 1980년대에 접어들며 조선일보는 1등 신문의 위상을 굳히기 시작했고 비약적인 발전을 거듭했다. 어떤 이들은 조선일보가 5공 정권과 유착해 그 자리에 올랐다고 폄하하지만 말이 되지 않는 소리다. 회사를 하루라도 다녀본 사람이라면 그런 논리를 펼칠 수 없다. 신문사가 정권과 유착해 일시적인 성장과 발전을 할 수는 있다. 하지만 지속적인 그것은 불가능하다. 정권은 유한하지만 신문은 항상 독자들과 마주하기 때문이다.

조선일보가 1등 신문이 되고 지금까지 그 위상을 유지하고 있는 것은 신문을 잘 만들어서이다. 더 보태고 뺄 것도 없다. 그러나 앞에서도 쓴 말이지만 일은 사람이 한다. 사람이 신문처럼 영원할 수는 없다. 매너리즘에 빠지는가 하면 에너지와 열정이 소진될 때도 있다. 꼭 그런 이유에서만은 아니었지만 올림픽 폐막과 함께 편집국장직을 내려놓으리라고 오래 전부터 생각하고 있었다. 조선일보가 어떤 분기점을 맞이한 시점에서, 무엇보다 편집국장으로서 가장 행복한 시점에서 물러나고 싶었기 때문이다.

10월 2일 저녁 올림픽 폐회식이 열리고, 화사한 불꽃이 서울 밤하늘을 수놓던 그 시간, 사장실 문을 두드렸다. 그때까지 누구에게도 나의 뜻을 밝히지 않은 상태였다.

"오래 전부터 굳힌 결심입니다. 편집국장으로서 가장 행복할 때

신임 인보길 편집국장이 필자의 그동안의 노고에 감사하는 기념패 등을 제작하여
전달식을 가졌다. 1988년 10월 26일.

물러나고 싶습니다."

방우영 사장은 적지 않게 놀라는 표정이었다. 무슨 일이 있느냐
고 묻더니 자신도 내년 창간 기념일에 경영 일선에서 물러날 것이니
그 때까지라도 편집국을 이끌어 달라고 만류했다.

"편집국장을 그만둔다고 조선일보를 떠나는 것이 아니지 않습
니까? 제 뜻을 받아주십시오."

방 사장이 내 뜻을 받아주지 않으면 나는 아예 회사를 떠나겠
다고 말할 작정이었다. 쉽게 허락하지 않던 방우영 사장은 한동안 말

이 없더니 마침내 이틀이 지나 내 뜻을 받아주었다.

10월 4일 편집국장에서 물러나 상무이사가 됐고, 이 날 이임식이 열렸다. 후임은 인보길 편집국장대우였다. 방우영 사장은 "안병훈 국장이 회사의 발전적 전기 마련을 위해 스스로 편집국장 직에서 물러나겠다고 간청했다. 후배들에게 길을 터주는 이러한 풍토야말로 조선일보만의 자랑"이라는 덕담을 해주었다. 당시 썼던 이임사에는 이런 말이 적혀 있다.

저는 지금 행복한 마음으로 이 자리를 떠납니다. 이 모든 것은 우리 편집국 기자 여러분들이 열심히 일해주신 덕분입니다. 여러분, 정말 감사합니다.

다시 읽어보니 '지금' '행복' '이 모든 것' '덕분' '감사' 같은 단어에 방점을 찍을 수 있을 것 같다. '지금'은 '그때'가 됐고 '이 모든 것'은 '1등 조선일보의 영광'으로 '번역'할 수 있겠지만 '행복'과 '덕분'과 '감사'는 그때나 지금이나 변함이 없다.

방우영 사장이 편집국장을 그만둔 나를 위로하기 위해 함께 미수교국이었던 중국여행을 떠났다는 이야기는 앞서 소개했다. 나로서는 감읍(感泣) 그 자체였다. 이후 편집국장에서 물러나면 방 사장과 함께 여행을 가는 것이 관행처럼 굳어지기도 했다.

당시 중국 여행에 동행한 윤주영 선배님은 내가 입사하기 전에 정계에 진출했기 때문에 함께 일해본 적은 없다. 하지만 이미 나보다 25년 전에 조선일보 편집국장을 지낸 대선배였다. 내 인생의 멘토(Mentor)로 여겨온 분으로 그 무렵에는 조우회 회장을 지낸 뒤, 방일영문화재단 이사장을 맡고 있었다. 칠레 대사, 청와대 공보수석비서관, 문화공보부 장관을 거쳐 국회의원으로 활약하다가 1979년 은퇴한 후에는 사진작가로 거듭난 분이다.

많은 사람들이 그 같은 '변신'에 대해 의아해했지만 그는 늘 심미적 안목과 창작적 정열을 지니고 살았던 분이다. 문공부장관 재직시절에는 영화진흥공사를 창설하고, 제1차 문예진흥 5개년계획을 창안하기도 했다. 국영방송을 공영체제로 전환한 것도 장관 재직 중에 그가 이뤄낸 일이다.

윤 선배님은 지금까지 모두 30여 권에 가까운 사진집을 냈다. 1987년에 출간된 첫 사진집 《내가 만난 사람들》에는 당시 편집국장이었던 내가 과분하게도 발문을 썼다. 제목은 「윤주영 씨의 또 하나의 세계」이다.

내가 윤 선배님의 '모델'이 된 적도 있다. 2009년 가을 그는 서울 세종문화회관에서 「백인백상(百人百想)」이란 제목의 전시회를 열면서 "국민 누구나 행복한 삶을 누리는 그런 나라가 되기를 비는 마음에서 이 시대의 귀감이 될 한 분 한 분의 존영(尊影)과 생각을 함께 담아냈습니다"라고 썼다. 역시 과분하게도 각계 인사 100인이 전시된 이 사진전에는 내 사진(아래)도 걸려 있었던 것이다.

윤 선배님이 뽑아 전시한 교육, 과학, 문화 예술, 스포츠, 언론계 등 인사 100인 가운데는 조선일보를 거쳐 간 언론인으로 양호민 한림과학원 석좌교수, 임영웅 산울림 대표, 김용원 한강포럼 대표, 류근일 전 조선일보 주필, 이상우 전 한림대 총장과 조선일보 편집인 부사장이었던 필자의 사진도 전시되어 있었다.

그 밖에 언론인 출신으로는 이혜복 전 대한언론인회 회장, 최정호 울산대 석좌교수, 민영빈 YBM-시사영어사 대표, 김영희 중앙일보 대기자, 배병휴 경제풍월 발행인, 남시욱 전 문화일보 사장, 김후란 시인, 이명동, 주명덕 사진가, 조동표 스포츠 평론가, 한명희 전 국립국악원장 등이 있었다.

제 2 부

언론의 길

국가적 아젠다를 만들다

6장

꼬리를 문 '언론 자유'에 대한 도전

김대중 평민당의 공격을 받다

편집국장을 맡은 지 3년 9개월여 만에 물러났다. 편집인 자리는 계속 유지하게 되어 조선일보 지면에 관한 법적인 책임은 여전히 내게 있었다. 1989년 초 나는 서울언론재단(이사장 신동호)의 지원을 받아 일본 게이오(慶應)대학으로 연수를 떠났다. '방문 연구원' 자격으로 당초 6개월로 예정된 연수 기간이었지만 회사에 노조 문제가 불거지는 바람에 3개월 만에 중도 귀국했다.

노조와 원만한 타협이 이뤄지고 난 뒤 이른바 '조평 사태'가 터졌다. 이 해 3월 3일 평민당은 간부회의와 의원총회를 통해 조선일보

평민당 군산지구당 당사에 내걸린
'조선일보 절대 불매!!'라고 쓴
7미터짜리 현수막. 1989년 3월 11일.

를 규탄하고 조선일보의 공개사과와 정정보도를 요구했다. 제1야당
이 조선일보를 공격해온 것이다. 조선일보와 평민당 사이의 갈등, 즉
'조평(朝平) 사태'의 시작이었다.

　　평민당은 2월 23일 발매된 주간조선의 「좌파에도 우파에도 손
짓/수행의원들 추태 만발―김대중 평민당 총재 유럽 순방 뒷얘기」라
는 제목의 기사를 문제 삼았다. 정치부 부지영(夫址榮) 기자가 동행
취재하며 쓴 이 기사는 김대중 총재의 유럽 순방이 많은 성과를 거
뒀다고 평가하면서도 '그 성과를 잠식하는 해프닝들'을 지적했다. 기

내에서 맨발로 돌아다닌 의원, 교황을 '헤이'라고 부른 의원, 알프스
산맥을 로키산맥이라고 부른 의원, 외국 귀부인을 희롱한 의원이 있
었다는 등등 이었다. 기사는 이런 의원들을 익명으로 처리했다.

평민당은 이 기사를 문제 삼아 갑자기 박영숙(朴英淑) 부총재를
위원장으로 한 8인의 대책위원회를 구성하고 부지영 기자에 대한 명
예훼손 고소와 조선일보 불매운동 등을 내걸고 싸움을 걸어 왔다. 평
민당의 이런 공격은 서울의 어떤 가톨릭 수녀회가 김대중 총재에게
시한을 정해 수행원 가운데 교황을 '헤이'라고 무례하게 부른 사람이
있었다는 것이 사실이냐?"고 답변을 요구하자, 김 총재가 "그것은 조
선일보 기자의 오보 때문"이라며 답변 시한에 임박해서 소송으로 대
응한 것이라는 소문이 있었으나 확인할 길이 없었다. 다음 날인 3월 5
일 부지영 기자의 집에 "일가족을 몰살하겠다", "당신 아이를 숯덩이
로 만들겠다"는 협박전화가 걸려왔고, 본사와 지사에 각종 위협과 협
박이 잇따랐다. 테러에 가까운 물리적인 가해도 있었다. 부지영 기자
의 승용차 앞 유리가 큰 돌덩이에 의해 파손되는가 하면 전·남북 조선
일보 지사에는 돌이 날아들었다. 조선일보 사기(社旗)를 달 수 없을
정도의 공포 분위기가 조성됐다.

3월 6일 조선일보 편집국은 비상회의를 열고 "평민당의 기사 시
비는 새로운 형태의 언론탄압으로 끝까지 자유언론을 수호하겠다"고
결의했다. 이어 평민당의 공격에 대응키 위해 대책위원회가 구성되고

위원장에 내가 지명됐다.

평민당은 3월 7일 서울지검에 방상훈 주간조선 발행인 겸 인쇄인, 최청림 편집인, 신동호 조선일보 발행인, 인보길 편집국장, 부지영 기자 등 5명을 출판물에 의한 명예훼손 혐의로 고소·고발했다. 3월 9일에는 조선일보를 비난하는 내용을 실은 당보(평민신문) 100만부를 만들어 전국에 배포했다. 이 날 평민당은 조선일보 비방 광고를 몇몇 일간지에 내기도 했다. 평민당은 매일 새로운 형태로 조선일보를 공격한 것이다.

나는 대책위에서 평민당의 공격은 대선을 앞두고 조선일보를 길들여 보겠다는 의도라고 밝히며 당당한 대응을 주문했다. 독자의 판단을 믿었고, 언론의 자유와 언론인의 양심을 믿었기 때문이다.

내 믿음이 틀리지 않았다는 것은 곧 판명이 났다. 3월 10일 한국신문편집인협회는 조평 사태와 관련해 "언론자유에 대한 위협으로 간주한다"고 정의하고 적법한 해결을 촉구했다. 최석채 당시 편집인협회 고문은 이 해 '신문의 날'을 맞아 언론의 정도(正道)에 관한 특별 기고문을 조선일보에 기고했다(그는 훗날 '세계 언론자유 영웅 50인'에 선정되었다). 한 구절을 옮겨본다.

자기들과 소신이 다르고, 견해가 다르며 따라서 그 보도와 평론이 자기들의 이해와 상치될 때 오만하게도 당장 '적'으로 규정하고, 자기들의

'적'일뿐만 아니라 자기들이 대표한다고 과대망상하는 민중 전체의 '적'으로 매도하며, 지독한 편견 아래 수단방법을 가리지 않고 도발하려 든다. (1989년 4월 7일자)

최석채 고문의 펜 끝이 어디로 향하고 있는지 분명히 알 수 있다. 조선일보 역시 언론자유를 위해 강력하게 맞섰다. 3월 10일자에 조선일보 사원 일동 명의로 「평민당은 언론탄압 말라」는 성명을 발표했다.

내게 더욱 감격적이었던 것은 조선일보를 지지하는 독자들의 반응이 즉각적으로 나타났다는 점이다. 기존 독자 가운데 신문 10부를 더 보겠다, 100부를 더 구독하겠다는 독자들이 줄을 이었다. 평민당의 조선일보 절독(切讀)운동에 대한 반격이었다. 물론 호남지역에서의 손실은 엄청났다. 지국 운영을 포기하는 사태가 속출했고, 특히 광주 지역에서는 한 달 사이에 부수가 40% 감소했다.

그것보다 더 안타까웠던 것은 언론계 내에서도 편이 갈렸다는 점이다. 한국기자협회는 일방적으로 평민당을 옹호했고, 언노련의 기관지 언론노보도 「조선일보는 다시 태어나야 한다」며 거들었다. 한겨레신문을 비롯한 일부 신문도 평민당 입장에 섰다.

조선일보를 길들이지 못한다면 평민당으로서는 이로울 게 없는 싸움이었다. 어떤 판단이 섰는지는 모르겠지만 평민당 쪽에서 먼저 화

조평 사태가 있은 지 3년 뒤, 김대중 민주당 대표가 조선일보 광주 인쇄공장 준공식에 참석, 방우영 사장(왼쪽)과 필자와 함께 새로 인쇄되어 나온 신문을 보며 환하게 웃고 있다. 1992년 4월 16일.

해의 제스처를 보내왔다. 이 고소 사건과 관련해 검찰이 김대중 총재의 소환조사를 통보하자 부담을 느낀 측면도 있었던 듯하다. 평민당은 10월 17일 조선일보에 대한 민사소송을 아무 조건 없이 취하했다.

평민당이 고소를 취하하던 날, 김대중 총재는 방우영 사장과 조선일보 간부들을 회현동 '회림'이라는 식당에 초청했다. 조선일보 측에서는 나와 방 사장 외 김대중 주필이 참석했다. 식당으로 가는 승용차 안에서 나는 방 사장에게 "저쪽에서 먼저 유감 표시를 하면 아무 소리 하지 말고 듣기만 하시라. 사과만 잘 받으시랴"고 건의했다. 방 사장은 김 총재가 유감을 표시하자, 우리에게도 책잡힐 일이 있었다고 응대, 딱딱한 분위기를 부드럽게 만들었다.

그러나 조선일보와 호남과의 거리가 이때부터 좀처럼 좁혀지지 않는 후유증을 낳고 말았다.

정주영 국민당과의 싸움

1992년은 총선과 대선이 있는 해였다. 현대그룹 창업자 정주영 회장이 국민당을 창당해 국회의원 31명을 당선시키며 돌풍을 일으킨 해다. 물론 그가 대선에서 낙선한 해이기도 하다.

정주영 회장은 정계 진출 선언 직전, 갑자기 방일영 고문실을 자주 드나들기 시작했다. 내 사무실도 방일영 고문실과 같은 층에 가까이 있어 정주영 회장이 방문한 사실을 알 수 있었다. 일주일에 두세 번이나 들른 기억도 난다. 정주영 회장이 다녀가고 나면 방일영 고문이 나를 사내 커피숍이나 자신의 방으로 불러 차를 마시자고 했다. 방 고문의 말은 이러했다.

"정주영 회장이 말이야. 조금 이상해. 대통령선거에 나오려나? 허허."

신문에 전혀 관여를 하지 않는 방일영 고문이 정주영 회장을 만난 인상을 애기한 것이지만, 내 생각은 달랐다. 이미 부와 명예를 지닌 사람이 권력까지 가지려한다는 것이 과연 가능할까 하는 의문이었다. 세계사를 따져도 이 세 가지를 다 가진 사람은 별로 없었다. 고령인 그가 대선에 출마하면서 현대그룹의 조직 전체가 동원되고 있는 것이 문제였다. 그러나 대선 출마는 그의 자유였다.

막상 정주영 회장이 대선 출마를 선언하게 되자 방우영 사장과 논설위원들도 나와 비슷한 생각을 가지고 있다는 것을 알게 되었다.

정주영 회장은 방일영 고문이 조선일보의 실질적인 오너라고 생각하고 그만 통하면 조선일보는 다 잘될 것이라고 판단했던 듯하다. 하지만 조선일보에는 그런 것이 통용되지 않는다. 그러자 대통령 선거전이 과열되면서 정 회장은 제일 정성을 들여온 조선일보에 싸움을 걸어왔다. 12월 9일 국민당은 방우영 사장, 방상훈 발행인 겸 인쇄인, 인보길 편집국장과 편집인인 나를 대통령선거법 위반혐의로 서울지검에 고발했다. 주된 이유는 편파 보도를 한다는 것이었다.

국민당과 나와는 사전에 신경전 비슷한 것이 있었다. 이 해 7월 29일, 중앙선거관리위원회는 "대선 후보자 또는 소속 정당에 대한 유권자의 지지 성향을 조사하는 것은 현행 대통령선거법 제65조(인기투표 등의 금지)의 규정에 위반된다"고 밝혔다. 야당이던 국민당

사무총장이 국내 일간지와 월간지에 대선 후보자에 대한 여론조사 결과가 공표되는 것과 관련, 유권해석을 요청한 데 대한 공식 답변이었다.

이때 나는 편집인협회 회장을 맡고 있었기 때문에 편협 회장으로서 대응했다.

편협은 8월 11일, 헌법재판소에 헌법소원을 제출했다. 청구서에서 "신문, 통신, 방송, 언론이 국가의 진로를 좌우하는 대통령 선출을 4개월여 남겨놓은 시점에서 여론조사를 하여 그 결과를 신문 등 매체에 보도하는 것은 간접민주주의 제도의 핵심을 좌우하는 중대사"라고 강조했다. 또 "언론자유와 출판의 자유는 기본권 중 가장 중요한 부분임에도 불구하고, 대통령선거법 제65조가 그와 같은 사회조사를 시행 발표할 수 없도록 하는 것은 기본권의 본질적인 내용을 침해하는 것"이라는 입장을 밝혔다.

하지만 편협의 헌법소원은 받아들여지지 않았다. 헌법재판소가 내린 판시의 요점은 "선거기간 중 선거에 관한 여론조사 결과 등의 공표를 금지하는 것은 필요하고도 합리적인 범위 내에서의 제한이므로 이 규정이 알 권리를 침해하였다고 할 수 없다"는 것이었다. 안타깝지만 존중해야 할 사법부의 결정이었다.

12월 1일 현대그룹 계열 금강기획은 조선일보 2일자에 게재 예정이던 두 건의 광고를 취소하겠다고 일방적으로 통보해왔다. 한 현

머리띠를 두른 국민당원들이 광화문 조선일보사 앞으로 몰려와 시위를 벌이는 광경.
시위대에는 김동길 씨의 모습도 보인다. 1992년 12월 8일.

대그룹 광고담당 임원은 "조선일보가 국민당에 대해 편파보도를 해 왔으므로 더 이상 참을 수 없다"고 했다.

이번에도 대책위원장 비슷한 역할이 내게 맡겨졌다. 나는 성백 용(成百勇) 광고부장을 불러 현대그룹 광고가 어느 정도 되느냐고 물었다. 1년에 적게는 50억, 많게는 90억 원 가량 된다는 대답이었다. 그래서 나는 간부회의를 열어 "그 정도에 굴복할 조선일보가 아니지 않는가. 광고를 기사와 연계시키면 안 된다. 돈을 가지고는 절대로 펜 대를 꺾지 못한다"고 말했다.

현대그룹 정세영 회장이 대선 후 조선일보로 찾아와 방우영 사장에게 사과함으로써 국민당 사태는 마무리되었다. 오른쪽 끝이 필자. 1993년 5월.

나는 표현의 자유는 조선일보가 지켜야할 마지막 보루이자 유일한 무기라는 말을 덧붙였다. 정주영 회장의 측근에게는 이런 얘기를 해주었다.

목표를 이루기 위해 불법을 마다않고 물불을 가리지 않은 것은 장사에는 통할 수 있겠지만, 돈으로 우리의 펜대를 좌지우지할 수는 없다. 기업의 돈으로 국민당 대선자금을 쓰는 것은 불법이다. 표현의 자유를 앞세운 신문이 이에 입 다물고 있어야 되겠는가.

12월 7일 조선일보는 「현대-국민당 본지에 광고탄압-불매운동」이라는 기사를 실었다. 이 기사가 나가자 김동길(金東吉), 김복동(金復東) 씨 등 국민당 당원 300여 명이 조선일보 사옥 앞으로 몰려와 시위를 벌였다. 이 날 국민당은 조선일보 기자의 당사 출입을 금지시켰다. 조선일보 최순호(崔淳湖) 사진기자는 국민당 성동갑지구당 당원들에게 집단폭행을 당했다.

현대 계열사 건물에 조선일보를 비방하는 현수막이 나붙고, 정주영 후보는 TV 연설에 나가 조선일보는 권력에 굴복하는 지조 없는 신문이라고 비난했다.

하지만 국민당과의 싸움은 허망한 결말을 맺었다. 정주영 후보가 12월 19일 대선에서 패배한 직후, 국민당 당직자들이 총사퇴했고 국민당이 고소·고발한 모든 사건을 취하하기로 결정했다. 정주영 회장의 동생인 현대그룹 정세영 회장은 이듬해 3월 5일 방우영 사장실로 찾아와 사과했다.

조평 사태에서도 그랬지만 이번에도 조선일보가 입은 피해는 막심했다. 하지만 신문이 자본의 부당한 압력에 굴복해서는 안 될 일이다. 한번 굴복하면 계속 굴복하게 되고 영원히 종속되기 때문이다. 대통령 선거에 당선되기 위해 1등 신문을 길들이려 했던 것이 국민당과 현대그룹의 전략이었지만, 이런 압력에 떳떳하고 당당하게 버틴 것은 조선일보뿐이었다.

주간조선 기사를 꼬투리로 소송 제기한 노무현

조선일보와 국민당의 싸움이 격렬하게 진행될 무렵, 조선일보에 또 다른 일거리가 생겼다. 1992년 12월 4일 서울민사지법은 노무현(盧武鉉) 전 국회의원이 조선일보 등을 상대로 낸 손해배상 청구소송에서 원고 일부 승소 판결을 내렸다. 노무현 전 의원에게 2천만 원을 배상하라는 판결이었다.

소송의 원인이 된 기사는 한 해 전 10월 6일자 주간조선의 「통합야당 대변인 노무현 의원은 과연 상당한 재산가인가」였다. 노무현 전 의원은 이를 문제 삼아 기사를 쓴 주간조선 우종창(禹鍾昌) 기자와 편집인인 나, 그리고 조선일보사를 상대로 민사소송을 제기했다.

1심 재판부는 노무현 전 의원이 제기한 사유 가운데 80%를 기각하고, 20% 정도를 인정했다. 나는 당시 국회 반장인 홍준호(洪準浩) 기자를 통해 노무현 전 의원에게 화해의 뜻을 전달했다. 3심까지 간다면 서로 좋을 게 뭐가 있느냐, 1심에서 조선일보의 책임을 인정했으니까 당신의 뜻은 이뤄진 것 아니냐, 여기서 끝내고 화해하자는 메시지였다.

뜻밖에도 노무현 전 의원은 전혀 머뭇거림이 없이 "조선일보 사장이 점심을 사면 고소를 취하하겠다"고 전해왔다. 방상훈 사장이 좋다고 해 얼마 후 코리아나호텔 일식당에서 노무현 전 의원과 만났다. 홍준호 기자와 내가 동석했다.

노무현 전 의원은 기분이 좋은 듯했다. 자기가 인권 변호사가 된 이유는 아무도 사건 의뢰를 해오는 사람이 없어 그리로 가게 됐다는 말을 하기도 했다. 그는 "조선일보와의 일은 없었던 것으로 하겠다. 여기서 영원히 하늘로 날려 보낸다"고 두 팔을 들어 올리기도 했다. 우리와 합의한 것이 아니라 그 스스로 먼저 선언한 것이었다. 그러나 그는 '하늘로 날려 보낸다'는 이 말을 잊은 듯 얼마 후 조선일보에 다시 한 번 싸움을 걸어 오게 된다. 소탈하다는 노무현 전 의원이 뒤통수를 친 것이다. 이것은 나중에 할 이야기다.

유시민 저(著)《노무현은 왜 조선일보와 싸우는가》표지. 노무현 정부는 물론 '노사모' '조아세'라고 불리는 안티 조선 세력들은 끈질기게 조선일보 흠집내기를 계속했다.

7장

언론 단체에서의 값진 기억들

9대 편협(編協) 회장으로 취임하다

1991년 1월 18일 한국신문방송편집인협회(약칭 편협) 제9대 회장을 맡게 됐다. 나는 1989년부터 편협 8대 집행부(회장 조두흠)의 부회장이었다.

모든 분야가 새로운 가치를 추구하며 급변하던 시기였다. 민주화가 진전됨에 따라 권위주의 시절의 가치와 질서들이 일시에 무너지고 있었다. 동구권 붕괴 이후 동서 진영의 이데올로기 경쟁은 승부가 났으나, 그로 인한 새 국제질서 형성을 위해 각국은 치열한 경쟁을 벌였다. 산업적으로는 퍼스널컴퓨터 사용이 일상화되고, 인터넷 시대가 열리면서 정보화 시대의 본격 개막을 목전에 두고 있었다.

이런 변혁의 시대에 편협을 이끌기 위해서는 선배, 동료, 후배 언론인들의 마음을 모으는 게 가장 중요하다고 봤다. 연배로 보면 다소 이르게 편협 회장을 맡게 된 터여서 화합을 더욱 중시해야 했다. 새 집행부는 이 점에 중점을 두고 꾸렸다.

부회장은 동아일보 남시욱(南時旭), 중앙일보 장두성(張斗星), 연합통신 현소환, KBS 박성범(朴成範), 광주일보 최승호(崔昇鎬) 등 다섯 분을 모셨다. 남시욱 부회장의 경우 대학은 4년, 언론사는 그보다 더 선배이지만 꼭 모시고 함께 일하고 싶었다. 고민 끝에 동아일보 권오기(權五琦) 사장을 찾아갔다. 후배 회장 밑에 남 선배를 부회장으로 모실 수 있도록 설득해달라고 간청했다. 권오기 사장이 내뜻을 이해하고 적극 권유해준 덕분에 어렵사리 모실 수 있었다. 운영위원장은 한국일보 정달영(鄭達永), 감사는 매일경제신문 백인호(白仁鎬), 충청일보 임해순(任海淳) 씨 등으로 구성했다.

새로운 사업을 하려면 자금이 필요했다. 편협의 재정상태가 어려웠기 때문에 며칠을 고민하다가 이사들과 논의를 거쳐 각 언론재단에 도움을 요청하기로 했다. 당시 서울언론재단, 성곡(省谷)언론재단, 신영(信永)연구기금 등 3개 언론 관련 재단이 있었다. 이들 재단을 설립한 대우, 쌍용, 현대그룹 총수들을 만나 지원을 요청하기로 했다.

한국프레스센터에서 열린 한국신문편집인협회 정기총회에서 제9대 편협 회장으로 선출되어 인사를 하는 필자. 뒤에 안형순(安亨淳) 부회장이 앉아 있다. 1991년 1월 18일.

단 기업으로부터 직접 지원을 받지는 않고 이들이 만든 언론재단을 통하는 방법을 택했다. 향후 편협 활동을 고려할 때 그것이 훨씬 운신의 폭을 넓힐 수 있다는 판단에서였다. 대우 김우중(金宇中) 회장, 현대 정주영 회장은 내가 직접 만났고, 쌍용 김석원(金錫元) 회장은 해병학교 동기생이기도 한 현소환 부회장이 접촉했다.

운 좋게도 세 사람 모두 적극 지원을 약속했다. 김우중, 김석원 회장은 각각 1억 원씩을, 정주영 회장은 1억 5천만 원을 재단을 통해 지원했다. 특히 정주영 회장은 처음에 내 얘기를 듣더니 1억이 아니라 15억 원을 지원하겠다는 고마운 역제안을 했다. 고맙기는 했으나, 너무 과한 액수였고, 잡음이 날 우려도 있어서 정중하게 거절했다.

3억5천만 원의 기금이 확보되자 편협의 움직임이 활기를 띠게 되었다. 이 때문에 편협의 위상이 높아졌다고 자부한다.

당장 그 해 4월부터 「뉴스메이커와의 조찬 대화」라는 프로그램을 가동했다. 이 프로그램은 각 언론사의 편집국장, 논설위원, 부장급 이상인 회원들에게 취재원과의 직접 대화를 통해 뉴스밸류를 정하는 데 도움을 줄뿐 아니라, 내외정세 변화에 관한 시야를 넓힐 수 있도록 하기 위해 마련한 것이었다.

4월 12일에 열린 첫 조찬 대화의 초청자는 이종구(李鍾九) 국방부장관이었다. 이종구 장관은 「걸프전의 안보적 의미」라는 주제 발표에서 북핵 응징 가능성을 언급해 큰 파문을 일으켰다(위쪽 사진). 그는 "북한이 핵 안전협정에 가입하도록 국제사회에서 노력하고 있으며, 그것이 실패할 경우 강력한 응징책을 강구할 수밖에 없다. 우리는 평양의 축구장 골대만한 목표물도 정확하게 파괴할 수 있다"면서 "엔테베를 연상해보라"고 발언했다. 파문이 인 것은 당연했다. 그러자 이종구 장관은 "전쟁이 발발했을 때의 대응책 중 하나로 이야기 했다"고 해명하며 한 발짝 물러섰다.

그럼에도 파문은 가시지 않았다. 소련 고르바초프 대통령의 사상 첫 한국 방문이 불과 일주일 앞으로 닥친 시점이었다. 정부로서는 이종구 장관의 발언으로 인해 고르비 방한에 차질이 생길까봐 조바심을 내는 눈치였다. 국방부는 부랴부랴 이 장관의 북한 핵 관련 발언 자체를 취소했다. 하지만 외신들이 이 장관의 발언 내용과 발언 취소까지 모든 과정을 보도하는 바람에 오히려 국제적 이슈로 번져 나갔다.

야당은 비난과 함께 장관 문책을 요구했고, 북한도 잠자코 있지 않았다. 북한은 대남 선전기구인 조평통(祖平統)을 내세워 비난 성명을 발표했다. 이 바람에 편집인협회의 조찬 대화는 세간의 이목을 집

중시키며 성공적인 출발을 했다.

조찬 대화는 이후 대선후보였던 김영삼, 김대중, 정주영 씨를 비롯해 여러 유명 인사들을 무대 위로 불러냈다. 특히 두 김 씨와 정주영 씨 등 대선후보와의 대화는 당시 사회에 큰 관심과 화제를 불러모았었다. 회장으로서 초청연사를 토론 참석자에게 소개하고, 옆에 앉아 이들이 답변하는 모습을 지켜보니, 세 사람의 스타일이 너무 대조적이었던 것이 인상에 남는다.

김영삼 씨는 질문을 받으면 앞에 놓인 메모지에 큰 글씨로 한두어 자 적어놓고 준비해온 답변철을 고르기에 바쁘다. 예를 들어 인사 관계 질문이 나오면 '인'자를 적어놓고 답변철에서 찾은 "인사는 만사다. 잘 하겠다"는 식의 원론적인 답변 내용을 읽어 가며 대충 넘기는 식이었다.

편협 조찬 대화에 나온 김영삼(1992. 4. 3), 김대중(1992. 4. 10), 정주영(1992. 4. 17) 씨 등 대선후보들(왼쪽부터).

이에 비해 김대중 씨는 메모지에 작은 글씨로 깨알같이 질문 내용을 받아 적고 차례대로 빠짐없이 답변했다. 너무 자세히, 그리고 구체적으로 답변하다 보니 앞뒤 말이 서로 모순되는 일이 생기기도 했다.

정주영 씨는 처음 한두 번 메모지에 큰 글씨로 질문 내용을 적는 척 하다가, 노령으로 귀가 잘 들리지 않아서인지 질문자에게 매번 질문을 되묻거나, 곁에 앉은 내 발을 건드리는 등 신호를 보내왔다. 그러면 내가 메모지에 질문 내용을 적어 주기도 했는데, 순발력이 대단하다는 느낌이었다.

이 무렵의 일이다. 정주영 회장이 대선에 나서자 이번에는 대우그룹 김우중 회장이 움직이기 시작했다. 1992년 가을 경으로 기억하는데, 김 회장이 조용히 만나자고 해서 대우빌딩 23층 집무실로 찾아갔다.

이야기의 골자는 "세상이 변하는데 국내 정치는 정쟁만 일삼고 있다"면서 "고령인 정주영 회장도 대선에 나서는 판이니 나라고 못할게 있느냐?"는 투로 출마에 관심이 있음을 내비쳤다. 그는 또 "이번에 낙선하더라도 참신한 젊은 청년들을 10만 명가량 제대로 훈련시키면 다음 선거에서는 새바람을 일으킬 수 있다"고 덧붙이면서 내 의향을 물었다.

나는 반대했다. 그 후 한차례 더 만나 대화를 나누었으나 내 생각에는 변함이 없었다. 이 일은 한동안 베일에 가려져 있었으나 시간이 흐르면서 수면 위로 떠오르자, 방우영 조선일보 사장에 이어 노태우 대통령이 나서서 강력하게 만류함으로써 김 회장이 결국 정치의 꿈을 접었다는 것은 나중에 알려진 사실이다.

LG상남언론재단 초대 이사장을 맡다

1995년 11월 7일 LG상남언론재단 창립총회가 열려 재단 임원진을 선임했다. 이사장에는 당시 조선일보 전무였던 내가, 이사에는 학계에서 정진석(鄭晉錫) 한국외대 교수, 유재천(劉載天) 서강대 교수, 추광영(秋光永) 서울대 교수가, 언론계에서 배병휴(裵秉烋) 매일경제신문 상무, 이정희(李貞熙) 연합통신 이사, 김병호(金秉浩) KBS 보도본부장, 이성준(李成俊) 한국일보 편집국장이 선임됐다. 진영(陳永) 변호사와 심재혁(沈載赫) LG그룹 상무는 감사를 맡게 되었다. LG그룹 정상국(鄭相國) 부장은 사무국장 겸 상임이사로 재단운영을 총괄하기로 했다.

두 달 전인 이 해 가을 어느 날, LG그룹 구본무(具本茂) 회장과 이문호(李文浩) 부회장이 조선일보의 내 사무실로 불쑥 찾아왔다. "언론재단을 만들 계획인데 이사장을 맡아주면 좋겠다"는 부탁이었

LG 트윈타워에서 LG상남언론재단 창립총회를 열고 임원들이 기념촬영을 했다. 왼쪽부터 심재혁(LG 상무), 진영(감사), 이성준, 김병호, 유재천(이사), 필자, 이정희, 추광영, 배병휴, 정진석(이사), 이문호(LG 부회장), 정상국(상임이사).

다. 완곡히 거절했다. 두어 가지 이유를 댔다.

LG그룹이 기금을 출연한 언론재단 이사장 자리를 조선일보 편집인이 맡게 되면 조선일보가 불필요한 오해를 살 수 있었다. 게다가 한 걸음 먼저 삼성그룹이 현명관(玄明官) 부회장을 통해 삼성 언론재단 이사를 맡아달라는 요청이 왔었는데 이를 고사하던 상황이었다.

구본무 회장 일행이 다녀간 직후 방우영 회장이 나를 불렀다. 알고 보니 구 회장이 나를 만난 뒤 곧장 방 회장을 찾아간 모양이

LG상남언론재단 창립 후 첫 작품인 독립신문 영인본 전6권(완질본). 독립신문 창간 100주년을 기념해 발간한 것이다.

었다. 방 회장은 내게 대뜸 "구 회장이 나더러 당신을 설득해달라고 했다"면서 "한번 언론재단을 맡아서 일해보라"고 권했다. "재벌이 언론 발전을 위해 거금을 사회에 출연하겠다는데 왜 거절을 하느냐?" 고 덧붙였다. 모든 것을 좁고 작게 보지 말라, 크고 넓게 생각하라는 방 회장의 권유와 구본무 회장과 방상훈 사장과의 교유 관계를 생각해 결국 이사진 구성에 내 의견을 반영한다는 조건을 달아 수락했다.

　　LG가 만든 상남언론재단은 구본무 회장이 그의 부친 상남(上南) 구자경(具滋暻) 회장을 기리기 위해 재단 이름에 '상남'을 붙인 것이다. 재단의 사업 목표는 언론의 국제화와 전문기자 육성이었다. 이에 따라 중견 언론인의 장기 해외연수 지원과 탐방 취재를 포함한 기획 취재 지원, 전문기자 재교육과 언론인 국제화 교육, 출판 활동 지원이 재단의 주된 사업이었다.

초대 이사장으로서 나는 재단의 입지를 굳히기 위한 여러 사업을 추진했다. 첫 사업은 한국 언론의 비조(鼻祖)라 할 서재필(徐載弼) 박사가 창간한 독립신문 영인본을 내는 것이었다. 마침 이듬해 (1996년) 4월이 독립신문 창간 100주년이었고, 그것은 곧 한국 언론 100주년을 의미하기도 했다. 독립신문은 그동안 몇 차례 영인본이 발간됐지만 비용이 모자랐던 탓인지 마스터 인쇄방식으로 원본을 축소한 것이어서 이용에 불편이 많았다.

그런 사실을 감안하여 새로 제작한 영인본은 원형을 그대로 유지하여 자료적 가치를 높였다. 780페이지 분량의 4권짜리 한글판과 650페이지 분량의 2권짜리 영문판을 합쳐 전 6권으로, 독립신문 본지는 물론 호외까지 수록한 완질본이었다. 그것은 100년의 세월이 흘러도 여전히 돋보이는 선각자의 발자취를 재현한 뜻 깊은 작업이어서 나로서는 지금도 큰 자부심을 느끼고 있다.

일제시대 민족지 압수 기사모음 발간

1998년 7월 16일 LG상남언론재단은 《일제시대 민족지 압수 기사모음》(전2권)을 발간했다. 일제 강점기 조선총독부는 조선일보를 비롯해 동아일보, 시대일보 등 민족지를 검열하고 탄압하면서 '불온한' 기사를 압수해갔다. 그 기사를 모은 이 자료집은 민족지들이 어떻게 펜으로 압제에 저항하고 광복을 위해 싸웠는지를 보여주고 있다.

《일제시대 민족지 압수 기사모음》출판기념회. 왼쪽부터 고학용, 윤병석, 남시욱, 필자, 정진석, 유재천, 신용하, 이문호. 1998년 7월 21일.

LG상남언론재단이 출간한 일제시대 민족지 압수 기사모음집.

대표적 압수 기사 가운데 하나인 1920년 6월 9일자 조선일보 「조선 민중의 민족적 불평」은 "총과 칼로써 인도와 정의로 삼는 일본의 군국주의는 말할 수 없이 조선 민족을 학대하고 조선 민족을 멸망케 하려 하였다. 전염병이라도 나서 한꺼번에 다 죽지 아니하는

LG상남언론재단이 발간한 문자 보급운동 교재(왼쪽) 영인본과 출판기념회 참석 인사들. 왼쪽부터 정진석, 윤병석, 박정원 교수, 오명 동아일보 사장, 허웅 한글학회 회장, 필자, 신용하 교수, 박기정 프레스센터 이사장. 1999년 7월 26일.

것을 미워하였다"고 쓰고 있다. LG상남언론재단은 비매품으로 1천 세트를 제작하여 각 언론사와 대학, 국공립도서관, 연구단체에 기증했다.

이듬해 LG상남언론재단은 일제 강점기 조선일보와 동아일보가 발간한 문자 보급운동 교재를 출판했다. 두 민족지는 1929년부터 1936년까지 청년 학생들이 방학을 맞아 전국 각지를 돌며 한글 보급운동을 벌이도록 교재를 수십만 부씩 인쇄해 무료로 배포했다. 방학을 맞아 농촌으로 귀향하는 학생들을 통해 농민들에게 글을 가르치는 문맹 퇴치 운동을 벌인 것이다.

조선일보의 문자 보급운동은 1934년 여름까지 계속되다가 1935년 총독부의 중지령에 의해 중단됐다. 문자 보급운동은 중지당했지만 조선일보는 1935년 12월 한글 교재 10만 부를 발행하여 농촌에 보급했다.

앞에서 소개한 것처럼 내 선친 역시 배재고보 재학 시절 동아일보가 벌인 농촌 계몽운동에 동참했다는 사실이 동아일보에 두 차례나 기사화된 바 있다. 브나로드 운동에 참여했던 내 선친도 이 문자 보급운동 교재로 농촌 계몽 활동을 하셨을 듯하다.

정진석 교수는 당시의 교재를 '한글원본' '문자보급교재' '한글공부' '일용수법' '신철자 편람' '한글 맞춤법 통일안' 등 자료 7종으로 묶고, 해설을 덧붙여 새롭게 엮었다. 이 교재 역시 국어학계와 사학계의 지대한 관심을 모았다.

이밖에 LG상남언론재단이 의욕을 갖고 복원한 사업은 광복 직후 4대 일간지를 영인한 《해방 공간 4대 신문 영인본》 17권과 《6·25 전쟁 기간 4대 신문 영인본》을 발간한 것이다.

두 영인본의 발간으로 해방으로부터 6·25전쟁 종료까지 민족 격동기의 역사를 담은 중요한 사료 정리가 완결된 셈이었다. 모두가 LG상남언론재단의 지원이 없었더라면 누구도 감히 꿈꾸지 못할 작업이었다.

이렇게 한국 언론사에서 결코 빠뜨릴 수 없는 이 귀중한 자료들을 만들던 당시를 돌이키면서 꼭 남겨두고 싶은 이야기가 있다. 하나는 값진 성과를 이루기까지 정진석 교수의 제안과 노력이 절대적이었다는 사실이다.

또 한 가지, 내가 이제껏 가슴에서 지우지 못하는 것은 11년간 이사장으로 이루 다 헤아리기조차 숨이 가쁜 여러 사업을 벌였지만, LG그룹에서 단 한 마디 간섭이나 청탁이 없었다는 사실이다. 지금도 나는 소신껏 꿈을 펼칠 수 있도록 배려해준 LG그룹 구본무 회장에게 감사와 더불어 깊은 존경의 마음을 금할 길 없다. LG 펠로우 500여 명과 좋은 인연을 맺게 된 것 역시 내겐 큰 행운이었음도 덧붙여둔다.

대(大)기자 '홍박(洪博)'을 기리며

1998년 6월 10일 홍종인 선생이 별세했
다. 일반인들에게는 다소 생소할 수도 있
으나 홍종인 선생은 언론계 후배들에게
는 '홍박(洪博)'이라는 애칭으로 통하던
분이었다. 1925년 시대일보 기자로 출발
한 홍박은 중외일보를 거쳐 조선일보 편
집국장, 주필, 부사장, 회장을 지냈으며

LG상남언론재단이 펴낸
《대기자 홍박》 표지.

한국산악회 회장도 역임했다. 논설과 취재, 사회면에서 문화면에 이
르기까지 어느 분야에나 출중한 만능기자여서 독립신문 이래 손꼽
히는 한국의 대표기자, 대기자로 추앙받았다.

　말년의 홍박에게는 특유의 버릇이 있었다. 불쑥 불쑥 신문사 편
집국에 들러 잘못되거나 자신의 마음에 들지 않는 기사를 쓴 기자
를 불러 호통을 쳤다. 조선일보 기자들이 주 대상이었지만 이따금
다른 신문사 편집국에도 불시에 쳐들어갔던 모양이다. 가령 어느 날
신문기사의 제목이 「함석헌 옹(翁) 환갑 기념 강연」이었다. 홍박이 느
닷없이 편집국에 들어와 "옹이 뭐야? 대체 몇 살부터 옹이야!" 하고
고함을 질렀다. 정곡(正鵠)을 찌르는 지적이었다.

　내가 편집국장일 때에도 홍박은 불시에 들이닥쳐 따끔하게 꾸

《대기자 홍박》 출판기념회. 왼쪽부터 남중구 신문방송편집인협회 회장, 정진석 교수,
신동호 서울언론재단 이사장, 홍순경(홍박의 장남), 오소백 서울언론인회 회장, 이정석, 필자.
1999년 6월 7일.

중을 하곤 했다. 고마운 일이었지만 때론 곤혹스럽기도 해 가끔씩
먼발치서 홍박의 모습이 보이면 일부러 슬쩍 자리를 피하는 후배들
이 더러 있었다. 그런 홍박이 유독 나에게는 남달리 심한 질책을 하
지 않았는데 거기에는 그럴만한 까닭이 있었다.

홍박의 아들은 서울고등학교 내 동기동창이었다. 그래서 내게
는 아마 후배기자라기보다 친자식 같은 정을 느끼셨을지 모른다. 덧
붙여서 한 가지 일화가 있다. 다재다능한 홍박이 한국박물관협회 회
장이던 시절의 일이다. 광주박물관 개관식에 박정희 대통령이 참석했
고, 나는 청와대 출입기자로서 현지에 내려갔다.

개관식 테이프커팅을 마치자 도지사가 나서서 대통령을 안내

하고 있었다. 그 광경을 본 내가 박 대통령에게 "박물관 개관식에 오셨으면 박물관 관계자의 안내를 받으시는 게 옳지 않겠습니까?"하고 권했다. 대통령의 행차였으니 박물관협회 회장이 대기해야 했고, 나는 저만치 떨어진 곳에 서 있는 홍박을 염두에 두고 슬그머니 한마디를 던졌던 것이다.

박 대통령은 내가 권하자마자 "이리 오세요!"라며 홍박을 부르더니 함께 박물관을 둘러보았다. 훗날까지 홍박은 그 일에 관해서는 아무 내색을 하지 않으셨지만 내심 '아들 친구 안병훈'을 기특하게 여기셨을지도 모른다.

홍종인 선생의 장례는 한국신문방송편집인협회장(葬)으로 치러졌다. 유해는 경기도 용인 공원묘원에 모셨다. 이듬해 1주기를 맞아 LG상남언론재단에서 추모문집 《대기자 홍박》을 발간하고, 묘소에 추모비를 건립하여 제막식을 갖기도 했다. 추모문집 출판기념회에는 방우영 조선일보 회장, 현승종(玄勝鍾) 전 국무총리, 민관식(閔寬植) 전 국회부의장, 고병익(高炳翊) 전 서울대 총장, 문희성(文熙晟) 한국산악회장, 김성열(金聖悅) 전 동아일보 사장 등 100여 명의 각계 인사들과 미국에 사는 내 친구 홍순경(洪淳京)이 유족 대표로 참석했다.

그날 출판기념회에서 나는 LG상남언론재단 이사장 자격으로 이런 인사말을 했다. 홍종인 선생에 대한 추모사이기도 했다.

선생께서는 평생을 언론 외길을 걸으면서 언론인의 바른 자세를 스스로 실천해서 보여주시면서 후배들에게 가르쳐 주셨습니다. 후학들에게는 엄한 훈육주임이면서 결코 칭찬에도 인색하지 않는 따뜻한 인정을 풍기는 스승이셨습니다.

선생은 다방면에 걸친 지식의 소유자이셨고 자유언론에 대한 확고한 신념을 지녔던 대기자였음은 천하가 공인하는 사실입니다. 선생은 예술과 스포츠를 사랑하는 낭만적인 삶을 사셨고, 철학과 역사에 관심이 크신 지성인이었으며 만년 청년의 젊음을 자랑하셨던 멋쟁이셨습니다. 고매한 인품과 따뜻한 마음을 간직하신 휴머니스트이셨습니다.

IPI가 정한 '언론 자유 영웅' 최석채

2000년 4월 7일 세계언론인협회(IPI)는 '언론 자유 영웅(Press Freedom Hero)'으로 몽향(夢鄕) 최석채 선생을 선정했다고 발표했다. IPI는 창립 50주년을 기념하여 20세기 언론자유에 기여한 세계 각국 언론인 50명을 '언론자유 영웅'으로 뽑았는데, 한국 언론인으로는 고(故) 최석채 선생이 선정되었다. 공교롭게도 이 날은 한국 언론의 생일인 '신문의 날'이었다.

IPI는 각국 언론단체의 추천을 받아 10개월에 걸쳐 까다로운

최석채 선생의 1주기를 맞아 추모문집 2권을 발간한 뒤 가진 기념회. 오른쪽부터 최창윤 문공부 장관, 정진석 교수, 필자, 최 선생의 부인 장지분 씨, 문장인 씨, 그리고 장남인 최명원 씨, 차남인 최장원 조선일보 기자. 1992년 4월 17일.

심사를 벌였다. 이날 선생과 함께 뽑힌 인물에는 캐서린 그레이엄 워싱턴포스트 회장, 헤럴드 에반스 영국 더 타임스 전 편집인, 루돌프 아우그슈타인 독일 슈피겔 발행인 등과 같은 쟁쟁한 국제 언론계 명사들이 포함되어 있었다. 바로 그 전 해 IPI는 한국신문협회, 한국신문방송편집인협회와 한국기자협회 등에 추천 의뢰를 했고, 편협에서는 최석채 선생을 적임자로 판단하여 추천서를 보냈다.

선생은 나와 여러모로 인연이 많았다. 조선일보 편집국장으로서도 대선배였고, 선생이 3대 편협 회장을 지냈고 나는 9대 회장을 맡은 바 있다. 또한 내가 편집국장으로 재직하는 동안 선생의 아들인 최장원(崔壯源) 기자와 한솥밥을 먹었다.

편협에서 선생을 '언론 자유 영웅' 후보로 천거한 것은 평생을 정론(正論)으로 일관했던 강직한 성품, 역사의 고비에서 보여준 투철한 기자정신이 가히 한국 저널리스트의 본보기가 되고도 남았기 때문이었다. 선생은 일본 주오(中央)대학 법학부를 졸업한 뒤 해방 후 대구에서 언론계에 첫발을 디뎠다.

이후 대구 매일신문 편집국장과 주필로 근무하면서 필화(筆禍)를 당했다. 1955년 9월 14일자에 쓴 사설 「학도(學徒)를 도구로 이용하지 말라」가 당국의 비위를 건드렸던 것이다. 선생이 손수 쓴 이 사설은 "서울에서 내려오는 고위층을 환영하느라 어린 중고등학생을 동원하는 것은 옳지 못하다"고 따끔하게 지적한 내용이었다.

당국은 선생을 국가보안법 위반으로 덜컥 구속했으나 여론의 공분(公憤)을 사면서 한 달 만에 불구속기소로 석방되었다. 이듬해 대법원에서 무죄가 확정되었는데, 해방 후 필화사건이 대법원 확정판결을 받은 첫 사례로 기록되었다.

자유당 정권으로부터 기피인물로 지목된 선생을 조선일보로 발탁한 이가 '홍박' 홍종인 주필이었다. 홍박은 다른 사람 몰래 선생을 방일영 대표에게 인사시킨 다음, 한동안 논설위원실이 아닌 화백들의 작업실에서 사설을 쓰도록 했다고 한다. 3·15 부정선거 직후

"국민이여, 총궐기하자!"는 요지의 사설 「호헌(護憲) 구국운동 이외의 다른 방도는 없다」를 써서 4·19혁명에 불을 댕긴 것도 마찬가지였다. 선생은 편집 마감 1분 전에 글을 써 주필에게 넘기고 잠적해버렸다는 유명한 일화가 전해진다.

이후 선생은 조선일보 편집국장과 주필, 문화방송·경향신문 회장 등을 차례로 역임했다. 편집국장 시절의 별명은 '대패'였다. 입버릇처럼 "글이란 둥글둥글하지 않고 모나게 대패질해야 한다"며 늘 후배들을 다그쳤기 때문이다. 국회의원이나 장관 제의를 거들떠보지도 않고, 평생 언론을 떠나 외도(外道)를 한 적이 없는 선생은 1991년 4월 11일 타계했다.

편협 회장이던 나는 선생의 장례를 첫 한국신문방송편집인협회장(葬)으로 치르기로 뜻을 모았다. 4월 15일 서울 은평구 응암동 선생의 자택에서 영결식이 열렸다. 나는 추도사에서 "한평생을 시세(時世) 시류(時流)에 영합하지 않고 대쪽처럼 곧게 사신 최석채 선생님의 명쾌하고도 함축성 있는 경구와 충고를 더 이상 들을 수 없게 됐다"고 안타까운 심경을 토로했다.

선생을 경북 금릉군 조마면에 안장한 뒤 얼마 안 돼 선생의 친지와 동료, 후배 언론인들로부터 편협에서 추모사업을 주관해달라는 요청이 왔다. 이를 받아들여 나와 윤임술(尹任述), 문장인(文莊寅), 이종식(李鍾植), 정진석, 위호인(魏皓寅) 씨를 주축으로 한 최석채 선

IPI의 '언론 자유 영웅' 선정을 기려 6개
언론단체 이름으로 기념판을 만들어
한국프레스센터에서 제막식을 가졌다.
최장원 기자, 김후란 시인, 김상훈 부산일보
사장, 김수환 추기경, 필자, 최 선생의 지인
문장인 씨. 2000년 11월 22일.
아래 사진은 프레스센터 내셔널 프레스클럽
벽에 헌정된 세계언론자유영웅 최석채 동판.
디자인 조의환.

생 추모사업 추진위원회가 구성되었다.

편협은 개인 108명과 16개 단체가 보내온 4천40만 원의 성금으
로 이듬해 1주기를 맞아 묘소에서 편협 주관으로 추모비 제막과 추
모문집 봉정식을 가질 수 있었다. 비문은 정진석 교수가 썼고, 편협

회장인 내 이름이 추모비에 새겨졌다. 추모문집은 《지성감민(至誠感民)》,《낙동강 오리알》두 권이었다. 앞의 책은 생전에 쓰신 글로 엮었고, 뒤쪽은 친지와 동료, 후배들이 선생을 기리며 쓴 기고문을 모은 것으로 둘 다 정진석 교수가 만들고 편협 명의로 발간했다.

그 후 내가 편협 회장일 때 IPI에 신청한 '세계 언론 자유 영웅'으로 선생이 선정되자 나는 이를 기념하기 위해 한국프레스센터 내셔널프레스클럽 벽에 선생의 초상을 부조한 동판을 헌정하자고 제안했다.

내 후임인 남중구(南仲九) 편협 회장과 한국프레스센터 김용술(金容述) 이사장의 동의을 얻어 선생의 기념동판은 이해 11월 22일 고인의 83회 탄생일에 맞춰 프레스센터 20층 내셔널프레스클럽 입구에 헌정되었다.

조의환(曺義煥) 조선일보 편집위원이 디자인한 가로 50cm, 세로 42cm 크기의 황동 기념판에는 "국제언론인협회는 창립 50주년을 맞아 신문의 자유를 위해 헌신한 최석채를 세계 언론 자유 영웅으로 선정합니다"라는 IPI의 발표문을 적고, 조각가인 이긍범 홍익대학 교수가 제작한 선생의 얼굴 부조(浮彫)를 기념판에 담았다.

이날 헌정식에는 김수환(金壽煥) 추기경이 참석하여 자리를 빛내 주었다. 김 추기경은 가톨릭에서 운영하는 대구 매일신문에서 최 선생과 함께 근무한 인연이 있었다. 김 추기경은 회고사에서 "진실과 정의는 마침내 승리한다는 것을 보여준 몽향 선생이 IPI 언론 자유 영웅에 선정된 것은 노벨상 못지않은 권위를 가진다"고 치하했다.

헌정식에는 방상훈 IPI 한국위원회 위원장, 김용술 이사장, 최학래(崔鶴來) 한국신문협회장, 남중구 편협 회장을 비롯한 언론단체장과 강원용(姜元龍) 목사, 고병익 전 서울대 총장 등이 참석했다.

나는 내가 편협 일을 맡아서 하는 동안 홍종인, 최석채, 그리고 유건호 전 조선일보 부사장 등 세 분 선배의 마지막 길을 편협장(編協葬)으로 모실 수 있었던 것도 감사하게 생각한다.

'서울대 폐지론'에 맞서 결성된 관악언론인회

2003년 4월 23일 관악언론인회 창립총회가 열려 내가 초대 회장으로 추대됐다. 서울대 출신의 언론인 모임인 관악언론인회는 신문·방송·통신사의 전·현직 언론인과 홍보 분야, 언론학계에서 활동하는 이들을 포함해 회원 수가 2천500여 명에 이르렀다.

노무현 정부가 들어선 후 이른바 '서울대 폐지론'이 고개를 내밀었다. 위기를 느낀 임광수(林光洙) 서울대 총동창회장은 동창회보에 관여하던 언론인 출신을 중심으로 논의한 끝에 서울대 출신 언

관악언론인회 초대 회장으로
선출된 뒤 서울대 총동문회 임광수
회장으로부터 관악언론인회기를
전달받았다. 2003년 4월 23일.
아래 사진은 2004년도 제1회
'서울대 언론인 대상' 수상자로
선정된 김대중 조선일보 주필에게
상패를 수여했다.

론인 단체를 결성하여 이에 대처해나가기로 했다. 남중구 동아일보
21세기평화연구소장, 이형균 전 경향신문 편집국장, 김인규(金仁圭)
KBS 뉴미디어본부 본부장이 모임을 결성하는 데 주도적인 역할을
했고 이들이 나를 찾아와 초대 회장을 맡아달라고 요청했다. 흔쾌

히 수락했다. '서울대 폐지론'에 동의할 수 없었기 때문이다.

이 날 창립총회에서는 모임의 이름을 관악언론인회로 정하고 부회장에 남중구, 이형균 등 11명을, 명예회장에 김재순(金在淳) 전 국회의장, 정운찬(鄭雲燦) 서울대 총장, 임광수 총동창회장을 추대했고, 서울대 언론정보학과 박명진(朴明珍) 교수와 SBS 안국정(安國正) 편성본부장을 감사로 선출했다.

모임 결성을 주도한 발기인들은 "서울대 출신 언론인들 간에 친목과 결속을 다지고 이를 기반으로 한국의 언론 문화 창달과 우리 사회의 발전에 일조를 하고 싶다"는 내용의 발기문을 작성하여 미리 배포했다. 또한 주비(籌備)위원회를 열어 언론 발전에 이바지한 공적이 뚜렷한 동문 언론인을 선정해서 '서울대 언론인 대상'을 시상하기로 했다.

그러는 동안 서울대 폐지론은 사그라들었고, 모래알 같기만 하다던 서울대 출신 언론인들의 관계가 이제는 관악언론인회를 중심으로 끈끈한 유대를 유지해가고 있다. 관악언론인회는 내 뒤를 이어 남중구, 이형균 회장에 이어 국무총리 후보로 지명됐던 중앙일보 문창극(文昌克) 전 주필이 회장을 맡아왔다. 현재는 동아일보 배인준(裵仁俊), 전 주필에 이어 중앙일보 김진국(金鎭國) 대기자가 회장을 맡아 활동을 펼치고 있다.

서재필 언론문화상 제정과 서재필 어록비 건립

2010년 2월 나는 제4대 서재필기념회 이사장으로 선임됐다. 송재(松齋) 서재필 박사와 나의 인연은 꽤 오래 되었다. 내가 편협 부회장이던 1990년 4월 7일 신문의 날을 맞아 편협 주관으로 서울 서대문 독립공원에 서 박사의 동상을 세우고 제막식을 가진 게 아마 처음이었던 것 같다.

그 다음이 1994년 4월 4일이었다. 미국에서 생을 마감한 서 박사와 전명운(田明雲) 의사(義士)의 유해를 이날 고국으로 모셔와 국립 서울현충원에 안장했는데, 나는 편협 회장 자격으로 김포공항으로 나가 두 분의 유해를 맞았다. 이렇게 서 박사의 유해를 애국지사 묘역에 모신 이듬해 6월, 서재필기념회가 발족되었다. 필라델피아 유학파들인 전세일(全世一) 연세대 의대 교수, 현봉학(玄鳳學), 신예용(申禮容) 박사, 백학순 세종연구소 교수 등이 기념회 발족의 산파 역할을 했다. 서재필 박사는 1898년 두 번째 미국 망명을 떠난 뒤 필라델피아에서 활동한 바 있다. 서재필기념회 초대 이사장은 동아일보 권오기 사장이, 부이사장은 내가 맡게 되었다.

첫 사업은 독립기념관 부지 내에 터만 잡아 놓고 재원이 없어 세우지 못한 서재필 박사 어록비를 세우는 일이었다.

2002년에는 내가 '서재필 어록비 건립위원장'을 맡아 서 박사의 어록비를 충남 천안 독립기념관 경내에 세웠다. 어록비 건립은 서재필기념회가 한국신문협회, 한국신문방송편집인협회, 한국기자협회, 한국언론재단 등 한국을 대표하는 언론단체와 손을 맞잡고 벌인 기념사업이었다. 나는 어록비 건립위원장으로 건립비 마련을 비롯하여 설계 시공을 지휘하는 등 처음부터 끝까지 작업을 주도했다.

어록비인만큼 가장 중요한 비문은 권오기 이사장의 제안대로 서 박사의 연설문 「조선 동포에게 고함」 가운데 나오는 "합하면 조선이 살 테고 만일 나뉘면 조선이 없어질 것이오. 조선이 없으면 남방사람도 없어지는 것이고 북방사람도 없어지는 것이니 근일 죽을 일을 할 묘리가 있겠습니까. 살 도리들을 하시오"로 정했다. 이를 조선

독립기념관에서 제막된 서재필 박사의 어록비를 참석자들이 돌아보고 있다. 왼쪽부터 박기정, 윤경빈, 권오기, 필자, 서희원, 고학용, 김중채. 2002년 4월 4일.

제4대 서재필기념회 이사장 취임 후 제정한 서재필언론문화상의 제2회 시상식 및 2012년 민족 언론인 동판 헌정식. 수상자는 류근일 전 조선일보 주필이었고, 상하이 임시정부 초대, 2대 대통령 이승만· 박은식 두 분을 민족 언론인으로 뽑아 헌창했다. 사진 왼쪽부터 백학순, 김홍우, 연만희, 김옥렬, 남시욱, 류근일, 이인수, 박유철, 권이혁, 필자, 이성준, 전세일, 이택휘 씨.

일보 조의환 편집위원이 독립신문의 서체에서 뽑아 글자체를 만들고, 조각가 오형태(吳亨泰) 씨가 설계했다. 핵심인 어록비 건설비용은 내가 김한길(金漢吉) 문공부 장관을 만나 동의를 얻는 등 어려운 교섭을 거쳐 한국언론재단을 통해 조달받았다.

이해 4월 4일 열린 어록비 제막식에는 윤경빈(尹慶彬) 광복회장, 박기정(朴紀正) 한국언론재단 이사장, 고학용(高學用) 한국신문방송편집인협회장, 이상기(李相起) 기자협회장과 친족을 대표한 서희원 송재문화재단 이사장 등 60여 명이 참석했다.

2003년에는 서거 50주년 추모사업의 하나로 《서재필과 그 시대》라는 연구서를 엮어냈다. 자료 수집과 편찬은 서재필기념회가 담당하고, 책은 LG상남언론재단이 발간했다.

그해 4월 3일 한국프레스센터에서 열린 출판기념회에는 김옥렬(金玉烈) 전 숙명여대 총장, 백낙환(白樂晥) 인제학원 이사장, 이택휘(李澤徽) 서울교대 총장, 장상(張裳) 전 이화여대 총장, 김학준 동아일보 사장, 최준명 한국경제신문 사장을 비롯 언론계와 학계 인사 100여 명이 참석했다. 서재필기념회 권오기 이사장, 그리고 나는 LG상남언론재단 이사장으로 자리를 함께 했다.

이후 내가 2010년 2월 제4대 서재필기념회 이사장으로 선임된 이후에는 기념사업의 영역이 크게 확대됐다. 우선 2011년부터 한국언론진흥재단과 공동으로 '올해의 민족 언론인'을 선정하기로 하고

LG상남언론재단이 발간한 《서재필과 그 시대》 출판기념회. 왼쪽부터 김학준, 유준, 김중채, 이택휘, 연만희, 백낙환, 서희원, 권오기, 신예용, 장상, 김옥렬, 미상, 필자, 전세일. 2003년 4월 3일.

프레스센터에 기념동판을 제작해 헌정하기로 했다. 첫 대상자는 서재필 박사였다.

그동안 최석채 선생의 동판만이 외롭게 홀로 있었는데 나는 이것이 늘 안쓰러웠다. 그런데 서 박사의 동판이 한국프레스센터 내셔널프레스클럽에 헌정되는 것을 계기로, 이후 매년 '올해의 민족 언론인'으로 선정된 이승만·박은식(朴殷植), 배설(裵說), 남궁억(南宮檍), 양기탁(梁起鐸), 이종일(李鍾一), 오세창(吳世昌), 송진우(宋鎭禹) 선생의 동판이 차례로 한국프레스센터 20층 내셔널프레스클럽 벽에 모셔졌다.

　동판 헌정과 함께 나는 이들에 대한 서적을 도서출판 기파랑에서 펴냈다. 《선구자 서재필》(서재필기념회 엮음, 2011년), 《두 언론 대통령 이승만과 박은식》(2012년), 《나는 죽을지라도 신보는 영생케 하여 한국동포를 구하라》(2013년), 《황성신문 초대 사장 남궁억》(2014년), 《항일 민족 언론인 양기탁》(2015년, 이상 5권 모두 정진석 지음, 하단의 책표지 사진들)이 그것이다. 이와는 별도로 기파랑은 서재필 탄생 150주년을 기려 새롭게 발굴된 옛 문서를 비롯하여 이제까지 세상에 알려진 사진과 자료를 망라한 화보집 《선각자 서재필》을 보존판으로 엮어냈다(하단 오른쪽 끝 사진). 여기에는 독립기념관의 협조로 독립기념관이 보관 중인 전체 자료와 유물을 촬영하

거나 스캔한 뒤 엄선하여 수록했다.

서재필기념회는 '올해의 민족 언론인' 선정과 병행해 '서재필 언론문화상'을 제정했다. 제정 경위는 이랬다. 갑자기 내가 서재필기념회 이사장이 되자, 왜 모든 이사들이 나를 이사장으로 추천했는지 그 이유를 곰곰 생각해보았다.

의사이면서 언론인인 서재필 박사를 기리기 위해 의사들은 신예용 박사가 쾌척한 기금으로 서재필의학상을 만들어 운영하고 있었다. 그럼에도 언론계에서는 재원 탓만 하면서 언론상 하나 만들지 못하고 있었으니 "안병훈이 나서서 한번 만들어 보라"는 것이 이사들의 희망인 것 같았다.

나는 이 문제를 신문사 후배로 당시 국회 문공위원이었던 김

서재필기념회가 한국프레스센터 내셔널 프레스클럽 벽에 걸려 현창친 민족언론인들.
왼쪽부터 서재필, 이승만, 박은식, 베셀, 남궁억, 양기탁, 서재필(기파랑이 펴낸 책 표지 사진들).

제1회 서재필 언론문화상 수상자인 KBS 구수환 PD에게 시상하는 필자.
수상작은 「수단의 슈바이처 고 이태석 신부, 울지마 톤즈」. 2012년 4월 8일

효재(金孝在)의원과 한국언론진흥재단의 김현호(金玄浩) 사업이사와 상의했다. 반응은 호의적이었다. 특히 김현호 이사가 이성준 이사장과 상의한 뒤 언론계 비조(鼻祖)인 서재필 선생을 기리는 일을 한국언론진흥재단과 서재필기념회의 공동사업으로 결정한 것이다.

그렇게 하여 서재필언론문화상과 올해의 민족언론인 선정사업이 성사되었고, 현재의 김병호 한국언론진흥재단 이사장도 변함없이 이를 이어가고 있다. 나는 지금도 이성준 이사장과 김 이사장의 결단을 높이 평가하며, 항상 감사하다는 마음을 지니고 산다.

서재필언론문화상의 첫 수상자는 KBS 구수환(具秀煥) 프로듀

서였다. 구 프로듀서는 아프리카 수단의 오지 마을 톤즈에서 사랑과 봉사를 실천하다 타계한 이태석 신부의 생애를 그린 다큐멘터리 「울지마 톤즈」로 시청자들에게 감동을 안겨준 공로를 인정받았다.

이후 올해까지 자유민주주의의 가치를 옹호하고 극좌 전체주의를 비판해온 류근일(柳根一) 전 조선일보 주필, 탈북여성들의 애환을 다룬 채널A의 「지금 만나러 갑니다」(담당 PD 이진민), 「채동욱 검찰총장 혼외 아들」을 특종 보도한 조선일보 특별취재팀(팀장 정권현), 여성으로서 중동, 아프카니스탄 등 국제 분쟁 현장을 취재한 사진기자 정은진 씨, 바람직한 한일관계를 기획한 동아일보 국제부 허문명 부장 등 취재팀 14명이 수상했다.

8장

대한민국을 바꾼 환경운동

「쓰레기를 줄입시다」캠페인 시작

신문의 캠페인 중에서 가장 장기간에 걸치고 또 가장 성과를 올린 것이 무엇인가 묻는다면, 나는 서슴없이 공해 환경 캠페인이라고 말하고 싶다. 이 공해 환경문제가 폭발적으로 사회의 관심의 표적이 된 것은 1990년대이다. 환경문제는 어느 날 갑자기 일어난 것이 아니다. 경제발전의 뒤안에서 조금씩 사회를 좀 먹어오던 공해가 왜 90년대의 시작과 함께 사회의 관심사가 된 것인가.

1988년 서울올림픽이 끝난 뒤 나는 "다음의 국가적 아젠다는 도시 문제가 될 것"이라고 판단, 신문지면을 통한 캠페인을 계획하고

환경운동에 불을
붙인 조선일보
캠페인「쓰레기를
줄입시다」
1992년 6월 19일자
1면 머리기사.

있었으나 그것이 반드시 공해 환경문제가 될 것이라고는 예상하지
않았다. 고도성장의 시대에는 매일 풍요로워지는 경제발전에 사회의
관심이 집중되었고, 그 뒤편의 공해문제에까지는 눈을 돌리지 못한
상태였다. 물론 당시 서울의 아파트 앞마당에는 쓰레기가 산처럼 쌓
이는 심각한 상황이었으나, 그것은 어디까지 시나 구청의 문제로 머
물렀고, 국민 개개인의 관심사까지에는 이르지 못한 상태였다.

그러나 환경문제에 관심이 차츰 높아지면서 우리가 추구해온
문명의 진행방식에 대한 반성도 넓게 번지기 시작했다. '큰 것이 좋은

것이다' '빠른 것이 좋은 것이다' '편리한 것이 좋은 것이다'는 가치관 자체가 환경파괴의 원흉이었다는 사실을 깨달은 것이다. '작은 것이 아름답다'라는 말이 나온 것이 바로 그 시점이었다.

나는 바로 이때 신문을 통해 환경 캠페인을 벌이는 것이 적기라고 판단하여 편집국을 앞세워 환경 캠페인을 펼치기 시작했다. 결과는 대성공이었다. 조선일보의 뒤를 이어 여러 신문들이 공해기사를 다루면서 환경문제가 요원의 불길처럼 전국으로 번져나갔다. 그 이래 여태까지 신문의 환경캠페인이 계속되고 있음은 주지의 사실이다.

그 첫걸음은 1992년 6월 19일에 놓여졌다. 이날 자 조선일보 1면에는 「쓰레기를 줄입시다」는 제목 아래 전체 지면의 5분의 4를 차지하는 대대적인 기획기사가 게재되었다. 조선일보의 본격적인 환경운동이 그 출발을 만천하에 고한 것이었다.

내가 신문사의 환경보호 캠페인에 본격적으로 관심을 갖게 된 것은 1989년 초 일본 연수를 갔을 때였다. 연수 기간의 절반을 겨우 채운 3개월 동안의 짧은 체류였으나 일본에서 한 가지 크고 중요한 체험을 했다.

홀로 외국생활을 하려니 하나부터 열까지 내가 직접 처리하는 수밖에 없었다. 다른 것은 그런 대로 해나갔지만 쓰레기 치우기만은 영 서툴렀다. 한국에서는 아무렇게나 모아서 쓰레기통에 버리면 되던 시절이었다. 일본에서는 그게 통하지 않았다. 정해진 요일에, 정해

캠페인에 동참한 서울 잠실초등학교 어린이들이 집에서 가져온 신문지를 운동장에 쌓는 모습.

진 대로 분리한 쓰레기를, 정해진 장소에 내놓아야했다. 지금은 우리 나라에서도 너무나 일상화된 분리수거였다.

성가시기 짝이 없었지만 석 달을 그렇게 지낸 뒤 한국으로 돌아오니 쓰레기 분리수거 문제가 머릿속에서 지워지지 않았다. 게다가 연수를 마치고 귀국한 그해 6월 브라질의 리우데자네이루에서 열린 유엔 환경회의를 지켜보면서 나는 환경문제에 대한 인식을 다졌다.

일본 마이니치신문 과학부 하라(原) 기자가 내게 들려준 이야기도 떠올랐다. 그는 "환경운동의 주체가 여러 곳 있을 수 있지만 신문이 주도하면 가장 효과적일 것"이라며 "조선일보가 한번 해보라"고 권유했다. 여기에 영향을 준 것은 연수 기간 중에 읽은 오이시 부이치(大石武一) 전 일본 환경청장관의 마이니치신문 기고문이었다.

지구환경 문제에 관한 국민이나 기업의 의식이 높아지고 있는 가운데 신문은 사회의 공기(公器)이자 리더십이다. 그러므로 많은 자원을 낭비하고 환경에의 부담마저 큰 석간은 폐지하는 걸 고려해야만 한다. (1992년 1월 9일자)

일본의 주요 일간지들은 조·석간을 모두 발행한다. 조간이 메인이고, 석간이 양념이라고 보면 된다. 환경론자인 오이시 부이치의 눈에는 석간이 군더더기로 비친 모양이었다. 석간을 없애 펄프를 재료로 하는 신문용지를 절약하면 그만큼 세상의 산들이 덜 황폐해질 것이라는 주장이었다. 일본은 자국의 나무에는 거의 손을 대지 않고 외국산을 수입해 쓰고 있었다. 그의 글은 신문사에 몸담고 있는 내 마음에도 곧장 와 닿았다.

그 무렵 방우영 회장이 내 방에 들러 일본의 요미우리신문사가 독자들에게 나눠주는 폐(廢)신문 수거용 봉투를 건네주며 "우리도 한번 연구해보라"고 지시했다. 지난 날짜 신문은 폐지 수집상들의 인기 품목이긴 하나 그래도 지저분하게 버려지는 경우가 없지 않았다.

인보길 편집국장과 논의 끝에 조선일보가 앞장서서 우선 생활

쓰레기 줄이기 운동을 벌여나가기로 결정했다. 그동안 진보 진영의 단골 메뉴로 여겨져 온 환경운동은 물론, 여성과 장애인, 외국인 근로자 문제들을 우리가 먼저 이슈화함으로써 조선일보가 너무 보수적이라는 일부의 비난을 불식시키는 효과도 거둘 수 있었다.

여기까지가 1992년 6월 19일자 조선일보 1면에 「쓰레기를 줄입시다」 기사가 나가게 된 배경이다.

서울의 모범 동장(洞長)들부터 설득하다

한국의 쓰레기 문제는 심각했다. 1992년 당시 우리나라 도시 지역 주민들이 하루에 버리는 쓰레기의 양은 줄잡아 8톤 트럭으로 1만여 대 분량이었다. 이 중에서 20% 이상이 재활용할 수 있는 자원으로 추정됐다. 전체 쓰레기 중 27.4%를 차지하는 음식물 찌꺼기의 경우, 환경처의 추산으로는 돈으로 따져 한 해 8조 원에 달했다.

단순히 계몽 차원의 일회성 캠페인으론 목표를 이루기 어려워 보였다. 지금은 너무나 당연해 보이지만 '응답하라 1988' 시절까지만 해도 우리는 모든 쓰레기를 무차별적으로 한데 모아 버렸다. 분리수거를 바탕으로 시민들이 지켜야 할 구체적 활동지침을 제시하고, 다양한 프로그램을 통해 장기적인 실천운동으로 발전시키지 않으면 좋은 결과를 기대할 수 없었다. 이를 위해 나는 자치단체의 밑뿌리인 동장(洞長)들을 먼저 움직여 이들을 불씨로 삼자는 생각을 했다. 나는 곧장 김명규 부장을 앞세워 이해원(李海元) 서울시장을 만나 쓰레기 줄이기 운동의 취지를 설명하고 협조를 구하면서, 서울 시내의 모범 동장 10여 명을 서울 시장이 점심에 초대해달라고 부탁했다. 아파트의 경우에는 가정마다 있는 쓰레기 투입구 봉쇄가 난제였고, 분리수거 또한 예삿일이 아니었다.

나는 동장들에게 조선일보가 만든 신문지 수거봉투부터 나눠주면서 쓰레기 문제 해결의 필요성을 상세히 설명했다. 일본을 비롯한 선진국의 예도 들었다. 반응이 기대 이상으로 좋았다. 이해원 시장도 "서울시장이 동장들에게 직접 식사 대접을 한 것은 아마 처음일 것"이라고 농담을 던지면서 적극적으로 찬성하고 나섰다. 그 무렵 서울시민들이 쓰레기 수거를 위해 내는 세금이 300억 원 가량이었는데, 서울시의 실제 수거 예산은 3천3백억 원이나 든다고 했으니 서울시장이 반색할 만했다.

서울시·YMCA·YWCA·대한주부클럽연합회·흥사단·천주교 서울대교구·불교 사회교육원이 동참했다. 조선일보 기사 가운데 "이대로 가다가는 63빌딩이 쓰레기더미에 묻히는 게 아니냐는 우스갯소리마저 나온다" "일본은 통산성 산하에 폐기물 재활센터를 설립, 폐기물을 자원화하는 기술개발에 힘쓴다. 미국도 정부기관은 반드시 일정

비율의 재활용품을 구입 사용토록 의무화 하고 있다"는 대목이 독자들에게 크게 어필했다는 뒷이야기가 들려왔다.

조선일보는 쓰레기 오염실태, 쓰레기를 줄이는 방법을 소개하는 기획기사를 연일 게재했다. 시민의 참여를 유도하기 위해 재생용지로 제작한 신문지 수거봉투 1천100만 장을 전국 주요 도시에 배포했다. 읽고 난 신문은 소중한 자원이었다. 신문지 수거봉투가 배포되자 각 가정마다 읽고 난 신문을 봉투에 모아 내놨고, 모은 신문지들은 재생지로 다시 태어났다. 조선일보 사원 명함도 모두 재생지로 만들었다.

쓰레기를 줄이고 자원을 절약하는 구체적인 방법을 담은 가이드북도 제작했다. 《쓰레기는 버리는 것이 아닙니다》와 학생 교육용 교재 《쓰레기를 배웁시다》가 그것으로 전국 1만 8천514개 학교에 배포했다.

'잘 살아보세'라는 구호 아래 오로지 산업화와 경제성장을 위해 앞만 보고 달려온 우리였다. 짧은 기간 동안 비약적인 경제성장을 이루고 이제 선진국을 지향하는 마당이었으니 국민들은 환경문제의 중요성에 기꺼이 눈을 돌렸다. 조선일보 캠페인이 시작되자 국민의 성원과 호응은 '혁명적'이라고 표현할 만했다. 국민들 사이에 쓰레기 감량과 자원 재활용, 그리고 환경보전에 대한 인식과 행동 양식의 변화가 일어났다. 캠페인이 이어지는 동안 전국적으로 3천600여 단체가

방상훈 발행인이 조선일보 임직원들이 지켜보는 가운데 조선일보 정동 별관 앞에서 자동차에
환경 스티커를 붙이는 행사를 가졌다. 1992년 8월 20일.

동참하고 나섰으니 온 국민이 쓰레기 줄이기에 나선 것이나 다름없
었다.

　유치원에서는 빈 캔과 우유팩을 모으는 운동이 벌어졌다. 고사
리 손들이 정성스레 모은 캔은 서울YWCA가 모아 처분하고 어린이
들에게 재생 화장지로 돌려줬다. 실천하는 환경교육이었다. 서울 서
대문구(구청장 이정규) 주민들은 캠페인 이후 1년 5개월 동안 우유
팩 1천만 개를 수집했다. 1톤 트럭으로 무려 100대가 넘는 분량이었
다. 구청과 22개 동사무소가 우유팩과 종이컵 상설 교환창구를 마련

해 얻은 결실이었다.

농촌도 나섰다. 춘천의 한 부녀회는 농경지에 버려진 농약 빈병과 폐비닐을 수집하여 재생공사에 팔아 얻은 수익금으로 불우이웃을 돕는 미담을 만들었다. 마을마다 재활용품 수집 경진대회가 열리는 등 그야말로 전국에 쓰레기 줄이기 열풍이 불었다. 이후 시민환경단체들이 속속 쓰레기 줄이기 운동에 가세하자 정부는 1995년 1월 쓰레기 분리수거 및 종량제를 도입하게 된다. 그로부터 20년 세월이 흐른 지금, 한국의 쓰레기 분리수거는 선진국 수준에 도달했다.

신바람이라는 게 이런 것일까. 「쓰레기를 줄입시다」 캠페인을 통해 사회적, 국가적 아젠다를 설정하고 국민적인 동참과 호응을 이끌고 보니 그 보람과 뿌듯함은 이루 말할 수 없는 것이었다.

환경 마크 열풍과 찰스 왕세자 방한

쓰레기 줄이기 캠페인이 궤도에 오르자 조선일보는 환경운동을 영구화할 상징 마크를 제작했다. 광고 대행업체인 오리콤에 의뢰해 만든 상징마크(로고)의 의미에 대해 독자부 윤석홍 부장은 이렇게 썼다.

깨끗한 대기를 뜻하는 붉은 태양, 푸른 산을 뜻하는 녹색의 곡선,

맑은 물을 나타내는 청색의 타원, 우리가 되찾아야할 건강한 자연의 모습입니다. 건강한 자연 속에서 행복을 추구하는 인간의 모습입니다. 환경을 생각합시다. 쓰레기를 줄입시다. (1992년 8월 17일자 조선일보 사고)

아래쪽에 한글로 「쓰레기를 줄입시다」와 영문으로 'Don't Waste Waste'라고 표기한 상징 마크는 세 종류로 10만 장이 제작됐다. 순식간에 동이 났다. 애초에 승용차, 특히 택시에 부착하는 스티커용으로 이용할 계획이었는데 미처 예상치 못한 곳으로부터 상징마크를 달라는 요청이 쏟아졌다. 부랴부랴 이틀 만에 20만 장을 추가 제작했다.

그로부터 얼마 후 윤석홍 부장이 나를 찾아왔다. 이 해 가을, 영국의 찰스 왕세자와 다이애나 빈 부부가 3박 4일 일정으로 한국을 공식 방문할 예정이었다. 윤 부장은 조선일보가 왕세자의 그림 전시회를 개최할 수 없겠느냐고 물었다. 영국대사관으로부터 전시회 진행을 위임받은 회사 관계자가 연락을 취해왔다는 것이다.

주한 영국대사관은 왕세자의 방한 기간 중 롯데백화점에서 「대영국전」, 조선호텔에서 「영국 모직물 전시회」를 열기로 하고, 이들 물산전과 함께 평소 미술을 애호하는 찰스 왕세자를 위해 별도의 그림 전시회를 기획했다고 한다. 순간 의아한 생각이 들어 왜 동아일보가 나서지 않느냐고 되물어봤다. 회사 관계자가 동아일보에 먼저 접촉했지만 부정적인 반응이 돌아왔다는 대답이었다.

동아일보 김상만 회장은 오랫동안 한영협회 회장을 맡았고, 한영수교 100주년 기념사업위원장을 지냈다. 영국으로부터 훈장을 두 차례나 받았으며, 1981년에는 대영제국 명예기사 작위가 주어진 한국의 대표적인 친영(親英) 인사였다. 동아일보는 국내 언론사 중 유일하게 런던특파원을 두고 있었다.

이런 사정을 감안하면 솔직히 동아일보의 결정이 잘 이해가 가지 않았지만 조선일보로서는 제 발로 찾아온 행운이었다. 나는 단번에 그림 전시회를 주최하기로 결정했다. 찰스 왕세자와 다이애나 빈의 비중과 대중적 인기를 고려하면 열 번 주최를 제의해도 기꺼이 맡을 상황이었다. 그리 큰 비용이 들지도 않았다. 오히려 영국 왕위 계승자의 전시회 개최는 조선일보의 성가(聲價)를 드높일 좋은 기회로 여겨졌다. 결과적으로 조선일보는 '세기(世紀)의 부부'와 이벤트를 함께 하는 뜻밖의 소득을 올린 셈이었다.

나중에 보니 찰스 왕세자는 조선일보의 「쓰레기를 줄입시다」

방한 중이던 영국의 찰스 왕세자가 서울 힐튼호텔에서 열린 조선일보 환경 캠페인 전시장을 찾았다. 방우영 회장, 방상훈 발행인, 김대중 주필, 그리고 필자가 왕세자를 맞았다. 1992년 11월 4일.

캠페인을 이미 잘 알았고 호감까지 가지고 있었다. 환경문제에 큰 관심을 가져온 찰스 왕세자는 '영국 왕세자 뉴 리더스 포럼'을 만든 바 있다. 이 포럼의 소식지에서 조선일보의 환경보호 캠페인과 상징마크를 상세히 다뤘다고 한다.

소식지는 "삼림 황폐화가 날로 가속되는 가운데 한국 최대 신문인 조선일보가 종이 재사용을 위해 시작한 쓰레기 줄이기 운동이 순식간에 국민운동으로 성장했다"고 전하면서 "조선일보는 가정과 사회에서 적용할 수 있는 실제적인 환경보호 방안에 관한 기사를 실었을 뿐 아니라, 자원 재활용 및 환경보호에 관한 안내용 책자를 만들어 배포했다"고 소개했다.

찰스 왕세자는 방한을 앞두고 9월 21일자 조선일보에 환경문제에 관한 특별기고도 보내왔다. 기고문에서 그는 자연 훼손에 관한 감가상각을 포함한 '녹색 GNP' 도입이 바람직하며, 환경문제에 대해 1960년대식의 낭만적인 대응이 아닌 '인간에서 출발하여 과학으로 푸는 환경운동'을 제안했다.

「찰스 왕세자 수채화전」은 왕세자 부부의 방한 사흘째인 이해 11월 4일부터 나흘간 힐튼호텔에서 열렸다. 전시회에는 왕세자가 지금까지 그려둔 작품 100여 점 가운데 직접 고른 50점을 선보였고, 대부분 풍경화였다. 이제까지 이탈리아와 미국 등지에서 전시회를 가졌지만 아시아에서는 처음이었다. 전시회 수익금은 왕세자가 관계하는 자선단체에 기부하기로 했다.

방한 공식 일정에서도 왕세자는 두 차례에 걸쳐 조선일보의 환경 캠페인에 대해 언급했다. 방한 이틀째인 11월 3일, 앞서의 뉴 리더스 포럼과 한국의 젊은 재계 지도자 및 시민운동단체 리더들이 덕수궁 석조전에서 회의를 가졌다. 이 자리에서 방상훈 조선일보 사장은 뉴 리더스 포럼과 조선일보가 공동 제작한 《환경과 기업》 책자를 왕세자에게 선물했다. 기업인들이 환경보호를 위해 취해야 할 행동지침을 제시하고, 국내기업의 환경보호 실태를 소개한 것이 책자의 주요 내용이다.

책자를 전달받은 찰스 왕세자는 "환경보호에 대한 조선일보의 노력에 감사한다"며 "조선일보가 미디어의 이점을 충분히 살려 국민들 사이에 환경보호에 대한 인식을 높이는 것은 훌륭한 일이며, 이런 활동을 계속 펼쳐나가길 기대한다"고 했다. 그는 이튿날 신라호텔에서 열린 경제 4단체장 주최 오찬 모임에서도 "현재 한국에서 정부와 기업 및 언론이 협조체제를 이뤄 쓰레기 줄이기 운동을 펴고 있는 것으로 안다"고 전제한 뒤 "조선일보의 선례에서와 마찬가지로 각계 단체들이 환경보호운동에 적극 참여해주기 바란다"고 당부했다.

찰스 왕세자가 한국의 환경보호운동에 찬사를 보내며 두 번이나 조선일보를 특정한 것이다. 기분 좋은 일이 아닐 수 없었다.

「자전거를 탑시다」

조선일보의 1993년 새해 벽두는 「배기가스를 줄입시다」 캠페인으로 열었다. 전년 「쓰레기를 줄입시다」 캠페인에서 한 단계 더 나아간 것이며, '땅'에서 '하늘'로 뻗어나간 셈이다. 일은 한 번 움직인 자전거처럼 저절로, 그리고 상쾌하게 진행되기도 한다. 조선일보 환경보호 캠페인은 그렇게 도약하고 있었다.

1월 1일자에 환경 선진국인 독일과 일본의 사례와 함께 멕시코시티에서 벌어지는 공해 전쟁을 자세히 소개했다. 특히 멕시코는 수도인 멕시코시티를 포함한 수도권에 인구 2천만 명, 공장 4만 개, 자동차 300만 대가 빚어내는 '죽어가는 도시'의 참상을 겪고 있었다.

우리나라 사정도 나을 게 없었다. 자동차만 해도 전국적으로 500만 대에 육박했다. 환경처가 조사한 결과로는 1992년 한 해 전국에서 배출된 대기오염 물질 가운데 자동차 배기가스가 180만5천 톤으로 전체의 3분의 1을 훌쩍 넘었다. 난방시설이나 산업시설에서 배출되는 양을 크게 앞지른 수치였다. 그러니 맑은 서울 하늘 보기가 힘들었고, 스모그 발생 빈도 역시 부쩍 잦아졌다.

그래서 시작한 배기가스 줄이기 운동에는 교차로 정차 시 시동끄기, 천연가스 보급, 활엽수 심기 등 여러 아이디어가 제시되었지만 자동차를 줄이는 게 가장 효과적일 수밖에 없었다. 그렇다고 인위적으로 자동차를 없앨 수는 없는 노릇이었다.

배기가스를 줄이는 방법을 모색하다가 나는 일본 연수 시절 도쿄에서 본 풍경을 떠올렸다. 대다수 샐러리맨들은 자전거를 타고 가까운 전철역까지 가서, 근처에 자전거를 세워놓고 전철로 출근했다. 퇴근은 역순이었다. 주부들은 자녀를 자전거 베이비시트에 태워 보육원이나 유치원을 오갔고, 장 보러 갈 때에도 자전거를 애용했다. 그렇다고 승용차가 없는 게 아니었다. 집집마다 한두 대의 자가용이 있었으나 그것은 휴일이나 휴가철의 나들이용이었다.

정답이 나왔다. 자동차 운행을 줄이려면 자전거 타기를 유도하는 게 최상의 방안이었다. 새해 첫날부터 집중적으로 펼쳐온 배기가스 줄이기 운동에 이어 3월 14일부터 「자전거를 탑시다」 캠페인을 펼쳤다. 공기를 맑게 하고 에너지를 절약하면서 건강까지 챙길 수 있는 일석삼조(一石三鳥)의 묘수라면 묘수였다. 지면에 '환경보전', '자원절약', '건강증진'을 세 가지 핵심어로 제시했다.

이 날 캠페인의 첫 번째 행사를 경북 상주에서 열었다. 새마을운동 중앙협의회와 조선일보 공동 주관으로 「내 고향 환경 가꾸기를 위한 시민 자전거 달리기 대회」를 개최했다. 당시 상주는 인구 5만3천여 명에 자전거가 4만5천 대를 헤아렸다. 전국 최고의 자전거 보유율이었다. 그래서 "자전거를 못 타면 상주사람이 아니다"는 우스

경북 상주시 상주초등학교에서 재운저수지 사이 4킬로미터 도로에서 개최된
「자전거를 탑시다」 행사에 참가한 시민들.

개까지 있다고 했다.

「자전거를 탑시다」 캠페인의 첫 행사를 상주에서 연 것은 이 때문이다. 이날 행사에는 일곱 살 어린이로부터 70세가 넘은 노인에 이르기까지 남녀노소 3천500여 명이 참가했다. 대회 후에는 참가자 전원이 저수지 부근에 흩어져 있는 쓰레기를 수거했다.

4월에는 「산악자전거, 묘기 자전거 대회」, 5월에는 「서울시민 자전거 대행진」, 7월에는 「국토 순례 자전거 기행」을 연이어 펼쳐나갔다. 서울시민 자전거 대행진은 대한올림픽위원회(KOC)와 함께 주최했고,

이원종 서울시장(사진 왼쪽에서 세 번째)과 필자(두 번째)가 서울 정도 600년 기념 축하 전시회에서 테이프 컷팅을 하고 있다.

국제올림픽위원회(IOC)가 후원했다. 1천500여 명의 자전거 동호인들이 참가하여 오전 8시에 잠실종합경기장을 출발, 테헤란로와 올림픽대로를 거쳐 올림픽공원에 이르는 14킬로미터 구간에서 진행되었다. IOC위원장 사마란치는 이날 "산업화 사회에서 자연을 보호한다는 것은 매우 중대한 과제이며, 자전거 타기는 우리가 살고 있는 환경을 손상시키지 않는 활동"이라는 내용의 축하 메시지를 보내왔다.

결론부터 얘기하면 이 캠페인은 당시로서는 그다지 성공적이라고 할 수 없었다. 실패부터 얘기한다면 서울대학교 교내에서 학생과

자전거 사랑 시민 모임(장명순 이사장)과 한국자전거공업협회(조형래 회장)가 제정한 '올해의 자전거인'으로 뽑혀 기념패를 받는 필자. 1996년 7월 25일.

교수들이 자전거를 타고 마음대로 강의실을 오갈 수 있도록 자전거 보급을 추진했지만 성과를 거두지 못했다. 취재기자들에게 옥스퍼드 대학과 케임브리지대학 캠퍼스에서 학생들이 자전거를 타고 다니는 사진을 보여주면서 서울대학교 측과 교섭을 지시했다. 이미 자전거 생산협회로부터 서울대가 좋다면 무료로 자전거 5천 대를 제공하겠다는 약속도 받아둔 상태였다. 그러나 서울대측은 산비탈에 지어진 관악캠퍼스의 특성상, 학생들의 안전사고가 우려된다는 이유로 거절했다.

이 해 8월부터 열리게 될 대전 엑스포 행사에도 관람객들이 전시관을 오갈 때 자전거 이용을 권유했지만 조직위 관계자는 난색을 표했다. 역시 안전사고에 대한 우려가 그 이유였다.

자전거 타기 운동이 확산되기 위해서는 안전 인프라가 필수였다. 자전거 타기가 활성화된 선진국에는 자전거 전용도로가 잘 조성돼 있다. 휴가 때면 부부와 아들 딸 등 한가족이 각기 자전거를 타고 일본 전국을 일주하는 모습을 보고 부러워하던 때였다. 나는 우리나라도 자전거 전용도로를 건설해야 한다고 판단했다. 당시 우리나라에는 고속도로, 지하철, 국도에 관한 예산은 있었지만 인도(人道)와 자전거도로에 대한 예산은 항목조차 없었다.

따라서 서울에서 부산과 목포로 가는 길은 자동차 도로만 있었지, 사람이 다니는 인도나 자전거 도로는 생각도 못할 때였다. 나는 인도 및 자전거 전용도로의 제도적 장치를 마련하는 일에 직간접적인 힘을 보태기로 했다. 캠페인을 전개하기 전에 이원종(李元鐘) 서울시장을 만난 것도 이를 위해서였다.

나는 그에게 우선 행주대교에서 미사리까지 100리 길에 자전거 전용도로를 만들어보라고 제안했다. 이원종 시장은 내 의견에 공감하고 이 제안을 서울시 새해 사업계획에 포함시켰다. 그렇게 이 해 10월 초 한강변에 '자전거 100리 길'이 뚫렸다. 행주대교부터 미사리까지가 36.7킬로미터, 약 100리가 된다. 이것을 계기로 해서 전국에 자전거 도로망이 깔리기 시작했다. 비록 당시에는 눈에 띄는 성공이 이 아니었지만 요즈음의 자전거 열풍을 생각하면 그때 처음 인프라가 마련되기 시작했다는 점에서 나는 자부심을 느낀다. 그 이듬해 자전거 사랑 시민모임과 한국자전거공업협회는 '올해의 자전거인'으로 나를 선정해 표창했다.

또한 나는 이원종 시장에게 네덜란드의 암스테르담처럼 서울 도심에서 차도에 자전거도 다닐 수 있도록 건의하려고 했다. 암스테르담과 함께 일본 센다이(仙臺) 지방의 사례도 준비했다. 코리아나호텔에서 만나 논의가 시작될 무렵 그와 내게 각각 별도의 쪽지가 전달됐다. 쪽지에는 '김일성 사망'이라고 적혀 있었다. 그 바람에 회의가 도중에 무산되고, 내가 야심차게 계획했던 서울 도심 내 차도에서의 자전거 운행 구상도 무산되었다.

세계를 깨끗이, 한국을 깨끗이

조선일보가 「쓰레기를 줄입시다」 캠페인을 벌인 지 꼭 한 해가 지난 1993년 6

월 18일, 1년을 결산하는 특집기사를 실었다. 한삼희(韓三熙) 환경

전문기자가 쓴 이 기사는 쓰레기 하루 배출량이 19% 감소되었다고 전하면서, 환경 마크 열풍에 대해 적고 있다.

환경 마크가 새겨진 스티커는 지하철, 버스, 택시 등 서민의 발뿐 아니라 관용차량이나 일반인들의 자가용 승용차를 가리지 않고 부착되었다. 워낙 인기를 끌자 신세계, 한국비료, 포항제철과 같은 기업과 경기도와 강원도를 비롯한 공공기관, 교회 등은 별도로 자체 제작하여 나눠주기도 했다. 또 대형 입간판, 공사장이나 쓰레기 집하장의 칸막이에 그려지는가 하면, 서울YWCA에서는 티셔츠에 새기는 등 다양한 용도로 쓰였다. 1993년도에 제작한 스티커만 100만 장에 달했다.

환경 마크가 이렇게 널리 보급된 것에는 다른 이유도 있었다. 로고의 전국적 확대를 위해 과거 관례와는 달리 조선일보가 이 마크에 대한 저작권을 애초부터 포기했기 때문이다. 이 마크는 조선일보와 마이니치신문이 공동 운영하는 국제환경상 상패와 프로그램에도 지금까지 사용되고 있다.

이 해 조선일보는 환경 관련 국제 행사도 개최했다. 「쓰레기를 줄입시다」 캠페인을 눈여겨 지켜본 유엔환경계획(UNEP)이 세계 87개국에서 개최해온 「세계를 깨끗이(Clean up the world)」 행사의 한국 주관자로 조선일보를 선정했다. 이 행사는 오스트레일리아 국가

서울 밤섬에서 열린 '클린업 코리아' 행사에서 조순(趙淳) 서울시장(가운데 흰색 상의)과
필자가 다쳤다가 치료받은 솔부엉이와 황초롱이 등을 하늘로 날려보내는 모습.
1996년 9월 21일.

대표 요트 선수였던 이안 키어난의 주도로 창설되었다. 세계의 바다
를 누빈 그는 온갖 오물로 뒤덮여진 바다를 보고, 우선 자신의 고향
인 시드니항부터 깨끗이 만들기로 결심했다.

그의 주도로 1989년 1월 8일 시드니에서 「항구를 깨끗이(Clean
Up the Harbor)」라는 소규모 지역 환경운동이 개최됐고, 이 행사는
이듬해 1월 「오스트레일리아를 깨끗이(Clean Up the Australia)」 캠
페인으로 발전했다.

조선일보는 행사의 슬로건을 '세계를 깨끗이, 한국을 깨끗이

(Clean Up the World, Clean Up Korea)'로 정했다. MBC와 공동으로 치러진 이 행사는 7월 1일자 사고(社告)를 내자마자 하루 만에 75개 기관, 단체의 참가 신청이 밀려들었다.

청소는 9월 17일부터 사흘 동안 진행됐다. 세계 각 지역에서도 저마다의 나라 이름을 붙인 쓰레기 수거 행사가 동시에 펼쳐졌다. MBC는 이날 오전 10시 30분부터 오후 5시까지 장장 6시간 30분 동안 마라톤 특집을 편성, 생중계와 기획 다큐멘터리로 분위기를 고조시켰다.

사흘의 행사 기간 동안 928만 명이란 유례를 찾기 힘든 인원이 참여한 '전국 대청소'가 벌어졌다. 참가 인원으로 따지자면 사실상 대한민국 국민 전체의 행사나 진배없었다. 국토의 서쪽 끝에 위치한 경기도 옹진군 백령도에서는 해병대 장병 2천여 명이 섬 전체의 마을과 야산 도로변 해안지역에서 폐차와 폐가전제품, 해상 오물을 수거했다. 동쪽의 설악산 일대에서는 속초시민이 수거한 쓰레기의 하산 작전에 육군 일출부대 장병들이 출동했다. 제주시 용두암에서는 시민과 공무원을 합쳐 1천200명이 청소에 나섰는데, 그때까지 도내 단일 행사로는 가장 많은 인원이 참여한 기록이라 한다.

과거처럼 정부나 관이 주도하지 않고, 언론과 사회단체가 나서서 자발적인 국민운동으로 전개한 것이 행사의 성공 요인으로 꼽혔다. 행사가 끝난 뒤 사무실로 찾아온 캠페인 창시자 이안 키어난은

"조선일보가 이끄는 한국의 질 높은 환경운동 열기에 감탄했다"며 내게 엄지 손가락을 치켜세웠다. 나는 이를 한국인들에게 보내는 찬사로 받아들였다.

유엔 환경상 '글로벌500' 수상

유엔환경계획은 1994년 '글로벌500(The Global 500)'에 조선일보를 선정했다. 이 희소식은 조선일보를 들끓게 했다. 조선일보의 환경운동을 유엔이, 아니 세계가 인정한다는 찬사였기 때문이다.

유엔 환경 노벨상이라고 할 수 있는 '글로벌 500'은 1987년 UNEP의 사무총장이던 모스타파 툴바의 "국가와 인종을 초월해 지구를 살리는 데 최선을 다한 500명의 환경인들을 세계에 알려 지구촌의 모든 시민들이 본받게 하자"는 제안에 따라 제정되었다.

지미 카터 전 미국 대통령, 마가렛 대처 전 영국 총리 등 8명의 국가 원수급 인사가 이 상을 수상했다. 이 밖에 잠롱 전 방콕시장, 영화배우 브리짓 바르도와 로버트 레드포드, 일본 혼다자동차 회장 등이 수상의 영예를 안았다. 한국인 수상자로는 박노경(朴魯敬) 전 조선일보 논설위원, 권숙표(權肅杓) 연세대 명예교수, 노융희(盧隆熙)

서울대 명예교수 등이 있다.

조선일보는 세계적으로 '글로벌 500'에 선정된 아홉 번째 언론사였다. 1987년 미국 내셔널지오그래픽, 1993년 타임이 선정됐고 이 두 언론사를 제외한 나머지 7곳은 대부분 환경 전문지들이었다. 일간지로는 조선일보가 첫 수상이었다.

1994년에 뽑힌 인사들 가운데에는 세계야생기금(WWF) 회장이자 엘리자베스 영국 여왕의 부군인 필립 공(公), 교통사고로 타계하기 전까지 야생동물 보호를 위해 평생을 바친 르완다의 요셉 마카부자 카비리지, 그리고 최열(崔洌) 환경운동연합 사무총장이 포함되어 있었다.

UN 사무차장을 겸임했던 엘리자베스 다우즈웰 UNEP 사무총장은 "영예의 '글로벌 500'에 오를 수상자들은 지구의 운명을 살리는 데 결정적으로 공헌한 인물들"이라고 전제한 뒤 "조선일보는 일련의 환경 기획기사를 통해 독자들에게 쓰레기 공해에 대한 경각심을 일깨워 주었고, 일상생활에 실제적으로 적용할 수 있는 다양한 쓰레기 줄이기 방안을 보급시켰다"고 선정 이유를 밝혔다.

나는 사실 환경운동을 주도하면서도 '글로벌500'이라는 상이 존재한다는 사실 자체를 모르고 있었다. 그런데 김성구 기자 등 환경팀들로부터 "환경운동가들은 글로벌500 수상을 위해 혈안이 되어 있는데, 우리 신문사도 수상을 위해 한번 신청해보면 어떻겠느냐?"는

런던의 엘리자베스
컨퍼런스센터에서 방우영
조선일보 회장이 다우즈웰
UNEP 사무총장으로부터
환경 노벨상이라고 일컬어
지는 '글로벌 500'을 수상
했다.(사진 위) 이 상에
관해 상세히 보도한
조선일보 1994년 5월 31일자
지면.

제안이 윤석홍 부장을 통해 올라왔다. 나는 즉시 윤 부장에게 유엔 환경계획에 신청서를 내라고 지시한 뒤 이를 까맣게 잊고 있었다. 그런데 6개월 뒤 낭보가 날아든 것이다.

6월 3일 영국 런던의 엘리자베스 컨퍼런스센터에서 시상식이 열렸고, 방우영 회장이 직접 참석해 상을 받았다. 김대중 주필, 윤석홍 부장, 조용택 EU특파원, 김창종 사진부 기자와 내가 방 회장을 수행했다. 나는 출발 전 윤석홍 부장을 따로 불러 가능하다면 방 회장과 엘리자베스 여왕의 접견을 주선해보라고 지시했다. 윤 부장은 적지 않은 부담을 느낀 모양이었다.

그가 다방면으로 애를 썼으나 여왕 접견은 이뤄지지 않았다. 대신 함께 '글로벌 500'에 선정된 필립 공이 버킹검궁에서 방 회장을 만나 조선일보의 환경운동에 대해 치하하는 것으로 마무리됐다. 하지만 그것만으로도 커다란 성과였다. 지금에 와서 윤 부장에게 다시 고맙다는 말을 전하고 싶다.

국제 환경 저널리스트 대회 유치

영국에서 귀국한 후에는 편집인협회 일이 나를 기다리고 있었다. 6월 13일부터 나흘 동안 국제 환경 저널리스트대회가 서울 신라호텔에서

김영삼 대통령 내외가 청와대에서 베풀어준 환영 파티에서 필자가 국제 환경 저널리스트 대회에 관해 설명했다. 필자 왼쪽이 구삼열 씨, 오른쪽이 크림스키 씨. 1994년 6월 16일.

열렸다. 편협과 한국프레스센터, 그리고 글로벌포럼 매체위원회가 공동 주최한 대회였다. 글로벌포럼은 유엔 창설 40주년이던 1985년 10월 "심각한 인류의 생존문제에 대해 진지하게 토의해보자"는 취지 아래 결성된 단체였다.

　　나는 편협 회장 자격으로 이 대회를 유치했다. 내게 서울대회 유치를 제안한 사람이 유엔 창설 50주년 기념행사 준비위원회 국장

서울 신라호텔에서 열린 국제 환경 저널리스트 대회 참석자 환영연에서 필자와 악수를 나누는
다우즈웰 UNEP 총재 겸 유엔 사무차장. 필자 왼쪽이 이상하 한국언론재단 이사장.
1994년 6월 12일.

서울 국제 환경 저널리스트 대회의 개막식을 가진 뒤 주요 참석자들과 함께 기념촬영을 했다. 앞줄 중앙 필자의 오른쪽이 다우즈웰 UNEP 총재, 그 곁이 윤근환 환경처 장관, 박홍 신부, 히로나카 와카코 일본 전 환경청장이다. 1994년 6월 13일.

이었던 구삼열(具三悅) 씨였다. 그는 글로벌 매체 위원장 직을 역임하고 있는 크림스키 씨를 대회 주관자로 선정, 그를 중심으로 대회 유치를 성사시켰다. 구 씨는 AP통신 기자를 오랫동안 지내고 1983년 유엔에 진출하여 당시로선 유엔 근무 한국인 가운데 최고 직위(차관보급)에 올랐다. 아내가 유명한 첼리스트 정명화(鄭明和) 씨다. 정명화 씨 역시 유엔 마약퇴치 친선대사였고, 구삼열 국장은 유엔 대표단의 일원으로 서울대회에 직접 참석했다.

국제적인 환경 전문가들의 모임인 이 대회는 1988년 영국 옥스퍼드에서 처음 열린 이래 미국 메릴랜드, 소련 모스크바, 이탈리아 플로렌스, 일본 오카야마를 거쳐 서울대회가 6회째였다. 「환경 위기와 언론의 역할」을 주제로 열린 서울대회에는 열흘 전 런던에서 조선일보 방우영 사장에게 「글로벌 500」을 시상한 다우즈웰 UNEP 총재를 비롯, 25개국에서 온 환경 전문 언론인 31명 등 60여 명의 환경 전문가들이 참가했다. 나흘 동안 이어진 분과별 토의에서는 「경제개발과 환경보전에 대한 언론의 역할」, 「깨끗한 공기와 물―위험에 처한 여성과 아동」, 「인구 문제」, 「국제협력 관계 형성」, 「미래에 대한 제안」 등의 주제가 논의됐다.

정부가 적극적으로 도와준 사실도 부기해둔다. 김영삼 대통령은 참가 기자 전원을 청와대로 초청해주었고, 오인환 공보처장관은 만찬을 베풀었다. 그만큼 의미 있는 대회였다는 뜻도 된다. 폐회사에서 내가 했던 말을 소개하기보다는 당시 연합뉴스 기사를 옮겨본다. 서울대회의 의미와 결산이라고 읽어주시면 좋겠다.

안병훈 회장은 폐회사에서 "환경 저널리스트들의 이번 모임은 환경의식 개조를 향한 의미 있는 한 걸음이었다"며 "이제 겨우 출발점을 떠난 단계인 만큼 갈 길이 멀고 해야 할 일이 많다"고 말했다. 안 회장은 또 "이번 대회에서 우리 모두는 환경복구를 위한 행동은 철저히 목표 지향적이어야 하며 의식을 가진 집단들의 강한 연대가 필요하다는데 동의했다"고 밝히고 "특히 언론은 사회의 신호등 역할을 소홀히 하지 말아야 한다"고 강조했다.

물의 중요성을 알린 「샛강을 살립시다」

땅, 하늘 캠페인에 이어 이번에는 '물'이었다. 7월 18일자부터 「샛강을 살립시다」 캠페인을 시작했다. 조선일보는 한강, 낙동강, 영산강, 금강, 섬진강 등 전국 5대강과 그 지천(支川)의 실태를 보도했다. 이튿날에는 「샛강을 살리자」는 사설을 게재했다. 그 일부를 옮겨보면 20년 전 중랑천의 기억을 떠올릴 수 있다.

한강의 지천인 중랑천을 따라 시원하게 뚫린 동부간선도로를 달리는 차량들 가운데 문을 열어 놓은 경우는 찾아보기 어렵다. 하천에서 발생하는 심한 악취 때문이다. 온통 시커멓게 오염된 죽은 물이 의정부 북쪽 상류에서부터 한강 쪽 하류로 흘러내리며 환경오염의 결과가 무엇인지를 우리에게 생생하게 일깨워주고 있는 것이다.

비단 중랑천뿐이랴. 팔당댐으로 흘러드는 경안천 등 5대강의 지천들이 대부분 심각한 오염에 시달리고 있다. 지천들의 이 같은 오염을 방치한 상태에서는 강을 살리려는 어떤 노력도 헛수고일 수밖에 없다. 물고기

조차 살 수 없는 시커먼 물이 지천에서부터 줄줄이 흘러드는데 강물이라
고 깨끗할 수가 있겠는가.

지금 중랑천에는 물고기가 살고
학이 날아든다. 서울 시민들은 중랑천
변에서 산책하고 자전거를 타며 아이
들의 재롱을 본다. 자연은 자연 그대
로 보전하면 사람을 감격케 한다. 이렇
게 좋은 것을 그때는 왜 못했던 것일
까? 먹고 살기가 바빠서였을 것이다.
하지만 그때라도 시작했기 때문에 오
늘의 중랑천이 있는지도 모른다. 중랑
천을 지날 때마다 내가 남모를 환희와
감동을 느끼는 이유다.

「샛강을 살립시다」 캠페인은 물
의 중요성을 알리는 운동이기도 했
다. 시민운동 지침서 《물, 물을 살리
자》를 제작해 원하는 이들에게 무료
로 배포했다. 책자 보급을 안내하자 첫날에만 1천726건의 신청이 들
어왔다. 조선일보는 「쓰레기를 줄입시다」, 「자전거를 탑시다」 캠페인

과정에서 연계를 맺은 4천700여 단체에도 이 책자를 기증했다. 책자는 나중에 대학교재로도 활용되었다. 숙명여대 생물학과의 경우, 교양과목 '인간과 환경'의 교재로 정식 채택됐다. 부산대 행정대학원에서도 대학원생들이 수강하는 '환경행정론' 강의 교재의 하나로 이 책자를 선정했다.

당시 샛강의 오염은 심각했다. 샛강이 오염되니 큰강 역시 온전할 수가 없었다. 캠페인 첫날 기사 제목을 「샛강이 살아야 큰강이 삽니다」로 붙인 것은 이를 지적하기 위함이었다. 한강 수계(水系) 수도권 2천만 명의 상수원인 팔당호로 흘러드는 샛강 경안천의 수질 오염도가 생물화학적 산소 요구량(BOD) 5.9PPM으로 공업용수 1급수와 2급수의 경계(6PPM)에 접근한 상황이었다.

지방의 형편도 크게 다르지 않아 청정지역이라는 가평의 조종천도 중류 아래는 1급수 서식생물들을 볼 수 없었다. 잦은 취수 중단 파동을 일으킨 낙동강은 샛강인 금호강이 오염의 주범이었고, 청주시를 통과하는 무심천은 충북도 보건환경연구소의 수질 측정 결과 공업용수로나 쓰는 5급수 수준으로 나타났다.

나는 조선일보 해외 취재망과 본사 특별취재팀을 가동해 해외의 수질 정화 사례를 찾고 효율적인 수질 개선방안을 연구토록 지시했다. 특별취재팀은 김명규 수도권부장을 팀장으로 하여 윤석홍 부장, 한삼희 고종원(高鍾元) 김성구(金聖龜) 기자 등으로 구성했다. 특

273

별취재팀과 나의 결론은 두 가지였다. 첫째, 가정의 오염수를 줄여야 하고, 둘째, 오염지도를 만들어 하천의 어느 경로에서 오염원이 유입되는지 파악하여 이를 차단해야 한다는 것이었다.

가정의 경우 양칫물에서 부엌 개숫물에 이르기까지 하수구로 흘려보내는 가정 오수가 강물 오염의 48%나 차지했다. 공장 배출수나 축산 폐수보다 오히려 높은 비중이었다. 가정에서 무심코 흘려보낸 우유와 폐식용유 한 방울이 정화되려면 버려진 양의 2만~20만 배의 깨끗한 물이 필요하다고 했다.

특별취재팀에서는 논의에 논의를 거듭한 끝에 가정에서 주부들이 꼭 지켜야 할 10가지 실천수칙을 제시했다. '양칫물은 반드시 컵으로 받아쓰자' '쌀뜨물은 설거지한 후 화초에 주자' '배수구 거름망엔 헌 스타킹을 씌우자' '폐식용유는 부엌휴지로 닦아내자'에서부터 '변기 세척제와 표백제 사용을 자제하자' '화장실 변기물통에 물병을 넣어두자'에 이르기까지 누구나 어렴풋이 짐작은 하면서도 실천하지 못했던 손쉬운 내용들이었다.

이를 「실천 수칙표」로 만들어 조선일보 지면에 싣고 절취선을 표시했다. 그래서 가정에서 이것을 오려 싱크대 선반이나 냉장고 등 눈에 잘 띄는 곳에 붙여두도록 권했다. 집에서 음식을 조리할 때나 세탁기를 돌릴 때마다 10가지 실천방안을 지키도록 한 것이다. "주부들이 이 방안들을 따라줄 때 우리의 샛강은 반드시 살아난다"고 호소했다.

　반응은 마치 기다리기라도 했다는 듯이 즉각 일어났다. 조선일보가 제시한 주부 실천수칙을 지방자치단체들이 전단으로 대량 제작해 각 가정에 반상회를 통해 배포했다. 한국도로공사는 전국 톨게이트에서 자체 제작한 리플릿 25만 장을 고속도로 이용객들에게 나눠주었고, 대한항공은 국내선 전 노선의 탑승객들에게 전단을 나눠주며 동참을 호소했다.

　무더위가 이어진 휴가철임에도 8월 7일에는 민·관·군 18만여 명이 나서서 24곳의 샛강 살리기 운동을 펼쳤다. 시민들은 하천 곳곳의 웅덩이 물줄기를 터서 썩어 고인 물을 흘려보냈으며, 장화를 신고 물속으로 들어가 바위틈에 끼인 쓰레기까지 샅샅이 건져냈다. 군 장병들은 포클레인과 덤프트럭 등 중장비로 하천 바닥에 고여 오염원으로 변질한 퇴적물을 걷어내고 굽은 물길을 바로잡았다.

　서울시내 543개 초·중·고 학생들은 수도권 지역 61개 샛강의 오염 상황을 조사하여 그 결과를 직접 지도로 만들었다. 학생들이 제작한 자료는 뒤에 GIS(지리정보시스템) 네트워크를 통해 전국을 망라하는 컴퓨터 오염지도로 완성되었다. 일반인들이 참여하는 환경운동 차원의 컴퓨터 오염지도 제작은 세계적으로도 유례가 없는 일이었다.

　나로서는 기대 이상의 성과와 호응이었다. 달리 말하면 기대 이상의 환희와 감동이기도 했다.

한강에 모인 세계의 명문 사학 조정 선수들

조선일보가 「세계 8대 명문 사학(私學) 조정(漕艇)대회」(1995년 9월)를 개최한 것도 사실은 환경 캠페인의 연장이라 할 수 있었다. 세계 최상의 조정 팀들에게 아름다운 한강을 어필하여 「샛강이 살아야 큰 강이 산다」는 캐치프레이즈의 취지를 다시 한 번 되새긴 것이다. 조정 대회 개최와 함께 여의도 한강시민공원에서 「샛강 살리기 어린이 미술대회」를 병행한 것도 그런 의도에서였다.

아이디어는 윤석홍 스포츠레저부장이 냈다. 그가 "3면이 바다인 우리나라가 수상 스포츠에 너무 무관심한 것은 문제"라면서 조정 대회 유치를 제안하는 순간부터 느낌이 좋았다. 잘만 하면 큰 물건이 나올 것 같았다.

영국 옥스퍼드대학과 케임브리지대학 간의 조정 라이벌전 '옥스브리지'는 1829년 첫 대회가 열린 이래 현존하는 세계 최고의 라이벌 스포츠 제전으로 꼽힌다. 미국 하버드대학과 예일대학의 맞수전도 1852년 이래 유구한 역사와 전통을 자랑한다. 1905년 시작된 일본 와세다(早稻田)대학과 게이오(慶應)대학의 정기전 '소케이센(早慶戰)' 역시 사학 명문의 맞대결로 인기를 끈다. 이들 명문 사학 조정 팀을 모두 서울로 불러 모아 한강에서 선의의 경쟁을 치르게 한다는 것은 상상만으로도 멋진 일이었다. 이들이 한 곳에 모여 기량을 겨룬다는

것 자체가 최초의 시도였다.

　나는 즉시 OK 사인을 냈고, 윤 부장이 영국과 미국, 일본에 초청장을 보냈다. 조정 강국이 아닌 우리 형편상 과연 「세계 8대 명문 사학 조정대회」를 성사시킬 수 있을 것인가 하는 의구심이 들긴 했다. 조정 경기 역사가 일천한 우리나라는 당시 선수가 600여 명에 불과했다. 세계적인 명문 팀들이 관심을 보여줄지 회의적이었다.

　하지만 결과는 대만족이었다. 6개 대학 모두가 우리의 초청을 흔쾌히 수락했다. 옥스퍼드대학과 케임브리지대학은 이미 예정돼 있던 중국 칭와(清華)대학과의 친선경기를 취소하고 한국으로 오겠다는 답장을 보내주어 더욱 반가웠다. 한국의 조정 팀 중에서는 단국대학과 해군사관학교가 강했지만, 사학 라이벌 대항전이라는 대회

성격을 감안하여 연세대와 고려대 팀을 초청하기로 했다.

　1995년 9월 3일 오전, 여의도 한강시민공원에서는 화려한 식전 (式前) 행사가 열렸다. 남사당패의 농악이 흥을 돋우는 가운데 강 위에서는 날렵한 수상스키의 묘기, 상공에서는 모터 패러 글라이드와

한강에서 펼쳐진 8대 사학 조정 경기와 이를 소개한 팸플릿.

열기구의 시험 비행이 펼쳐졌다.

이어 반포대교 아래에서 마포대교 아래의 결승점까지 6.25킬로미터 구간의 레이스가 펼쳐졌다. 우승은 18분 26초 24의 케임브리지대학이 차지했다. 11초가량 뒤처진 하버드대학이 2위였다. 기량면에서 아무래도 한 수 아래인 고려대학과 연세대학이 7, 8위로 골인했다.

이날 경기에는 이홍구 국무총리가 나와 직접 시상을 했다. 이 총리는 서울대학을 나왔지만 하버드대학과 예일대학에서 공부했고, 영국 대사를 지내 옥스퍼드대학이나 케임브리지대학과도 인연이 있었다. 게다가 "아들이 일본에서 대학을 나왔으니 게이오대학, 와세다대학과도 인연이 없는 게 아니다"면서 8대 명문 사학과의 인연을 강조하는 재치를 발휘하여 피날레의 분위기를 한껏 고조시켰다.

경기 뒤 올림픽공원 수변(水邊)무대에서 마련된 환송파티에서 나는 "세계의 젊은 지성들이 한민족의 젖줄이자 생명선인 한강에서 열정을 다한 레이스를 펼쳐 기쁘다"고 소감을 밝힌 뒤 "이번 경기는 세계인과 더불어 자연과 환경의 중요성을 일깨운 뜻 깊은 자리가 됐다"고 고마움을 전했다. 이에 대해 크리스 존슨 옥스퍼드대학 감독이 놀랍게도 한국어로 "따뜻하게 환영해준 한국 친구들에게 감사한다"며 "한강을 깨끗하게 만들려는 보호운동이 지속되길 바란다"고 인사해 박수갈채가 쏟아졌다.

유감스러운 점은 이 대회가 다시 열리지 못했다는 사실이다. 여러 요인이 있었겠지만 모처럼 어렵사리 성사시킨 세계적인 명문 사학의 한마당 잔치가 단발성 이벤트로 끝나 지금도 안타까운 마음을 지울 길이 없다.

마이니치신문과 손잡고 한일 국제환경상 제정

조선일보와 일본 마이니치신문이 공동주관하는 제1회 '한일 국제환경상' 시상식이 1995년 열렸다. 10월 26일 도쿄에서 열린 시상식에서 한국의 광록회(光綠會), 베이징의 자연지우(自然之友), 기타큐슈(北九州) 국제기술협력협회 등 세 단체와, 일본 사막녹화실천협회 설립자 도야마 마사오(遠山柾雄) 씨에게 첫 수상의 영예가 돌아갔다.

광록회는 유기농법 보급과 수질 정화 식물을 활용한 마을 생활하수 처리장 설치로 환경 살리기의 모델을 제시했고, 자연지우는 중국 최초의 민간 환경단체로 사회주의권 환경운동의 출발을 선도했다. 기타큐슈 국제기술협력협회는 개발도상국에 선진 공해 저감 기술을 전파했고, 일본 사막녹화실천협회는 중국 사막지대의 녹화사업을 추진해왔다.

조선일보와 마이니치신문이 한일 국제환경상을 공동으로 제정

일본에서 열린 제7회 한일 국제환경상 시상식 광경. 사진 왼쪽부터 사이토 아키라 마이니치신문 사장과 필자. 가와구치 준코(川口順子) 일본 환경부 장관이 축사를 하고 있다. 2001년 11월 2일.

한 것은 마이니치신문 사이토 아키라(齋藤明) 씨와 나의 인연이 시발이 되었다. 1933년 중국 상하이(上海)에서 태어난 사이토 아키라 씨는 도쿄대학 법학부를 졸업한 뒤 마이니치신문에서 평생을 보낸 언론인이었다. 나이는 나보다 다섯 살이 연상이었지만 서로 공통점이 많았던 우리는 격의 없이 지내며 두터운 교분을 쌓았다. 그와 나는 대학에서 법학을 전공했고, 한 신문사에서만 수십 년 동안 재직한 것도 같았다.

1995년 정초, 그로부터 연락이 왔다. 이 해는 조선일보와 마이

니치신문이 제휴를 맺은 지 30년이 되는 해였다. 한일 국교정상화 30
주년을 맞는 해이기도 했다. 마이니치 측은 이를 기념하기 위해 공동
사업을 제안하며 한일 친선상을 제정하자고 했다. 면밀히 검토했지만
친선상으로는 뭔가 한국의 분위기에 맞지 않을 것 같았다. 비슷한 상
이 여럿 있었고, 친선이라는 단어 자체도 너무 포괄적이었다. 며칠을
궁리한 끝에 나는 한일 국제환경상(Asia Environment Award)이 차
라리 어떻겠느냐고 수정 제의를 했다. 이런 내 의견을 군말 없이 즉각
받아준 사람이 사이토 아키라 씨였다.

　　20세기 말 세계에서 가장 역동적인 지역이 한국과 일본을 포
함한 동북아였다. 고속성장의 그늘에서 환경 파괴가 첨예하게, 그리
고 빠른 속도로 동시에 진행되고 있었다. 그럼에도 동북아의 환경문
제를 해결하기 위한 국가 간 협력 수준은 걸음마 단계였다. 그래서
한일 국제환경상의 영문 명칭에 '아시아 환경상'이라는 문구를 삽입
했다.

　　이해 4월 22일, 「지구의 날」을 맞아 마이니치신문과 조선일보
가 공동주관하는 「한일 국제환경상」의 출범을 세상에 알렸다. 동북
아에서 최초의 본격적인 국제환경상이 제정되었다는 뉴스가 전해지
자 유엔에서 금방 반응을 보였다. 유엔환경계획(UNEP)과 유엔인구
기금(UNFPA), 유엔아시아태평양 경제사회이사회(ESCAP), 유엔대학
(UNU) 등 유엔 산하 4개 단체가 적극적인 지원을 표명하고 나섰던

것이다.

유엔아시아태평양 경제사회이사회의 경우에는 "수상자들에게 ESCAP가 조직한 훈련 프로그램에 참여할 수 있는 기회를 부여하겠다"고 구체적인 후원 내역까지 알려왔다. 나로서는 환경 관련 이벤트를 기획할 때마다 번번이 유엔기구, 그 중에서도 UNEP를 어김없이 만나는 게 신기하고 반가웠다.

「한일 국제환경상」은 환경문제로 인한 이해 충돌의 현장을 찾아 해결 모델과 방안을 차근차근 모색하는 네트워크의 역할을 충실히 수행해 오며 지난 해(2015년) 제21회를 맞았다. 이 상의 상패와 팸플릿 등에는 「쓰레기를 줄입시다」 캠페인을 벌이면서 조선일보가 제작한 환경마크를 그대로 사용하고 있다.

애석하게도 사이토 아키라 씨는 2013년 6월 13일 타계했다. 7월 31일 일본 도쿄 데이코쿠호텔에서 열린 고별식에 강천석(姜天錫) 조선일보 고문과 함께 참석해 그의 명복을 빌었다.

월드컵 축구를 앞두고 펼친 글로벌 에티켓 운동

한국인에게 IMF 외환위기의 기억은 암울한 것이다. 세계를 향한 도약을 꿈꾸다 예고도 없이 들이닥친 외환위기로 한국 경제는 붕괴하는 것처럼 보였다. '한강의 기적'에 부풀었던 한국인들의 자존심을 여지없이 무너트렸다. 자존심만이 아니라 우리가 과연 미래를 헤쳐 나갈 수 있을까 하는 심한 자괴심에 빠트리기까지 했다. 게다가 실업대란과 좌우 대립까지 겹쳐지면서 세상살이가 너무 험악해졌다.

그런 가운데 한국과 일본이 공동으로 개최하는 2002년 한일 월드컵이 다가오고 있었지만 한국을 바라보는 세계의 시선은 곱지 않았다. 세계인들은 한국인을 겸손하지 않고, 예의가 없으며, 품위도 갖추지 못한 것으로 비하하는 경향이 강한 것 같았다. 반면 일본인들은 특유의 매너와 친절로 정평이 나 있었다. 한일 월드컵이 개막되면 한국과 일본이 곧바로 대비될 소지가 다분히 있었다.

일본은 GNP로 한국의 10배, 근대화로는 50년가량이나 앞선 나라였다. 그런 일본과 선의의 경쟁을 펼치기 위해 한국은 무엇을 어떻게 고쳐야 할까 고민하기 시작했다. 나는 1964년 도쿄올림픽을 준비하는 과정에서 일본사회가 바뀌어간 궤적을 일본 신문들을 통해 짚어보기도 하고, 우리보다 앞선 다른 여러 나라의 사례 역시 주의 깊게 관찰했다.

최준명 편집국장과도 숙의를 거듭했다. 고민 끝에 나온 것이 「글로벌 에티켓 시대, 겸손하고 교양 있고 예의바른 세계인 되는 길」이란 독자투고 기획이었다. 1998년 12월 9일 시작된 글로벌 에티켓 독자 투고 캠페인은 월드컵 시작 하루 전인 2002년 5월 30일까지 1

글로벌 에티켓 운동을 위한 자문위원회 첫 모임. 사진 아래 왼쪽부터 윤병철 하나은행 회장,
노창희 전 영국 대사(자문단장), 노다 이쿠코 재한 일본인 작가, 주부 도남희 씨,
조영호 솔빛별가족 아버지, 이한우(귀화 독일인), 필자, 예경희 (여승무원 조정역).
1999년 2월 27일.

천80회로 막을 내렸다. 3년 6개월여 동안 매일같이 지상 캠페인을
펼쳤던 셈이다.

국민들이 주인공인 만큼 캠페인을 독자들의 참여로 이끌어가기
로 했다. 취재기자들이 쓰는 기사도 중요하지만, 독자들이 국내외에
서 직접 겪은 체험이 더 절절하게 가슴에 와 닿을 수 있다는 판단에
서였다. 혹시 독자투고가 적을 것을 염려하여 해외 경험이 있는 조선
일보 가족들에게 체험담을 적어내도록 준비시켰지만 기우였다. 기획

의 시작을 알리는 공고가 나간 지 한 달 만에 4천여 통의 독자투고가 들어왔다. 도리어 "왜 내가 보낸 글이 여태 안 실리느냐?"는 항의가 쇄도했다.

조선일보가 시작한 작은 외침은 정말 큰 메아리로 돌아왔다. 글로벌 에티켓 운동의 일환으로 펴낸 《우리, 얼마든지 잘할 수 있습니다》(아래 사진) 《오늘, 자녀와 대화를 나눈 적이 있습니까?》 등 무료로 배포된 책자 두 권은 선풍적인 인기를 끌었다. KBS와 EBS, MBC에서는 조선일보에 실린 글로벌 에티켓 내용을 읽어주거나, 기고자를 출연시키는 프로그램을 제작하기도 했다. 글로벌 에티켓 중에는 어린이용 TV만화로 제작된 것도 있었다.

김수환 추기경은 1999년 5월 20일 가톨릭대학교에서 한국의 젊은이가 갖추어야 할 경쟁력에 대해 특별강연을 하면서 조선일보의

글로벌 에티켓 코너에 소개된 하나의 사례를 예시했다. 그것은 비행기 기내에서의 한국인의 무질서를 꼬집은 「비즈니스석 쟁탈전」이라는 제목의 글이었다.

김 추기경은 "국제화, 정보화, 세계화 시대에 한국의 젊은이들이 경쟁력을 갖추기 위해 가장 필요한 것은 정직과 성실이다. 또한 공중도덕과 공익성이 없으면 국제경

쟁력도 없다"고 지적했다. 그의 강연은 곧 화제가 되었고 조선일보의 글로벌 에티켓 캠페인이 더욱 주목받게 된 계기가 되었다.

중국도 배워간 '아름다운 화장실' 만들기

조선일보는 글로벌 에티켓 캠페인의 일환으로 깨끗한 화장실 운동을 전개했다. 1999년만 해도 국내의 화장실은 창피한 수준이었다. 특히 공중 화장실은 위생이나 구조면에서 낙제 수준이었다. 올림픽을 성공적으로 마무리하고 경제발전을 이룬 나라치고는 한심한 수준이 아닐 수 없었다.

조선일보는 화장실의 잘못된 구조, 악취의 주범으로 꼽힌 화장실 내 휴지통, 휴지 없는 지하철역 구내 화장실 등의 문제점을 지면을 통해 지적했다. 1999년 10월에는 화장실을 혁명적으로 개선키 위해 월드컵시민문화협의회와 함께 「아름다운 화장실 대상」을 제정했다. 첫 회에는 심재덕(沈載德) 수원시장이 개선에 앞장섰던 수원시의 반딧불이 화장실, 설악산 소공원 화장실, 중부 이천휴게소 화장실이 수상했다. 월드컵시민문화협의회와는 월드컵 개막을 한 달여 앞둔 2002년 5월초에 다시 손을 잡고 「열린 화장실, 열린 마음」이라는 화장실 개방 캠페인을 펼치기도 했다.

서울 프레스센터에서 열린 제5회 '아름다운 화장실 대상' 시상식. 대상은 경포해수욕장
화장실에 돌아갔다. 왼쪽에서 두 번째가 이영덕 전 국무총리, 그 다음이 필자. 2003년 11월 14일.

　　현재 우리 주변의 화장실은 어디를 가도 깨끗하고 쾌적한 편이
다. 특히 고속도로 휴게소의 경우, 호텔의 화장실 못지않은 공간으
로 변신했다. 이는 한국도로공사가 휴게소 입점 업자들과의 재계약
조건으로 '화장실 청결'을 내세웠기 때문이다. 일시에 전국 고속도
로 휴게실의 화장실이 선진국 수준이 된 것이다. 게다가 공공기관이
나 대형 빌딩의 화장실 개방도 자리를 잡아 화장실이 어디에 있고,
거리는 몇 미터라는 표지판도 일반화되었다. 베이징올림픽을 목전에
두었던 중국 당국이 한국에서의 화장실 혁명 성공사례를 벤치마킹

해 갔다는 이야기도 들었다.

　글로벌 에티켓 지상 캠페인에 공감한 국민들 덕분에 월드컵을
앞둔 대한민국 국민들의 의식이 많이 달라졌다는 평을 들었다. 결과
적으로 월드컵 또한 대성공을 거두었다. 서울시청 광장에서 열띤 응
원을 펼치고 난 뒤 쓰레기를 모두 함께 치우는 '붉은 악마'들의 모습
을 보면서 다시 한 번 나는 조선일보의 작은 외침이 정말 큰 메아리
로 돌아왔다는 생각을 했다. 무엇이든 마음을 합하면 무한한 에너지
를 뿜어내는 한국인은 실로 경이로운 민족임이 분명하다.

히딩크 자서전 《마이웨이》 출간

2002년 한일 월드컵은 한국에서 벌어진 가장 뜨거운 스포츠 이벤트
였다. 당시 한국팀의 4강 신화를 이뤄낸 거스 히딩크 감독은 국민적
영웅으로 대접받고 있었다. 월드컵이 끝나자마자 그의 자서전을 누가
낼 것인가를 놓고 국내 각 신문사와 출판사들이 치열한 경쟁을 벌이
고 있었다.

　나는 이 책을 조선일보가 내고 싶었다. 국민들에게 계속 감동
을 이어주고 청소년들에겐 "할 수 있다"는 희망을 주는 히딩크 자서
전은 의미 있는 작업이라는 판단이었다. 조선일보는 국내 에이전트인

코리아나호텔에서 열린 자서전《마이웨이》출간기념회에서 만난 히딩크 감독과 반갑게
인사를 나누는 필자. 뒤쪽 왼쪽부터 자서전 집필에 참여한 조정훈, 최우석 기자와, 홍명보 선수.
2002년 9월

'아이디어 컨설팅'의 다이애나 강 사장과 교섭을 진행했다. 그런데 히
딩크 측이 저작권료를 엄청나게 요구한다는 것이었다. 나는 조선일
보의 체면과 위상이 걸린 문제이기도 하고, 제안을 했으니 손해를 보
더라도 계약을 하자고 주장하여 방상훈 사장의 동의를 얻어냈다.

  히딩크 감독은 2002년 7월 25일 방 사장에게 구두로 자서전 발
간 계약의 뜻을 전하고, 일주일 뒤 조선일보와 정식으로 계약을 체결
했다. 월드컵이 끝날 무렵 '히딩크' 이름이 들어간 책이 20여 종이나
출간되어 있었고, 신문에도 히딩크의 이름이 달린 각종 수기가 연재

네덜란드를 방문하여 PSV 아인트호벤 전용구장에서 히딩크 감독과 함께 경기를 관전한 필자(왼쪽 세 번째). 2004년.

되던 상황이었다.

하지만 그런 글과 책들은 '진품'이 아니었다. 히딩크도 나중에 "나는 그 어떤 책이나 언론사의 수기 연재에 동의한 적이 없다"며 "조선일보가 펴낸 《마이웨이》만이 진짜 나의 자서전"이라고 했다. 이 책은 후에 12만부가 넘게 팔리는 베스트셀러로 이름을 남겼다.

자서전 제작은 시간과의 싸움이었다. 9월초에 책을 내려면 8월 안으로 작업을 끝내야했다. 스페인 마드리드에서 1년간 연수를 한 축구 전문 조정훈 스포츠레저부 기자와 미국 하버드대 케네디스쿨을 졸업한 영어통 최우석 기자, 그리고 현장 사진에 강한 정경열 사진부 기자를 그 해 7월 말 네덜란드로 보냈다.

당초 에이전트는 "히딩크의 일기가 있다"고 했다. 그걸 토대로 살을 붙이면 자서전이 된다는 얘기였다. 하지만 현장에 날아간 기자들은 일기를 보고 깜짝 놀랐다고 했다. 일기가 아니라 메모 수준이었기 때문이다. 히딩크는 구술(口述)을 위해 시간을 내주기로 했으나, 자주 펑크를 내기 시작했다. 그대로는 작업이 불가능하다고 판단한 조정훈 기자가 히딩크와 대판 싸움을 벌이기도 했다. 결국 히딩크와 함께 차를 타고 다니면서 인터뷰를 하고 다시 정리하는 작업까지 하면서 가까스로 마감을 맞출 수 있었다. 현장 팀은 인터뷰와 자료 수집을 위해 히딩크와 함께 네덜란드와 독일 등 8천 킬로미터를 돌아다녀야했다.

편집국에서는 현장에서 날아오는 원고를 데스크 본 뒤 넘기는 작업을 했다. 김종래 부국장과 오태진, 최보식, 진성호 기자와 편집부 한정일 기자가 함께 했다. 표지와 장정 등 편집 디자인은 조의환 편집위원을 팀장으로 한 사외 전문가 팀이 맡았다. 조선일보 출판부는 네덜란드의 히딩크 팀으로부터 8월 27일 마지막 원고를 송고받자마자 이틀 만에 '완전 원고'를 인쇄소에 보냈고, 9월 1일 완성된 책 샘플을 가져와 즉시 OK사인을 냈다.

히딩크 자서전 제목 《마이 웨이》는 기자들의 건의를 받아 최종

히딩크 자서전《마이 웨이》의 책 표지(왼쪽)와 조선일보 체육부 기자가 쓴
《꿈★은 이루어진다》책 표지(오른쪽).

적으로 내가 정했다. 그의 애창곡이 프랭크 시내트라의 「마이 웨이」
였다. 남들이 걸어가지 않은 길을 묵묵히 걸어갔고, 그 과정을 통해
우리 국민들을 행복하게 했던 히딩크 감독을 가장 잘 표현하는 제목
이라고 생각했기 때문이다.

　히딩크 감독은 코리아나호텔에서 열린 출판기념회에서 "내 자
서전이 네덜란드보다 한국에서 먼저 나올 줄은 몰랐다"며 "엄청난
프로의식으로 책을 만들어준 조선일보 기자들과 조선일보사에 감사
한다"고 말했다. 히딩크는 자신의 고국인 네덜란드에서는 4년이 지난

2006년에야 자서전을 출간했다. 나는 히딩크 자서전 출간과 함께 우리 태극전사들의 이야기도 책으로 묶고 싶었다. 월드컵 축구 취재팀장인 옥대환 스포츠레저부 차장을 내 방으로 불렀다.

"지금 월드컵 취재팀 총 인원이 몇 명이지? 그래, 20명이면 한 사람이 원고지 50장씩만 쓰면 책이 한권 만들어 지겠구먼. 할 수 있겠나?"

내 물음에 옥 차장은 당연히 "할 수 있겠다"고 대답했고, 나는 오후에 회의를 소집했다. 참석자는 이상철 편집국장, 방준식 스포츠레저부장, 옥대환 차장. 나는 "온 나라가 이렇게 월드컵 열풍에 휩싸여 있는데 조선일보가 월드컵과 태극전사들의 영웅적 스토리를 책으로 만들어 보면 어떻겠느냐"고 물었다. 이 국장은 약간 느닷없는 이야기에 고개를 돌렸고, 방 부장은 신문 만들기에도 정신이 없는데 웬 뚱딴지같은 책 이야기냐는 반응이었다.

나는 "그동안 땀 흘려 취재한 취재노트가 아깝지 않느냐. 역사적인 월드컵을 책으로 만드는데 당신들 만한 필자들이 어디 있겠느냐. 할 수 있겠지?"하고 몰아붙였다. 이걸로 출간은 결정되었다. 그 자리에서 곧바로 권영기 출판부장을 불렀다.

"월드컵 열기가 사그라지기 전에 책이 나와야 한다. 지금부터 준비한다면 며칠 후에 책을 받아 볼 수 있겠나?"

초특급으로 제작한다면 1주일이 걸리고, 원고는 사흘 내로 60

여 꼭지, 200자 원고지로 1천여 장이 탈고돼야 한다는 얘기로 끝을 맺었다. 번갯불에 콩 볶아먹기 식이었다.

책의 제목은 《꿈★은 이루어진다》. 「히딩크와 태극전사들의 신화창조 500일 리포트. 조선일보 기자들이 발로 뛰어 엮어낸 생생한 현장기록」이라는 부제를 붙였다. 약속한대로 1주일 만에 책이 나왔다. 이 책은 월드컵 특수(特需) 속에 10만 권 이상 팔려 나갔고, 12만 권이 팔린 히딩크의 《마이웨이》와 함께 모두 2002년의 베스트셀러 리스트에 올랐다.

9장

한국을 정보화 강국으로!

「산업화는 늦었지만 정보화는 앞서가자」

편집국장에서 물러난 뒤, 신문사 전반을 아우르는 일에 몰두하며 언론의 사명과 사업에 대해 고심했다. 그 고심의 결과는 크게 세 가지로 압축되며, 이 세 가지는 내가 지금까지도 가장 자랑스러워하는 일이기도 하다. 첫째는 앞서 언급했던 환경 운동이었고, 둘째는 지금 말하고자 하는 정보화 운동이며 셋째는 후술하게 될 '역사 바로 세우기'와 관련된 일이다.

조선일보는 정보화 운동을 추진하며 「산업화는 늦었지만 정보화는 앞서가자」는 구호를 내세웠다. 우리나라 정보화 운동의 선구적인 캐치프레이즈가 된 이 구호는 이진광 기자와 인보길 편집국장이 만든 것을 나와 방상훈 사장이 OK를 해서 탄생한 작품이다.

힌트는 이어령 교수에게서 얻었다. 「조선일보 21세기 정보화 포럼」 사전 모임에서 "산업화 시대에 늦어서 우리가 식민지가 됐는데, 또 그렇게 될지 모르겠다"는 이 교수의 열변이 있은 뒤 정보화 운동 캠페인을 알리는 조선일보 사고에 이 구호를 사용한 것이다.

정보화 캠페인을 시작했지만 나 역시 정보화에 밝은 편은 아니었다. 그런 나를 정보화 운동에 앞장서도록 만든 것은 인보길 편집국장을 비롯해 이진광(李鎭光), 석종훈(石琮熏), 우병현(禹炳賢), 황순현(黃順賢), 임정욱(林正郁), 권만우(權晩羽), 최우석 같은 젊은 기자들의 도움이 컸다. 특히 이진광 기자는 "정보화 시대가 도래했는데 가만히 있으면 큰일 난다"면서 편집인인 나를 압박했다. 신문이 국민들의 눈을 뜨게 해야 한다는 게 그의 주장이었다.

젊은 기자들로부터 정보화의 중요성을 인식하고 난 뒤, 이들을 데리고 방상훈 사장에게 가서 직접 브리핑하는 자리를 자주 마련했다. 조선일보가 언론사상 최초의 와이드 면 「사람과 컴퓨터」라는 특집을 연재하기 시작한 것이 1993년 12월이었으니 정보화 운동에 있어선 조선일보가 꽤 선각자 역할을 했다고 할 수 있다.

방 사장은 매우 신중한 사람이다. 결단력과 추진력은 내단하시만 그 직전까지는 돌다리도 두들겨보는 성격이다. 사업성이나 수익성

이 좋아 보인다고 해서 여기저기 기
웃거리지 않고 오로지 언론사업 외
길만을 걸었다. 조선일보가 지금까
지 정상의 자리를 지키며 조선미디
어그룹으로 성장한 이유 중의 하나
다. 이렇듯 신중한 방 사장이 정보
화 운동에 대해서는 즉각적으로 반
응하면서 적극 추진해달라고 주문
했다.

하지만 정보화 운동에 대한
사내의 반대 의견이 없는 것은 아
니었다. 일반 독자들에게는 컴퓨터
라는 용어 자체가 생소했던 시절이
어서 「사람과 컴퓨터」 같은 기획 특
집이 자꾸 나가자 지면이 아깝다는
원성이 나오기도 했다. 그럴 때면 "초등학생 때부터 세계를 마음껏
돌아다닐 수 있는 날개를 달아주는 것이 컴퓨터 아니냐"며 반대자
들을 설득했다.

이용태(李龍兌) 삼보컴퓨터 회장, 오명(吳明) 장관 같은 전문가
를 초청해 회사에서 종종 강의도 들었다. 이용태 회장이 "앞으로는

교육도 컴퓨터로 하는 교육으로 바뀌어야 하고 심지어 농사일까지도 다 컴퓨터로 해야 하는 세상이 온다"고 역설하는 대목에서 기자들이 대부분 찬성으로 돌아서지 않았나 싶다.

그러나 이때까지만 해도 우리나라의 정보화 수준은 미약하기 짝이 없었다. PC 보급률이 낮았고 인터넷은 걸음마 단계였다. 1994년 6월 한국통신이 PC와 전화선으로 인터넷 접속이 가능한 '코넷(Kornet)'을 겨우 선보인 수준이었다.

더 심각한 문제도 지적됐다. 미국의 IT기술 전문 전시회인 컴덱스(COMDEX)에 취재를 다녀온 기자들이 "전시회에 기업 사람들은 와 있는데 공무원은 눈을 씻고도 찾을 길 없었다"고 탄식했다. 세계가 변하는데 한국의 공무원만 무관심 일색이었다. 그래서 대통령 경쟁을 하던 김영삼, 김대중 총재에게 의도적으로 컴퓨터 앞에 앉은 사진을 연출하기도 하고, 그들에게 정보화 공약, 정보화 강연 등을 마련해 주기도 했다. 당시 신문에 게재된 컴퓨터를 앞에 놓고 찍은 김영삼, 김대중 총재의 사진들은 조선일보 기자들이 연출한 사진이었다.

이런 위기 의식 속에 조선일보는 창간 75주년을 맞는 1995년 창간기념일을 기해 대대적인 정보화 운동을 펼치기로 했다. 조선일보는 그 사전 준비의 일환으로 「21세기 정보화 포럼」을 조직하고, 정보화의 상징인 빌 게이츠 방문을 유치하기로 한다.

빌 게이츠와 햄버거 오찬

빌 게이츠의 조선일보 방문은 중앙일보와의 줄다리기 끝에 성사됐다. 한국마이크로소프트 유승삼(柳承三) 사장은 빌 게이츠 회장의 방한 행사를 공동주최할 언론사를 어디로 할지 저울질하고 있었다. 사전에 정보를 입수한 중앙일보가 적극적으로 달려든다는 소식을 뒤늦게 들은 나는 이 분야에 일찍 눈뜬 이진광 기자를 닦달했다. 그에게 "조선일보만큼 정보화 확산에 앞장서고 실제로 실천에 옮기는 회사가 어디 또 있느냐"며 "빌 게이츠를 무조건 데려오라"고 요구했다. 결국 조선일보와 한국마이크로소프트 공동 초청 형식으로 그의 조선일보 방문이 이뤄졌다. 이진광 기자의 공이 컸다.

빌 게이츠는 1994년 12월 6일 방한해 김영삼 대통령을 예방한 뒤, 이튿날 조선일보를 방문했다. 그는 방명록에 '당신의 손끝에 모든 정보를(Information on Your Fingertips) 빌 게이츠'라고 적었다.

이 날 그는 "21세기에는 미리 준비한 자만이 성공할 수 있다"면서 "조선일보사가 다가올 정보화 사회를 빠르게 준비하고 있어 크게 감동을 받았다"는 소감을 밝혔다. 방상훈 사장은 그를 위해 조선일보 정동별관 6층 회의실에 '햄버거 오찬'을 마련했고 이 자리에는 한국마이크로소프트 유승삼 사장, 삼보컴퓨터 이용태 회장, 국내 인터넷 선구자 1호로 통하는 아이네트 허진호(許眞浩) 대표가 동석했다. 조선일보 측에서는 방 사장과 나, 그리고 인보길 편집국장, 이진광 기자가 자리를 같이했다. 햄버거를 거리낌 없이 입으로 가져가는 빌 게이츠의 모습이 인상적이었다. 비상한 두뇌를 가진 젊은 천재의 소탈한 성격이 느껴졌다.

빌 게이츠는 조선일보 편집국에도 들른 뒤 곧바로 연세대 백주년기념관으로 향했다. 그는 조선일보가 주최한 「정보 고속도로와 우리의 미래」 강연의 연사였다. 이 강연에는 기업체 간부, 대학교수, 국회의원 등 각계인사 900여 명이 참석했다. 생중계용 200인치 대형 스크린 2대가 설치된 대강당은 2천500석을 가득 메우고도 넘치는 대성황을 이뤘다. 미처 강연장에 입장하지 못한 사람들이 많았다는 이야기를 듣고 새삼 빌 게이츠의 위상을 실감했다.

1995년 3월 5일 창간 75주년을 맞은 조선일보는 「정보화 운동 선언」이라는 기사를 1면에 실으며 「산업화는 늦었지만 정보화는 앞서가자」는 부제를 달았다. '조선일보 21세기 정보화 포럼 위원 일동' 명의의 이 기사는 이렇게 선언하고 있다. 발췌해서 인용해 본다

정보화의 어려움은 그것이 산업화시대의 공장 굴뚝과 고속도로처럼 눈에 직접 보이지 않는다는 데 있다. 우리는 그것을 낱낱이 가시화함으로써 온 국민들과 함께 직접 눈으로 볼 수 있도록 할 것이다. 정보화 선각자

들의 의견을 청취하고 여론을 수렴해서 나아가야 할 방향을 제시하는 데 총력을 쏟을 것이다. 그 과정에서 포럼은 모든 주의, 주장, 의견을 담는 열린 광장이 될 것이다.「산업화는 늦었었지만 정보화만은 앞서가자」. 21세기 정보화 사회 정착 때까지 포럼이 추구해야 할 대주제이다.

이 날 조선일보 21세기 정보화 포럼이 공식적으로 출범했다. 김진현(金鎭炫) 세계화추진위원장, 송자(宋梓) 연세대 총장, 유승삼 사장, 이상우 서강대 교수, 이어령 이화여대 석좌교수, 이용태 정보산업연합회 회장, 이헌조(李憲祖) LG전자 회장, 조백제(趙伯濟) 한국통신 사장이 포럼 위원으로 선임됐다. 나는 조선일보를 대표해 위원으로 선임됐고, 포럼 대표는 국가과학기술자문회의 이상희(李祥羲) 위원장이 맡았다.

조선일보 정보화 포럼은 우리나라 각계에 세계의 변화를 알리는 데 주력했다. 3월 8일 일본 소프트뱅크 손정의(孫正義) 사장과 미국 시스코시스템즈 존 챔버스 사장의 강연회를 주최했고, 3월 28일에는 미국 오라클사 래리 엘리슨 회장, 5월 8일에는 미국 픽처텔사 노만 고트 회장을 초청해 강연회를 열었다.

조선일보의 정보화 캠페인은 정치권뿐만 아니라 각계각층의 공감을 이끌어냈다. 정부는 정보화 운동 선언 직후 초고속 정보통신 기반 구축 계획을 확정했고 이해 8월엔 정보화촉진기본법이 제정됐다. 정보화에 대한 국민들의 인식도 개선돼 PC 보급률과 인터넷 이용자도 크게 늘었다. 1993년 말 인구 100명당 PC 보급률은 미국이 19.1대, 한국이 6.9대였다. 하지만 조선일보가 정보화 운동을 선언한 지 1년 만에 한국의 PC 보급률은 선진국 수준으로 향상됐다. 정보화

조선일보를 방문한 컴퓨터 황제 빌 게이츠(오른쪽 끝)는 방상훈 사장이 마련한 햄버거로 점심을 때우는 소탈한 모습을 보였다. 삼보컴퓨터 이용태 회장, 필자, 한국마이크로소프트 유승삼 사장, 인보길 조선일보 편집국장과 이진광 기자가 자리를 함께 했다. 1994년 12월 7일.

일본 소프트뱅크 손정의 사장이 LG 구본무 회장과 조선일보 방상훈 사장이 곤지암 C.C에서 마련한 골프 모임에 앞서 기념촬영했다. 삼성그룹의 윤종용 부회장과 삼보컴퓨터 이용태 회장, 서정욱, 이상철 전 장관, 송형목 스포츠조선 사장, 그리고 필자(뒷줄 왼쪽에서 두 번째)가 참석했다. 1996년 3월.

운동 선언 당시 36만 명에 불과하던 인터넷 이용 인구 또한 1997년에는 100만 명을 넘어섰다.

이제 세계는 한국을 인터넷 강국, 정보화 강국으로 경이롭게 바라보고 있다. 1995년 조선일보가 「산업화는 늦었지만 정보화는 앞서가자」 캠페인을 시작했을 때 이런 성과로 이어지리라는 것은 누구도 알지 못했다. 조선일보뿐만 아니라 한국인 모두가 자부심을 가져도 좋을 만한 경이로운 성과일 것이다.

"어린이에게 인터넷을" 키드넷(Kidnet) 운동

조선일보는 정보화운동을 시작한지 1년을 맞아 이번에는 「어린이에게 인터넷을」이라는 키드넷 캠페인을 시작했다. 키드넷이란 'Internet for Kids'의 합성어로, 어린이들에게 정보화의 꿈과 희망을 심어준다는 뜻을 담았다.

조선일보에 처음 이 운동을 제안한 사람은 미국 미시건주립대학 임길진(林吉鎭) 교수였다. 임 교수는 세계청소년네트워크라는 모임을 이끌고 있었다. 이 모임은 미국에 유학한 각국의 소장 교수들이 어린이 인터넷 보급운동을 돕자는 의도로 결성한 단체였다.

어린이들이 21세기에 세계 중심 국가의 주역으로 활약하기 위해서는 정보화 마인드와 영어 능력을 향상시켜야 한다. 나는 그 점에 전적으로 동감했다. 인터넷은 어린이들을 다음 세기로 향하게 하는 창(窓)의 역할을 해줄 수 있을 것 같았다. 나는 이영덕 편집부국장을 본부장으로 하는 특별취재팀 키드넷 본부를 꾸렸다. 편집국 소속 인터넷 전문기자들을 모조리 소집했다. 그리고 조선일보 사옥 7층에 키드넷 본부를 차렸다. 종전의 편집국에서는 볼 수 없는 정보화 추진의 전위부대를 신설한 것이다. 전국의 모든 초등학교에 컴퓨터가 거의 없던 시절, 우선 이들 학교에 컴퓨터부터 보급해야 했다.

모든 국민들이 키드넷 운동에 자발적으로 참여하는 방법을 지면을 통해 알렸다. 액수에 관계없이 기금을 모아 컴퓨터 등의 장비를 구입하는 데 사용하도록 했다. 자원봉사자 또한 모집했다. 인터넷 사용교재 개발, 홈페이지 만들기, 영어교육 같은 전문 분야뿐만 아니라 운동의 취지에 공감하는 비전문 일반인들의 시간봉사에 이르기까지 봉사의 손길이 필요한 곳은 허다했다. 다행히 전국적인 참여와 후원이 이어졌다.

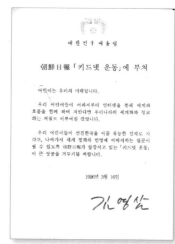

김영삼 대통령이 조선일보의 키드넷 운동을 치하하며 보내온 메시지.

키드넷 운동 추진은 구호와 캠페인만으론 목표를 이룰 수 없었다. 문제는 역시 키드넷의 기반이라 할 시설과 장비였다. 당시 초등학교에 인터넷 전용회선이 깔려 있을 리 만무했다. 결국 유선전화를 이용하는 수밖에 달리 방도가 없었는데 그 전화선마저 교장실과 교무실에 하나씩, 2회선뿐인 경우가 태반이었다. 인터넷 연결을 위해 전화선 하나를 뽑아 학생들이 쓰면 교사들이 아우성을 쳤다.

도리 없이 통신회사의 협조를 받아 일부 키드넷 참여 학교에 전용회선을 설치해주었다. 각 학교에 컴퓨터가 설치된 곳이 거의 없어 우선 컴퓨터 마련하기 운동을 동시에 전개했다. 각 초등학교 동창회의 참여를 이끌었다. 김영삼 대통령도 이 운동에 참여, 모교인 경남 거제의 초등학교에 컴퓨터를 기증했다. 설치된 인터넷망을 효과적으로 교육에 활용하기 위해서 교사들에게 인터넷 교육을 따로 실시하는 일도 필수적이었다.

5월 3일, 조선일보는 선마이크로시스템 존 게이지 수석연구원을 초청해 롯데호텔에서 「인터넷과 교육혁명」이라는 주제로 강연회를 가졌다. 그는 미국에서 어린이 인터넷 보급운동 「넷데이(NetDay) 96」을 펼치고 있었다. 조선일보의 「키드넷 데이(Kidnet Day) 96」 출범식을 하루 앞둔 날이었다.

이 자리에는 학교 교사와 컴퓨터업계 관계자 등 1천여 명이 모였다. 존 게이지는 대형 멀티비전으로 인터넷을 시연해보이면서 "전세계를 하나로 만들어주는 인터넷을 통해 교육혁명을 이루어 나가자"고 역설했다. 나는 인사말을 통해 "이번 키드넷 운동을 불씨로 삼아 우리의 정보 혁명이 어느 선진국 못지않게 앞서 나가도록 하자"고 호소했다.

이튿날 오전, 서울 한양초등학교에서 키드넷 출범식이 열렸다. 이수성(李壽成) 국무총리가 참석해 격려사를 했고, 국민적인 관심을 끌고 있었던 만큼 KBS가 행사를 생중계했다. 행사의 첫 순서는 한국과 미국의 초등학생 간의 인터넷을 이용한 영상대화였다. 아이들은 대학생 자원봉사자 통역을 사이에 두고 미국 학생들과 대화를 나

넷데이 운동의 창시자 존 게이지, 마이클 카우프먼 씨가 조선일보 키드넷 본부를 방문하여
필자와 이영덕 본부장, 임정욱, 석종훈, 황순현, 우병현, 권만우, 최우석, 정해영, 김홍 기자 등과
키드넷운동 로고 이미지를 앞세우고 함께 기념 촬영을 했다. 1996년 5월 4일.

누며 서로 궁금한 것을 질문하고 답했다.

이어 국내 61개 초등학교가 동시에 참여해 서로 이메일을 주
고받는 인터넷 학습이 진행됐다. 국내 최초로 서해 백령도에서 강
원도 정선까지 전국 각지의 초등학교들이 일제히 인터넷에 접속,
교신했다. 지금 보면 별 일도 아닌 것처럼 보이지만 당시로서는 인
터넷이 미래의 새로운 통신수단이 될 수 있음을 확인하는 역사적
인 순간이었다.

키드넷 운동은 장애 어린이들에게도 새로운 세상을 선물했다.

한국장애인재활협회와 청각장애자복지회, 삼육재활센터 등이 보낸 기금으로 서울 신교동 선희학교에 인터넷 시설을 갖춘 것이 그 예였다. 선희학교는 청각장애 어린이들이 공부하는 곳이었다. 어린이들은 인터넷을 통해 수화(手話)를 하지 않고도 여러 친구들과 마음껏 대화를 나눌 수 있었다. 어린이들은 마치 신천지를 발견한 듯 신기해했다. 장애로 어려움을 겪던 이들에겐 전혀 새로운 세상이 열리고, 또 그 세상과 마음껏 소통할 수 있는 새로운 인생이 펼쳐진 것이다.

5월 10일 미국 엘 고어 부통령은 조선일보에 키드넷 운동의 성공을 기원하는 서한을 보내왔다. 그는 "한국의 어린이들에게 정보화 마인드를 심어 21세기 국제사회의 주역으로 키우기 위해 조선일보가 벌이고 있는 키드넷 운동이 좋은 성과를 거두길 바란다"면서 "클린턴 대통령과 본인도 미국에서 키드넷 운동과 똑같은 운동을 벌이고 있다"고 전했다.

키드넷 운동은 어린이들에게 정보화와 세계화라는 새 창을 열어주는 데 성공했다고 자평할 수 있다. 다양한 행사를 통해 어린이들은 세계의 또래들과 대화를 나누고 우정을 키우며, 이전 세대가 누리지 못했던 새 세계를 경험하며 성장했다. 키드넷 세대는 지금의 디지털 네이티브 세대로 성장했고, IT강국 대한민국을 이끄는 주축으로 활약하고 있다.

이석채 정보통신부 장관, 이수성 국무총리, 존 게이지 씨, 마이클 카우프만 씨(오른쪽부터) 등이
'키드넷데이 96' 행사에서 한양초등학교 학생들이 영상대화를 하는 모습을 지켜보고 있다.
1996년 5월 4일.

1997년 10월 미국 미시간주립대 한국학연구회는 「글로벌 코리언 어워드(Global Korean Award)」에 조선일보를 선정했고, 방상훈 사장이 대표로 이 상을 받았다. 내게는 특별공로패(Certificate of Special Tribute)가 주어졌다.

그런데 조선일보 키드넷 운동을 제안했던 임길진 교수가 2005년 2월 교통사고로 유명을 달리했다. 독신을 고집하며 자신만의 영역을 넓혀가던 인재가 미처 환갑을 맞기도 전에 세상을 떠났다. 애석하고 안타까운 마음을 지금도 금할 수가 없다.

동아일보와 함께 벌인 사상 첫 캠페인

1997년의 1월 10일자 조선일보 1면에는 매우 이채로운 캠페인 사고 (社告)가 실렸다. 인상적인 문구는 '전국민 정보화 캠페인' '동아일보- 조선일보가 함께 펼칩니다' '두 신문 창간 77주년 맞아 21세기 정보 혁명 공동 준비' 같은 것이었다. 조선일보 1면에 동아일보를 먼저 앞 세우는 사고가 실린 것이다. 그리고 이날 동아일보 1면에는 조선일보 를 앞세운 같은 사고가 게재됐다.

한때 민족지 논쟁까지 벌이며 매사에 경쟁의식을 드러냈던 두 신문이 어떻게 공동 캠페인을 추진할 수 있었을까? 전년 12월 어느 날 걸려온 전화 한 통으로부터 모든 것이 시작되었다. 전화를 걸어온 상대는 동아일보 오명 사장이었다. 1980년대 후반 체신부장관으로 처음 입각했던 그는 1990년대 건설교통부장관을 거쳐 1996년 6월 동아일보 사장으로 선임됐다.

오명 사장과는 사회부장 시절부터 인연이 있었다. 당시 그는 체 신부 차관이었다. 체신부를 출입하던 최문기(崔文基) 기자가 어느 날 고발기사 한 건을 써왔다. 우체국이 현금을 일반 버스로 수송하여 안전에 문제가 많다는 내용이었다.

나는 기사가 게재되면 체신부의 현금 수송 버스는 오히려 도둑 들의 표적이 될 것이라며 기사화를 미루는 대신, 별도의 현금 수송

차량을 마련하는 것이 어떻겠냐는 뜻을 오명 차관에서 전달했다. 오 차관은 이를 고맙게 생각했던 모양이다. 그는 전자식 교환기(TDX) 국산화를 이끌어낸 인물이었다.

조선일보는 이미 정보화 캠페인을 선도하고 있었지만 체신부에서 장·차관을 지내며 정보통신 분야에서 대가(大家)의 관록을 쌓은 그의 제안을 거절할 이유는 없었다. 정보화에 도움이 된다면, 국익에 도움이 된다면 누가 선점하고 누가 주도하느냐는 중요한 문제가 아니었다.

한국을 대표하는 양대 신문사가 경쟁관계 속에서 더불어 캠페인을 펼친다는 것은 좀처럼 상상하기 어려운 이색적인 이벤트가 될 법했다. 방상훈 사장에게 이야기했더니 흔쾌히 찬성해주었다. 그래서 조선일보에서 송희영(宋熙永) 부장, 동아일보에서 김충식(金忠植) 부장이 양사 대표로 만나 의견을 조율하도록 했다.

한 가지 후일담이 있다. 그날 가판에서 조선일보는 사전에 약속한 대로 사고를 냈다. 제목을 「동아일보·조선일보가 함께 펼칩니다」라고 붙이면서 동아일보를 먼저 내세운 것이다. 그런데 조선일보 쪽으로 배달되어온 동아일보 가판에는 사고가 실려 있지 않았다. 자초지종을 알아보니 동아일보 기자들이 "우리가 왜 조선일보의 정보화 운동을 뒤쫓아 가느냐?"면서 공동 캠페인에 반대했기 때문이라는 것이다.

조선일보는 그 반대였다. 이미 앞서 가는 정보화 운동에 굳이 동아일보를 끌어들일 이유가 없지 않느냐며 편집국 내에서 반발의 목소리가 있었다. 편집국 후배들을 불러 "경쟁이 중요한 것이 아니라 정보화 추진이 중요한 것이다. 국가적 아젠다를 함께 다루는 게 중요하지 않느냐?"고 설득했다. 결국 동아일보도 그날자 최종판에 「조선일보·동아일보가 함께 펼칩니다」는 사고를 게재함으로써 신의를 지켰다.

조선일보 사고는 "1920년 창간 이후 민족의 자주독립, 반독재 민주화, 그리고 국가발전에 앞장서 왔다고 자부하는 동아일보와 조선일보는 이제 그간의 저력을 한데 모아 한반도에서 정보통신 혁명의 새 물결을 일으켜 다시는 세계의 흐름에 뒤지지 않고 더 나아가 21세기에 능동적으로 대처해야 한다는 공동인식에 도달했다"고 공동 캠페인의 취지를 적시했다.

두 신문은 캠페인의 첫 작업으로 「정보통신 혁명을 위한 특집

기획」을 10회에 걸쳐 함께 연재했다. 공동 취재팀이 작성한 기사를 국내 언론사상 최초로 두 신문의 지면에 동시에 실었다. 기사에서는 첫날의 사고 제목에서처럼 조선일보는 동아일보를 앞세우고, 동아일보는 조선일보를 먼저 표기해 상호 존중의 자세를 보여주었다. 이래저래 이 공동 캠페인은 세간에 숱한 화제를 뿌렸다. 그러나 이 공동 캠페인은 두 회사 내 기자들의 이견때문에 오래 지속되지 못했다.

1994년 6월 20일은 한국통신이 PC와 인터넷을 전화선으로 접속할 수 있는 코넷(Konet)을 선보인 날이다. 대학 연구망으로만 쓰이던 인터넷이 일반에게 열린 순간이었다. 이날 이후 인터넷은 한국사회의 모든 분야에서 질풍노도와 같은 변화를 이끌어냈다.

인터넷 매체인 '조선비즈'는 인터넷 대중화 20주년을 기념하여 한국을 인터넷 강국으로 만든 역사를 뒤돌아보는 시리즈를 시작했다. 그 시리즈의 첫 번째 인터뷰 대상자로 조선비즈가 나를 지목했다. 동숭동의 기파랑 사무실로 찾아온 조선비즈 유현정 기자를 비롯한 취재팀의 설명으로는 조선일보의 캠페인이 한국을 인터넷 강국으로 발돋움하게 하는데 결정적인 역할을 했고, 내가 그 운동을 지휘했다는 사실로 해서 첫 인터뷰 대상자로 선정되었다는 것이다.

이렇게 해서 나는 조선일보를 정년 퇴직한지 11년째이던 2014년 6월초, 이들 취재팀을 상대로 「산업화는 늦었지만 정보화는 앞서

가자」라는 캐치프레이저가 만들어진 배경, 키드넷 운동의 탄생 과정, 조선일보와 동아일보가 공동으로 정보화 캠페인을 펼쳤던 경위 등을 자세히 설명해주었다. 조선비즈는 인터뷰 내용을 그해 6월 20일의 '인터넷 대중화 20년'을 맞아 시리즈 첫 번째로 게재했다.

2016년 12월 중순께 우병현 한국 IT기자클럽회장과 나를 인터뷰했던 조선비즈의 유현정 부장이 책을 한 권 들고 내 방을 찾아왔다. 책 표지(위 책표지 사진)를 보니 '산업화는 늦었지만 정보화는 앞서가자'는 우리가 외쳤던 구호를 책이름으로 한 것이다. 인터넷 대중화 20년을 맞아 우리나라를 인터넷 강국으로 만든 스물 한분을 인터뷰해 이제 2년 만에 책을 만들어 가지고 왔다는 것이다.

과분하게도 책은 이용태, 이어령, 오명, 전길남, 이해진 씨 등 기라성같은 스물 한 분의 개척자들 속에 나를 두번째로 소개한 것이다. 나는 "고맙지만 이건 아닌데…"라고 갸우뚱하자 우회장은 "조선일보가 벌인 정보화운동이 한국을 IT강국으로 만든 1등 공신"이라는 설명을 해주어 고마웠다.

10장

우리 역사 바로 세우기

「아 고구려!」전(展)이 세운 초유의 관람 기록

1993년 11월 17일 조선일보 주최로 개막된 「아! 고구려, 1500년 전 집안(輯安) 고분 벽화 전시회」는 "언론의 사업이란 어떠해야 하는가?"를 보여주는 좋은 사례라고 생각한다. 물론 이때의 '사업'이란 돈을 벌어들이는 일이 아니라 신문사니까 할 수 있는 일, 신문사니까 해야 하는 일을 말한다.

이 날부터 235일 간 전국 순회에 들어간 이 전시회를 총 358만 152명이 관람했다. 대한민국 인구 비율로 환산하면 12명 가운데 1명이 관람한 셈이다. 하루 평균 관람 인원이 1만 5천148명이었다. 특히 부산에서는 42일 동안 150만 명 이상이 다녀갔다. 국내 전시 사상 초유의 기록이었다.

전시회 개최의 계기를 설명하려면 이 해 여름의 어느 날로 거슬러 올라가야 한다. 서희건 문화부장과 도준호(都俊鎬) 북한부장이 해외한민족연구소 이윤기(李潤基) 소장을 데리고 내 방을 찾아왔다. 이 소장은 고구려의 강역인 중국 길림성(吉林省) 집안에서 남북한과 중국, 일본, 대만의 역사학자들이 모여 고구려 문화에 관한 공동 학술 심포지엄을 열려고 하는데, 후원금 2천만 원이 필요하다는 것이었다. 길림성 집안은 현재 외래어 표기로는 지린성 지안이 된다.

북한 학자 중에는 김일성종합대학 교수 박시형(朴時亨)도 참석한다고 했다. 박시형은 경성제대에서 역사학을 전공한 뒤 위당(爲堂) 정인보(鄭寅普) 선생 밑에서 민족주의 사학의 맥을 이은 학자였다. 1946년에 친구인 김석형(金錫亨)과 동반 월북해 그와 함께 북한 역사학계를 이끄는 쌍두마차가 되었다. 박시형은 경북 문경, 김석형은 대구 출신이다. 박시형은 동명왕릉 발굴을 주도하고 단군릉 재건에 앞장선 공로로 1996년 노력영웅 칭호를 받았고, 2001년 타계했다.

우선 남쪽 출신의 월북 학자가 참여한다는 사실이 내 흥미를 끌었다. 하지만 그것보다는 고구려 고분 벽화를 볼 수 있다는 이야기에 눈이 번쩍 떠졌다. 고구려 고분 벽화는 그때까지 제대로 알려진

게 없었다. 옛 조상의 문화와 생활상이 고스란히 담겼을지도 모르는 그 벽화만 볼 수 있다면 2천만 원쯤은 큰돈이 아니었다. 나는 즉각 조선일보가 지원하기로 결정했다.

현지 취재팀으로 문화부에서 학술을 담당하는 김태익(金泰翼) 기자와 김주호(金柱昊) 사진기자가 정해졌다. 나중에 들은 이야기이지만 이병훈(李炳勳) 사진부장은 처음에는 자신이 직접 가려고 하다가 고심 끝에 김주호 기자를 낙점했다고 한다. 중국은 사회주의 독재 국가여서 예기치 않은 돌발사태가 생길지도 모를 일이었다. 젊고 순발력이 있는 사진기자가 그런 돌발사태에 잘 대처하리라는 것이 이 부장의 판단이었다.

8월 11일부터 이틀 간 학술 심포지엄이 지안에서 열렸다. 회의는 첫날부터 삐걱거렸다고 한다. 중국 대표로 나선 지안박물관 부관장이 "고구려 문화는 독자적인 것이 아니라 중국 동북지방의 용(龍) 문화에 속한다"는 억지 주장을 편 탓이었다. 그러자 박시형은 "고구려 역사가 어디에 속하는가 하는 것은 시각이나 방법의 문제가 아니다. 사실을 있는 그대로 보느냐 아니냐의 문제이다"라고 전제한 뒤 "과거의 고조선, 고구려 땅이 지금은 중국 영토가 되었다고 해서 그 역사를 어떻게 중국사에 갖다 붙여 중국 소수민족 운운 하는가 이해할 수 없다"고 일침을 가했다.

회의장 분위기가 얼어붙자 중국 측 진행자는 서둘러 토론을 종

고구려 고분 벽화를 주제로 한 전시회를 개막하기 직전 방상훈 조선일보 사장, 필자, 임영방 국립 현대미술관장(왼쪽부터)이 환담을 나누었다. 1993년 11월 17일.

결했고, 이튿날 회의까지 취소해버렸다. 김태익 기자는 이 같은 상황을 포함한 현지 르포를 「대륙의 민족 기상, 고구려를 가다」는 제목의 시리즈로 8월 19일부터 조선일보에 연재했다.

회의 자체는 어정쩡하게 막을 내렸지만 고구려 고분 견학 일정은 예정대로 진행됐다. 남북이 각각 따로 오회(五盔) 1·2·3호분과 무용총(舞踊塚), 장천(長川) 1호분을 둘러보는 형식이었다. 고분들의 관리 상태가 엉망이었다고 한다. 견학에 시간 제약도 있었다. 희미한 전등 하나가 켜진 비좁은 석실 내부에서 그 누구도 마음 편히 벽화를 감상하지 못했다. 그나마 후다닥 돌아보고 쫓기듯 나와야 했다.

그때 김주호 기자의 순발력이 유감없이 발휘됐다. 이는 사진부 데스크의 판단이 옳았다는 뜻도 된다. 카메라를 휴대한 40여 명의 견학자들이 쉴 새 없이 셔터를 눌렀지만 사진을 제대로 건진 건 그가 유일했다. 그의 35밀리 카메라에만 150여 장면의 고구려 벽화가 고스란히 담겼다. 이 귀중한 사진들이 조선일보 1면에 실리기 시작했다. 연일 대단한 화제였다. 나는 사업국에 즉시 전시회 준비를 하도록 지시했다.

「아 고구려!」 전(展)의 전시장 선정 과정도 예사롭지 않았다. 조선일보가 고구려 벽화 전시를 기획하고 있다는 사실을 알고 국립현대미술관 임영방(林英芳) 관장이 나를 찾아왔다. 국립현대미술관에서 꼭 열고 싶다는 것이었다. 지금은 국립현대미술관 서울분관이 경복궁 옆 옛 국군기무사령부 자리에 들어서 있지만, 당시에는 과천의 본관뿐이었다. 서울시내에서 거리가 너무 멀어서 관람객들이 불편하게 여길 우려가 있었고 현대미술관에 고분벽화 전시는 어울리지 않는다는 비판도 있었으나 벽화가 자신의 전공 분야라는 임영방 관장의 열띤 주장때문에 수락했다.

전시회의 메인은 물론 벽화 사진이었다. 여기에 실물 크기 인형을 이용한 인물과 복식(服飾) 재현, 고분 모형 재현, 고구려 강역도(疆域圖)를 비롯한 각종 지도 제작, 동서양을 비교한 벽화 연표 제작 등으로 전시회 준비가 이뤄졌다. 서희건 문화부장과 서건 사업부장이 머리를 맞대고 세세한 부분까지 신경을 썼다.

인물과 복식 재현에는 패션 디자이너 노라노, 이신우(李信雨) 씨를 참여시켰다. 환경디자인연구소 유진형(俞鎭亨) 소장은 전시장의 전반적인 모델링을 지휘했다. 서울대 미대 이종상(李鍾祥) 교수팀은 장춘 1호분 내부 재현 모형관을 제작했다. 심지어는 풍산개를 모델로 한 고구려 사냥개까지 재현하는 첨단기법을 동원했다.

「아! 고구려」전은 폭발적인 화제를 불러일으켰다. 국립현대미술관 기획전시실을 찾는 관람객이 평소의 3배를 넘었다. 쇄도하는 관람 문의로 인해 미술관 안내전화가 불통되기 일쑤였다. 이종상 교수팀이 제작한 장춘 1호분 내부 재현 모형관은 특히 큰 인기를 끌었다. 장춘 1호분은 무덤의 네 모서리에 계단식 받침돌을 쌓은 뒤 천장을 올린 독특한 구조였다. 이 같은 내부 구조는 무덤의 주인공이 당대의 최고 통치자, 즉 고구려 국왕임을 추정케 했다. 벽화의 내용도 이 같은 추정을 뒷받침하고 있었다.

49일 동안 이어진 과천 전시회는 우리나라 전시 문화의 수준을 한 단계 높였다는 평가를 받았다. 이후에도 전시 요청이 꼬리를 물어 대전을 시작으로 광주, 인천, 부산, 대구를 돌며 순회 전시에 들어갔다. 전시 기간은 각 지역마다 최소 한 달 이상을 잡았다.

최고 기록은 부산에서 세워졌다. 해운대 리베라백화점에서 열린 부산 전시에는 42일 동안 150만 명 이상이 관람했다. 하루 최고 7만 8천557명이 다녀간 날도 있었다. 대구의 경우에는 전시장인 대구문예회관 개관 이래 최대 관람객을 기록했다.

그런데 이 전시회에 수백만 명의 관람객이 몰린다는 뉴스를 보고 중국 측 관계자가 조선일보사로 찾아왔다. 일종의 원작료가 욕심난 모양이었다. 내 방에 들이닥친 그들은 '무료 전시'라는 한마디에 발걸음을 돌렸다. 이들은 전시회를 담당한 문화사업부까지 찾아가 조선일보사가 유료 판매한 도록(圖錄)의 수익금 일부를 요구하는 억지를 부렸지만 별 소득 없이 물러갔다.

안타까운 일도 있었다. 고구려 고분 벽화에 관한 관심이 치솟으면서 몇 해 뒤 벽화 상당수가 감쪽같이 사라졌다는 소식을 들었다. 전문 도굴꾼들의 소행이거나 중국 당국의 조치로 추정되었다. 그나

마 벽화가 도굴되기 전에 사진을 촬영하여 전시회를 개최할 수 있었
다는 안도감은 들지만, 사라진 고구려 벽화들을 다시 볼 수 있는 날
이 하루 빨리 왔으면 좋겠다.

헐리기 직전의 옛 중앙청에서 연 「유길준과 개화의 꿈」 전시회

개화(開化)의 사전적 정의는 '사람의 지혜가 열려 새로운 사상, 문물,
제도 따위를 가지게 됨'을 이른다. 한국인에게 개화는 안타까움을 주
는 단어인 것 같다. 사람의 지혜가 없었던 것은 아니었다. 선각자는
있었지만 역사의 물꼬를 돌리지는 못했다. 유길준(俞吉濬)은 개화기
대표적인 선각자였다.

　　1994년 11월 18일 조선일보는 「유길준과 개화의 꿈, 미국 피바
디박물관 소장 100년 전 한국 풍물」 전시회를 열었다. 장소는 지금
은 헐린 국립 중앙박물관, 옛 중앙청 건물이었다.

　　「샛강을 살립시다」 캠페인이 온 국민의 호응을 받고 있던 무렵,
나는 미국 피바디박물관에 19세기 한국 민속품 2천500여 점이 보
관돼 있다는 사실에 눈을 돌렸다. 박물관 측은 지하창고에 묻혀있던
한국 문물들을 전시하기 위해 새로운 독립 공간인 「한국실」을 마
련하기로 하고 뉴욕 한국문화원에 재정 지원을 요청했다. 이 사실이

한국문화원을 통해 조선일보에 전해졌다. 박물관 측으로서는 행운이었다. 조선일보가 단번에 지원을 결정했기 때문이다.

피바디박물관은 매사추세츠주(州) 에섹스 지방의 고도(古都) 세일럼에 있다. 뉴잉글랜드라고도 불리는 이 지역은 19세기 중엽까지만 해도 같은 동북부의 뉴욕과 함께 미국 자본주의 발달사에서 쌍벽을 이룰 만큼 중요한 역할을 해온 곳이었다. 역사적인 도시인만큼 미국에 있는 100여 개의 17세기 고(古)건축물들 가운데 60여 개가 이곳에 몰려 있다고 한다.

피바디박물관은 세일럼에서도 오래된 28개의 건축물로 구성돼 있었다. 그런데 중국실, 일본실은 있으나 한국실이 없어서 귀중한 우리 유물들이 지하 수장고에 갇혀 빛을 보지 못하고 있는 실정이었다. 게다가 한국에서 건너간 장승이 일본실 입구에 놓여 있더라는 어이없는 이야기마저 들려왔다.

한국 민속품들을 미국까지 가져간 사람은 유길준이었다. 유길준은 1883년 한국 최초의 공식 외교사절인 민영익(閔泳翊), 홍영식(洪英植), 서광범(徐光範)과 함께 미국을 방문한 뒤 유학생으로 남기로 했다. 보스턴을 거쳐 세일럼에 정착한 유길준은 일본에서 만나 안면을 튼 모스(E. S. Morse) 피바디박물관장에게 한국 민속품을 기증했다. 자신의 한복 두루마기를 비롯해, 민영익 일행이 외교사절로 오면서 휴대했던 물건들이었다.

「유길준과 개화의 꿈」 특별전이 지금은 헐린 옛 중앙청 건물에서 열린 데 이어, 두 번째 개화의 도시 인천 문화예술회관에서 개막했다. 이날 개막식에는 이영래 인천시장(오른쪽 다섯 번째)과 필자(세 번째), 강우혁, 서정화, 조영장 국회의원, 윤병세 인천 교육감 등이 참석했다. 1995년 4월 10일.

　　모스 관장은 일본 민속품과 더불어 한국 민속품 수집에도 관심을 가진 인물이었다. 그런 인연으로 유길준이 기증한 갓이며 부채, 모스가 직접 수집한 놋주발과 곰방대와 같은 수많은 한국 민속품이 세일럼의 작은 박물관 창고에서 잠들어 있었던 것이다.

　　그러나 유길준이 친일파라는 일부의 주장 때문에 그에 대한 조명은 미뤄져 왔다. 일각에서는 유길준이 상처(喪妻)한 주한 일본공사의 상가(喪家)에 보낸 조화(弔花) 사진을 근거로 그를 친일파로 매도

했다. 자신의 개화사상을 실현하는 과정에서 숱한 좌절을 겪었던 유길준은 당대 최고의 국제적 안목을 지닌 지식인이었으며, 조국의 장래에 대해 누구보다 깊은 고뇌를 한 선각자였다. 한국을 병탄한 일본이 한국 관료에게 작위를 수여하며 회유 공작을 펼쳤을 때 끝까지 작위를 거절한 사람은 한규설(韓圭卨)과 유길준뿐이었다. 나중에 이 사실이 확인되자 나는 미뤄왔던 전시 계획을 다시 서둘렀다.

피바디박물관에 남아있는 유길준의 유품들은 단순한 개화기 풍물이 아니라, 한 선각자가 남긴 꿈의 자취이기도 했다. 전시회 명칭을 '유길준과 개화의 꿈'이라고 지은 것도 그런 이유에서였다. 조선일보는 피바디박물관과 접촉해 한국 전시를 서둘렀고, 전시회와 병행해「피바디박물관에 한국실을 만듭시다」캠페인을 진행했다. 개화기 선각자가 남긴 꿈의 자취들은 그렇게 100여 년 만에 조국으로 돌아올 수 있었다.

전시회에는 60일 동안 14만 4천814명의 관람객이 입장했다. 전시회가 막을 내린 뒤 김명규 사업국장이 미국으로 건너가 전시회 수익금과 각계의 성금을 합친 30만 1천305달러를 피바디박물관 측에 전달했다.

전시회 개막식 날, 나는 인사말을 통해 "피바디박물관 소장 한국 유물들의 서울 전시는 역사 속으로 사라진 개화기 한국의 모습과 개화기 선각자들의 꿈과 모험을 살펴볼 수 있는 좋은 기회"라고 지적한 뒤 "오늘을 사는 우리들에게 국제화의 참 의미를 느끼게 하는 계기가 되길 바란다"고 당부했다.

그 무렵 김영삼 정부는 국정지표로 '세계화'를 내세우고 있었다. 하지만 김영삼 대통령은 조선일보의 개막식 참석 요청에 대해 "총독부 건물에서 열리는 전시회엔 가지 않기로 했다"며 거절했다. 김 대통령은 전시회가 끝난 뒤, 식민지 잔재의 상징이라며 국립박물관으로 쓰던 중앙청 건물을 아예 헐어버렸다.

이 전시회는 조선일보의 한국 근현대사 조명의 첫 단추였고, 이듬해 「이승만과 나라 세우기」 전시로 이어진다. 피바디박물관의 한국 전시실은 전시회가 끝난지 8년 뒤인 2003년 9월 개관되었다.

건국 대통령 이승만을 본격 조명

1995년 2월 4일은 편집국장 시절부터 가슴 속에 품어온 내 숙원 가운데 하나가 10년 만에 현실로 이뤄진 날이다. 조선일보가 광복 50주년과 창간 75주년 기념사업으로 마련한 「이승만과 나라 세우기」 전시회의 개막식이 예술의전당 한가람미술관에서 열린 것이다. 이튿날 조선일보 1면에 실린 기사는 "임정(臨政) 대통령, 건국 대통령 이승만(李承晩)의 90년 생애가 장엄한 파노라마로 펼쳐졌다"로 시작된다.

나는 대학 4학년 때 4·19혁명을 겪었다. 그때만 해도 이승만 대통령에 대한 인식이 그렇게 부정적이지는 않았다. 4월 19일 당일, 법과대 도서관에 앉아 있는데 문리대 학생들이 몰려왔다. 그들은 "시국이 이런데 법대생들은 도서관에만 박혀 있느냐!"고 소리쳤다. 가만히 앉아있을 수 있는 분위기가 아니었다.

법대생들도 데모에 합류했고 그 속에 나도 있었다. 이 날 나는 어둑어둑해진 종로 거리에 데모대와 함께 있었다. 양쪽 건물 위에 무장 경찰이 총을 쏘아댔다. 정말 무시무시했다. 경무대 앞에서 인명 사고가 많이 났지만 내 기억으로는 이 날 밤 종로 거리에서 사망한 학생과 시민들이 많았던 것 같다. 당시 살던 팔판동 집이 경무대 코앞이어서 사실 경무대 앞에까지 가서 데모를 하기도 했다.

그렇게 데모는 했어도 대통령에 대한 적개심은 없었다. 이 대통령의 생일날, 경무대가 개방되면 놀러간 기억도 몇 차례 된다. 이 대통령은 1960년 4월 26일 하야를 결정한 뒤 "이제 나는 한 사람의 국민으로 돌아왔으니 관용차를 타지 않고 걸어서 집으로 가겠다"고 고집했다. 허정(許政), 박순천(朴順天) 같은 야당 지도자들과 시민들이 이를 반대해 결국 그는 승용차를 타고 사저(私邸)인 이화장(梨花莊)으로 돌아갔다. 정작 허정과 박순천, 그리고 시민들은 걸어서 이승만을 뒤따랐다.

4월 28일 이화장으로 돌아간 이 대통령의 모습을 본 것도 생생

김영삼 대통령이 이승만 임정 초대 대통령, 김구 주석, 박은식 2대 대통령 등 임정 요인들을 전시한 장소를 둘러보고 있다. 왼쪽부터 신경식 국회 문공위원장, 황낙주 국회의장, 김 대통령, 손길승 SK 회장, 방우영 조선일보 회장, 이만섭 국회의원, 김 대통령 뒤에 필자의 얼굴이 보인다. 1995년 2월 4일.

하게 기억한다. 서울대 법대생들은 '편안하시라 여생'이라는 문구가 적힌 종이를 이화장 정문에 붙이며 그의 하야를 위로했다. 집에 들어 간 이 대통령은 잠시 후 나무의 가지치기를 하려는 듯 전지(剪枝) 가

한 달여의 「이승만과 나라 세우기」전을 끝내고 조선일보 지면(1995년 3월 8일자 11면)을 통해 좌담회를 가졌다. 오른쪽부터 서건 사업부장, 서희건 편집부국장, 필자, 조갑제 월간조선 부장, 원영희 조사부장, 이한우 문화부 기자.

위를 든 채 나타나 담장 밖에 모여 있는 시민들을 물끄러미 쳐다보며 손을 흔들었다. 시민들은 환호로 호응했다. 나는 그 모습을 잊을 수 없다.

　　당시에는 이처럼 이 대통령을 국부(國父)로 추앙하는 분위기나마 있었다. 하지만 34년이 지나 전시회를 준비할 무렵엔 '이승만'이란 이름이 금기어나 마찬가지였다. 회사 내에서부터 아직은 때가 아니라며 반대하는 목소리가 들려왔다. 내심 깜짝 놀랐다. 왜곡된 '이승만 상(像)'이 의외로 널리 퍼져 있었던 것이다. 전시회 자체를 아예 마땅 치 않아 하는 사람들도 적지 않았다.

내 생각은 달랐다. 이승만은 한국 근·현대사에 절대적인 비중 을 차지하는 거인이었다. 탄생에서부터 개화기의 활약과 투옥, 미국 유학과 망명, 해외에서의 항일 독립운동, 그리고 해방 후의 대한민국 건국과 6·25전쟁에서 한 뼘의 땅도 빼앗기지 않고 나라를 지켜낸 호 국(護國)에 이르기까지 그의 삶 자체가 곧 우리의 근·현대사였다. 이 승만에 대한 부정(否定)은 곧 대한민국에 대한 부정과 다를 게 없다 는 것이 나의 생각이었다.

하지만 많은 국민들이 이승만의 숱한 공적(功績)은 외면하고 그 의 과오(過誤)만이 전부인 것처럼 인식하고 있었다. 나는 이를 바로 잡고 싶었다. 더 늦기 전에 우리 근·현대사에 대한 왜곡된 인식을 반 드시 바로잡겠다는 의지로 「이승만과 나라세우기」 전시회를 밀어붙 였다. 다행히 광복 50주년을 맞은 데다가 방우영 회장이 "조선일보 가 아니면 누가 하느냐?"며 적극적으로 밀어주었다.

전시회 준비와 진행은 서건 문화사업부장이, 자료 수집은 원영 희(元寧熙) 조사부장이 각각 맡았다. 조사부는 전시회 준비를 위해 10년에 걸쳐 자료를 수집했다. 특히 방상훈 사장의 전폭적인 지원으 로 1986년부터 미국과 일본 등지에서 이승만과 현대사와 관계된 1

천여 종의 사진과 문서들을 수집했다. 그 중에는 국내에 처음 공개되는 이승만 관련 사진 400여 장이 포함돼 있었다. 이런 준비과정을 거쳐 이 대통령의 각종 저서 원본, 친필 유묵(遺墨) 등 파란만장한 생애를 생생하게 보여주는 관련 사진 및 유품 1천260여 점이 전시됐다.

전시장의 상징이었던 너비 7.3m, 길이 44m의 거대한 연보(年譜)는 전문 업체 4곳이 합동으로 작업을 벌였다. 여러 차례 실패를 거듭하다 꼬박 20여 일만에 완성했는데, 그만한 크기의 사진을 만든 것은 국내 최초였다.

축사를 하지 않고 전시장 떠난 대통령

2월 4일 전시회 개막식은 대성황을 이뤘다. 김영삼 대통령이 참석했고, 황낙주(黃珞周) 국회의장, 주돈식 문화체육부 장관, 최창규(崔昌圭) 독립기념관장, 이재전(李在田) 전쟁기념관장, 송월주(宋月珠) 조계종 총무원장 등 각계인사 200여 명이 참석했다. 유족 대표로는 이승만 대통령의 양자인 이인수(李仁秀) 명지대 교수가, 조선일보에서는 방우영 회장과 방상훈 사장이 내빈을 맞이했다. 개막 테이프 커팅 후 전시장을 둘러본 김 대통령은 "언제 이처럼 방대한 양의 자료를 수집했느냐? 참으로 대단한 일을 했다"고 연신 감탄을 터뜨렸다.

사실 김영삼 대통령의 개막식 참석에는 몇 가지 우여곡절이 있었다. 청와대 측에 개막식 참석 의사를 타진하자 반응이 영 시원치 않았다. 나는 조선일보 출신인 주돈식 대통령 정무수석(후에 문체부 장관)에게 전화를 걸어 "대통령이 꼭 오셨으면 좋겠다"고 강권에 가까운 부탁을 했다. 얼마 후 주돈식 수석으로부터 "대통령이 참석하시기로 했는데 예술의전당 마이크가 좋지 않으니 좋은 마이크를 준비해 달라"는 연락이 왔다. 김 대통령이 전시회를 둘러보고 나서 짧게나마 축사를 할 예정이었다.

어렵지 않은 문제여서 서둘러 국내에서 가장 좋은 마이크를 수소문했다. 그 결과 '조용필 밴드'가 사용하는 마이크가 우리나라에서 제일 좋은 마이크라고 해서 이를 교섭해서 비치했다. 하지만 김 대통령은 그 마이크를 끝내 쓰지 않았다. 내 실수가 그 이유가 된 것 같다. 현직 대통령을 초청하면서 대통령 사진을 크게 걸지 않은 것은 내 불찰이었다. 전시회장에는 김 대통령의 젊은 국회의원 시절 사진만이 조그맣게 걸려 있었다. 그 때문에 마음이 상했는지, 아니면 이승만 대통령에 대한 부정적 인식 때문인지 그는 결국 연단으로 가지 않고 바로 퇴장해버렸다.

어쨌든 전시회는 개막 20일 만에 관람객 10만 명을 돌파하는

전시회를 찾은 전두환 전 대통령과 시인 서정주 씨에게 일본이 이승만의 목에 현상금 30만 달러를 걸었다는 전시 내용을 필자가 설명하고 있다.

대성공을 거두었다. 전두환·노태우 두 전직 대통령, 김대중 아태재단 이사장 등 주요 인사들이 앞 다투어 전시장을 찾았다. 또 헌정회, 건 국회 등 관련 단체를 비롯해 학교와 군부대의 단체 관람도 줄을 이었다. 특히 가족 단위의 일반 관람객들이 많아 전시장 곳곳에서 부모들이 중고생 자녀들에게 어려웠던 지난 세월을 이야기해주는 역사교육의 현장으로 탈바꿈되기도 했다.

개관 직후, 대학생 수십 명이 몰려와 전시장 앞에서 기습 시위를 벌인 적이 있었다. 그러자 주최 측이 말리기도 전에 전시회를 보

전시회를 관람한 노태우 전 대통령에게는 필자가 이승만 어록집《뭉치면 살고…》와 전시회 도록을 선사했다. 1995년 2월 7일.

고 나오던 일반 관람객들이 자발적으로 나서서 "우선 전시회부터 본 뒤 데모를 하든 말든 하라"며 야단을 쳐 단숨에 데모대를 제압하는 진풍경을 연출하기도 했다.

관람객들은 한결같이 "돌아가신 이승만 대통령에게 너무 송구하다"는 소감을 털어놓았다. 그토록 나라를 위해 헌신한 사실을 모르고 막연히 독재자라고 비판만 해온 것에 대한 뉘우침이었다. 전시장의 분위기는 한마디로 숙연했다. 관람객들의 진지한 표정을 지켜보면서 조선일보가 주위의 반대를 무릅쓰고 전시회를 강행한 것이 옳았다는 생각을 했다.

이 전시회는 실증적이고 충실한 자료 발굴을 통해 오도된 우리 현대사에 대한 인식을 바로잡는 데 크게 기여했다. 서울 전시에만 19만 명이 몰렸고, 전국에서 전시 요청이 쇄도해 결국은 지방을 돌면서 순회 전시를 열어야 했다. 학계에도 대단한 반향을 불러일으켰다.

이때 김원만(金元萬), 홍창섭(洪滄燮) 씨 등 7명의 국회 헌정회 회원들이 조선일보를 방문, 방상훈 사장에게 「이승만과 나라 세우기」 전시회를 개최한데 대한 감사패를 수여하고, 필자에게는 장소를 이화장으로 옮겨 공로패를 주었다. 공로패에는 당시 생존해 있던 제헌의원 김인식(金仁湜), 박상영(朴湘永), 원장길(元長吉), 윤치영(尹致暎), 이석주(李錫柱), 조한백(趙漢栢), 윤재욱(尹在旭), 이상돈(李相敦), 정준(鄭濬), 민경식(閔庚植) 씨 등 10명의 이름이 모두 새겨져 있었다.

공로패에는 "귀하께서는 광복 50주년을 기념하는 대한민국 건국 대통령 이승만 박사의 나라 세우기 전을 기획하여 국사(國史)의 정통(正統)을 밝히고 국민에게 애국의 길을 계도한 것은 통일 조국을 위한 절대한 공헌이므로 그 불후의 공적을 높이 칭송하여 이 패를 드린다"고 적혀 있었다.

사실 이승만의 위상을 바로 세우기 위해 나는 이 전시회를 열기 10년 전에도 애를 쓴 적이 있었다. 건국 40주년을 맞은 1988년 8

헌정회 회원들이 당시 생존해 있던 제헌의원
10명의 이름으로 조선일보의 이승만 전시회 개최에
대한 감사패를 전달한 뒤 조선일보 현관에서
기념촬영했다. 앞줄 가운데 키 큰사람이 방상훈 사장
뒷줄 왼쪽에서 두 번째가 필자.
이들은 진행 책임자인 필자에게도 이화장으로
자리를 옮겨 공로패(사진 왼쪽)를 주었다.
1995년 3월.

월 19일, 이한빈(李漢彬) 전 부총리의 기고문을 조선일보에 실은 것
이 그것이다. 이 글에서 그는 "국민 형성기에 있어서 이 박사는 시대
가 요구하는 카리스마를 지닌 훌륭한 지도자였다"며 "지도자를 복
원할 때가 되었다"고 썼다. 조선일보에 이 기고문을 싣게 한 이유는

당시 지면에 실린 편집자 주(注)로 대신한다.

건국 40년이 되는 지금까지 초대 대통령 이승만 박사의 역사적 위치에 대한 평가 작업은 계속 유보되어 있는 상태다. 언젠가 활발히 전개될 이 대통령의 공과(功過)에 대한 재조명을 위해 그의 재임시절 예산국장으로서 비교적 근거리에서 이 박사의 정치를 관찰할 기회를 가졌던 이한빈 씨의 글을 싣는다. (1988년 8월 19일자)

여기서 말한 '언젠가 활발히 전개될 이 대통령의 공과에 대한 재조명'이 곧 「이승만과 나라세우기」 전시회로 이어졌다는 뜻도 된다.

"제헌절부터 광복절까지 태극기를 답시다!"

한국 현대사의 큰 분기점은 해방과 건국, 그리고 6·25전쟁이다. 해방 50주년을 맞은 1995년, 「이승만과 나라 세우기」 전시회를 추진했던 나는 대한민국 건국 50주년을 맞은 1998년, 대한민국 역사 50년을 조망하는 「대한민국 50년, 우리들의 이야기」란 이름의 전시회를 준비했다.

준비 기간만 2년이 넘었다. 이 전시회를 위해 정진석 한국외대 교수와 이택휘 서울교대 총장 등 10여 명의 전문가가 동원됐고, 조선일보 조사부와 문화사업부가 주축이 된 전시기획팀이 2천여 점의 사진 자료와 300여 건의 희귀 문서, 500여 점의 실물 자료를 수집했다. 그 과정에서 근현대사 자료 수집 전문가인 김영준(金暎峻) 시간여행 대표가 큰 도움을 주었다.

이 전시회를 자세히 언급하기 전에 우선 「한 달간 태극기를 답시다」 캠페인부터 이야기하고자 한다. 대한민국 건국은 제헌 국회의원들이 1948년 7월 17일 헌법을 만들어 7월 20일 국회에서 이승만을 대통령으로 선출한 뒤, 8월 15일 정부 수립을 선포하는 과정으로 이뤄졌다. 제헌절은 대한민국 건국의 뿌리이며 광복절은 대한민국이 건국을 선언한 감격의 날이었다. 나는 이를 기리기 위해 제헌절부터 광복절까지 한 달간 태극기를 달고, 이 기간을 국가 경축기간으로 정해야 한다는 신념을 갖고 있었다. 그것은 지금도 변함이 없다.

건국 50주년을 맞는 1998년은 그 신념을 현실화할 수 있는 적기(適期)라고 판단했다. 나는 출입기자를 통해 당시 행정자치부 김정길(金正吉) 장관에게도 이 같은 의견을 제시했다. 김정길 장관은 고맙게도 이를 국무회의에 상정했고, 국무회의 의결을 거쳐 1998년 7월 17일부터 8월 15일까지 국가 공식 경축기간이 선포됐다.

조선일보는 이 해 제헌절을 엿새 앞둔 7월 11일, 「한 달간 태극기를 답시다」 캠페인을 펼쳤다.

이번 캠페인은 헌법 제정 50주년인 오는 17일 제헌절부터 정부 수립 50주년인 8월 15일 광복절까지 한 달동안 전국 방방곡곡에 태극기의 물결이 넘치는 것으로 절정을 이루게 됩니다. 정부도 이 기간을 국가 경축기간으로 선포하고, 하루 24시간 태극기 달기 운동을 전개하고 있습니다. 가정이나 사무실은 물론, 1천만 대의 자동차에 태극기가 펄럭이는 장엄하고도 감동적인 장면을 우리 국민 모두가 한마음으로 만들어내는 것입니다. 이 모습이야말로 한국민이 현재의 경제위기를 너끈히 이겨낼 수 있는 의지와 역량을 갖고 있음을 우리 스스로 확인하고 대외에 과시하는 확실한 증거가 될 것입니다. (1998년 7월 11일자 사고)

조선일보는 7월 20일부터 24일까지 서울 광화문 세종문화회관 앞에서 자동차에 태극기를 달아주는 행사를 가졌다. 교통방송과 새마을운동중앙협의회, LG정유, SK(주)가 적극 참여하여 자동차에

간편하게 부착할 수 있는 소형 태극기를 무료로 달아주었고, 행정자치부도 전국에 자동차용 태극기를 따로 배포했다. 소형 차량용 태극기는 박동순(朴東淳) 전 이스라엘 대사가 방상훈 사장에게 제공한 이스라엘의 차량용 국기에서 힌트를 얻어 똑같이 만들어 보급했다. 이스라엘 역시 제헌절에서 건국기념일까지 한 달 동안 전국적으로 국기를 단다고 했다.

또한 조선일보는 행정자치부, KBS와 공동으로 1만 2천여 명의 주자가 태극기를 들고 전국 100개 시군을 달리는 「전국 일주 태극기 달리기, 태극기와 함께 뛰는 한국인」 행사를 개최했다. 「태극기와 함께 다시 뛰자」는 스티커를 제작하여 승용차에 붙여주는 일도 병행했다.

조선일보의 이 캠페인은 단순한 내셔널리즘의 고취가 아니라 대한민국 건국을 기념하고 이를 세계에 과시하는 행사였다. 조선일보가 이런 캠페인을 주도하게 된 것은 지극히 상식적인 의문에서 비롯됐다. 미국의 성조기, 영국의 유니언 잭, 프랑스의 삼색기는 다양한 형태로 그 나라 국민들의 생활 속에 스며있었지만, 대한민국의 상징인 태극기는 국민의 사랑을 받지 못하고 있었다. 더구나 그 무렵에는 소위 '한반도 기(旗)'라는 요상한(?) 깃발이 서울 한복판에서 휘날리기도 했다.

IMF 외환위기를 맞기 직전이어서 경제는 암울하고 국민들은 힘을 잃은 상황이었다. 그럴 때일수록 국민의 의지와 역량을 한 곳으로 모으는 구심점이 필요했다. 그러자면 태극기가 적격이었다. 나는 모든 가정에 태극기부터 달도록 하여 애국심을 북돋우고 자신감을 되찾는 게 급선무라고 판단했다. 그래야 1년 뒤의 '헌법 제정 50년, 건국 50년'도 기쁜 마음으로 맞을 수 있을 것 같았다.

조선일보의 해외 특파원들에게 주재국의 국기 게양 장소와 게양 방법, 국기에 대한 예우를 상세히 취재하도록 지시했다. 편집국 조의환 편집위원을 미국과 프랑스, 영국, 일본으로 보내 국기의 디자인에서부터 일상생활에서의 활용 사례를 자세히 살펴보고 오도록 했다. 조의환 위원은 조사를 마치고 돌아와서 "다인종, 다민족 국가인 미국에서는 국민들이 아이덴티티를 갖도록 만드는 구심점으로 성조기가 하나에서 열까지 활용되고 있었다"면서 놀라워했다.

결과적으로 태극기만큼 홀대 받는 국기가 없다는 씁쓸한 보고를 들었다. 관공서 게양대나 학교 교실의 칠판 위에 무심코 걸어둔 태극기는 살아 있는 국기가 아니었다. 국민들이 무관심하게 바라보는 국기는 그냥 깃발일 뿐이었다. 프랑스에서는 건물을 신축할 때 설계도에 국기 게양대가 없으면 아예 건축허가가 나오지 않는다고 했다. 체코에서는 학교 정문 앞에 반드시 커다란 국기 게양대를 세워야 하고, 학생들이 등하교할 때 국기를 향해 경의를 표하도록 가르친다는 것이었다.

캠페인에 앞서 여러 사람들을 만나 협조를 부탁했다. 전국 곳곳에서 인파가 몰리는 서울역의 경우, 입구와 천장에 대형 태극기를 걸거나 그려 넣도록 권했다. 국회에는 의사당 정문 앞쪽으로 태극기 거리를 조성하자고 제안하여 김수한(金守漢) 국회의장의 확답을 얻었다. 또 국회 개원일이나 초선 의원의 등원 첫날엔 꼭 대형 태극기를 의사당에 내걸어 모두가 그곳을 통과하여 엄숙한 선서를 하게 하자는 제의도 했다. 아쉽게도 연말 대선에서 정권이 교체되면서 국회에 제안한 것은 허사가 되어버렸지만 캠페인은 정권 교체와 상관없이 추진했다.

일회성 행사가 아닌 제도적 장치도 궁리했다. 언젠가 뉴욕의 맨해튼 거리에 늘어선 고층건물들에서 성조기가 일제히 나부끼는 광경을 인상적으로 본 기억이 떠올랐다. 그래서 이 캠페인을 처음부터 협찬한 포항제철(현 포스코) 김만제(金滿堤) 회장을 만나 우리도 맨해튼처럼 테헤란로 등 고층건물이 밀집한 거리에 태극기를 비스듬히, 그리고 간단히 게양할 수 있도록 깃대를 설계해 달라고 부탁했다. 김만제 회장은 흔쾌히 승낙했다. 현재 포스코 사옥 앞에 포스코 사기(社旗)와 함께 태극기가 비스듬히 게양되기 시작한 것이 바로 그 때였다.

그 전까지 우리나라에서는 거의 모든 깃발을 건물 현관 앞이나 옥상에 수직으로 다는 게 상례였다. 그로 인해 바람이 불지 않는 날이면 축 치져 있어서 무슨 깃발인지조차 모를 지경이었다. 대형 건물 벽에 깃발을 비스듬히 단다는 발상의 전환이 요구되었고, 거기에 맞는 게양대를 개발할 필요도 있었다. 조선일보 캠페인에서 힌트를 얻었는지 강남구청에서는 테헤란로를 태극기 가로(街路)로 만들어 시민들의 갈채를 받았다.

주요 가로에서의 태극기 물결은 나중에 서울시와 민간 기업들의 참여와 협조로 광화문에서 서울시청까지의 세종로와 태평로 또한 대표적인 태극기 거리로 변모됐다. 여의도 시민공원에도 높이 50m의 대형 태극기 게양대가 세워졌고, 전국의 고속도로 휴게소에서도 태극기를 볼 수 있게 되었다. 게다가 2002년 월드컵 축구에서 붉은 악마들의 태극기 열풍은 한반도기에 대한 우려를 깨끗이 씻어주었다.

최근에는 박근혜 대통령 탄핵문제와 맞물려 보수세력들이 벌이는 태극기 열풍은 대단하고 매우 인상적이다. 이것과 무관하게 지금이라도 정부가 주도하여 광화문광장에 대형 태극기 게양대를 만드는 것을 관철하던가, 아니면 7월 17일 제헌절부터 8월 15일 건국절까지 한 달 동안전국 곳곳에 태극기를 다는 운동을 매년 펼쳤으면 한다.

「대한민국 50년, 우리들의 이야기」

1998년 8월 15일 광복절, 서울 예술의 전당 한가람미술관 로비에 들어서면 건국 대통령 이승만의 취임 선서 육성 방송이 들려왔다.

대한민국 건국 50주년인 1998년 8월 15일, 일반에게 개방한 「대한민국 50년 우리들의 이야기」 전시장은 꼬리를 물고 밀려드는 관람객으로 연일 성황을 이루었다. 그들은 그야말로 잊고 살아온 '자신들의 이야기'에 푹 젖어 뿌듯한 표정으로 돌아갔다.

나 이승만은 국헌을 준수하며 국민의 복리를 증진하며 국가를 보위하며 대통령의 직무를 성실히 수행할 것을 국민에게 엄숙히 선서한다.

「대한민국 50년, 우리들의 이야기」 전시회였다. 이 전시는 조선일보가 벌여온 한국 근현대사 재조명 작업의 절정이었다. 전시 규모 면에서는 예술의 전당 한가람미술관 1~3층을 모두 사용하는 건국 이후 최대의 현대사 기획전이었다. 전시 공간은 연(延) 면적 2천 평에 달했다.

1층 한쪽 벽면을 장식한 높이 8.3m, 폭 60m의 초대형 연표는 관람객을 압도했다. 거기에는 대한민국 정부 수립 후 50년의 생생한 발자취를 담은 사진 3천800여 장이 모자이크되어 있었다. 전시장은 정부 수립기(1945~1950년)로부터 6·25전쟁(1950~1953년), 전란의 폐허(1953~1960년), 국가 근대화(1960~1988년), 민주화·산업화의 시련(1988~1998년)으로 꾸며졌다. 대한민국 50년, 도전과 성취의 역정(歷程)을 시간과 테마 순으로 장엄하게 재현한 것이다.

대한민국 1호 물품들을 소개한 2개의 영상극장이 특히 관객의 눈길을 끌었다. '전쟁통로'와 '추억의 창고'는 관람객 대다수를 차지한 전후 세대들에게 충격을 던졌다. 남침의 상징인 소련제 T34 탱크를 배치한 '전쟁통로'는 첨단 영상과 효과음이 더해져 전쟁터를 생생하게 되살렸다. 가발공장에서 땀 흘리던 수출 역군에서부

일반 공개 하루 전의 개막식에 참석한 김대중 대통령에게 필자가 전시 내용을 자세히 브리핑했다. 1998년 8월 14일.

터 새마을운동의 현장까지 역동적인 경제성장의 흐름을 생생하게 재현한 '추억의 창고'는 전쟁 이후의 고달픈 삶을 고스란히 옮겨놓았다.

일반 공개 하루 전인 8월 14일 열린 개막식에는 김대중 대통령 등 각계 인사가 참석했다. 아리랑 담배, 삼양라면을 위시한 '국산품 1호'가 전시된 1층을 김 대통령과 함께 돌면서 나는 "시간은 얼마 지나지 않았지만 이제는 굉장히 구하기 힘든 물건들이 되었다"고 설명했다. 김 대통령은 내 말에 고개를 끄덕이더니 통일벼를 가리키며 "요새는 통일벼를 안 하지요?"라고 묻기도 했다. 2층에서 김 대통령은 도쿄에서 납치된 후 자택에 귀환하여, 촬영된 사진과 부인 이희호(李姬鎬) 여사가 검은 마스크를 쓰고 시위하는 사진, 그리고 김재규 중앙정보부장의 박정희 대통령 시해 현장 검증 사진 앞에서 한동안 발걸음을 멈추고 무언가 회상에 잠기는 듯했다.

김 대통령은 이날 개막식 인사말을 통해 일반의 예상과는 달리 대한민국 50년을 자랑스러운 역사라고 긍정적으로 평가했다. 그는 "공산주의자들의 극단적인 반대를 물리치고 건국을 한 과정에서부터 6·25전쟁의 시련을 극복하고 마침내 세계가 놀란 한강의 기적을 이룬 대한민국의 역사는 자랑스러운 것"이라 말하고, "또 50년을 갈망하던 평화적 정권 교체, 즉 투표로 권위주의 정권을 바꾼 것은 아시아에서 우리뿐"이라고 평가했다. 이승만의 건국, 박정희의 산업화를 인정하고 자신의 대통령 당선을 민주화의 완성이라고 정의한 것이다.

「대한민국 50년, 우리들의 이야기」 전은 IMF 경제위기에 주눅들고 신음하던 국민들에게 한 줄기 희망과 용기를 준 것이 분명했다. 어느 관객은 "어서 IMF를 딛고 일어서야지요. 하지만 풀뿌리도 못 먹던 과거를 알아야 국난도 극복되는 겁니다. 곱게만 자라온 아이들에게 좋은 교육 기회가 될 것 같습니다"라고 감사했다. 한 초로의 아주머니는 실물로 재현된 가발공장 앞에서 눈시울을 붉히며 한참이나 서 있었다.

전시회에 맞추어 자료집 《대한민국 50년 우리들의 이야기》도 발간했다. 여기에는 희귀하고 생생한 1천 장이 넘는 사진과 각종 자료를 수록했다. 시대별로 정치, 경제, 사회의 주요 장면과 일반 국민들의 생활상도 함께 묘사했다. 노·장년 세대에게는 평생을 바친 이 나라에 대한 보람을 느끼게 하고, 청소년에게는 어른 세대에 대한 고마움과 미래 개척에의 강한 의지를 키우는 데 주력했다. 이것이 전시회를 기획하고 추진하면서, 또 이 자료집을 준비하면서 실무진에게 주문한 나의 바람이었다.

이 해의 마지막 날, 나는 부사장으로 승진했다.

'김일성의 남침'을 강조한 「아! 6·25…」전

준비 기간만 2년이 넘었던 「대한민국 50년…」을 마무리하고 난 뒤, 서둘러 다음 전시회 준비에 착수했다. 6·25전쟁 발발 50주년이 임박해 있었다.

2000년 6월 25일부터 막을 올린 「아! 6·25전쟁 - 그때는 자유를, 이제는 통일을」 전시회는 사연도 많고 그만큼 보람도 컸던 대형 전시회였다. 6·25전쟁 50주년을 맞아 6·25전쟁이 결코 잊혀진 전쟁이나 동족상잔만이 아니라, 자유세계를 지켜낸 전쟁이자 냉전에서 자유민주주의 체제가 이긴 계기를 만든 전쟁으로 재평가하자는 의도에서 2년여 동안의 준비를 거쳐 결실을 본 특별전이었다. 특히 한국 사회 일부에서 여전히 떠돌아다니는 해괴한 궤변을 누르고 '북한의 김일성이 스탈린과 마오쩌둥(毛澤東)을 등에 업고 계획적으로 일으킨 남침 전쟁(범죄)'임을 분명히 부각시키자는 목적이 있었다.

조선일보는 미국과 중국 등지에서 발굴한 다수의 미공개 자료들을 포함한 2만여 점의 사진, 영상자료, 문서와 실물들을 수집했다. 국가 차원에서 해야 할 일을 한 신문사가 했으니 담당자들의 고생은 상상하기도 어려운 것이었다.

전시회 준비 작업이 막바지에 이른 4월 12일, 청와대가 김대중 대통령의 평양 방문을 깜짝 발표했다. 북한 김정일과의 남북 정상회담이었다. 그만큼 남북 화해의 기대감도 덩달아 커졌지만 전시회를 준비하는 조선일보 입장에서는 전시회의 존망이 내걸린 위기를 맞은 것이다. 정부 쪽에서도 전시회가 정상회담 개최에 방해가 되지 않을까 북측 눈치를 살피느라 유·무형의 압력이 가해지기 시작했다.

심지어는 공동 주최자인 전쟁기념관까지 전시회 개최에 난색을 표하는 상황이 벌어졌다. 심상찮은 분위기를 감지한 문화사업본부 서건 부국장이 나를 찾아와 전시회를 계속 추진할 것인지를 물었다. 민감한 시기에 전시회를 강행해 회사가 피해를 입을지 모른다는 우려가 없을 수 없었다.

김대중 대통령 내외와 라모스 필리핀 전 대통령 등이 조선일보가 주최한 「아! 6·25…」 특별전 개막 테이프를 끊은 뒤 전시물을 내려다보고 있다. 왼쪽부터 조성태 국방부 장관, 백선엽 장군, 라모스 전 필리핀 대통령, 김 대통령 내외, 방상훈 조선일보 사장, 홍은표 전쟁기념관장, 필자. 2000년 6월 25일.

"당신은 어떻게 생각해?"

나의 되물음에 잠시 망설이던 서건 부국장의 대답은 "그냥 하시지요"였다. 내 생각도 그랬다. 해야 할 일은 해야 한다.

엄밀히 따져 남북정상회담과 6·25전쟁 50주년 기념사업은 별개였다. 어쩌면 북한도 무언가를 획책하고 있을지 몰랐다. 그러니 조선일보만이라도 6·25전쟁을 올바르게 정의하고 자리매김하지 않으면 안된다고 생각했다. 다행히 정부가 적극적으로 막지 않은게 신기했다. 단안을 내린 후 나는 실무자들을 불러 "남북정상회담 개최 소식에 위축되지 말고 애초 계획대로 진행하자"고 독려했다.

이런 곡절 끝에 열린 전시회였으나 국민들은 대단한 관심과 호응을 보여주었다. 파괴된 대동강 철교의 처절한 피란 행렬 연출로 시작되는 전시장은 탱크를 비롯한 각종 노획 장비들을 동원, 다양한 연출 기법으로 전쟁 상황을 사실적으로 재현했다. 2천여 평의 특별 전시장에 선보인 수많은 자료들 가운데 남침 지령서, 북한군 포병 장비 열차탑재 순서도(順序圖), 남한 점령지역에서 사용하기 위해 북한이 미리 준비한 채권(債券) 등 북침설과 남침 유도설을 잠재울 문서들이 특히 관람객들의 눈길을 사로잡았다.

개막식에는 불과 열흘 전 평양을 다녀온 김대중 대통령 내외와 참전 용사였던 피델 라모스 전 필리핀 대통령 내외를 위시한 16개 참전국 요인 등이 참석했다. 정부 초청으로 서울에 온 비운의 미 24사단 스미스부대 노병들도 전시장을 찾았다. 스미스 부대는 UN군 선발대로 참전, 북한군과 처음 교전한 미군 부대였다. 북한군의 남하에 맞서 긴급 투입된 406명의 장병이 2만여 명의 적군과 전투를 벌였다. 탱크 4대를 파괴하는 전과를 올렸지만 워낙 전력 차이가 컸다. 스미스부대는 전사자 150명, 실종자 31명이라는 상처를 안고 천안으로 철수했다.

60대 후반~70대 초반의 백발 노인이 된 스미스부대원들은 전시장을 찾아 포화 속에 사라진 전우들의 이름을 나직이 부르며 회상에

전시장에 초청된 AP통신의
6·25종군기자 막스 데스포 씨를
만나 반갑게 인사를 나누었다.
그는 파괴된 대동강 철교 위를
필사적으로 남하하는 피난민 모습
(오른쪽 사진)을 찍어
퓰리처상을 받았다.
2000년 6월 27일.

353

젖었다. 이들은 "자유를 지키는 데 작은 힘을 보탠 것이 자랑스럽다"며 "빨리 통일이 되어 50년 분단의 한을 풀기 바란다"고 덕담을 들려주었다.

특기할 만한 일이 있었다. 당시 국방부는 해외 참전용사들을 정부 주최 기념식에 초청했다. 원래 계획으로는 기념식이 끝난 뒤 이들 노병들로 하여금 자랑스럽게 훈장을 단 군복을 입고 남대문에서 광화문까지 기념 퍼레이드를 벌이게 되어 있었다. 사전에 퍼레이드가 있음을 귀띔하여 그들의 가슴이 설레게 해놓고는 남북정상회담 이후 정부의 태도가 돌변하여 전격 취소해버렸다. 자신들이 피 흘려 지킨 나라에서 당당하게 자랑스러운 행진을 기대했던 참전 원로들은 매우 실망했다. 그들의 마음을 읽은 나는 이들을 조선일보 전시회에 초대하겠다고 국방부에 제의했다. 그런 다음 3군 의장대를 동원했다. 참전 16개국에 대한 감사함을 표시한 전시물 등 전시회를 모두 둘러보고 3군 의장대의 사열까지 받은 노병들은 그때서야 비로소 미소를 지었다.

전시회는 해를 넘겨 이듬해 4월 30일까지 연장 전시를 할 만큼 인기를 모았다. 방상훈 사장은 조선일보에 배정된 입장 수익금 전액을 생활이 어려운 창군 원로들에 대한 지원금으로 내놓았다. 그해 연말 나는 방상훈 사장을 대신해 4억 973만원이 든 기금증서와 감사패를 조성태(趙成台) 국방부장관에게 전달했다. 나중에 국방부는 방

사장의 희망대로 장군 출신으로 생활고를 겪고 있는 분들에게 1인당 1천500만 원씩을 지원했다고 한다.

뒷얘기가 하나 있다. 서건 부국장은 이 전시회를 끝내고 미국으로 이민을 떠났다. 모처럼 한국에 온 그가 어느 날 나를 찾아왔다. 조선일보의 다양한 문화사업을 실무적으로 담당했던 그는 나와 이런저런 이야기를 나누다가 그 숱한 전시 가운데 「아! 6·25전쟁…」이 가장 기억에 남는다고 했다. 지금도 그에겐 늘 빚을 진 기분이다.

'해양화'가 한국의 비전임을 일깨운 전시

조선일보에 재직하는 동안 내가 마지막으로 추진했던 전시회를 소개할 차례다. 2002년 10월 30일부터 용산 전쟁기념관에서 열린 「아! 동해… 그 이름을 찾읍시다」 전시이다.

지금도 동해 표기를 둘러싸고 한국과 일본의 줄다리기가 계속되고 있다. 월드컵 폐막 두 달 뒤인 9월 중순, 바다 지명 표기문제를 관장하는 국제수로기구(IHO)는 일본해 삭제안에 대한 회원국 찬반투표를 실시하기로 했다. 미리 말하지만 이 투표는 일본 측의 로비로 인해 무산되고 만다. 조선일보는 투표를 앞두고 국민의 관심을 환기시키기 위해 9월 12일 「동해는 아직도 멀다」는 사설을 게재했다.

「아! 동해… 그 이름을 찾아서」 전시회를 찾은 참석자들이 조의환 조선일보 편집위원의 설명을 듣고 있다. 오른쪽부터 박익순 전쟁기념사업회장, 조영식 경희학원장, 방상훈 조선일보 사장, 조정원 경희대 총장, 김진현 동해연구회장. 뒤에 김혜정 소장이 보인다. 2002년 10월 30일.

　　마침 경희대 김혜정(金惠靜) 혜정문화연구소 소장이 이 사설을 읽었다. 제주도 출신의 재일동포인 김혜정 소장은 우리나라에서 단연 제일가는 고지도(古地圖) 수집가였다. 인연이 닿느라 그랬는지 내 대학 동창이자 오사카 총영사를 지낸 김세택(金世澤) 씨 역시 제주도 출신으로, 평소 김혜정 소장과 친하게 지내온 사이였다. 김 소장은 김세택 씨를 통해 나에게 제안했다. 자신이 평생을 수집한 고지도들 가운데 'Sea of Japan'이 아닌 'Coree' 'Korea' 등으로 표기된 지도들을 전시하면 어떻겠느냐는 것이었다.

김대중 대통령이 필자의 설명을 들으며 「대항해전」을 둘러보고 있다. 왼쪽부터 이수용 해군 참모총장, 방우영 조선일보 회장, 김민배 조선일보 기자, 박준영 청와대 대변인, 박지원 문광부 장관, 김 대통령, 손길승 SK 회장, 김재철 무역협회장, 박준규 국회의장, 필자. 2003년 3월 13일.

이렇게 열린 전시회에는 영국 국립도서관, 미국 사우스캘리포니아대학 등 해외 각지에 흩어져 있던 고지도, 고문서가 망라되었다. 또한 세상에 최초로 공개되는 17세기에서 19세기까지 제작된 서양 고지도 34점이 포함돼 있었다. 개막 사흘 동안에만 1만 3천여 명의 관람객이 몰려들었다. 인기를 끌며 연말까지 이어진 전시회는 이후 경희대 수원 캠퍼스로 전시장이 옮겨져 이듬해 5월 말까지 계속되었다. 지금은 아예 상설 전시장이 되었다고 한다.

바다와 지도와 관련된 전시회는 조선일보가 그 2년 전에도 개최한 적이 있다. 조선일보 창간 80주년을 맞아 2000년 3월 8일 개막한 「21세기 한민족 대항해 시대」전이 그것이다. 이 전시회는 동원산업 김재철(金在哲) 회장이 월간조선 조갑제 편집장에게 평소의 지론을 편 것이 계기가 되었다. "지도를 거꾸로 보면 한국의 미래가 보인다"는 것이 김 회장의 지론이었다. 이 기사를 보고 나는 즉각 전시회 개최를 기획했다.

전시회를 통해 나는 21세기 한국의 비전이 '해양화'임을 국민들에게 인식시키고자 했다. 김대중 대통령도 이 전시회를 찾았다. 그때 나는 김 대통령에게 "한국은 세계에서 가장 힘센 나라 미국, 세계에서 가장 인구가 많은 나라 중국, 세계에서 가장 돈이 많은 나라 일본, 세계에서 가장 땅이 넓은 나라 러시아에 둘러싸여 있다. 해양화를 통해 이런 황금의 땅에 전 세계의 사람, 물건, 돈, 정보가 한국으로 몰려오게 하자는 것이 전시회의 의도"라고 설명했다. 전시회를 계기로 "지도를 거꾸로 보면 한국의 미래가 보인다"는 말은 김재철 회장의 트레이드 마크가 되었다.

시민 마라톤의 탄생을 알린 춘천 마라톤

해마다 가을이면 조선일보가 주최하는 춘천 마라톤이 열린다. 줄여

'춘마'로 불리는 춘천 마라톤은 1995년부터 달라진 점이 생겼다. 이 해 국제대회로 격을 높인 것이다.

조선일보가 국내 마라톤대회이던 '춘마'를 국제대회로 승격하기로 결정한 것은 여러 이유가 있다. 당시는 '제2의 손기정' '제2의 황영조'를 길러내는 것이 시급했던 시절이었다. 그러기 위해선 국내 선수만의 경쟁으론 한계가 있었다. 그 무렵 대한육상경기연맹은 참가 선수들이 많으면 관리를 제대로 하지 못했다. 연맹의 규모가 작았던 탓이다. 대회 주최 측은 오로지 기록에만 매달리는가 하면, 대외적인 체면만을 따져 엄청난 뒷돈을 대고 해외 유명선수를 '모셔오는' 행태

회사로 찾아온 바르셀로나 올림픽 마라톤 금메달리스트 황영조를 사이에 두고 방상훈 사장, 필자, 인보길 편집국장과 함께 기념촬영을 했다.

를 반복하고 있었다.

이대로는 안 되겠다는 판단에 1995년부터 세계 일류 선수들이 춘천 마라톤에 참여할 수 있도록 문호를 넓히기로 했다. 우수 선수의 참가를 유도하기 위해 우승 상금도 보스턴 마라톤대회와 같은 7만 5천 달러로 책정했다. 기록 보너스도 만들어 세계기록을 깨는 선수에겐 별도로 5만 달러를 보너스로 얹어주기로 했다. 결과적으로 신기록을 세우며 우승하는 선수는 12만 5천 달러를 챙길 수 있도록 한 것이다.

당시 세계대회의 우승 상금은 대략 3만 5천 달러 수준이었다. 회사로서는 부담이 되는 액수였지만 나는 한국 마라톤의 세계화를 위한 과감한 투자라는 신념으로 회사를 설득했다. 그렇게 해서 세계기록(2시간06분50초) 보유자 에티오피아의 벨라이네 딘사모를 비롯한 쟁쟁한 외국 마라토너들이 이 해 춘천으로 달려왔다.

이와 동시에 '춘마'가 진정한 시민 마라톤대회로 도약한 것도 이 해부터다. 보스턴 또는 뉴욕 마라톤처럼 세계적인 마라토너들과 일반 국민들이 함께 참여하는 대회가 국내에는 아직 없던 시절이었다. 마라톤을 즐기는 아마추어들이 세계적 톱랭커들과 함께 달릴 수 있는 무대로 꾸민다는 것은 상상만으로도 기분 좋은 일이었다.

수만 명의 일반인들이 참가하는 마라톤대회를 처음 개최한다는 것은 보통 일이 아니었다. 나는 조선일보 제휴사인 일본 마이니치신문 측에 도움을 요청했다. 마이니치신문은 이미 일반인이 참가하는 후쿠오카 마라톤대회 등 여러 국제대회를 개최하고 있었다. 이 신문의 전무 겸 주필이던 사이토 아키라 씨는 눈살 한번 찌푸리지 않고 내 부탁을 들어주었다. 그는 후쿠오카 마라톤의 매뉴얼 북을 통째로 보내주었다.

사이토 아키라 씨가 보내준 후쿠오카 마라톤 매뉴얼 북은 '춘마'를 주관할 조선일보 문화사업부에 많은 참고가 되었다. 일반인이 참가할 수 있는 3개 부문을 신설해 모두 4개 부문에서 레이스를 펼치도록 기획했고, 풀코스는 초청선수와 등록선수, 만 18세 이상의 일반인이 출전할 수 있도록 했다.

나는 '춘마'를 명실상부한 국민의 마라톤 축제로 키우고 싶었다. 서건 문화사업부장이 특히 큰 고생을 했다. 그는 "그 정도 규모라면 자원봉사자만 4천에서 5천 명이 동원되어야 한다"고 어려움을 호소하면서도 군말 없이 "알겠습니다. 해보겠습니다"라고 대답한 뒤 대회 준비에 착수했다.

'춘마'의 성공은 우리나라 마라톤 마니아라면 누구나 아는 사실이다. 꾸준히 마라톤 붐을 조성한 춘천마라톤은 2005년 '세계 8대 마라톤'에 진입했다. 지금은 각 신문사 및 기관들이 주최하는 마라톤 대회도 내게 시민 마라톤으로 치러진다. '춘마'는 한국 시민 마라톤 대회의 원조였다.

서민들의 애환을 담은 인형전 「엄마 어렸을 적엔…」

1996년의 연말이 다가오는 어느 휴일, 나는 아내와 함께 현대백화점 압구정점으로 쇼핑을 갔다. 집에서 멀지 않아 가끔 들르는 곳인데, 백화점 문화센터에서 조그맣게 열리고 있는 인형전이 우리 부부의 눈에 들어왔다. 먼저 당시 조선일보에 기고한 아내 박정자의 감상부터 옮겨본다.

이승은의 인형전을 보면 눈물이 핑 돈다. 거기엔 나의 어린 시절, 우리의 어린 시절이 놀랍도록 꼼꼼하게 재현되어 있기 때문이다. 전쟁 직후 혹독하게 가난하던 50년대에 어린 시절을 보낸 세대들은 못생겨서 귀여운 그 고물고물한 인형들 앞에서 따뜻한 미소와 함께 슬그머니 고이는 눈물을 참을 수가 없다.

우리는 참으로 가난했었다. 가난만큼 진하게 문학적 감동을 안겨주는 주제가 또 어디 있을까? 잃어버린 유년에 대한 상실감과 결합하면 그 감동은 더욱 크게 증폭된다. 영화 「시네마 천국」이 우리를 가슴 저리게 했던 것도 전쟁 직후 이탈리아의 가난과 이제는 사라져버린 어린 시절에 대한 주인공의 향수 때문이 아니었던가.

이승은의 인형들은 번쩍거리는 풍요 속에 은밀히 감추어 두었던 우리들의 잃어버린 천국을 일깨워 준다. (1996년 12월 14일 조선일보)

「엄마 어렸을 적엔…」전시회에 전시된 귀엽고
앙증맞은 전시 작품(사진 위)과, 전시회의 계기를
마련해준 아내(박정자).

　내 감상도 비슷했다. 문득 우리의
과거를 가르치는데 이보다 더 좋은 교
재가 없겠다는 생각이 들었다. 아내 역
시 이 좁은 백화점 한 모퉁이가 아닌,
더 넓고 밝은 공간에서 많은 사람들이
보도록 할 수 있으면 좋겠다는 말을 했다.

　월요일에 출근하자마자 박갑철(朴甲哲) 사업국장과 서건 부장
을 불러 전시회를 연내에 열도록 지시했다. 두 사람은 난색을 표했다.
연말에 전시회를 열기엔 너무 시일이 촉박하니 해를 넘겨 새해 1월에
열면 어떻겠느냐는 것이었다. 그러나 추억은 연말에 끝내고 연초엔

새로운 희망을 품어야 할 것이 아닌가. 담당자들에게는 미안했지만 무조건 연내에 강행하라고 밀어붙였다.

이렇게 해서 12월 11일부터 이듬해 1월 8일까지 조선일보 미술관에서 「이승은 인형전」이 열렸다. 지금은 이 정식 명칭보다 「엄마 어렸을 적엔…」이라는 애칭이 더 유명하다. 12월 5일자에 문화부 김한수(金翰秀) 기자가 쓴 「엄마가 어렸을 적엔 이렇게 살았단다」라는 기사 제목에서 연유된 것이다.

알고 보니 인형작가 이승은(李承垠)과 남편 허헌선(許憲善) 부부는 1984년 LA올림픽 한국관, 1993년 대전 엑스포 바티칸관 등 국내외의 굵직한 전시회에서 인형 부문을 맡았던 공예가였다. 게다가 조선일보의 「아! 고구려…」 전과 「이승만과 나라세우기」 전에서도 당대의 생활상을 인형을 통해 연출한 적이 있었다. 물론 이때까지 나와 면식이 있던 것은 아니었다.

인형전은 서민들의 삶을 형상화한 인형 178점을 37가지 테마로 나눠 관람객들을 1950~60년대 농촌과 도시의 어느 골목쯤으로 안내하도록 꾸며졌다. '도시락', '새참', '젖 먹이는 엄마', '공장 언니', '구공탄', '물지게' 등 인형들이 펼쳐내는 아기자기한 정경들은 전쟁 직후, 가난했지만 따뜻한 체온과 정으로 얽혀 살았던 그때 그 시절을 생생하게 재현해냈다.

입장료를 받지 않기로 한 영향도 있었겠지만 관람객은 예상을

전시회를 찾아온 김영수 문광부 장관 내외를 이승은 작가와 필자가 안내했다. 1996년 11월.

훨씬 뛰어넘었다. 전시장을 찾은 인파가 조선일보사 인근 서울시의회 건물까지 늘어서고, 대목을 노린 행상들까지 등장했다. 일부러 지방에서 올라와 하룻밤을 묵은 분들도 있었고, 추운 날씨에도 밖에서 4~5시간씩 기다린 이들, 차례가 오지 않아 관람을 못하고 돌아간 이들마저 생겨났다.

애초 계획은 전시회를 연내에 끝내는 것이었지만 독자들의 빗발치는 요청에 도리 없이 기간을 11일 더 연장했다. 총 입장객은 10만 8천여 명이었다. 1988년 조선일보 미술관이 개관한 이래 최대의 기록이었다. 지방에서도 전시요청이 빗발쳤고 결국 전국 순회전시로 이어졌다. 인형전으로는 유래가 드문 131만여 명의 관람기록을 수립했다.

관람객들은 이구동성으로 큰 용기를 얻었다고 했다. 너도나도 힘겹던 세월을 거쳐 이곳까지 왔는데, 앞으로의 역경도 얼마든지 힘을 합하면 헤쳐 나갈 수 있는 자신감을 안겨주었다는 것이다. 무엇보다 어린 세대들이 가난을 딛고 풍요를 안겨준 부모님 세대에게 그간 느끼지 못했던 감사의 마음을 갖게 되었다는 이야기가 내 마음을 뜨겁게 했다. 우리 부부만이 그 가치를 재발견한 것이 아니라 많은 국민들도 이를 재발견했다는 뜻이기 때문이다. 아내가 조선일보 기고문에서 표현한 대로 이승은 인형전의 의미는 전쟁을 딛고 풍요를 일군 세대에게 보내는 갈채이자 서민들의 소중한 역사였다. 또한 그것은 가난을 딛고 일어서려는 소박한 꿈과 가족 간의 끈끈한 사랑이었다.

하지만 이승은·허헌선 부부는 아직도 상설 전시관 하나 마련하지 못하고 있는 상황이다. 창고 속에 머물고 있을 이들 부부의 작품을 떠올리니 안타깝기 그지없다.

11장

다시 언론 자유를 위하여

북한의 광적(狂的)인 '조선일보 때리기'

1998년 들어 반(反)조선일보 성향을 지닌 세력들이 갖은 음해와 모함으로 조선일보를 공격하기 시작했다. 조선일보에 대한 좌파들의 공격은 1980년대 후반부터 있어 왔지만, 집중적이고 전방위적인 공격은 김대중 정부 출범 이후와 노무현 정부 시절이다.

전년 6월 24일자 조선일보는 「김정일 물러나야」라는 제목의 사설을 썼다. 한 대목을 인용하면 아래와 같다.

(6월) 22일 방영된 KBS 「일요 스페셜」은 북의 지옥 같은 참상을 충

격적으로 전했다. 그곳은 노동자의 천국이 아니라 당 간부와 상층부 20%를 제외한 80% 인민의 죽음의 현장이었다. 굶는 사람들, 죽어가고 있는 사람들, 그리고 이미 굶어죽은 사람들의 원혼이 떠도는 생지옥―이것이 김정일이 만들어놓은 북의 현실이다. 이 기막힌 영상들을 바라보면서 우리가 느끼는 것은 가엾은 일반 주민들에 대한 연민과, 북을 그 모양으로 만들어 놓은 김일성-김정일 체제 지배자들에 대한 끝없는 분노다.

결론부터 앞세워 김정일은 모든 공직에서 사퇴하고 물러나야 한다. 김정일 정권은 사태의 모든 책임을 지고 정권을 새로운 개혁-개방 잠재그룹에 이양해야 하며, 지금까지의 주체사상 체제를 북한판 사회주의 시장경제 체제로 전환해야 한다. 북을 지금 같은 생지옥으로 만들어 놓은 장본인은 수해도 아니고 제국주의자도 아니고 남한도 아니다. 그것은 오로지 김정일과 그 핵심 실세들의 잘못된 국가경영 탓이며, 오늘의 생지옥상 하나로 김정일 정권의 존재 이유와 정당성의 근거는 1백% 소멸했다.

북한의 치부, 가장 아픈 곳을 건드린 조선일보 사설에 북한은 발악과 같은 대응을 했다. 6월 27일 북한 평양방송은 "가장 도발적인 선전포고로 간주한다"면서 "수치스러운 최후를 맛보게 될 것"이라고 보도했다. 6월 30일 북한 중앙통신은 조국통일민주주의전선 대변인 성명을 통해 "조선일보사를 폭파해 버리고 도발자들을 무자비하게 징벌하겠다"고 협박했다.

조선일보를 폭파하겠다는 것은 표현의 자유에 대한 테러였다. 북한에 추종하는 일부 세력들도 표현의 자유를 앞세우며 표현의 자유를 공격하는 이율배반적인 태도를 보이곤 한다.

이 날 조선일보 기자들은 언론자유를 침해하려는 어떠한 위협에 대해서는 절대 물러서지 않을 것이라고 선언했다. 1998년 안티조선 세력들이 일거에 준동한 것은 공교롭게도 북한의 협박이 있은 직후였다. 경찰은 조선일보와 조선일보 간부들에 대해 특별경호 태세에 들어갔다. 편집인인 나의 집에도 6개월간이나 경비 경찰이 파견돼 있었다.

진실로 판명된 「공산당이 싫어요」 기사

조선일보에 대한 이런 식의 음해와 모함은 이후 잘 알려져 있듯이 모두가 조선일보의 승리로 끝이 났다. 사필귀정(事必歸正)이었다. 조선일보가 옳았던 것이다.

특히 조선일보가 이승복(李承福) 군의 「공산당이 싫어요」 기사를 '작문'했다는 보도는 이 해에 벌어진 대표적인 조선일보 음해 시도였다. 이 해는 이승복 군이 북한 무장공비에 의해 살해된 지 30년이 되는 해이기도 했다.

거듭 말하지만 30년 전의 일이었다. 한 세대 전의 기사를 끌어다 조선일보를 음해하는 것은 어떤 목적이 있는 것이 분명했다.

「공산당이 싫어요」 기사의 오보설 또는 작문설을 처음 제기한 매체는 1992년 가을호 〈저널리즘〉이었다. 나중에 미디어오늘 편집국장을 지낸 김종배(金鍾培) 씨가 당시에는 자유기고가 신분으로 이 매체에 「공산당이 싫어요 이승복 신화 이렇게 조작됐다」는 기사를 썼다. 〈저널리즘〉은 한국기자협회가 발행하는 계간지였고, 당시 회장은 김주언(金周彦) 씨였다. 이때만 해도 이 기사는 별 주목을 받지 못했다.

그러다 1998년 들어 이 문제를 여러 매체들이 동시다발적으로 제기하기 시작했다. 시발은 6월 25일자 중앙일보의 보도였다. 중앙일보는 "이 기사가 작문이라는 의문이 계속 제기돼 오다가, 한국기자협회가 발간하는 〈저널리즘〉 92년 가을호가 (이 기사가) 조작된 기사라는 사실을 확인했다. 당시 현장에서 유일하게 목숨을 건진 승복 군의 형 학관 씨는 A신문 기자를 만난 사실조차 없었다"면서 "따라서 승복 군의 입에서 터져 나왔다는 '공산당이 싫어요' 라는 말은 기자가 만든 것"이라고 단언했다.

조선일보를 A신문이라고 지칭했지만 차라리 조선일보라고 밝히는 것이 더 당당한 태도라는 생각이 든다. 그러나 중앙일보는 7월 2일자에서 "이승복 군이 공산당이 싫어요 라고 한 말은 조작됐다는 내용과 관련, 이승복 군의 형 학관 씨는 당시 현장에서 그런 말을 하는 것을 들었다고 밝혀왔습니다. 더불어 과거의 슬픔을 들춘 데 대해 유족들에게 사과드립니다"라며 일찌감치 고개를 숙였다.

조선일보 사회부 강인원 기자(왼쪽)와 사진부 노형옥 기자가 군복 차림으로 현장에서 취재할 때의 모습.

하지만 월간지 〈말〉은 8월호를 통해 조선일보의 '이승복 기사'는 완전 조작된 작문이며 허위기사라고 주장했다. 또한 8월 28일 한겨레신문은 「언론개혁 추동할 구심점으로」라는 사설에서 "나는 공산당이 싫어요 라는 조작된 이승복 군의 절규가 온 국민을 얼마나 전율의 구렁으로 몰아넣었는가. 언개련 발족으로 국민들에게도 언론개혁의 뜨거운 바람이 불기를 바란다"고 썼다.

언개련은 언론개혁시민연대의 약자로, 한겨레신문이 이 사설을 쓰기 하루 전날 발족된 단체다. 한겨레신문은 이 단체가 '언론개혁을 추동할 구심점 역할'을 하기를 기대하면서 조선일보의 '이승복 기사'를 조작이라고 확언했다. 이 신문이 주장하는 '언론개혁의 뜨거운 바람'이 어디서 불어왔는지는 보지 않고도 알 만한 일이었다.

언개련은 발족 당일인 8월 27일부터 서울 지하철 시청역 전시실에서 「정부 수립 50년, 한국 신문 허위·왜곡 보도 사진전」을 열었다. 이른바 '언론오보 50선 전시회'였다. 여기에 이승복 보도 사진이 내걸렸음은 두 말할 필요가 없다. 언개련은 9월 22일부터 5일 동안 부산역 광장에서도 이 사진전을 열었는데 부산 전시가 시작되는 날, MBC 〈PD수첩〉은 이 날 방영분을 통해 조선일보의 해당 기사는 취재기자의 작문일 가능성이 높다고 보도했다. 김종배 씨가 편집부 차장으로 있던 미디어오늘도 관련 기사를 실었다.

조선일보로서는 참기 힘든 공격이었다. 사내에서조차 이 기사의 신뢰성을 반신반의하는 분위기가 떠돌았다. "그 시절에는 그런 작문도 종종 있지 않았겠어?"라는 반응도 있었다. 무엇보다 워낙 오래 전의 일인지라 기사 작성 과정을 아는 사람이 회사 내에 남아 있지 않았다. 적극적인 대응을 할 수 없었던 것이다.

좌파들이 으레 하는 조선일보 공격이라 여기고 그냥 넘어가자는 의견, 맞대응해 문제를 키울 필요가 없지 않느냐는 의견도 있었지만 내 생각은 달랐다. 그냥 넘어간다면 '이승복 두 번 죽이기'를 시도하는 세력에 굴복하는 것이었다. 이승복과 그 유가족의 명예를 원래대로 되돌리고 싶었다. 또한 조선일보의 신뢰성에 엄청난 상처를 주고 있는 문제였기 때문에 정면 대응을 결심했다. 그러나 정면 대응을 결정한 가장 큰 이유를 한 가지만 꼽으라고 한다면 선후배를 막론한 모든 조선일보 기자의 양심과 취재력을 믿었기 때문이라고 말하고 싶다.

검찰 출입기자 등을 중심으로 특별대책팀을 꾸리게 했다. 팀장은 이혁주 사회부 차장에게 맡겼다. 대책팀 회의에서 이렇게 말했던 기억이 난다.

30년 전 그 기사가 보도됐을 때부터 조선일보에 있었던 기자는 이 자리에 나 하나밖에 없다. 나는 당시 우리 기사의 진실을 믿는다. 그리고 기사를 쓴 기자의 양심과 취재력을 믿는다. 이제 여러분들은 예단(豫斷)과 사심을 버리고 백지 상태에서 선배들이 만든 기사의 진실 여부를 검증해보자. 정성을 다해 노력하면 반드시 진실이 밝혀진다. 조선일보가 옳았는지 저들이 옳았는지 가려보자.

30년 전 선배가 쓴 기사를 30년 뒤 후배들이 취재해 진실을 밝히는 것이었다. 구체적인 검증 방법도 한 가지 제시했다. 당시 기사는 조선일보 기자 세 사람이 관여했다. 기사를 쓴 강인원, 데스크를 본 장광대(張光大) 차장, 사진을 찍은 노형옥(盧炯鈺) 기자가 그들이다. 모두 조선일보를 떠난 전직 기자들이었는데, 이들을 찾아 조작 여부

조선일보 측 변호인 김태수(金兌洙) 씨가 이승복 신화가 진실임을 밝히느라 펴낸 책.

를 검증할 것을 지시했다. 원영희 정보자료부 부장에게는 노형옥 기자가 당시 찍은 사진을 다 찾아보라고 당부했다.

캐나다에 살고 있던 노형옥 기자와 접촉하는 등 조선일보 기자들의 취재가 시작되자 「공산당이 싫어요」 기사의 진실은 곧 드러났다. 조선일보는 9월 19일자를 통해 "사건 당시에 관한 (이승복의) 형 학관 씨와 주민들의 증언을 통해 조작설은 전혀 터무니없음이 확인됐다"고 보도했다. 월간조선 이동욱 기자가 쓴 이 기사는 월간조선 10월호에 더욱 상세한 사건의 전말이 게재됐다.

9월 21일자에는 사설을 통해 "이승복 신화는 진실이었다"고 선언했고, 9월 28일자에는 1면부터 4면까지 관련 특집기사를 실었다. 그래도 관련자들의 반성과 사과가 없자 조선일보는 11월 17일 '오보전시회'를 주도한 언개련 김주언 사무총장과, 미디어오늘 김종배 차장을 명예훼손 혐의로 서울지검에 고소했다. 이듬해 7월 26일에는 두 사람을 상대로 손해배상 청구소송을 제기했다. 1992년 〈저널리즘〉을 통해 이승복 기사 조작설을 제기한 장본인들이었다.

간략한 재판 결과는 이렇다. 2002년 9월 3일 1심 판결에서 김주언 징역 6월, 김종배 징역 10월의 선고가 내려졌다. 2004년 10월 28일 2심에서는 김주언 징역 6월에 집행유예 2년, 김종배 무죄가 각각 선고됐다. 2006년 11월 24일 대법원은 원심을 그대로 확정했다. 이것은 조선일보가 결국 옳았다는 것을 선언한 판결이었다. 그러나 나는 기사를 조작으로 몰고 가던 이들이 그 후 반성했다는 말을 들은 적이 없다.

세무 조사의 탈을 쓴 조선일보 탄압

과거 권위주의 정권은 기자를 연행하고 때로는 물리적인 가해를 가하는 방식으로 언론을 길들이려고 했다. 문민정부라 불린 김영삼 정부가 들어서면서 언론을 길들이려는 방식이 변했다. 가장 합법적으로 보이는 세무조사를 통해 마음에 들지 않는 언론의 목줄을 옥죄려 했다. 국민의 정부라던 김대중 정부도 마찬가지였다. 김대중 정부는 대북정책에 협조하지 않는 조선일보를 눈엣가시로 보았다.

조선일보가 김대중 대통령의 햇볕정책을 무조건 반대한 것은 아니었다. 이것은 나 역시 마찬가지였다. 북한 주민에게 인도적인 도움을 줄 자세는 돼있었다. 다만, 북한 정권을 연장시키고 군사력을 증강시킬 수 있는 현금(달러)과 중유는 안 된다는 것이 당시 조선일보의 입장이었다. 조선일보의 논리는 당당했다. 이 부분은 김대중 대통령도 자신과 조선일보의 생각이 같다고 말한 적이 있다. 그런데 이 발언을 한 지 불과 열흘 뒤에 현대가 4억5천만 달러라는 거액을 김대중 정부 승인 하에 북한에 몰래 보냈다.

2001년 1월 11일 김대중 대통령의 연두회견 요지는 "언론자유는 지금 사상 최대로 보장돼 있다. 그만큼 언론도 공정보도와 책임 있는 비판을 해야 한다. 국민과 일반 언론인 사이에 언론개혁을 요구하는 여론이 상당히 높다"는 것이었다. 충분히 예상할 수 있는 일이었지만 아니나 다를까, 1월 31일 서울지방국세청은 2월 8일부터 60일 동안 중앙 언론사에 대한 세무조사를 실시할 계획이라고 밝혔다. 김영삼 정부 시절인 1994년 세무조사를 받은 지 7년 만이었다.

조선일보를 비롯한 23개 언론사를 상대로 한 세무조사였지만, 조선일보에만 100여 명의 국세청 직원이 투입됐다. 더구나 조선일보 주요 간부들의 금융계좌까지 조사하는 극히 이례적인 세무조사였다.

국세청은 조선일보에 대해 총 탈루소득 1천614억 원을 적발하고 864억 원을 추징한다며 방상훈 사장을 고발했다. 조선일보 기자들은 6월 27일 즉각 이에 항의하는 성명서를 발표했으나 그 뿐이었다. 나 역시 회사 간부이자 신문사 편집인으로서 분개했지만, 국가가 언론개혁이라는 명분을 앞세워 권력을 휘두르는데는 막아낼 재간이 없었다. 속수무책, 무력감만 들 따름이었다.

서울지검은 두 달 가까운 조사 끝에 8월 16일 방상훈 사장을 특정범죄 가중처벌법 위반 혐의로 사전 구속영장을 신청했다. 이튿날 방 사장은 영장실질심사를 받기 위해 서울지법에 출두했다. 이날 아침 방 사장은 내게 "어떻게 하면 좋겠습니까?"라고 물었다. 나는 방 사장에게 이런 내용의 건의를 했다.

언론사 사장의 입장에서 한번 굽히면 계속 타협하게 된다. 그러면 얕보이게 되고 경멸의 대상이 된다. 언론의 자유, 표현의 자유를 지키는 신문사 사주로서 입장을 분명히 하고 당당한 행동을 하시라.

서울지법에 출두한 방 사장은 담당 판사실로 가서 영장실질심사를 받았다. 방 사장은 판사에게 "조선일보는 지난 10년 동안 3천억 원에 달하는 세금을 납부해왔다. 이는 국내의 모든 신문사가 낸 세금 총액보다 많아 국세청으로부터 표창을 받는 등 투명 경영을 해왔다. 모든 진실은 법정에서 밝혀질 것이며, 발행인 구속이라는 방식으로 언론 자유를 제한하려는 어떤 시도에도 정면으로 맞설 것이다"고 당당하게 말했다.

취재를 하느라 여러 법조 출입기자들이 판사실 문에 귀를 대고 방 사장의 말을 들었다. 이것이 각 언론사에 그대로 전해졌고, 조선일보 내에서도 방 사장을 걱정했던 많은 사우들에게 안도와 감동을 주었다. 그렇지만 방 사장은 이 날 구속되어 서울구치소에 수감됐다.

조선일보는 지난 10여 년 동안 계속 소득 대비 세금 납부율이 전국에서 매년 10등 안에 든 납세 우수기업으로 국세청으로부터 표창을 받았다. 이런 신문사에 대한 갑작스런 세무조사는 명백한 언론 탄압이었다. 국세청은 석 달 동안 조선일보사와 사주(社主)에 대한 세무조사를 진행하면서 사원들까지 무차별적인 뒷조사를 했다. 이른바 민간 사찰을 한 것이다. 당시의 김대중 주필은 조선일보에 게재한 「이런 세무조사」라는 제목의 칼럼에서 자신의 금융 정보를 당국이 어떻게 뒤지는지 폭로했는데, 국세청은 비단 김 주필뿐 아니라 나를 포함한 여러 사원들에 대한 투망식 뒷조사를 벌였다.

나중에 밝혀진 내용이지만 사원들에 대한 2만여 건 내외의 금융 정보를 임의로 조사했고, 특히 나를 비롯한 12명의 간부들에 대해서는 흠집을 잡아내려 집중조사를 폈다고 한다. 과거 민간 사찰은 독재정권이나 하는 짓이라면서 그리 욕하던 김대중 정부가 집권하자마자 서슴지 않고 개인의 정보를 마음대로 파헤치는 민간 사찰을 행했던 것이다.

9월초, 세계신문협회(WAN) 로저 파킨슨 회장과 국제언론인협회(IPI) 요한 프리츠 사무총장 등이 조사단을 이끌고 한국을 방문했다. 특히 IPI는 조선일보 방상훈 사장과 동아일보 김병관 사장이 구속되자 김대중 정부 하의 한국을 언론자유 탄압 감시 대상국가로 포함시켜 파장을 일으켰다. 요한 프리츠 사무총장 등 조사단 일행이 서

IPI 요한 프리츠 사무총장 일행의 예방을 받고 필자는 김대중 정부의 언론사 세무조사는 명백한 언론 탄압이며, 이에 절대로 굴복하지 않겠다는 입장을 표명했다. 2001년 9월.

울구치소로 가 방상훈 사장을 면회하고 조선일보를 방문했을 때 나는 이들에게 딱 부러지게 이렇게 말해주었다.

김대중 정부의 세무조사는 명백한 언론 탄압이다. 조선일보는 언론 길들이기를 위한 협박에 절대 굴복하지 않을 것이다.

조선일보는 걸어온 싸움을 피하지도, 부당한 탄압에 굴복하지도 않았지만 싸움이나 탄압의 결과를 지켜보면서 허탈해질 순간이 많았다. 이때도 마찬가지였다. 조선일보 망신주기에는 성공했을지 모르지만 조선일보를 길들이지는 못했다. 애초부터 어떤 목적이 있는 무리한 세무조사, 엉터리 세무조사였다는 사실은 분명했다.

11월 6일 방상훈 사장은 보석으로 풀려나왔다. 그의 모범적인 수감 생활은 많은 사람들의 화제가 되었다. 이 날 서울지법은 "결심 공판이 끝났고 증거인멸이나 도주의 우려도 없으며, 변론 재개로 인해 재판 일정이 길어질 것으로 보이기 때문에 불구속 상태에서 충분히 변론할 기회를 주기 위해 보석을 허가한다"고 이유를 밝혔다. 2006년 6월 29일 대법원은 방 사장에 대해 징역 3년, 집행유예 4년, 벌금 25억 원을 확정했다.

사법부의 판단을 존중해야 한다는 말을 흔히 한다. 법대 출신인 나 또한 사법부 결정에 대한 존중을 지고지순(至高至純)의 가치로 알고 살아왔다. 하지만 조선일보와 방 사장에 대한 사법부의 사건처리를 지켜보면서 내 생각을 바꿀 수밖에 없었다.

이것은 아니었다. 정말 아니었다. 국세청, 검찰, 법원이 짜 맞춘 듯이 죄 없는 회사, 죄 없는 사람을 유죄로 몰아가는 행태를 보면서 많이 실망했다. 솔직히 나는 지금도 법원이나 검찰, 국세청을 크게 믿지 않는다. 한마디로 세무조사가 너무 엉터리고 그것을 기초로 한 검찰과 법원의 판단도 너무 엉터리로 보였기 때문이다. 그것이 슬플 따름이다.

조선일보에 대한 탄압은 새삼스레 언론의 사명과 기능을 되새겨 보는 계기가 되었다. 언론은 권력에 대한 비판을 본분으로 한다. 자유와 인권을 수호하는 것도 언론의 사명이다. 그런데 권력은 항상 국익(國益)이란 용어를 앞세워 언론을 옥죄려 든다.

권력은 그것이 정부든 정당이든, 아니면 사회에 포진되어 있는 큰 세력이든, 자신과 관련된 일을 비판하는 보도가 나오면 "국익에 반한다"라는 용어를 앞세워 기사의 삭제나 수정을 요구한다. 미디어가 권력의 요구를 수용하면 '어용(御用)'이라고 비난받고 거절하면 충돌하기 마련이다.

이번에는 최근에 일어난 언론과 박근혜정부와의 싸움에서 언론이 완승을 하는 이변에 대해 한마디 해야겠다.

권력은 싫으나 좋으나 언론과의 관계를 잘 조정해 가는 것이 기본인데도 박근혜정부는 싸울 준비도 진용도 제대로 갖추지 못한채 자신들을 비판하는 메이저 언론에 대해 부패 기득권 세력이라고 공언, 적대관계임을 분명히 함으로서, 자멸을 자초했다.

메이저 언론들은 자신들을 적으로 규정한 정부에 대해 '최순실'이란 무기를 앞세워 박근혜정부를 공격하기 시작했고 이에 좌우언론 등 모든 언론이 전례없이 연대하여 박근혜 대통령을 비판하는 상황에 이르렀다. 이로 인해 박근혜 대통령은 40여일 만에 속수무책으로 국회에서 탄핵소추되이 헌법재판소에 의해 파면이 돼 버린 것이다.

언론은 사실을 조명해야 하는데 사실조명 보다는 스스로 열을 받아 대중을 증오 분노케 하는데 열중한 면이 없지 않았다. 대중이 분노하면 정권은 넘어가기 마련이다. 이 과정에서 언론은 완승했으나, 상처 또한 적지않다고 생각한다. "아니면 말고" 식의 무수한 오보가 양산되고 이에 책임지는 사례는 전혀 볼 수 없어 언론의 신뢰가 땅에 떨어졌기 때문이다.

과거엔 신문기자가 돼서 기뻤고 조선일보 기자여서 자랑스러웠는데, 지금 분위기는 신문기자 출신인 것이 창피스런 노년이 되는게 아닌가 하는 두려움마저 느낄 때도 있었다.

나는 지금 대한민국은 통치불능의 나라가 된게 아닌가 하고 걱정을 한다. 이명박 대통령 시절엔 광우병 사태라는 괴상한 사건이 불거져 취임 초 한동안 정신을 차리지 못했고, 박근혜정부는 대통령이 탄핵파면이 되는 사태를 맞아 국정이 혼돈 속에 빠져있다.

그동안 권력과 권위는 점점 더 행사하기가 어려운 과정을 거쳐왔다. 대통령은 물론 재벌 기업체 사장이나 종교계의 수장, 노조의 책임자들은 버림받기 십상이고 사법부 학교 과학계 우두머리들도 도전받거나 힐문당하고 있다.

이 나라에선 더 이상 그 누구도 누구로부터 존경받는 소리를 듣는 것이 불가능한 것이 돼 버렸다. 이는 분명히 문명의 위기이고 나라의 위기이다. 그런데 이것은 민주주의라는 우리가 추구해온 인간 통치제도의 성숙에서 생겨난 열매 때문이라는 게 중론이다. 다미디어 시대가 가져온 이 위기는 언론계는 물론 앞으로 우리 사회가 풀어야할 가장 큰 숙제요, 과제이다.

영광과 보람의 '조선일보 기자' 38년 7개월

2003년 12월 31일 조선일보에서 정년퇴임했다. 조선일보에서 38년 7개월을 보내며 스물일곱 청년이 예순다섯 초로(初老)의 사내가 됐다. 나는 조선일보에서 가장 긴 이력서를 갖고 있었지만, 외부에서 볼 때는 단 한 줄의 가장 짧은 이력서로 충분하다. 수습기자에서 출발하여 대표이사 부사장으로 마무리되는 동안 내 이력은 단 한 줄 '조선일보 기자'였을 뿐이다.

복이 많았던 것 같다. 행운도 뒤따랐다. 나는 조선일보가 가장 빛나던 시절의 기자였고, 조선일보가 외부로부터 가장 많은 공격을 받던 시절의 편집 책임자였다. 독자들로부터 신문이 제 기능을 다하지 못한다고 비판을 받으면서도 역설적으로 그 독자들이 조선일보를 가장 신뢰하고 열독(熱讀)했던, 조선일보가 가장 빛나던 시기였다. 회사가 마련해준 퇴임식에서 나는 이런 말을 했다.

모든 것이 부족하고 모자란 제가 근 4년간 편집국장으로 있었고 15

년 동안 편집인이었던 것도 저에게는 무한한 영광입니다. 게다가 제가 근무한 기간은 조선일보 역사 83년 가운데 조선일보가 모든 내외의 시련과 역경을 물리치고 명실공히 1등 신문으로 도약하여 그 후 30여 년간을 계속 정상 신문으로 약진하고 있는 기간으로, 이 영광된 역사를 이룩하신 회장님과 사장님 밑에서 여러 선후배 및 동료들과 함께 일해왔다는 사실이 한없이 자랑스럽기만 합니다.

그리고 "저도 퇴직한 이후에 조선일보사와 언론의 자유를 침해하려는 자들과 저 나름대로의 방식으로 싸울 것입니다. 조선일보의 명예와 모든 선후배 및 동료들에게 누를 끼치는 일은 하지 않을 것입니다"고 다짐했다.

방 사장은 나를 보내면서 "2001년 권력으로부터 모진 압력을 받을 때 우리가 굴하지 않고 언론인의 긍지와 명예를 지킬 수 있었던 것은, 안 부사장이 없었다면 불가능했을 것"이라 회고했다. 그런 뒤 '안 부사장은 영원한 조선일보 맨'이라고 너무도 고맙게 말해주었다. 마지막으로 조선일보에서의 38년 7개월을 한 문장으로 정리하면 이렇게 되지 않을까.

「안병훈, 1965년 6월 1일 조선일보 기자로 입사해 2003년 12월 31일 조선일보 기자로 퇴직하다.」

38년 7개월 간 몸 담았던 조선일보를 떠나는 날 방상훈 사장(오른쪽)을 비롯한 여러 임직원들과 작별의 인사를 나누었다. 2003년 12월 31일.

安秉勳 조선일보 대표이사 부사장 정년퇴임

38년 7개월간 재직
편집국장·편집인 역임

안병훈(安秉勳) 조선일보 대표이사 부사장은 지난해 12월 31일 정년을 맞아 38년7개월간 근무했던 조선일보에서 퇴임했다.

안 전 부사장은 퇴임 후에도 지금 맡고 있는 LG상남언론재단 이사장, 서울대 언론인 출신들의 모임인 관악언론인회 회장 직과 조선일보에서 운영하는 이중섭 미술상, 이해랑 연극상, 최은희 여기자상 등의 관리, 운영위원장을 계속 맡는다.

안 전 부사장은 조선일보에서 근무하는 동안 4년간 편집국장, 15년간 편집인 등을 역임했다.

제 3 부

출판의 길

'책'을 만들며 '통일'을 꿈꾼다

12장

기파랑(耆婆郎)에 담은
'달'과 '잣나무'의 영원함과 꿋꿋함

서점가에 넘쳐나는 좌편향 출판물

나는 조선일보 퇴임 후에도 LG상남언론재단 이사장과 관악언론인회 회장으로 있었다. 또 조선일보에서 운영하는 이중섭미술상, 이해랑연극상, 최은희여기자상 등의 운영위원장도 계속 맡게 되었고, 2005년 1월에는 윤주영 이사장 후임으로 방일영문화재단 이사장에 선임되었다.

　이 모두가 영예로운 자리였지만 내가 따로 새롭게 온 힘을 쏟아 해야 할 일이 무엇일까를 모색하던 시기가 있었다. 그렇지만 고민은 길지 않았다. 평생을 활자와 글을 다루는 일을 하며 살아온 나였으나 조선일보 퇴임 이후 이념도서들이 전시된 대형서점 매대를 둘러보다 충격을 받았다. 좌편향 일색이었다. 누군가가 나서서 이를 바로잡아야 하지 않을까? 나는 내 마음을 이렇게 정리했다.

한 나라의 국민 의식 수준은 그 나라에서 출간된 책의 총화(總和)와 비례할 수밖에 없다. 한국 사회의 이념적 혼란과 극단적 좌경화 현상은 지난 30년간 축적되어 온 좌파 성향의 책들 때문이다. 심하게 편향된 해외 좌파 서적의 번역물과, 학문적이지도 않고 합리적인 가치도 없는 일부 좌파 학자들의 저서들이 젊은 세대를 붉게 물들여 왔다. 상대적으로 보수 진영은 맡은 일에 몰두하느라 이론의 생산이나 확산에는 소홀했다.

보수 진영은 5천 년 가난에서 탈피해 선진국 진입을 바라보는 나라를 만들었다는 가시적인 평가가 모든 것을 말해주리라 믿었고, 소련과 동구권의 붕괴로 공산주의의 실험이 완전히 끝났다는 세계사적 흐름이 젊은 세대의 교훈이 되리라 믿으며 방심하고 있었다. 그러는 동안 한국 사회의 정신을 지배하고 있는 좌파는 오랜 기간 모든 문화적 장르를 통해, 특히 호소력이 강한 영화, 음악 등의 대중문화와 지식 생산의 교두보인 출판을 통해 광범위하게 젊은 세대의 마음을 장악해갔다.

사실 문세는 좌파적 성향의 책이 많은 네 있지 않다. 그 반대 성향의 책이나 그것을 비판하는 책이 턱없이 적어 양적인 균형을 잃었

서울 종로구 대학로에 있는 샘터사 빌딩 4층에 기파랑 사무실을 차리고 그 건물 옥상에서
조촐하게 출판사 개소식을 가졌다. 오른쪽부터 김성구 샘터사 사장, 필자 부부, 샘터사 창립자
김재순 전 국회의장. 2005년 4월 18일.

다는 것이 문제다. 보수적 가치를 이론화하고 확산시키는 일이 시급
하다. 그러자면 출판이 적격이다.

이렇게 출판사를 차려 보수적 가치를 이론화하고 확산한다는
결정을 내렸다. 출판사 이름을 어떻게 정할지 고심하던 중에 「찬기파
랑가(讚耆婆郎歌)」가 떠올랐다.

《삼국유사》에 나오는 「찬기파랑가」는 신라 승려 충담(忠談)이 지은 최고의 향가(鄕歌)로 일컬어진다. 화랑(花郞) 기파랑을 찬미하는 노래다. 여러 해석이 가능하지만 첫 구절과 마지막 구절은 '열치매 나타난 달이', '아아, 잣가지 높아 서리 모르실 화반(花判)이여'라는 양주동(梁柱東)의 해석이 가장 널리 알려져 있는 것 같다.

달과 잣나무가 꿋꿋한 기상과 영원의 상징으로 쓰였다는 게 마음에 들었다. 달은 없어졌다가도 다시 성장해 만월이 되고, 끝없이 회귀한다. 잣나무 역시 겨울을 이기고 늘 변함없이 푸른빛을 가진다. 그렇게 영원한 기상을 가진 기파랑이라면 출판사 이름으로는 더할 나위 없을 것 같았다.

샘터사 사옥에 둥지를 틀다

2005년 4월 18일 대학로 샘터사 옥상에서 조촐한 잔치를 열었다. 정확히는 출판사 개소식이었다. 지인들을 부르고 조선일보 선후배들도 초대했다. 미처 초청장을 만들지도, 보내지도 못했지만 알음알음으로 알고 많은 분들이 와 주었다.

김재순(金在淳) 전 국회의장과 공로명(孔魯明) 전 외무부장관, 윤대원(尹大元) 한림대학 이사장, 이상우 전 한림대학 총장,

이택휘 서울교대 총장, 김광언(金光彦) 전 국립민속박물관장, 그리고 조선일보 전·현직 사우들인 최병렬 전 한나라당 대표, 허문도 전 통일부 장관, 이종식 전 국회의원, 송형목(宋衡穆) 조우회 회장, 인보길 뉴데일리 회장, 김대중 고문과 변용식 편집인 등이 그들이다.

도서출판 기파랑은 그렇게 첫 발을 내디뎠다. 이 날 내 의지를 이렇게 밝혔다.

방파제에 뚫린 구멍을 작은 주먹으로 막는 동화 속 네덜란드 소년의 심정으로 출판을 시작합니다. 이성적인 사고와 비판의식, 인간에 대한 예의를 지키며 자신의 논리를 상대방에게 설득시키는 지성적 분위기를 널리 확산하기 위해서는 종이 문자 이상의 방법이 없다는 생각이 들었습니다. 또한 그것이 미력하나마 이 나라의 자유민주주의와 자유시장 경제체제를 지키는 길이라고 믿기 때문입니다.

기파랑 개소식을 샘터사 옥상에서 연 것은 김재순 전 국회의장과, 그의 아들이자 조선일보 기자 출신인 김성구 샘터사 사장과의 인연 때문이다. 나는 조선일보에서 정년퇴임하고 2005년 1월부터 방일 영문화재단 이사장 업무를 맡으면서 차근차근 출판 수업을 받기 시작했다. 김재순 부자(父子)는 출판에 있어서 내 스승이나 다름없었다. 이들 부자는 출판 문외한인 나를 정성껏 이끌어주며 샘터사 사옥 4층을 기파랑 사무실로 내주었다.

고등학교와 대학 동창인 이상우 한림대 총장은 나의 멘토였다. 기파랑 이름으로 낸 첫 번역서 《데모사이드》는 그의 추천으로 이루어졌고, 그의 저서 《우리들의 대한민국》도 내가 부탁하여 출간했다. 10년 동안 기파랑에서 출판한 주요 저작을 일별해 본다.

이덕주(李德柱) 전 KBS 방송사업단 사장이 쓴 《한국현대사 비록》은 언론인 출신의 저자가 해방 이후부터의 굴곡진 우리 현대사를 흥미롭게 풀어쓴 책이다. 이영훈(李榮薰) 서울대 경제학부 교수가 쓴 《대한민국 이야기》는 큰 반향을 불러일으키며 일본의 전통 있는 출판사인 문예춘추(文藝春秋)에서 번역 출간되기도 했다.

류근일·홍진표의 시국 대담집 《지성(知性)과 반(反) 지성》과 안병직(安秉直)·이영훈의 대담집 《대한민국 역사의 기로에 서다》는 한국의 근·현대와 경제발전 과정에 대한 폭넓은 분석을 담았다. 특히 안병직, 이영훈 교수는 마르크스주의자에서 뉴라이트 사상가로 발전한 사제지간 경제학자였다.

김영호(金暎浩) 성신여대 교수 등이 공저한 《대한민국 건국 60년의 재인식》과 이인호 서울대 명예교수 등이 공동 저술한 《대한민국 건국의 재인식》은 관련 분야 전공학사들이 집필한 수준 높은 글의 결정체(結晶體)이다. 전자는 성신여자대학에서 진행된 '건국 60년

기념 강의'를 활자화한 것이고, 후자는 대한민국 건국 60주년 기념
학술회의에서 발표된 26편의 논문을 집대성했다.

올바른 역사 교육 지침서 《대안(代案) 교과서 한국 근·현대사》

기파랑이 펴낸 여러 저작들 가운데 특히 세상의 주목을 받은 것이
《대안 교과서 한국 근·현대사》이다. 2005년 1월 박효종(朴孝鍾) 서
울대 윤리교육과 교수와 이영훈 교수, 차상철 충남대 사학과 교수를
공동대표로 하여 12명 내외의 운영위원, 15명 내외의 고문으로 '교
과서포럼'이 결성되었다. 포럼 멤버들은 이념적으로 지나치게 좌편향
된 역사 교과서가 학교의 교육현장을 점령하다시피 한 현실을 크게
우려했다.

기존 역사 교과서들은 대한민국 건국을 분단국가, 단독정부
의 시작으로 보고 반만년 역사 가운데 처음 등장한 주권재민의 민
주공화국 건국이란 의미를 외면하고 있었다. 6·25전쟁에 대해서도
김일성이 스탈린, 마오쩌둥과 합작하여 일으킨 전쟁이라는 의미를
외면했다. 세계인들이 '한강의 기적'이라고 경탄한 경제성장도 굳이
어두운 면만을 중점적으로 부각했다. 이러한 문제점을 인식한 포럼
멤버들은 올바른 역사 교육을 위한 《대안교과서 한국 근·현대사》

를 만들기로 의견을 모았다.

나로서도 이 같은 서적의 발간은 자부심과 보람의 원천이 었다. 《대안 교과서 한국 근·현대 사》의 키워드는 크게 두 가지다. 하나는 대한민국 건국을 어떤 시각으로 보느냐는 것이며, 다른 하나는 대한민국의 경제성장과 근대화를 어떻게 평가하느냐는 것이다. 필연적으로 이는 '이승만'

과 '박정희'에 대한 시각과 평가와 관련된다.

이승만 대통령은 건국의 원훈(元勳)이다. 제2차 세계대전 후 독립한 수많은 후진국 지도자 가운데 이승만처럼 철저한 자유민주주의 신봉자는 없었다. 그의 비타협적 반공주의는 신생 대한민국을 통합하고, 유라시아 대륙 대부분을 차지한 공산주의의 공세로부터 대한민국을 지켰다. 그는 대한민국의 기틀을 자유민주주의와 시장경제 체제로 바로 잡은 1등 공신이었다.

박정희 대통령은 비록 쿠데타로 집권했지만 그것은 대한민국 근대화 혁명의 출발점이었다. 박 대통령이 이룬 근대화 혁명과 고도성장은 오늘날 대한민국을 있게 한 원동력이었다. 이것만으로도 그의 공

(功)은 과(過)를 뒤덮기에 모자람이 없다.

하지만 《대안 교과서 한국 근·현대사》를 만드는 과정에서 여러 우여곡절이 따랐다. 서울대에서 연 심포지엄은 불만 세력이 난입하여 훼방을 놓았다. 이름 난 국사학자들이 몸을 사리는 통에 집필자를 구하기도 어려웠다. 힘겹게 구한 집필자가 도중에 갑자기 꽁무니를 빼 골탕을 먹기도 했다. 그런 험난한 과정을 거쳐 2008년 3월에 탄생한 이 책의 머리말에는 참여 학자들의 공통된 견해가 이렇게 축약되었다.

우리는 이 책에서 대한민국이란 나라가 태어나는 역사적 과정에 특별한 애정을 쏟았다. 그것은 이 국가가 인간의 삶을 자유롭고 풍요롭게 만들기에 적합한, 지금까지 알려진 한 가장 적합한, 자유민주주의와 자유시장경제에 그 기초를 두고 있기 때문이다. 이 나라는 갑자기 솟아난 것이 아니다. 개화기 이래 수많은 선각자가 기울였던 애타는 노력의 소중한 결실로 태어난 나라이다. 기존의 교과서는 우리 삶의 터전인 대한민국이 얼마나 소중하게 태어난 나라인지, 그 나라가 지난 60년간의 건국사에서 무엇을 성취했는지를 진지하게 다루지 않는다.

좌편향 역사 교과서를 바로잡겠다는 목적으로 펴낸 《대안 교과서 한국 근현대사》 출판기념회 참석자들이 기념촬영했다. 앞줄 왼쪽부터 박지향, 박효종, 이인호, 안병직, 김정렴, 박근혜, 이영훈, 이인수, 권이혁, 유영익, 뒷줄 오른쪽 끝이 필자. 세종문화회관, 2008년 5월 26일.

산고(産苦)를 겪으며 출간되었지만 《대안 교과서 한국 근·현대사》는 '개항(1876년) 이후 오늘날까지 한국인의 삶을 기록한 역사서'라는 높은 평가를 받아 나 역시 발행인으로서 벅찬 보람을 느꼈다. 좌(左)편향도 우(右)편향도 아니며 자유와 인권이라는 헌법적 가치에 바탕을 두고 서술했다는 점, 1948년 8월 15일 대한민국이 건국함으로써 비로소 진정한 해방이 왔음을 강조했다는 점, 좌편향 교과서에 중독되다시피 한 청소년들에게 새로운 역사를 보는 창을 제공해준다는 점이 이 책의 소중한 가치였다.

서울대 이영훈 교수가 대표 집필한 이 책은 출간되자마자 일부 세력으로부터 '친일파의 부활'이라며 공격을 받았다. 북한은 2008년

4월 3일자 로동신문 사설을 통해 비난을 퍼부었다. 「분노를 자아내는 력사 왜곡 책동」이라는 제목의 이 사설은 "최근 남조선 보수단체인 뉴라이트가 꾸며낸 력사 교과서에서 제주도 인민들의 4·3봉기를 좌파 세력의 반란으로 규정하여 민족의 분노를 자아내고 있다"고 썼다.

하지만 언론인 류근일, 정규재(鄭奎載), 허문명(許文明) 씨 등은 《대안 교과서 한국 근·현대사》에 대해 대한민국의 올바른 건국사를 다룬 책, 긍정과 희망의 올바른 역사서라고 극구 찬양하고 나섰다.

대한민국 건국 60주년이 되는 해에 탄생한 《대안 교과서 한국 근·현대사》는 기파랑과 필자들의 3년 동안의 정성과 땀이 어린 산물이었고, 대한민국 건국의 정체성을 고양시키는 데 크게 기여했다고 자부한다. 그 결과 이 책이 나온지 8년 만에 박근혜 정부는 한국사 교과서의 국정화(國定化) 결단을 내리기에 이르렀다.

그런데 4·13총선 결과 거대 야당이 된 더불어민주당과 국민의당이 박근혜 대통령을 탄핵소추한데 이어 국정화를 무력화시키기로 당론을 정함으로써 앞날이 매우 어둡게 됐다.

《교과서를 배회하는 마르크스의 유령들》 긴급 출간

그렇게 비뚤어진 시각으로 만들어진 역사 교과서의 심각한 폐해를 지적하고 대안 교과서를 만든 지 한참 세월이 흐른 2015년 가을에 또 다시 문제가 불거졌다. 현행 검인정 교과서로는 도무지 어찌 할 방도가 없는지라 급기야 역사 교과서 국정화가 사회적인 이슈로 대두되었다. 박근혜 정부 역시 그 길밖에 달리 대안을 찾지 못했다. 그러자 기다렸다는 듯이 곳곳에서 복병(伏兵)들이 출몰했다. 그들은 예전의 광우병 사태에서 촛불 시위를 벌이듯 '국정화 반대'를 외쳤다.

그런 가운데 깜짝 놀랄 하나의 장면이 일반인들의 시선을 진하게 끌었다. 국정화 반대 데모에 참가한 한 여고생이 "사회구조와 모순을 바꿀 수 있는 건 오직 프롤레타리아 레볼루션(혁명) 뿐이다"고 태연히 말하는 모습이 방송 전파를 탄 것이다. 철이 지나도 한참 지난 이런 구닥다리 이념의 구호를 누가 이 어린 여학생으로 하여금 앵무새처럼 외우게 했을까?

그것은 이 여학생을 포함하여 대다수 대한민국 고교생이 학교에서 배우는 현행 검인정 역사 교과서의 내용이 진범(眞犯)이라고 아니 할 수 없었다. 그러니 철부지 어린 여학생이 마치 마르크시스트의 흉내를 내는 우리의 현실이 바로 역사 교과서 국정화의 정당성을 입증하는 아이러니한 반증(反證)이었다.

하지만 거기에는 아랑곳없이 국정화 반대론자들이 벌떼처럼 일어나고, 여러 대학의 교수들이 '국정화 반대'나 '집필 거부' 선언을 잇달아 내놓았다. 이들은 국정 역사 교과서가 친일과 독재를 미화할 것이라고 예단(豫斷)하는 한편, 현행 검인정 역사 교과서 서술의 숱한 문제점에 관해서는 철저하게 침묵을 지켰다.

이런 상황은 장로회(長老會)신학대학교(장신대)에서도 벌어졌다. 이 대학 역사신학 전공 교수 7명이 이 학교 홈페이지에 「역사 교과서 국정화에 대한 우리의 입장」이라는 타이틀의 성명을 올리면서 반대 대열에 나섰던 것이다.(2015년 10월 23일)

그로부터 닷새 뒤인 10월 28일, 이변(異變)이 생겨났다. 이변이라고 한 것은 마치 또 하나의 획일화 된 선동(煽動)인양 이구동성(異口同聲)의 반대 구호만 난무하던 대학 캠퍼스에서 모처럼 '다른 목소리'가 울려퍼졌기 때문이다.

장신대 김철홍(金喆弘) 교수(신약학 전공). 그는 이날 동료 교수들이 성명을 발표한 똑같은 학교 홈페이지에 자신의 글을 올려 역사신학 교수들의 모순된 집단행동을 조목조목 비판하면서, '국정화 찬성'의 외로운 기치를 용기 있게 들어올렸다.

대학 시절 마르크시즘에 몰입한 공산주의 동조자였음을 고백한 김 교수는 그렇기에 더욱 현행 검인정 교과서에 만연된 좌편향 기술(記述)의 심각성을 우려했다. 한 때 영화감독을 꿈꾸었다는 김 교수가 「쉬리」「공동경비구역」에서부터 「괴물」에 이르기까지 한국 영화계를 지배하는 '반미'와 '친북' 색채를 분석한 대목에서는 저절로 고개가 끄덕여지기도 했다.

교과서를 배회하는

**마르크스의
유령들**

보수이론 세 지성의 '역사 전쟁' 긴급 발언

김철홍 (장신대 교수)
전희경 (자유경제원 사무총장)
김 진 (중앙일보 논설위원)

기파랑

이렇게 되자 파문은 장신대 캠퍼스 울타리를 넘어 세상 밖으로까지 퍼져나갔다. 반박문이 나오고, 재(再)반박문이 발표되면서 세간(世間)의 화제가 온통 '김철홍'이라는 이름에 쏠렸다. 그는 고교 역사 교과서 국정화를 위한 투쟁의 전사(戰士)를 자임했다.

나도 가만히 강 건너 불구경 하듯 뒷짐 지고 있을 수 없었다. 즉시 국정화의 당위성을 독자들에게 널리 알릴 책을 만들기로 했다. 나는 기파랑 편집진을 독려하여 김철홍 교수를 중심으로 필진을 짜도록 했다. 그렇게 해서 중앙일보 김진(金璡) 논설위원과 자유경제원 전희경(全希卿) 사무총장이 합류한 《교과서를 배회하는 마르크스의 유령들》을 긴급 출간했다.

이 책에서 김진 위원은 "역사를 움직이는 건 사실(事實·fact)에 대한 실증적인 토론이다. 지식인들이 교과서 내용이라는 사실은 제쳐두고 책상에 앉아 관념만을 얘기하면 사태는 더 혼란스러워진다. 세 치 혀는 잠시 쉬게 하고 사실로 하여금 역사의 수레를 밀고 가게 하자"고 국정화 반대파들에게 공개 토론회 개최를 제안했다.

또 전희경 총장은 "현재 학생들이 배우고 있는 교과서는 정도

《마르크스의 유령들》이 긴급 출간된 뒤 어느 날, 김철홍 장신대 교수와 필자의 아내 박정자 상명대 명예교수, 전희경 자유경제원 사무총장(현 국회의원), 김진 중앙일보 논설위원, 책을 엮은 조양욱 기파랑 편집주간(왼쪽부터)이 한 음식점에서 만나 담소를 나누었다.

차이만 있을 뿐 대한민국에 대한 평가는 박(薄)하고, 북한에 대한 평가는 후(厚)하다. 분단의 책임도 남한에, 통일을 달성하지 못하는 책임도 남한에 돌린다. 북한은 자주와 주체의 땅이고, 대한민국은 친일·친미·기회주의의 땅이라는 식의 맥락이 교과서에 깊숙이 박혀 있다"면서 구체적으로 그 증거를 하나하나 예시(例示)했다.

　책의 엮은이(編者)로서 내가 쓴 서문을 하나의 자료 삼아 이 자리에 인용하기로 한다.

"하나의 유령이 유럽을 배회하고 있다. 공산주의라는 유령이"(A spectre is haunting Europe‑the spectre of communism). 마르크스와 엥겔스의 「공산당 선언」(1848년) 첫 구절입니다. 공산주의는 유럽의 지배자들에게 공포를 불러일으키는 유령이고, 이는 곧 우리 옆에 도래해 현실이 될 것이라는, 일종의 메시아주의적 반어법입니다.

자크 데리다는 이 제목을 패러디해 《마르크스의 유령》(1994)이라는 책을 썼습니다. 그는 프랑스어 '유령'(revenant)의 원래 뜻이 '되돌아오는 자'라는 데 착안하여 비록 소련 등 공산권이 몰락했지만 마르크시즘은 어딘가에서 불러내는 목소리만 있으면 끊임없이 되돌아온다고 했습니다. 그리고 그 '불러내는 목소리'는 자본주의적 억압과 착취와 차별에 저항하는 해방운동이라고 했습니다.

우리 사회에서 생뚱맞게 '금수저'론이니, 착취당하는 회사원들이니, 성 소수자에 대한 차별이니 하는 것들이 실제 이상으로 과장되게 이슈화되는 이유가 여기에 있는가 봅니다.

단순히 교과서만의 문제는 아닙니다. 1980년대 이후 1천 만 이상 혹은 그에 버금가는 관객을 동원한 영화들 중 「국제시장」 「연평해전」 등을 빼고는 다 좌파 영화입니다. 교묘하게 반미, 반일, 반 기업, 반 자본주의, 반 대한민국을 부추기는 영화들입니다. 미술, 만화, 대중문화 등 모든 문화 분야에서 좌파가 헤게모니를 잡고 있습니다. 어려운 정치 이론이 아니라 소프트한 문화를 통해 대중들에게 사회주의 이념을 스며들게 하는 것이 가장 효과적인 혁명의 방법이라고 말한 것은 이탈리아의 공산주의자 그람시입니다. 그람시의 이론대로 그들은 중고등학교, 대학교 등 교육기관은 물론이고, 학계, 언론계, 사법부, 국회 등 우리 사회 곳곳에 효과적이고 강력한 진지를 구축해 놓았습니다.

교과서 문제가 불거지자 그들은 제법 중립적인 척, 온당한 척 양비론(兩非論)의 가면을 쓰고 "왜 해묵은 이념 논쟁을 벌이느냐?"고 말합니다. 그러나 우리나라에서 근현대사 역사 해석의 문제는 단순히 한가한 이념 논쟁이 아닙니다. 그것은 역사학계 내부의 학자들 간의 논쟁으로만 남겨 둘 수도 없는 중차대한 문제입니다. 왜냐하면 우리나라는 이념문제 때문에 전쟁을 한 나라이고, 그 적대 세력과 아직도 마주보고 있는 나라이기 때문입니다. 대한민국을 건국한 사람들은 우리나라의 정치제도로 자유민주주의를 선택하였고, 경제제도로 자유시장경제를 선택하였습니다. 그리고 67년 만에 두 체제의 정당성은 국민들의 삶의 질에서 결판났습니다. 그런데 이 엄연한 현실을 무리하게 비틀어 해석하려는 시대착오적 세력이 우리 사회를 소모적 갈등의 장으로 몰아넣으며 국가 발전의 발목을 잡고 있습니다. (…)

새롭게 우파 지성의 아이콘으로 떠오른 장신대 김홍철 교수, 자유경제원의 전희경 사무총장, 중앙일보의 김진 논설위원 세 분의 교과서 관련 발언을 한 데 묶었습니다. 놀라운 속보(速報)성에서 이것은 책이라기보다는 차라리 일간 신문과 같은, 아니 팸플릿과 같은 성격입니다. 흔히 열정만이 앞서고 이론이 조금 부족한 우파 진영의 취약성을 정교한 이론, 소장(少壯)의 나이, 스타적 매력으로 메워 주고 있는 보석 같은 세 분입니다. 이 책이 한국의 밝은 앞날을 비춰 줄, 작지만 거대한 신호탄이 되기를 기대합니다.

'건국 대통령 이승만'을 집중 조명하다

내가 기파랑을 설립한 큰 목적의 하나는 '건국 대통령 이승만'과 '부국 대통령 박정희'를 올바르게 조명한 책을 만들어 이 두 거인(巨人)에 대한 세간의 그릇된 인식을 바로잡자는 목적도 있었다. 그것이 역사 바로 세우기의 핵심이기 때문이다.

새삼 되풀이 할 필요도 없지만 이승만은 한국역사의 흐름을 바꿔놓은 현대사의 주역이다. 새롭게 역사를 시작한 민주 공화정의 나라 대한민국을 세워 그 첫 대통령이 된 인물이다. 또 김일성이 스탈린, 마오쩌둥과 합작하여 일으킨 남침전쟁에서 유엔군 참전을 이끌어내어 단 한 평의 땅도 빼앗기지 않고 기적적으로 나라를 지켜낸 인물이다.

침략자들과의 휴전에 한사코 반대, 미국을 선두로 한 서방세계 지도자들 및 유력 언론들로부터 뭇매를 맞아가면서도 한미상호방위

필자가 엮은 《사진과 함께 읽는 대통령 이승만》 표지.

조약을 쟁취했다. 이 방위조약이 휴전선 상의 만리장성이 되어 한반도 평화를 지속케 해주었음은 누구나 다 아는 사실이다. 이렇게 대한민국의 심벌 또는 아이콘으로 모든 국민의 가슴속에 살아남아야 마땅할 건국 대통령이 이승만이었다.

기파랑의 첫 번째 이승만 관련서는 2010년 7월에 펴낸 《프란체스카의 난중일기- 6·25와 이승만》이다. 6·25전쟁 발발 60년을 맞아 펴낸 이 책의 원본은 이승만 대통령의 부인 프란체스카(Francesca Donner Rhee) 여사가 전쟁 기간 중에 쓴 영문일기로, 1950년 6월 25일부터 중공군 개입 이후 유엔군이 37도선으로 철수하여 재반격을 시작하는 이듬해 2월 15일 상황까지를 다루고 있다.

프란체스카 여사는 전시(戰時)에 대통령과 경무대를 중심으로 일어난 국내외의 중요한 사건과 전쟁 상황을 있는 그대로 솔직하게 기록했다. 그런 점에서 볼 때 이 비망록은 '대통령의 경무대 일지(日

청소년용으로 펴낸《건국 대통령 이승만의 생애》와 그 영문판 표지.

誌)'나 다름없으며, 이승만 대통령의 전시 통치사료의 성격을 지니고 있다고 할 수 있다.

　이 책에 이어 뉴데일리 이승만연구소 총서 2권이 한꺼번에 출간되었다. 인보길 전 조선일보 편집국장이 엮은《이승만 다시 보기》와 이주영(李柱郢) 건국대 사학과 명예교수가 쓴《이승만과 그의 시대》가 그것이다.《이승만 다시 보기》는 각 분야의 전문가들이 쓴 원고와 관련 서적의 요약문으로 엮어졌다. 필진에는 인보길 전 국장을 필두로 김길자(金吉子) 대한민국사랑회 회장, 유영익(柳永益) 한동대학교 석좌교수, 손세일(孫世一) 전 의원, 이주영 명예교수, 조갑제 조갑

필자가 엮은 《건국 대통령 이승만의 생애》 영문판 출판기념회가 뉴욕 프라미스 교회의 김남수 목사 주도로 현지의 우래옥에서 열렸다. 이날 류근일, 인보길 씨의 시국 강연도 곁들여졌다. 앞줄 왼쪽 여섯 번째부터 김남수, 필자, 인보길, 류근일, 김영길 씨 등이다. 2015년 8월 15일.

제닷컴 대표, 이도형(李度珩) 월간 〈한국논단〉 발행인, 양동안(梁東安) 한국학중앙연구원 명예교수 등이 참여했다.

기파랑의 이승만 관련서 가운데 가장 뿌듯한 것이 내가 엮은 《사진과 함께 읽는 대통령 이승만》이다. 이 책에는 이승만 대통령이 대한민국의 심벌 또는 아이콘으로 모든 국민의 가슴 속에 살아남았으면 하는 내 염원이 담겨 있다. 나는 우선 '이승만의 한 평생을 글과 사진으로 종합 정리한 최초의 책'이라는 목표부터 세우고 출간 작업

뉴욕 프라미스 교회에 세워진 영문판 출간을 알리는 배너
곁에서 류근일 전 조선일보 주필과 함께. 2015년 8월 15일.

을 이끌었다.

　우선 유영익 교수를 위시한 이승만 연구학자들이 발간한 저서
와 맥아더, 트루먼, 허정과 같은 여러 인사들의 회고록을 포함한 60
여 권의 서적, 그리고 올리버와 밴 플리트, 정일권을 비롯하여 이승만
과 가까웠던 이들의 증언과 평가, 주고받은 편지 및 방대한 신문·통
신문 등 국내외에 흩어져 있는 자료들을 채록, 분석하여 집필 자료
로 삼았다.

그런 식으로 준비는 차근차근 진행되었다. 사저(私邸) 이화장과 연세대학교 부설 이승만연구원에 기증된 방대한 사진과 자료, 「이승만과 나라세우기」 전시회 당시의 수집 자료, 국가기록원 자료 등 모두 1만 점에 달하는 자료를 하나하나 스캔하거나 촬영했다.

수집 자료 중에는 이승만이 김구(金九)·안창호(安昌浩)·김성수(金性洙)·서재필·이광수(李光洙) 등으로부터 받은 편지와 이승만의 붓글씨, 심지어는 이승만이 하버드대학에 다닐 때 모은 전차표, 등록금 영수증, 성적표까지 포함되었다. 또한 프란체스카가 쓰던 일기장과 한복, 구두, 핸드백, 운전면허증, 주민등록증 등 일상 생활용품들도 한자리를 차지했다.

이 책에서는 이승만 대통령의 '공(功)'만을 부각시키지는 않았다. '과(過)'도 그냥 넘기지 않고 짚을 것은 다 짚었다. 가령 6·25전쟁 와중에 임시수도 부산에서 벌어졌던 일련의 정치파동, 사사오입(四捨五入) 개헌과 진보당수 조봉암(曺奉巖) 처형 등도 살펴보았다. 또한 4·19의 구체적인 양상과 이승만 하야 결정의 비화, 그리고 단순한 휴양이 망명으로 바뀌고 만 하와이에서의 쓸쓸했던 말년도 자세히 다루었다.

2015년 4월에 나는 이 사진집을 바탕으로 단행본 《건국대통령 이승만의 생애》를 펴냈다. '청소년용 이승만 입문서'라 할 이 책이 나오자 미국에서 이승만 바로 알리기 운동에 앞장 서 온 뉴욕 프라미

스 교회 김남수 목사가 이를 저본으로 한 영문판을 제작하여 재미
교포 자녀들에게 보급하겠다는 제안을 해왔다. 영문판은 하버드대
학 출신의 크리스티 최가 번역하여 2만 부를 기파랑에서 출간했고,
이 해 8월 15일 뉴욕에서 출판기념회가 열렸다.

이날 편저자 인사말을 통해 내가 "자유민주주의 공화정 정부를
세우고 한미상호방위조약을 체결해 대한민국의 역사 흐름을 바꾼 이
대통령은 미국의 조지 워싱턴 대통령이나 서독의 아데나워 총리처럼
국부(國父)로 존경을 받아야 한다" 말하자 참석한 재미동포들이 뜨
거운 호응과 박수를 보내주었다. 나로서는 그저 감사하고 고마울 따
름이었다.

박정희, 위대한 혁명가의 참모습

박정희 대통령을 재조명하는 작업도 순차적으로 진행했다. 그 첫 테
이프는 2009년 10월에 펴낸 《박정희의 결정적 순간들》이 끊었다. 박
대통령 서거 30년을 맞아 그의 인간적인 측면에 초점을 맞춘 저작이
었다. 독보적인 박정희 연구가인 조갑제 씨에게 부탁해 박 대통령의
62년 일생을 62개의 테마로 나눠 체계화한 거작이었다. 모두 800쪽
이 넘는 방대한 분량으로, 출생에서부터 학창시절과 교사 생활, 군인

의 길, 대통령 시절이 편년체(編年體)로 기록되었다.

또 2011년에는 이 책을 바탕으로 중진 만화가 이상무 화백이 《만화 박정희》(전 3권)를 펴냈다. 그동안 좌파 진영에서 그를 악의적으로 왜곡한 만화 밖에 없던 상황에서 특히 청소년들을 위한 좋은 교양물이라는 평가를 받았다.

《만화 박정희》가 나오기 한 해 전에는 《박정희가 이룬 기적, 민둥산을 금수강산으로》를 출간했다. 이경준(李景俊) 서울대 산림과학부 교수와 김의철(金義哲) 작가가 공저한 이 책은 박 대통령의 산림녹화에 대한 이야기를 다루고 있다. 이 책에는 박 대통령이 왜 산림녹화를 국정 최고 목표의 하나로 삼았으며, 어떤 수단을 동원하여 어떤 방식으로 국토를 녹화했는지, 그런 노력이 우리에게 어떤 열매를 맺게 해주었는가 하는 점들이 집중 조명되었다. 생전의 박 대통령이 사다리를 타고 올라가서 청와대 정원수의 가지치기를 즐겼다는 사실, 그래서 시해 사건 직후 유품을 정리할 때 집무실 서랍에서 전정(剪定)가위가 발견되었다는 등의 에피소드도 소개되었다. 필자 이경준 교수는 이 책을 계기로 박정희 산림녹화에 관한 유명 강사가 되었다. 그는 최근 이 책의 증보판 《한국의 삼림녹화 어떻게 성공했나》를 출간했다.

기파랑이 펴낸 박정희 관련서의 결정체는 《사진과 함께 읽는 대통령 박정희》이다. 560페이지의 방대한 분량에 올 컬러로 제작된

필자가 엮은 사진집(왼쪽)과 이를
저본으로 쓴 청소년용 《혁명아 박정희
대통령의 생애》.

이 책이 발간된 것은 2012년 12월 24일이었다. 내가 편자(編者)로
나선 이 책은 사실 그 넉 달 전에 이미 모든 편집 작업을 마쳤으나
행여 박근혜 후보와 문재인 후보가 맞붙은 대통령선거 와중에 불필
요한 오해를 살 것을 염려하여 출간 날짜를 대선 후로 미루었던 것
이다.

사진집 제작을 위한 사전 준비작업은 오래 전부터 치밀하게 진
행되었다. 모을 수 있는 관련 사진은 죄다 모았다. 1만여 점을 헤아리
는 귀중한 자료였다. 이 가운데 사진 919점, 휘호 39점, 자료 72점 등

1천여 점을 엄선해 이 책에 수록했다. 그리고 청와대 출입기자 시절 자주 들렀던 대변인실의 임방현(林芳鉉) 대변인과 김인동, 이정규, 김두영 씨 등의 많은 도움을 받았다. 책이 발간되자 신문과 방송 등 매스컴의 관심이 집중되었다. 2013년 1월 12일자 조선일보는 "연도 별로 수록된 사진들은 정치적 사건에 대한 가치판단보다는 '박정희'와 한국의 1960~70년대를 담담히 파노라마처럼 보여준다"고 썼다.

《사진과 함께 읽는 대통령 박정희》는 미국 교민 사회에서도 널리 입소문이 퍼졌다. 미국 내 한인 교민단체인 '신뢰회복연합'으로부터 미국에서의 출판기념회 초청장이 내게 날아왔다. 그들의 뜻이 너무 고마워 한걸음에 태평양을 건너갔다. 출판기념회는 2013년 4월 20일 워싱턴D. C. 의 한식당 우래옥에서 열렸다.

나는 교민들에게 인사말을 하면서 "미국에는 링컨 대통령의 사진집을 비롯해 많은 대통령 사진집이 나와 있으나 우리에게는 그런 것이 없었다. 나는 우리 젊은이들에게 대한민국을 잘 살게 해준 위대한 대통령을 알리기 위해 이 사진집을 만들었다"고 출간 배경을 설명했다. 워싱턴에 이어서 28일에는 뉴욕의 리셉션하우스에서도 출판기념회가 열려 현지 교민들이 큰 관심과 박수를 보내주었다.

2015년 8월에는 《혁명아 박정희 대통령의 생애》를 펴냈다. 「젊은 세대를 위한 바른 역사서」라는 부제가 말해주듯 이 책은 박 대통령을 잘 모르는 젊은 세대들에게 그에 대한 올바른 인식을 심어주기 위한 나의 작은 노력의 소산이었다.

또한 청와대 비서관으로 박 대통령을 가까이에서 모셨던 세 분이 쓴 박정희 관련서도 출간했다. 순서대로 《영시의 횃불》(김종신), 《백곰, 하늘로 솟아오르나》(심융택), 《중화학공업에 박정희의 혼이 살아 있다》(김광모)가 그것이다.

박근혜 경선 캠프 참여와 7인회

기파랑이 《대안 교과서 한국 근·현대사》 출간 작업을 하고 있을 무렵, 나는 언론과 출판이라는 본업에서 잠시 '외도'를 한 적이 있다. 박근혜 한나라당 전 대표의 경선 선거대책본부장을 맡은 것이 그것이다.

2006년 10월 하순경 서울고등학교 선배인 최필립(崔弼立) 정수장학회 재단이사장과 김성진 전 문공부장관으로부터 만나자는 연락이 왔다. 재단이사장실로 찾아가 만났더니 이들은 대뜸 나더러 박근혜 경선 캠프(상대 이명박 의원)의 수장을 맡아달라고 했다. 평생 기자를 천직으로 알고 살아왔다. 정치란 전혀 바라지도 않고 가까이하고 싶지도 않던 세계였다. 정부에서 "함께 일하자"는 제안이 올 때도 눈길조차 던지지 않았던 것도 그래서였다. 하지만 그들의 부탁이 워낙 간곡했다.

많이 고심했다. 그 상황이 최병렬 회고록 《보수의 길 소신의 삶》에는 이렇게 기술돼 있다.

친구 안병훈이 술을 잔뜩 마시고는 밤늦게 우리 집으로 찾아왔다. 그때 나는 압구정동에 살고 있었는데, 안병훈은 우리 집에서 멀지 않은 청담동에 살았다. 안병훈은 집에 들어서자마자 "야 이거, 난리가 났다"며 그날 있었던 일을 설명하기 시작했다. 안병훈의 이야기는 이랬다.

옛날 박정희 대통령 시절 청와대 출입기자와 비서관을 비롯해 함께 어울리는 사람들이 최근에 모여서 '박근혜 대책'을 논의했다는 것이다. 청와대에서 의전공보비서관으로 박 대통령을 지근거리에서 모셨던 최필립 씨(현 정수장학회 이사장)와 김성진 전 문공부장관 등이 주동이 되었다고 한다.

당시는 박근혜 후보의 여론 지지율이 이명박에게 역전당해 뒤지고 있을 무렵이었다. 모두가 "빨리 캠프를 꾸리고 전열을 가다듬어야 한다"고 의견을 모았는데, 그 캠프의 좌장(본부장)으로 청와대를 오래 출입했고 언론계에 발이 넓은 안병훈이 정해졌다는 것이다.

이 날 최병렬은 내게 "웬만하면 그 자리에 가지 마라. 그게 어떤 자리인 줄 알고나 있느냐? 첫째, 네가 돈을 어떻게 만들 거냐? 돈 없이 어떻게 그 일을 할 거냐? 둘째, 그 판이 어떤 판인 줄 알기나 하느냐? 사람 좋은 네가 그 속에서 어떻게 악다구니를 하며 싸우려고 하느냐?"고 충고했다. 그는 집 밖까지 나를 배웅하면서도 "친구로서 진심으로 이야기하는데 거기 가지 말아라. 견디기 어려울 것"이라고 했다.

사정을 모르는 사람들은 여러 가지로 해석하겠지만 박근혜 경선 캠프에 참여한 가장 큰 이유는 도와달라는 부탁을 차마 뿌리칠 수 없어서다. 여자의 부탁이었다. 더구나 박근혜 후보는 김재규에 의해 내가 정치부장 자리에서 물러날 위기에 처했을 때 나를 도와준 사람이었다. 박정희 대통령으로부터 이어진 남다른 인연도 있었다. 비록 손해를 보더라도 도와주는 것이 도리라고 생각했다. 아내 역시 "어렵게 청했을 텐데 매정하게 뿌리치면 되겠느냐?"고 했다.

도와주겠다는 결심을 굳힌 후 다시 최병렬의 집을 찾아갔다. 그에게 "야, 이거 도저히 안갈 수 없게 됐다"고 말하고 지원을 부탁했다. 최병렬은 친구의 부탁을 수락하며 이렇게 말했다.

내가 캠프 발족식에 가마. 대신 나는 방도 필요 없다. 네가 있는 방에 의자만 하나 놔라. 그러면 거기 가서 구경도 하면서 혹시 도움이 되는 것이 있으면 너한테 조언해주마. 그렇게 하자.

박근혜 경선 캠프의 선거대책본부장을 맡게 되면서 우선 신변 정리부터 했다. 한국 정치판의 냉엄한 현실을 고려해서였다. 방일영문화재단 이사장, LG상남언론재단 이사장 자리를 내놓았고, 관악언론인회 회장 자리에서도 물러났다. 자칫 일이 꼬여 공연한 피해를 입혀서는 안 되겠다 생각해서다.

그래도 출판사는 계속 문을 열고 있어야했다. 출판 업무를 기파랑 가족들에게 일임하여 신간 기획 등 운영에 단절이 없도록 조치했다. 다만 출판사 사무실은 다른 장소로 옮겼다. 창사 이래 김재순 전 국회의장의 샘터 빌딩에 둥지를 틀고 있었지만, 이 또한 혹시 김재순 의장에게 폐를 끼치는 일이 생겨서는 안 되기 때문이었다.

2007년 1월 1일 '박근혜 경선 캠프' 출범식이 열렸다. 이날 기자 몇 명이 내게 녹음기를 내밀며 질문했다. 대략 이렇게 대답한 것 같다.

나는 여기 정치하러 온 것이 아니다. 그냥 도우러 왔다. 나는 입도 없고 얼굴도 없다. 말이 필요하고 얼굴이 필요하면 그건 이 캠프에 참여한 현직 정치인들이 할 일이다. 나는 캠프의 뒤치다꺼리나 설거지를 하러 온 사람이다. 또 하나, 분명히 밝힐 것은 박근혜 후보가 경선에서 이기든 지든 이 일이 끝나고 나면 나는 기파랑으로 돌아갈 것이다. 정치는 절대로 안한다.

선거대책본부장으로서는 조금 엉뚱한 말이었다. 동기인 조선일보 김대중 주필은 "정치판에서 그런말을 하면 사람들이 따르겠냐"며 걱정을 했다.

일단 캠프에 합류한 이상 반드시 경선에서 승리해야 했다. 캠프는 채 정돈되지 않고 다소 혼란스런 상태였다. 신문사의 다이내믹한 시스템을 캠프에 도입하기로 했다. 오전 7시경 출근해 핵심 의원들과 부문별 특보 10여 명이 참여하는 '의원·특보단 일일회의'를 매일 오전 9시 반부터 1시간가량 했다. 이후 캠프 고위 간부회의에 참석하고 일상 업무를 처리했다. 저녁에도 외부 식사 후 다시 사무실에 들러 언론 보도 상황을 챙긴 뒤 오후 11시경 퇴근했다. 편집국장 시절의 하루 일과대로 돌아간 느낌이었다.

바쁜 경선 일정상 신속한 의사 결정이 필요할 순간이 많았다. 편집국장으로 매일 그날 신문의 1면 톱을 결정하듯, 특보 등의 다양한 목소리를 듣고 가능한 한 빠르게 결정을 내렸다. 박 후보는 고맙게도 내 결정이나 건의를 대부분 흔쾌히 수용해주었다. 그 덕분에 캠프에 입성한 한 달여 만에 캠프의 체질을 완전히 바꿨다는 평가를 받았으나 솔직히 제대로 되는 일이 별로 없었다.

어쨌든 애쓴 보람도 없이 박근혜 후보는 경선에서 패배했고, 나는 승패를 떠나 이른바 정치판에 대해 많은 것을 새롭게 체득할 수 있었다. 기자로서 대한 정치판과 직접 참여해 부딪치는 정치판은 정말 너무나 달랐다. 구체적으로 말하긴 어렵지만 새삼 정치에 대한 실망감을 안고 다시 기파랑의 내 자리로 돌아왔다.

당시 박근혜 후보는 당원, 대의원 투표에서는 이명박(李明博) 후보를 이기고 일반인들을 대상으로 한 여론조사에는 져서 고배를 마셨다. 나는 조선일보 편집국장 시절, 여론조사를 신문에 본격적으로 도입한 적이 있어서 여론조사에 대해서는 나름대로 전문성이 있다고 생각했다. 하지만 당원, 대의원 투표에서는 이기고 일반 여론조사에서 지고 나니 인생도, 선거도, 여론조사도 아이러니의 연속이라는 것을 실감했다.

덧붙이고 싶은 것은 언론이 만든 '7인회'라는 명칭에 대해서다. 나를 포함해 김용환(金龍煥), 김용갑(金容甲), 최병렬, 김기춘(金淇春), 강창희(姜昌熙), 현경대(玄敬大) 7명을 이르는 명칭이다. 이들 7명은 박근혜 경선 캠프에 참여했다는 공통점이 있다.

2007년 박근혜 경선 캠프가 해체된 지 1년 후의 어느 날이다. 김용환 전 장관이 밥을 먹자고 해 나와 최병렬 등 몇 사람이 모였다. 강창희, 현경대를 제외하고는 모두 정치 현장에서 떠난 분들이었다. 이 자리에서 두 달에 한 번씩은 만나 식사를 하자는 얘기가 나왔다. 경선에 졌다고 해서 못 만날 이유는 없었다. 다들 찬성해 격월간으로 만났고, 참석 인원은 앞서 언급한 7명으로 굳어졌다. 가끔은 박근혜 대표를 불렀다. 그럴 때마다 박 대표는 꼭 참석했다.

그렇게 식사 모임이 이어져오다가 2012년 박근혜 대표가 다시

한나라당 대선 후보 경선에 나선 박근혜 후보가 캠프에서 회의를 주재하면서 인사했다.
박 후보의 왼쪽이 필자와 최병렬, 오른쪽으로 홍사덕, 김용갑, 김기춘, 앞쪽에 김재원,
이혜훈 의원이 보인다. 2007년 1월.

대통령 선거에 나서게 되었다. 이른바 '7인회' 멤버들은 그때부터 박
근혜 후보와 명확히 선을 그었다. 그를 지지하는 것은 여전했지만 그
의 주변에 나타나지 않기로 했다. 박 후보 주변에 우리 같은 '늙은 사
람들'이 기웃거리면 득표에 도움이 되지 않는다는 우려에서였다.

그랬음에도 당시 민주통합당 박지원(朴智元) 원내대표는 이 해 5월 우리를 거론하며 이명박 전 대통령 주변의 '6인회'에 비유했다. 박지원 대표는 "이명박 대통령을 만든 여섯 사람이 결국 반은 감옥에 갔다"는 말로 망발을 서슴지 않았다.

7인이 함께 모여 식사를 하고 더러 박근혜 후보도 참석한 것은 사실이니 모임을 갖지 않았다고 부인할 수는 없었다. 아무 소리 안하는 것이 상책이었고 그때부터는 더 이상 정기적인 모임을 가질 수 없게 되었다. 이것이 7인회의 실체라면 실체다.

20017년 3월 10일 박근혜 대통령은 헌법재판소에 의해 파면이 되었다. 최순실의 이른바 국정농단사태로 퇴진을 요구하는 시위가 시작된지 5개월, 국회가 탄핵을 결의한지 3개월 만에 불명예를 맞은 것이다.

필자는 42년 전인 1975년, 청와대 출입기자 시절 대통령 영부인 역할을 대행하던 영애시절의 박근혜 대통령을 만나 주말이면 같이 테니스도 치며 많은 대화를 나눴고, 2007년엔 이명박 후보와 한나라당 대선 경선을 놓고 다툴 때 박근혜 후보 측 경선캠프의 선거대책위원장으로서 근 10개월 동안 같이 일을 해온 사이이다. 때문에 그동안 무력감 속에 무겁고 착잡한 마음으로 사태를 지켜보면서 혹시나 잘 되지 않을까하는 기대도 했었다. 그러나 결과는 너무나 충격적이었다. 헌재 결정은 너무나 참담했고 도저히 받아들일 수가 없었다. 순간 박근혜 대통령의 일생이 너무나 불쌍하다고 느껴졌고 또 우리나라가 이제 사회주의국가가 된게 아닌가 하는 느낌이었다.

반기문(潘基文) 유엔 사무총장과의 만남

지난해 5월 말, 유력한 대선후보로 점쳐지고 있던 반기문 유엔 사무총장이 한국을 다녀갔다. 나는 반 총장과의 비공개 만찬에 초청을 받아 저녁을 함께 먹었다. 이 사실이 언론에 보도되면서 말하기 좋아하는 이들이 '반 총장의 멘토 그룹'이라는 말을 지어냈다.

나뿐만이 아니라 노신영 전 총리를 비롯하여 자리를 함께 했던 세 분의 총리 역임자(이현재, 고건, 한승수), 네 분의 전직 장관(금진호, 이대순, 정재철, 정치근), 그리고 신경식 헌정회장과 김대중 조선일보 고문, 신동빈 롯데그룹 회장 등이 졸지에 '멘토'로 지목되었다.

사실 나는 반 총장이 귀국할 때마다 함께 자리를 같이하긴 했다. 노신영 전 총리는 그가 귀국할 때마다 매번 일종의 '격려 모임'을 마련했다. 주로 외교 일선에서 활약한 전직 외교관들이 많이 얼굴을 내밀었는데, 나는 노 전 총리와의 오랜 개인적 친분 덕분에 자주 그런 자리에 초청받아 즐거운 시간을 보낼 수 있었다.

세계적인 주목을 받는 인물답게 그가 꺼내는 화제는 늘 스케일

潘基文 UN 事務總長
서울大學校總同窓會 · 서울大學校

반기문 유엔 사무총장이 서울대가 수여하는'자랑스러운 서울대인' 상을 받은 뒤
이장무 서울대 총장, 임광수 총동창회장 등 간부들과 기념촬영. 둘째 줄 오른쪽 두 번째가 필자.
2013년 10월 14일.

이 크고 귀담아 들을 만했다. 이번 방한에서도 그는 몇몇 흥미로운
일화(逸話)를 들려주었다. 그 중 '반기문 유엔 사무총장 탄생'의 뒷이
야기 한 가지.

세간(世間)에서는 그가 비교적 순탄하게 유엔 사무총장이 된
것으로 알려져 있으나 사실은 그렇지 않았다. 부시 대통령과 노무현
대통령의 한미 정상회담이 워싱턴에서 열렸을 때, 노 대통령은 두 나

라 각료들이 배석한 자리에서 느닷없이 차기 유엔 사무총장으로 한국의 반기문 외무장관을 지지해달라는 말을 꺼냈다.

그러나 미국 정부 각료들의 반응이 탐탁지 않았다. 반미 분위기가 지배적인 유엔에 미국과 동맹을 맺고 있는 한국의 외무장관이 과연 사무총장에 뽑히겠느냐는 부정적인 표정들이었다. 콘돌리자 라이스 국무장관 정도를 빼면 다들 회의적이었다. 이런 분위기를 감지한 반 장관은 즉시 노 대통령에게 자신이 직접 부시 대통령과 미국 각료들을 설득할 수 있도록 해달라고 양해를 구했다. 통역을 통하면 오역이 생길 수 있었고, 또 당사자가 직접 신상 발언을 하는 게 더 효과적이리라는 계산도 있었다.

이렇게 해서 그는 정상회담 자리를 이용하여 자신이 유엔 사무총장이 되어야 하는 이유를 역설했다. 일종의 '프리젠테이션'이나 다름없었다. 이야기를 듣고 난 부시 대통령이 직전 표정과는 달리 '반기문은 바로 우리 후보(our candidate)'라며 지지로 돌아섰고, 그때서야 체니 부통령, 럼스펠트 국방장관 등 다른 각료들의 마음도 열렸다는 것이다.

나는 반 총장과 출판인으로서의 인연도 있다. 그가 유엔 사무총장이 된 것은 내가 기파랑을 차린 지 얼마 지나지 않아서였다. 서둘러 《조용한 열정 반기문》(안용균, 이하원 공저)이라는 책을 냈는데, 그때만 해도 출판인으로서의 나의 감각이 너무 부족했다.

다른 출판사에서는 《바보처럼 공부하고 천재처럼 꿈꿔라》라는 감각적인 제목을 단 책을 출간했다. 그 책은 이른바 '대박'이 났고, 기파랑의 책은 상대적으로 '조용하게' 팔리다 말았다. 내용은 우리 책이 훨씬 풍부하고 세련됐는데도 말이다. 책 제목이 그처럼 중요하다는 사실을 그때 새삼스레 절감했다.

아무튼 반기문 전 유엔 사무총장은 귀국 20일만에 갑자기 대선 불출마를 선언, 그에게 기대를 걸었던 많은 사람들을 실망시키고 사라졌다. 애당초부터 불출마를 고수했더라면 입지 않을 많은 상처만 남기고 싱겁게 끝나버린게 안타깝기만 하다.

반 총장은 앞으로 우리나라에선 다시 나오기 힘든 '세계 대통령'이란 유엔사무총장직을 10년 동안이나 성공적으로 역임한 인물이다. 나라의 큰 자산이 아닐 수 없다. 꼭 대통령이 아니더라도 나라를 위해 큰 기여를 하길 바랄 뿐이다.

YS의 청와대 비서실장 제의를 거절하다

나는 언론인이 정·관계로 진출하는 것에 반대하지 않는다. 내 동료나 선후배 중에도 진출한 사람이 많다. 다만 내 성향과는 맞지 않는 것 같다. 내가 박근혜 후보가 이기든 지든 기파랑으로 돌아갈 것이라고

조선일보 주최 전시회에서 김영삼 대통령과 인사를 나누는 필자. 가운데는 황낙주 국회의장.
1995년 2월 4일.

공언한 것도 이 때문이다.

여기서 처음 밝히는 사실이지만 김영삼 정부 시절에도 내게 제
의가 들어왔다. 1995년 12월의 어느 날, 청와대에서 연락이 왔다. 무
슨 일인지 의아해하며 집무실로 찾아갔더니 김영삼 대통령이 내게
비서실장을 맡아주도록 종용했다.

하지만 나는 신문기자로 일생을 끝내고 싶다, 공직 경험도 없고
비서실장을 맡을 그릇도 안 된다고 완곡히 거절했다. 김영삼 대통령

은 집요했다. 빠져나갈 수 없을 정도였다. 해서 이렇게까지 얘기했다.

"12·12 때 조선일보 정치부장이 저였습니다. 그런 정치부장을 비서실장으로 임명하게 되면 여론이 문제 삼을 소지가 있습니다. 그런 걸 감안하셔야 됩니다."

당시 의전수석이 김석우(金錫友) 씨였다. 끝까지 고사하고 밖으로 나가니 김석우 수석이 따라와 무슨 얘기를 나눴느냐고 물었다. 별로 전해줄 만한 얘기는 없었다고 대답했다.

12월 20일, 새 비서실장에 김광일(金光一), 총리에는 이수성이 임명됐다. 발표 하루 전날 YS의 측근인 김덕룡(金德龍) 민자당 사무총장이 보자고 해 팔레스호텔에서 만났다. 그는 김영삼 대통령이 내게 비서실장직을 제의한 데 대해 영원히 없던 얘기로 하자고 한다고 했다. 그러면서 문공부장관은 어떠냐고 대통령이 제안했다는 것이다. 비서실장도 고사한 마당에 문공부장관이 무슨 말이냐며 역시 거절했다.

이런 일에 일체 입을 다물고 있었는데, 김영삼 전 대통령은 회고록에서 자신이 장관 등 공직을 제의한 데 대해 거절한 사람이 한 명도 없었다고 썼다. 과연 누구의 말을 믿어줄 지 모르나 그렇다면 내가 착각하고 있는 것일까?

김영삼 대통령과는 또 다른 사연이 있다. 그가 캐나다와 유엔을 순방하고 귀국한 직후, 나를 불렀다. 1995년 10월 말경이다. 당시 국내 정국은 노태우 비자금 문제로 온통 난리였다.

청와대에 들어갔더니 김 대통령의 얘기는 이러했다. 노태우·전두환 비자금 문제로 두 사람을 구속해야 하겠는데 의견이 어떠냐는 것이었다. 깊이 생각해보지는 않았지만 전직 대통령을 우선 구속부터 하고 수사하는 것은 바람직하지 않다고 대답했다. 죄는 엄히 다루되 전직 대통령을 구속하는 것은 대한민국의 이미지와, 국가원수에 대한 평판이 땅에 떨어질 것이 우려된다고도 덧붙였다. 두 사람을 구속하기로 미리 마음속으로 정해놓고 조선일보 편집인인 나를 비롯, 여러사람의 의견을 물어 참고하려 한 것이 아닌가 생각된다. 하지만 얼마 후 두 전직 대통령은 구속되었다.

13장

나눔으로 통일을 앞당기자

아버지의 유산(遺産)

2011년 6월 어머니가 96세를 일기로 세상을 떠나셨다. 생전의 어머니는 남편과 아들, 그리고 며느리와 손녀가 기자임을 평생 자랑스러워 하셨다.

내 딸 혜리는 1993년 가을 중앙일보 기자로 입사했다. 면접시험에서 "제일 존경하는 언론인이 누구냐?"는 질문을 받았을 때 내 이름을 댔다고 한다. 그래서 '아버지 팔아서 면접에 통과한 사람'이라는 농담을 동기들로부터 들었다는 것이다. 기쁘고 기특하다기보다 내게 그런 질문이 떨어졌다고 해도 나 역시 선친의 함자를 말했을 테니 그 아버지에 그 딸인 셈이다.

그래도 딸아이가 나를 지켜보며 기자에 대한 기대와 동경은 가진 듯하다. 아버지와 나, 그리고 내 딸이 모두 기자가 됐다. 3대가 기자가 된 것이며 여기에 전직 기자였던 내 아내까지 포함하면 한 집안에 기자 출신만 네 명이 된 것이다.

2013년 이른 봄, 아버지의 흔적이 남겨진 문서가 세상에 공개됐다. 6·25전쟁 납북인사 가족협의회가 1950년 9·28 서울 수복 직후 CIA가 입수해 작성한 납북자 명단을 미국 국립문서기록관리청(NARA)에서 발굴, 공개했던 것이다. 「서울에서 북한인에게 체포된 사람들(Persons Arrested in Seoul by the North Korea)」이란 제목의 이 명부에는 납북자 653명의 영어 이름이 기록돼 있었다.

이 문서에는 아버지의 성명과 당시 우리 가족이 살던 주소인 '종로구 팔판동 81-2'까지 정확하게 나와 있었다. 새삼 명치 끝이 아련해지면서 오랫동안 가슴 속에만 묻어두었던 아버지에 대한 그리움이 피어올랐다. 이 명부는 북한이 납북자를 심문한 뒤 작성한 명단을 CIA가 입수해 재작성한 것이었다. 영문으로 표기돼 있었고, 아버지의 이름이 영문 A(An)로 시작하니까 다른 이들보다 제일 먼저 적혀 있어서 금방 찾을 수 있었다.

아버지는 6·25전쟁 발발 직전, 연합신문의 일본 도쿄특파원으로 발령이 나있었다. 1950년 6월 9일자 연합신문 1면에는 「도쿄

지사 진용(陣容) 결정 / 안 특파원 일행 불원 향일(向日)」이라는 제목 아래, 아버지를 비롯한 6명의 파견 요원 얼굴 사진을 실은 도쿄지사 설치 사고(社告)가 게재되었다. 사고 곁에 따로 실린 '도쿄 8일 발(發) UP통신'의 뉴스에 따르면, 연합신문이 맥아더 장군의 연합군사령부 허가를 받아 도쿄에서 주 3회 한글판 신문을 발행하기로 했다는 것이었다. 아버지의 도쿄 발령은 한국 언론사에서 최초로 시도된 것으로 짐작되는 일본 현지 한국어판 신문 발간이 주목적이었던 셈이다.

하지만 출국 준비에 여념이 없었을 아버지에게 6·25전쟁이라는 비극이 들이닥쳤다. 아버지가 납북되기 전후의 상황은 대한언론인회가 발간한 《한국언론 인물사화》에 김춘빈(金春彬) 대한언론인회 사무국장이 집필한 「안찬수 편(編)」에 비교적 상세히 나와 있다.

1950년 6월초 경북 영덕 북쪽에 있는 동대산에서 국군 제22연대가 북한 게릴라부대를 상대로 대규모 소탕작전을 벌이던 중 김달삼(金達三) 비슷한 인물이 그의 참모인 강철(姜哲)과 함께 사살되었다. (…) 그를 사살했다는 보고를 접한 국방부는 김달삼임을 확인하는 과정에서 그와 보성전문 법과 동기동창인 연합신문의 안찬수 부국장을 지명, 안 국장은 당시 국방부 출입 이지웅(李志雄) 기자 편에 보성전문 졸업앨범을 보냄으로써 김의 신원을 확인케 했다. 그리고 안 국장에 의해 본인임이 확인된 김

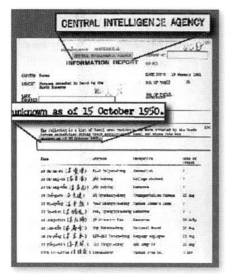

미 CIA가 작성한 6·25 납북자 명부의
표지. 아버지 이름이 납북자 명단
첫 번째에 기재돼 있다.
1950년 10월 15일 현재 생사를
알 수 없다고 기록되어 있다.

아버지(안찬수)의 도쿄 특파원 발령을 알리는 연합신문 1950년 6월 9일자
「도쿄지사 진용 결정」 사고.

달삼은 곧바로 참수되었다.

그 얼마 후 북한군의 대거남침으로 6·25전쟁이 터지고, 27일 저녁 적의 서울 침입이 뚜렷해지자 안 국장은 책상서랍을 정리하는 이지웅 기자에게 "우선 피할 수밖에 없겠구먼…" 해놓고는 먼저 나갔다. 그러나 웬일인지 그는 피난길에 오르지 않고 서울시내 모처에 숨어 지내다 서울 피점 1주 후인 7월 5일 피랍되었다. 사살된 김달삼과의 묘한 인연을 생각하면 납북 후 그의 운명은 불문가지일 것이다.

김춘빈 사무국장은 납북 후 아버지의 운명이 불문가지라고 했지만 그래도 묻고 또 묻고 싶은 것이 아들인 나의 심정이다. 납북 후 아버지의 행적, 아버지의 고난, 아버지의 영면(永眠), 모든 것을 다 알고 싶다. 하지만 나는 알고 있다. 인간은 유한(有限)할 수밖에 없다. 유한한 인간이 영원(永遠)을 꿈꿀 수 있는 것은 유전자에서 유전자로의 대물림 덕분이다. 아버지가 기자였고 내 아내와 내가 기자였으며 내 딸이 지금까지 기자로 재직하고 있다. 아버지의 유산을 대를 이어 상속하고 있는 것이다.

마지막으로 말로는 못해봤지만 지면으로나마 아내에게 고마움을 전하고자 한다. 기파랑 필자 가운데 유일한 스테디셀러 저자가 아내다. 아내는 나를 돕느라 14권의 저·역서를 기파랑에서 펴냈다. 아내의 저서 가운데 《로빈슨 크루소의 사치》와 《시선은 권력이다》는 문화체육관광부 교양 추천도서, 《마이클 잭슨에서 데리다까지》와 《잉여의 미학》, 《이것은 Apple이 아니다》는 우수 교양도서, 《눈과 손 그리고 햅틱》은 2016년 세종도서, 《마그리트와 시뮬라크르》는 우수 학술도서 《눈과 손, 그리고 햅틱》은 세종도서로 선정되었다. 이 책들은 기파랑의 재정에 소중한 보탬이 되어 든든한 버팀목 역할을 해주었다.

삼성전자 부장으로 근무하고 있는 아들 승환이도 최근 대통령에 관한 여러 사소한 지식들을 모아 퀴즈 형식으로 묶은 《대통령의 트리비아》란 제목의 책을 기파랑에서 곧 출간할 예정이다. 또 우리 젊은이들이 사회의 각종 현안에 대해 다양한 각도에서 바로 볼 수 있게 되기를 희망하면서 쓴 책 《너의 생각은?》을 준비중이다.

중앙일보 부장으로 근무하는 딸 혜리는 이미 몇 해 전 각계 보통사람들의 성공 스토리를 중앙일보에서 연재한 후 이를 《당신의 역사》란 이름으로 기파랑에서 출간한 바 있다.

기파랑 창립 10년, 다시 샘터사 옥상에 서서

2015년 4월 18일, 샘터사 옥상에서 기파랑 창립 10주년 기념행사를 열었다. 이때까지 기파랑은 총 238종의 서적을 출판했다. 기파랑 조양욱(曺良旭) 편집주간은 조선일보 전직 사우들의 모임에서 펴내는 조우회보에 이렇게 쓴 적이 있다.

기파랑은 3다2무(三多二無)의 출판사다. 꿈 많고, 손님 많고, 일 많다. 베스트셀러가 없고, 울타리가 없다. 3다의 으뜸인 꿈은, 돈벌이가 되건 말건 개의치 않고, 후세들에게 올바른 역사관을 심어줄 책들을 화사한 미래를 꿈꾸면서 줄기차게 펴낸다는 뜻이다.(…)

애초에 나는 몹시 의아스러웠다. 아무리 이순신 장군이 남은 배 12척으로 벌떼처럼 덤벼드는 왜선을 물리쳤다지만, 이토록 영세한 기파랑의 규모로 영악한 출판 전문가들이 수두룩한 좌파 진영의 상대가 될 것인가? 그렇지만 나는 이내 내 착각 혹은 무지를 깨달았다.

꼬리를 무는 손님들의 발걸음에 답이 있었던 것이다. '화향백리(花香百里) 인향천리(人香千里)'. 꽃향기는 백리를 가고 사람향기는 천리를 간다는 비유 역시 그래서 나왔나보다. 눈에 보이지 않는 백만 응원군이 '인간 안병훈의 향기'에 이끌려 소리 없는 성원을 보내고 있었던 것이다.

조양욱 편집주간은 내가 편집국장으로 있을 때 문화부 기자로 재직했다. 일본 교도통신(共同通信) 출신으로 나중에 국민일보 도쿄특파원을 역임했다. 조선일보 독자부장과 스포츠레저부장을 지낸 단국대 명예교수 윤석홍 고문과 함께 나를 도와주는 고마운 후배들이다.

기파랑 창사 10주년 기념식에 참석하여 축하해준 분들과 기념촬영을 했다. 왼쪽부터 이인호 KBS 이사장, 필자 부부, 공로명 전 외무부 장관, 윤주영 전 문공부 장관, 이인수(이승만 전 대통령 양자) 박사. 2015년 4월 18일.

꼭 10년 전 그날, 샘터사 옥상에서 기파랑 개소식을 가졌을 때 나는 "방파제에 뚫린 구멍을 작은 주먹으로 막는 동화 속 네덜란드 소년의 심정으로 출판을 시작한다"고 했다. 10주년 기념행사장에서도 같은 말로 시작할 수밖에 없었다.

10년 전 방파제에 뚫린 구멍을 작은 주먹으로 막는 동화 속 네덜란드 소년의 심정으로 출판사를 시작했다. 당시 우리나라 상황은 이념적 혼란과 극단적 좌경화 현상으로 서점엔 좌파 학자들의 붉은 서적이 봇물을 이루고 있었다. 나라도 미력이나마 나서야 된다는 생각에서 출판을 시작했는데 벌써 10년이 됐다.

한 언론사 기자가 소감을 묻는 질문에는 이런 말을 해주었다.

신문사에 있을 때 경쟁 신문과 매일 매시간 싸워서 이기고 질 때의 성취감과 좌절감이 있었고, 국가적 아젠다를 만들어 사회 분위기를 이끌어오는 재미도 있었죠. 그러나 신문은 매일 생겼다가 사라지는 허망함도 있었어요. 반면 책은 지속해서 남아 있죠. 좋은 글을 받아 정성껏 만든 뒤 처음 책을 집어 들었을 때의 느낌도 좋고, 사람들의 지적 욕구를 채워주는 또 다른 묘미와 재미를 즐기고 있어요.

어느 노(老)정객과의 시간여행

기파랑 개소식과 창립 10주년 행사를 샘터사 옥상에서 연 것은 물론 샘터사 김재순·김성구 부자와의 인연 때문이다. 최근에 나는 김재

김재순 전 국회의장(오른쪽)과 대담하는 필자.

순 의장과의 대담집인 《어느 노정객과의 시간여행》을 출간했다. 그와
의 인연 하나를 새로이 쓴 셈이다.

김재순 의장을 처음 본 것은 조선일보 간부로 있을 때였던 것
같다. 그에 대한 평판은 이전부터 들어왔던 터였다. 폭 넓은 시각으로
항상 나라의 장래를 걱정하는 품격 있는 정치인이라는 것이 내 대학
동창인 이상우 전 한림대 총장과 최병렬 전 한나라당 대표의 평가였
는데, 조선일보 정치부 기자들의 평도 크게 다르지 않았다.

우연찮게 김재순 의장과 술을 곁들인 저녁을 함께 할 기회가 더

러 생겼다. 평안도가 고향인 방우영 회장, 노신영 전 총리, 김봉균(金鳳均) 회장, 김재순 의장이 식사를 하는 자리에 동석할 때가 있었다. 김재순 의장은 내가 들었던 평판 그대로였다. 표현이나 어법, 자세나 행동에서 풍기는 느낌이 중후하면서도 매력적이었다.

알고 보니 그는 성실한 독서인이자 정열적인 작가였다. '못 살겠다 갈아보자', '황금분할', '토사구팽(兎死狗烹)' 같은 시대의 유행어가 그의 작품이었다. 또한 그는 따뜻하고 유머러스했다. 그것은 그가 사람의 마음을 얻는 특유의 방식이었다. 내가 출판사를 운영하는 것도 한 이유가 됐겠지만, 그와의 만남이 거듭될수록 그의 삶을 기록으로 남기면 좋겠다는 생각이 들었다. 우선 그는 역사적 인물들과 교우했다. 조만식 선생 옆집에 살았고, 해방 후 최남선, 김구 선생을 찾아갔다는 사실이 이를 상징적으로 보여준다.

이승만정부 하의 호헌 구국운동과 구금(拘禁), 민주당 국회의원, 5·16 직후 피체(被逮)와 가택연금, 공화당 국회의원, 유신 후 정계 은퇴, 민정당 국회의원, 3당 합당, YS 대통령 만들기, 토사구팽 후 정계 은퇴로 이어지는 정치적 역정도 파란만장했다. 그 와중에 전국기능올림픽을 창설하고, 월간잡지 샘터를 창간했다는 사실도 흥미로웠다. 하지만 그는 자서전이나 회고록을 내는 데는 질색했다. 우리나라에서 나온 자서전과 회고록 대부분이 자기 합리화, 자기 미화로 가득 차 있다고 여겼기 때문이다. 달리 설득할 방법이 없어 아쉬운 마음뿐이었는데, 중앙일보에 김종필 회고록 「소이부답(笑而不答)」이 연재되는 것을 보고 아이디어를 얻었다.

어쨌든 나는 김재순 의장에게 제3자가 회고록을 집필하거나 대담 형식으로 책을 내면 어떻겠느냐고 제안했고, 그때서야 그는 반색하며 내 제의를 수락했다. 작년 11월부터 인터뷰를 시작해 일주일에 한 차례 정도 진행해 왔는데, 그 기간 동안 그의 기력이 한 달이 다르고 일주일이 달라지더니 나중에는 하루하루가 다르게 되었다.

다행이 인터뷰는 마칠 수 있었지만 애석하게도 그는 대담집의 출간을 보지 못하고 지난 5월 17일 세상을 떠났다. 이날은 부인 이용자(李龍子) 여사의 생일이었다. 김재순 의장은 타계 이틀 전에 《어느 노정객과의 시간여행》이라는 제목을 친필로 썼고, 하루 전 저녁 식사 자리에서는 부인의 생일 축하 노래를 미리 불러주었다고 한다. 그리고 다음날 온 가족이 지켜보는 가운데 평온하고 편안하게, 자는 듯이 눈을 감았다. 삼가 고인(故人)의 명복을 빌며, 고인의 영전(靈前)에 《어느 노정객과의 시간여행》을 바친다.

호시우보(虎視牛步)의 11년, 작은 기적을 이루다

10주년 행사를 가진 게 엊그제 같은데 정말이지 세월의 빠름이 쏜

살같아 이제 다시 한 해가 흘렀다. 그 동안 출간 종수도 늘어나 255 종을 넘기고 있다. 감히 비유컨대 '호랑이의 눈으로 날카롭게 세상을 관찰하며 소처럼 우직하게 걸어온(虎視牛步)' 지난날들. 새삼 도서목록을 다시금 훑어보니 세상의 귀감(龜鑑)이 될 회고록(回顧錄)이나 문화의 향기 넘치는 교양서들도 적지 않게 눈에 띈다.

우리 사회 각 분야의 리더들이 진솔하게 자신의 인생을 기록한 회고록, 그 분들이 털어놓는 생생한 체험은 후학(後學)들에게 더없이 가치 있는 길잡이 노릇을 할 수 있을 터였다. 정원식 전 국무총리의 《변혁의 시대에서》, 최병렬 전 한나라당 대표의 《보수의 길, 소신의 삶》, 박준병 전 자민련 부총재의 《군인의 길, 정치인의 길》, 오세응 전 국회부의장의 《잘못된 정치, 49%는 국민의 책임》, 언론인 김동익(金東益) 전 정무장관이 어린 손녀에게 남기는 세상 이야기 《20년 후에 보아라》 등이 그렇다. 자신의 장관 재임 500일을 돌아보며 쓴 최경환 전 지경부 장관의 《산업정책 콘서트》도 이 범주에 넣을 수 있겠다.

외교관 출신들의 비화가 담긴 회고록으로는 《군인으로 외교관으로 체육인으로》(김세원), 《어느 외교관의 비망록》(윤하정), 《어느 외교관의 이야기》(노창희), 《6·25와 베트남전, 두 死線을 넘다》(이대용), 《장춘에서 오슬로까지》(양세훈), 《외교관으로 산다는 것》(이재춘), 《한 외교관의 도전》(권순대), 《三痴의 自畵像》(허승)을 꼽을 수 있다.

평생을 외교 일선에서 보낸 뒤 《나의 외교 노트》로 우리 현대사를 정리한 공로명 전 외교부 장관, 《자유와 정의》《자유 민주 보수의 길》을 저술한 박근 전 유엔 대사, 《일본말 속의 한국말》《일본으로 건너간 한국말》《일본어 한자 훈독 우리말로 풀이하다》 등 3권의 두툼한 연구서를 펴낸 김세택 전 오사카 총영사, 《미국 외교정책이 걸어온 길》《한국외교의 재발견》《한반도 생존게임》을 상재(上梓)한 이승곤 전 오스트리아 대사 등도 특기할 만한 기파랑의 필자들이다.

이색 여행기에다 언론 동료들의 저술까지

문화적인 향기가 풀풀 나는 명저(名著)를 낸 이태원 전 한진 사장과 최영도 변호사는 내 대학 동창이다. 이태원 사장은 대한항공에 입사하여 부사장까지 역임했는데, 그 경험이 오롯이 녹아 있는 이색 여행기 《이집트의 유혹》《몽골의 향수》《터키의 매혹》《앙코르 와트의 신비》와 《비행기 이야기》《항공여행 아는 만큼 즐겁다》 등 항공 상식백과를 두루 집필했다. 문화재 수집가로도 명성이 자자한 최 변호사는 세계 유명 미술관 산책을 기록한 《아는 만큼 보이고 보는 만큼 느낀다》를 낸 데 이어, 곧 아시아 고대 문화 유적 탐방기인 《아잔타에서

석불사까지》를 출간할 예정이다.

경제학자이면서 독특한 시각의 여행기를 쓴 최병서 교수의 《런던 느리게 걷기》《빠리 느리게 걷기》, 언론인 출신 외교관인 손우현 전 파리 문화원장의 《프랑스를 생각한다》, 내 고교 동창인 민속학자 김광언 인하대학 명예교수가 한국인의 삶의 풍경을 구수하게 그려낸 《뒷간》《바람, 물, 땅의 이치》도 기파랑의 품격을 높여준 저술들이었다.

소설가 복거일 선생의 《보수는 무엇을 보수하는가》《군세어라 금순아를 모르는 이들을 위하여》, 한상일 국민대학 명예교수의 《1910 일본의 한국 병탄》《지식인의 오만과 편견》《무지의 만용》(번역), 허화평 미래한국재단 이사장의 《경제민주화를 비판하다》, 단국대 김태기 교수의 《대한민국 돌파구》《이제 다시 시작이다》, 문광부 우수학술도서로 선정된 단국대 손태규 교수의 《왜 언론자유, 자유언론인가》역시 진하게 독자들의 눈길을 끈 역저(力著)들이었다.

언론사 동료, 후배들과 연관된 책도 많이 출간했다. 우선 조선일보 사우로서는 윤석홍, 조종무, 박승준, 이하원, 이동욱, 구성재, 김한수, 조희천, 박종인 기자를 꼽을 수 있다. 또 중앙일보 문창극 전 주필, 이장규 전 편집국장, 김진 논설위원, 한국경제신문 정규재 주필, 김일성종합대학 출신인 동아일보 주성하 기자가 기파랑의 필진으로 이름을 올렸다. 게다가 내 고교 동창인 이남규 전 조선일보 논설위원은 기파랑의 첫 간행물인 《데모사이드》를 비롯하여 모두 10권의 외서(外書) 번역을 맡아주었다. 서울대 법대 15회 동창회(회장 김정후)도 입학 60주년을 기념하는 문집 『法門時文』을 곧 출간할 예정이다. 김양배, 이세창 씨가 수고를 많이 했다.

한국역사에 아로새겨진 위인의 전기(傳記)로는 고당(古堂) 조만식(曺晚植) 선생의 《북한 일천만 동포와 생사를 같이 하겠소》(고당기념사업회), 서재필 박사의 《선구자 서재필》(서재필기념회), 도산(島山) 안창호 선생의 《도산의 향기 백년이 지나도 그대로》(윤병욱) 등을 펴냈다.

물심(物心) 양면으로 도와준 은인(恩人)들

끝으로 내가 기파랑을 경영하는데 큰 힘이 되어준 두 분을 언급하지 않을 수 없다. 에이티넘 인베스트먼트의 이민주(李民柱) 회장과 한림대학교 윤대원 이사장이다. 이 회장은 《대안 교과서 한국 근현대사》 출간을 계기로 이 책의 보급을 위해 지원한 것을 시작으로 지난 10년 동안 소리 없이 기파랑의 든든한 버팀목이 되어 주셨다. 나는 항상 마음으로만 깊은 감사를 드리며 살고 있다.

윤 이사장은 내 친구인 이상우 전 한림대 총장의 소개로 처음

뵙게 되었는데, 기파랑 개소식과 창립 10주년 기념식에도 빠짐없이 참석하여 격려해주셨다. 그리고 대한민국의 정체성과 국가 발전에 관계된 책들이 출간될라치면 언제나 대량으로 구입하여 주변에 널리 홍보하는 등 지원을 아끼지 않는다. 여기에 이종호 JW 홀딩스 명예회장, 윤세영 SBS 문화재단 이사장, 영유통의 조덕영(趙德英) 회장, 종근당의 이장한(李章漢) 회장, 조희천(曺熙天) 전 조선일보 기자도 큰 힘을 보태주고 있다.

이밖에도 정구영 전 검찰총장을 위시하여 이병수(李秉守), 김상진(金相鎭), 김태준(金泰俊), 신원식(申元植), 변욱(卞煜), 유홍종(劉洪鍾) 등 내 대학 동창들도 기꺼이 기파랑 지원에 앞장 서주어 늘 고마움을 간직하고 있다.

또한 정기적으로 조촐한 식사자리를 가지면서 정담(情談)을 나누는 몇몇 친목 모임의 멤버들도 기왕이면 이 자리에 소개하고자 한다.

'호라이즌(Horizon)'은 대학 동창 최병렬 전 한나라당 대표가 현역 정치인이던 시절의 후원회였다. 그가 정계를 은퇴한 후로도 분기별로 만남의 시간을 갖고 있는데, 아래는 그 리스트이다.

김광석(참존 회장), 김동길(경인양행 회장), 김효조(경인전자 회장), 나응찬(신한은행 회장), 박순효(한진무역 회장), 박영관(세종병원 회장), 변욱(전 동양특송 사장), 배종렬(전 삼성 사장), 손경식(CJ그룹 회장), 손주환(전 공보처 장관), 송영수(한진 사장), 유홍종(지앤비스

틸 회장), 이상우(신아시아연구소 소장), 이태원(전 한진 사장), 정구영(전 검찰총장), 정우모(태영인더스트리 부회장), 정훈보(한국철도차량 사장), 한중석(모닝글로리 회장), 현홍주(김&장 법률사무소 변호사)

'폴로(POLO)회'는 이상우 전 한림대 총장이 고교 동문들을 중심으로 만든 모임으로, 이따금 부부 동반으로도 만나 이런저런 세간(世間)의 관심사를 화제에 올리며 즐거운 시간을 보낸다. 바로 이들이다.

이병수(이수테크 회장), 이상우(신아시아연구소장), 이재후(김&장 법률사무소 대표 변호사), 정재관(전 코엑스 사장), 신영무(바른 사회운동 대표), 윤윤수(휠라코리아 회장), 유명환(김&장 법률사무소 고문), 문창극(전 중앙일보 주필), 김관진(대통령 안보실장), 이민주(에이티넘파트너스 회장), 이현순(두산인프라코어 부회장), 이장규(GIMCO 회장), 김석(삼성 사회공헌 사장).

이에 비해 '상린회'는 황병주 동영물산 회장을 중심으로 주로 현대그룹에서 사장을 역임한 이들이 만나는 모임이다. 나야 현대그룹에 몸담은 적이 없지만, 그래도 격의 없이 만나 세상 돌아가는 이야기를 나누곤 한다.

경규한(리바트 사장), 권오갑(현대중공업 사장), 김상욱(전 머니투데이 방송 사장), 김종식(동영물산 부회장), 김호일(전 현대시멘트 부회장), 노정익(전 서울대학교 기술지주회사 사장), 박정인(현대차 IB

재단법인 통일과 나눔 사무실에서 재단 임원들과 함께.
전병길(사무국장), 안병훈(이사장), 윤석홍(상임이사), 조수환(재무위원장).

증권 회장), 방정섭(사단법인 한국 VE협회 회장), 이병규(문화일보 사장), 정재관(US리조트자산관리 사장), 채수삼(그레이프 커뮤니케이션즈 회장), 최하경(NDS 회장), 황병주(동영물산 회장).

끝으로, 지연(地緣)도 혈연(血緣)도 학연(學緣)도 제각각인 색다른 '구미(組)'인 친목모임을 소개하고 싶다. 연락책을 맡아 항상 동분서주하는 황달성 금산갤러리 대표의 부지런함에 힘입은 바 크지만, 어쨌든 모자라는 시간을 쪼개어 만나 서로의 앞날을 격려해 주며 재미있게 만나는 모임이다. 바로 이 분들이다.

심재혁(태광그룹 부회장), 이장한(종근당 회장), 유진룡(전 문화관광부 장관), 박병원(경총 회장), 임병수(전 그랜드코리아레저 사장), 김흥걸(전 국가보훈처 차장), 문길주(과학기술연합대학원대학교 총장), 남상균(전 스포츠조선 사장), 황달성(금산갤러리 대표), 이정환(세계미래포럼 대표), 신현목(전 삼성탈레스 사장), 최병서(동덕여대 교수), 성영목(웨스틴 조선호텔 사장), 김현호(뉴시스 대표), 허종희(전 우리신용정보 사장), 장연철(가람건축 회장), 김영수(전 송파구 부구청장), 김완태(LG Sakers 농구단 단장), 변희찬(법무법인 세종 변호사), 조명철(고려대학 교수), 김성구(샘터사 사장), 김동명(국민대학 교수), 정규재(한국경제신문 주필), 김태기(단국대학 교수), 윤석홍(단국대학 명예교수), 이달곤(전 행자부 장관), 최금락(법무법인 광장 고문).

서울 중구 한국프레스센터에서 열린 통일과 나눔 펀드 출범식에서 참석자들이 기부 약정을
마친 뒤 기념촬영했다. 2015년 7월 7일.

마지막 봉사, 새로운 시작 '통일과 나눔' 운동

2015년 3월초 조선일보 강효상(姜孝祥) 편집국장으로부터 전화가
걸려왔다. 조선일보가 통일에 관련된 재단법인을 출범시키려고 하는
데, 재단 이사장직을 맡아 이를 설립해달라는 요청이었다.

　　나는 "기금을 모으라는 뜻 아니냐? 나는 돈 모으는 재주가 없
다. 나이를 먹으면 하던 일도 놓아야 한다는데…"하며 사양했다. 하

지만 강 국장은 "일은 저희들이 할 테니까 꼭 맡아달라"면서 "이것은 회사의 명령이나 마찬가지입니다"라고 압박했다.

38년 7개월간 조선일보의 녹(祿)을 먹은 죄가 작용했는가, 하루를 고심 끝에 나는 마음을 바꿨다.

우선 조선일보 주변에도 사람이 많을 텐데, 회사가 왜 하필 나이든 나에게 이 일을 맡기려고 하는 것일까를 생각해봤다. 직감적으로 회사 재직 시절 조선일보가 펼쳐 요원의 불길처럼 타오르면서 성공을 거둔 환경운동과 정보화운동, 그리고 역사바로세우기운동 등이 작용하지 않았나 싶었다. 그렇다고 퇴직한 지 12년이나 지난 지금의 내가 이 일을 맡아 과연 그때처럼 성공할 수 있을까 하는 의문이 드는 건 사실이었다.

캠페인은 항상 성공하는 것이 아니다. 타이밍과 여건이 맞아야 한다. 나는 과거 신문사 시절에 입버릇처럼 "물건이 타오르려면 ①연료 ②산소 ③발화점 이상의 온도 등 세 요소가 맞아야 한다"는 말을 했었다. 그래서 이 같은 원리에 통일과 나눔 재단 문제를 대입해보기로 했다.

그동안의 수많은 통일 관련 캠페인들이 왜 크게 성공하지 못했는지를 분석해보니 통일 논의(연료)는 무성한데, 국민의 관심(산소)이 턱없이 부족했다는 결론이 나왔다. 우리 국민 가운데에는 통일을 입으로는 외치면서도 자신과는 관계가 없다고 여기는 사람이 의외로 많았던 것이다. 또한 막연히 시간이 흐르면 어느 날 통일되는 날이 오겠지, 혹은 통일은 정부나 주변 강대국 등 누군가가 해주겠지 하면서 손을 놓고 있었던 것도 사실이다. 이러한 국민정서를 가지고는 통일은 불가능하다. 그렇다면 지난 70년 동안 정부에만 맡겨두고 방관자나 다름없었던 국민들을 적극적으로 한번 나서게 만들면 어떨까, 여기에 조선일보라는 매체 파워(온도)를 앞세워 불을 지르면 성공할 수 있겠다는 판단이 들었다.

신라호텔 에메랄드룸에서 열린 ALC(Asian Leadership Conference)
「역사에서 배운다, 통일의 길」 세션에 참석한 인사들. 왼쪽부터 윤영관 전 외교통상부 장관,
필자, 게르하르트 자바틸 주한 EU 대사, 디르크 힐베르트 독일 드레스덴 시장, 박찬봉
사회복지공동모금회 사무총장. 2016년 5월 17일.

　　나는 결심했다. 우리 사회의 한 귀퉁이에서나마 통일을 위해 남
은 생애를 바쳐보자고 다짐했고, 내 인생의 마지막 봉사라는 각오를
하며 조선일보의 제의를 수락했다. 설립준비금 1천만 원을 1호로 내
면서….

　　2015년 3월 12일, 나는 '통일과 나눔' 재단 설립 준비위원장으
로 선출됐다. 5월 26일에는 재단 현판식을 갖고 본격적인 활동에 들

어갔다. 드디어 6월 29일부터 조선일보는 "나눔, 통일의 시작입니다" 캠페인을 펼쳐나가기 시작했다.

나는 우선 "한 사람이 꿈을 꾸면 그냥 단순히 꿈에 그치고 말지만 많은 사람이 함께 같은 꿈을 꾸면 그것은 현실로 이루어진다는 말이 있듯이, 국민들이 똑같이 통일을 꿈꾸면 현실이 될 수 있다"며 많은 국민들의 참여를 우리 재단의 목표로 삼았다.

그래서 나온 아이디어가 "한 가정이 월 1만원씩 통일 나눔 펀드에 기부토록 하자"는 것이었다. 기부를 하면 자연히 가정 안에서 통일에 대한 화제가 활발하게 오갈 수 있고, 여기에 많은 국민이 호응하면 통일과 나눔 펀드 운동이 요원의 불길처럼 타오를 수 있다고 판단한 것이다.

나는 곧장 조선일보로 방상훈 사장을 찾아가 '한 가정 월 1만원 약정운동'을 제의했다. 일반 국민들에게뿐 아니라 우리나라에서 제일가는 부자인 현대자동차의 정몽구 회장이나 삼성그룹의 이재용 부회장에게도 똑같이 월 1만원씩 약정토록 권유하자고 취지를 설명했다.

방 사장은 즉석에서 찬동하면서 약정 금액의 많고 적음에 신경을 쓰기보다는, 오히려 약정자 숫자를 늘리는데 주력하는 것이 좋겠다는 의견을 내놓기도 했다.

7월 7일, 통일과 나눔 펀드 출범식이 서울 프레스센터에서 열렸다. 나는 이날 "통일은 우리 대한민국 국민이 이뤄내야 한다"면서 "북

조선일보 앞 신영균씨와 필자. 2016.10.12.

한 주민들의 마음을 대한민국으로 기울게 만드는 등 북한 주민들이 스스로 북한 체제를 변화시키도록 우리 모두가 힘을 모아야 한다"고 강조했다. 또 "남녘 동포들이 남녀노소 할 것 없이 십시일반으로 기부, 통일 준비운동을 하고 있다는 사실이 북녘 동포들에게 전달되어야 하며, 이보다 더 강력하고 효과적인 통일운동은 없다"고 덧붙이기도 했다.

'한 가정 월 1만원 기부 운동'의 시작이었다. 통일과 나눔 펀드 운동에 대한 국민들의 호응은 가히 폭발적이었다. 펀드가 공식 출범한지 169일 만인 2015년 12월 23일, 기부 참여자가 100만 명을 넘어섰다. 10개월이 지난 현재에는 165만 명을 훨씬 초과한 상황이다. 하루 평균 6천115명이 가입하는 기적을 이룬 것이다.

특히 대림산업 이준용(李浚鎔) 명예회장은 자신의 개인 재산 전부인 2천억 원 상당을 재단에 기부하겠다고 발표했다. 나는 이 소식을 《건국 대통령 이승만의 생애》 영문판 출판기념회가 열린 미국 뉴욕에서 들었기 때문에 놀라움이 더했다. 고려용접봉 홍민철 회장은 일시에 10억 원을 기부한 것 외에도 3년간 매달 100만원의 정기 기부를 약정했다.

원로 배우 신영균 씨는 결혼 60년 회혼식을 계기로 "열 두살때 떠나온 고향땅을 통일돼서 다시 밟는게 소원"이라며 탈북 학생에게 장학금으로 써달라며 10억 원을 통일과나눔 재단에 기증했다.

나는 이 같은 국민들의 폭발적인 호응과 관심, 그리고 이준용 명예회장, 홍민철 회장의 믿어지지 않는 기부에 기뻐하고 흥분하면서도, 한편으로는 이 분들이 무엇을 바라며 자신들의 소중한 돈을 우리 재단에 희사하는 것인가 하고 깊은 책임감과 두려움을 느꼈다.

통일과 나눔 재단 이사장을 맡은 덕분으로 12년 만에 조선일보 사보와 인터뷰를 가졌다. 이 자리에서 나는 "소련이 붕괴되고 중국이 개혁 개방된 뒤 인류의 보편적 가치인 자유·인권·재산권이 보장되는 체제가 세계적인 흐름이 되고 있는데, 북한이 이 흐름에 동참하도록, 다시 말해 개혁 개방의 기운이 북한 사회에 스며들도록 재단이 다각적인 노력을 경주할 것"이라고 밝힌 다음 "북한에는 세계 거의 모든 나라가 누리고 있는 3통(通)주의, 즉 통행의 자유와 통상의 자유, 통신의 자유도 없다. 시간이 걸리더라도 그곳에 3통주의가 통용되는 방향으로 노력하겠다"고 다짐했다. 또한 "재단은 남한으로 귀순한 탈북자 문제에도 전력을 다할 계획이며, '먼저 온 통일'이라는 탈북자들이 남한 생활에 안정적으로 정착할 수 있도록 결연(結緣)운동을 비롯하여 도움을 주는 사업을 벌이겠다"고 약속했다.

영국주재 북한 대사관에서 근무하다 최근 탈북하여 한국에 망명한 태영호 공사가 지난 2월 초 재단을 방문하여 나를 비롯한 재단 관계자들과 많은 이야기를 나누고 오찬을 함께한 일이 있었다.

태 공사는 현재 안보전략연구원의 연구원 신분으로, 앞으로 그가 벌이는 활동을 재단이 돕고 싶다는 나의 말을 전해 듣고 광화문의 우리 사무실을 찾아 온 것이다.

그는 남한에 와서 각 분야의 많은 사람들을 만났지만, 대부분이 북한사회의 실상을 묻고 답변하는 것이 주였었는데, 오늘처럼 자신의 활동을 도와주겠다는 말을 전제로 화제를 나눈 것을 처음이라면서 나에게 "고맙다"고 말하기도 했다. 그는 "남한에 와 보니 북한을 공산사회 또는 사회주의 체제라고 부르는 것을 보았는데, 북한은 그게 아니고 극악한 노예사회"라면서 "이런 노예사회를 무너뜨리는 통일성업에 전념할 것"이라면서 여러 아이디어를 제시하기도 했다.

27년 전 동서독이 통일될 때 이를 예상한 사람은 아무도 없었다. 1989년 10월초 콜 서독 수상은 기자회견에서 "동서독은 앞으로 30년이 지나도 통일이 될지 의문이다"고 고개를 저었다. 그런데 회견이 있은 지 사흘 만에 베를린 장벽이 무너졌다.

우리의 경우도 통일은 도둑처럼 올 수 있지 않을까? 우리 국민들이 물 마시고 공기 마시듯이 통일 문제를 일상의 관심사로 여겨 북한 체제의 변화를 추구하고 노력할 때, 통일은 이뤄진다고 믿는다.

나는 지난해 5월 17일 신라호텔에서 조선일보가 주최한 AFC(Asian Leadership Conference) 「역사에서 배운다, 통일의 길」 세션에서 인사말을 통해 "통일 나눔 펀드 가입자가 출범 10개월 만에 165만 명에 이르렀다"고 보고하고 "앞으로 더 많은 국민들이 저희와 함께 구체적으로 500만, 아니 1천만 명이 동참할 때 우리의 꿈인 통일은 반드시 현실로 이루어질 것이다. 그래도 안 되면 아마 하늘이 도와주지 않겠느냐?"고 말했다.

통일을 위해서는 '지금이 찬스'이며, "국민 개개인이 벽돌 한 장씩을 쌓아 통일을 만들어 가는 기적을 경험하자"고 호소했다. 통일은 험난하고 어려운 일이나, 그래도 나는 그 꿈을 위해 계속 노력할 것이다.

2017년 2월 2일 열린 재단이사회에서 재단에 납입된 기부금은 3천 39억 원이라고 보고되었다. 재단이 무(無)에서 모금운동을 시작한 지 1년 6개월만에 이룬 기적이다.

조선일보 사람들과…

방일영 조선일보 고문의 회갑문집 《태평로 1가》 출판기념회에서.
유진오, 이희승, 윤치영, 미상, 김경래, 김대중, 필자, 방 고문, 주돈식,
홍종인(오른쪽 아래부터 시계방향으로). 1983년 4월

롯데호텔에서 열린 조선일보 주최 '문화인 송년의 밤'에서 방우영 사장과 전·현직 편집국장들이 한자리에 모였다. 오른쪽부터 최병렬, 김용원, 방 사장, 신동호, 김용태, 현직 편집국장이던 필자. 1986년 12월 15일.

필자의 대학 동창이며 전임 편집국장인 최병렬 의원과 함께 덕수궁 미술관에서 열린 로댕전을 관람했다. 1985년 7월 25일.

어느 해 조선일보 사내 송년 파티에서. 왼쪽부터 신동호 주필, 최호 체육부장, 방우영 사장, 선우연 청와대 공보비서관, 최병렬 편집부국장, 김용태 편집국장, 정치부장 시절의 필자.

롯데호텔에서 열린 문화인 송년 모임을 마치고 기념촬영. 1986년 12월 15일.

조선일보 테니스대회에서 입상한 필자(왼쪽)와 인보길 기자에게 방상훈 발행인이
상품을 수여하고 있다.

사내 테니스대회에서 입상하여
신동호 편집국장(오른쪽)으로
부터 상품을 받는 필자.

방일영 조선일보 고문이 청와대에서 김대중 대통령으로부터 금관문화훈장을 받은 뒤 기념촬영.
오른쪽부터 방상훈 사장, 방 고문, 김 대통령, 방우영 회장, 필자, 강천석 주필. 1999년 5월 21일.

1998년 1월 21일 청와대에서 방우영 회장이 금관문화훈장을 받은 뒤 기념촬영. 방 회장은 1992년에는 국민훈장 무궁화장을 받았다. 왼쪽부터 김창기 조선일보 청와대 출입기자, 필자, 김영삼 대통령, 방 회장, 김대중 주필.

조선일보가 주최한 독립기념관 개관 기념 국민화합대행진이 독립기념관에 이르는 4킬로미터 구간에서 거행되었다. 방상훈 발행인과 필자, 최대근 출판판매국장이 폭우 속을 함께 걸었다. 1987년 8월 16일.

국립 현대미술관에서 「아! 고구려…」 전시회가
개막되기 직전, 방상훈 사장이 전시회에 관여한
취재기자 및 사업 추진팀원들과 기념촬영했다.
오른쪽부터 김태익, 김주호, 이병훈, 서희건, 방 사장,
필자, 김명규, 서건, 조의환, 이오봉. 1993년 11월 17일.

유건호 부사장으로부터
특종상을 받는 필자.

조선일보 송년회 모임에서 김용태 편집국장과 담소를 나누는
정치부장 시절의 필자.

조선일보와 인민일보가
베이징 인민대회당에서
공동 주최한 한중 경제
심포지엄을 끝내고
방상훈 사장(오른쪽에서
네 번째) 등 대회
주최자들이 함께
만리장성을 둘러봤다.
필자는 오른쪽에서
다섯 번째.
2002년 3월 29일.

1973년부터 3년 동안 마이니치신문 서울특파원을 지낸 후루노 요시마사 씨가 방한하여
절친했던 기자들과 저녁을 나누면서 찍은 사진. 왼쪽 아래부터 시계 반대방향으로 마실언,
필자, 후루노, 이규태, 안종익, 나카지마, 하원, 강천석, 부지영, 오자와. 1998년 2월 24일.

신촌에 있는 김동길
교수 자택에서
냉면 점심을
초대받은 조선일보
간부들. 왼쪽부터
조연흥, 필자,
마실언, 정광헌,
방상훈, 김 교수,
조규린, 신동호,
이준우. 미상

'98 02 24

조선일보 편집부의 야유회에서 기념촬영. 아래 오른쪽부터 시계방향으로 최성두, 김진석, 필자, 최일영, 황옥률, 안철환, 이규환, 조영서, 이현구

조선일보 편집부 시절 서울고 동창들.
왼쪽부터 배우성, 이상우, 필자.

정·관계 지도자들과…

박정희 대통령과 청와대 출입기자들이 대통령 여름 휴양지
저도에서 기념촬영했다. 맨 앞줄 오른쪽에서 여섯 번째가 박 대통령,
둘째 줄 오른쪽에서 두 번째가 필자. 1976년 7월 31일.

허정 전 과도내각 수반이 신교동 자택에서 조선일보 간부들을 만나 인터뷰했다.
오른쪽부터 주돈식 정치부장, 편집국장인 필자, 류근일 논설주간.

최규하 전 대통령이 국무총리 시절 조선일보 주최 「멕시코 문명전」(덕수궁 현대미술관)에서 개막
테이프를 끊고 참석자들과 담소를 나누었다. 왼쪽부터 필자, 김성진 문공부 장관, 방우영 조선일보 사장,
최 총리, 화비에르 올레아 무뇨스 주한 멕시코 대사. 1979년 2월 29일.

전두환 전 대통령이 부인 이순자 여사와 손자, 손녀 등 가족 및 5·6공 인사 60여 명과 함께
조선일보가 주최한 「아! 6·25…」 전시회를 필자의 안내를 받으며 관람했다. 2000년 8월 17일.

노태우 대통령이 필자가 한국신문편집인협회 회장에 취임한 것을 계기로 편협 임원들을
청와대로 초청, 만찬을 베풀었다. 오른쪽 끝은 남시욱 부회장. 1991년 2월 1일.

김영삼 대통령이 코엑스에서 열린 서울국제도서전에 참석하여 전시장을 둘러보다가 조선일보 부스에 들러 필자로부터 조선일보가 발간한 도서와 CD롬을 선물로 받고 있다. 1995년 5월 17일.

이명박 대통령이 서울시장 재직 당시 필자 내외와 남시욱, 홍순길 씨 내외를 초청 만찬을 하면서 아내(박정자)와 찍은 사진. 이후 한나라당 대통령 경선에서 박근혜 선대본부장인 필자는 이 후보와 대결하는 처지가 되었다. 2004년.

김대중 대통령이 청와대에서 방일영 조선일보 고문에게 금관문화훈장을 수여하는 자리에서
필자와 악수를 나누었다. 1999년 5월 21일.

세종문화회관 세종홀에서 열린《대안 교과서 한국 근현대사》출판기념회에서 축사를 하기 위해
필자의 안내를 받으며 입장하는 박근혜 전 한나라당 대표. 2008년 5월 26일.

나와 결혼하기 직전 조선일보에서
경향신문으로 옮긴 아내(박정자)가
1969년 9월, 윤보선 전 대통령
부인 공덕귀(孔德貴) 여사를
인터뷰하는 모습.

방한한 존슨 미국 대통령 부인
버드 존슨 여사가 덕수궁
석조전을 둘러본 뒤
내려오고 있다.
여기자들이 뒤따르며
이를 취재했다.
원 안이 조선일보 기자
시절의 아내(박정자).
1966년 10월

김영삼 대통령 부인
손명순 여사가
코엑스에서 미국,
독일 등 8개국 89업체가
참가하여 열린
96 WASTE EXPO
'재활용 산업전'에
참석하여 필자와
악수를 나누었다.
1996년 7월 9일.

김대중 대통령 부인
이희호 여사가
최은희여기자상 역대
수상자들을 청와대로
초청, 만찬을 베풀기에
앞서 이 상의
운영위원장인 필자와
인사를 나누었다.
1999년 5월 11일.

정일권 국회의장이 필자의 생일날 필자 부부를 의장 공관으로 초청,
만찬을 베풀었다. 1974년 11월 23일.

김종필 국무총리가 예술의전당에서 열린 조선일보 주최 「대한민국 50년, 우리들의 이야기」 전시회를 둘러보았다. 김 총리 오른쪽이 방상훈 조선일보 사장, 왼쪽이 필자. 1998년 8월 8일.

노신영 전 국무총리가 서울 힐튼호텔에서 열린 조선일보 창간 75주년 축하연에서 필자와
만났다. 가운데는 남재희 전 노동부 장관. 1995년 3월 6일.

백두진 전 국회의장과 1978년
어느 파티에서 만났다.

남덕우 국무총리를 인터뷰하는 필자. 1980년 12월 28일.

정원식 국무총리가 필자가 회장인 한국신문편집인협회 초청 '금요 조찬대화'에 나와 기조연설을 했다. 왼쪽부터 박성범 부회장, 필자, 정 총리. 1991년 11월 1일.

현승종 전 국무총리가 윤관 대법원장이 만든 사법제도발전위원회의 위원장으로서 위원인 필자와
인사를 나누었다. 1993년 11월 10일.

이회창 한나라당 총재가 한국프레스센터에서 열린 최은희여기자상 시상식에 참석, 수상자 김혜원
코리아헤럴드 정치부장을 위해 축사를 했다. 오른쪽이 이상의 운영위원장인 필자. 1997년 5월 7일.

성 김 주한 미국대사가 이임을 앞두고 김재순 전 국회의장 등을 대사관저로 초청, 오찬을 베풀었다.
오른쪽부터 필자, 김규 회장, 김 의장, 성 김 대사, 이홍구 전 국무총리, 김성구 샘터 사장.

2002년 월드컵 축구 4강 신화를 이룩한 히딩크 감독의 자서전《마이웨이》를 조선일보가 출간한
기념회 자리에 참석한 이홍구 전 국무총리와 환담을 나누었다. 왼쪽부터 필자, 방상훈 조선일보 사장,
이 총리. 2002년 9월 3일.

이수성 전 국무총리가 조선일보 미술관에서 열린 심경자 초대전에서 심 화백,
필자와 담소를 나누었다. 1999년 5월 18일.

김정렴 전 청와대 비서실장이 세종문화회관에서 열린 자신의 저서 《한국경제정책 30년사》 출판기념회 자리에서 재임 당시의 청와대 비서관 및 출입기자들과 기념촬영했다. 가운데 줄 오른쪽에서 다섯 번째가 김 실장. 김 실장 바로 뒤가 필자. 1990년 11월 9일

포항제철을 방문하느라 정문 앞에서 차량에서 내리는 필자를 맞아주는 박태준 사장.
그는 김대중정부에서 국무총리를 역임했다.

외무부 출입기자단이 베트남 사이공의 한국군사령부를 방문, 이세호(李世鎬) 사령관 등 참모들과
기념촬영했다. 가운데 이 사령관 오른쪽이 기자단 단장인 조병필 코리아타임스 기자, 그 뒤가 필자.

반기문 외무장관이 2006년 10월 13일 제8대 유엔 사무총장으로 공식 확정된 뒤 24일 귀국,
노신영 전 국무총리가 롯데호텔에서 베푼 환영연에서 참석자들과 기념촬영했다.
왼쪽부터 필자, 공로명 전 외무장관, 반 외무, 김재춘 전 인도네시아 대사. 이 자리엔 박쌍룡 대사,
조병필 전 코리아타임스 사장도 함께 했다.

외국 정상들과…

장징귀(蔣經國) 자유중국 총통이 타이완을 공식방문한 정일권 국회의장과 수행기자들을 위해 만찬을
베풀기에 앞서 기념촬영했다. 오른쪽부터 필자, 안희명 한국일보 기자, 장 총통, 정 의장, 김계원 대사,
이재원 서울신문 기자, 김점동 코리아 헤럴드 기자, 정남 경향신문 기자. 1974년 5월 27일.

나카소네 일본 총리의 초청으로 도쿄를 방문, 총리관저에서 기념촬영.
1984년 6월 26일. 필자는 이어 후쿠다 다케오, 스즈키 젠코, 미야자와 기이치
전 총리도 차례로 방문했다.

우루과이의 보르다베리
대통령과 악수를 나누는 필자.
1974년 6월 11일.

주룽지(朱鎔基) 중국 총리가
한중경제심포지엄에 참석한
필자와 악수를 나누었다.
뒤는 류근일 조선일보 주필.
2002년 3월 28일.

경제계 리더들과…

정주영 현대그룹 회장이 현대가 추진하는 서산 간척지 현장에
조선일보 논설위원들을 초청, 공사 내용을 설명했다.
당시 편집국장이던 필자도 함께 했다. 사진 오른쪽부터 유경환, 필자,
신동호 주필, 김성두, 정 회장, 조덕송, 이규태, 김대중, 이흥우, 미상,
류근일, 미상. 1985년 11월 2일.

이병철(李秉喆) 삼성그룹 회장이 주요 일간지 편집국장을 신라호텔로 초청, 삼성이 추진하는
반도체산업에 관해 설명했다. 이 회장과 악수를 나누는 필자. 가운데는 홍진기(洪璡基) 중앙일보 회장과
이건희(李健熙) 부회장. 1986년.

조선일보와 대우그룹이 공동으로 힐튼호텔에서 주최한 글로벌리제이션 포럼에서 김우중 회장과 필자가
담소를 나누고 있다. 1993년 5월 23일.

조선일보와 중국 인민일보가 베이징 인민대회당에서 공동 주최한 한중 심포지엄 오전 회의를 마친 뒤 필자의 손을 잡고 걷는 정몽구 현대 자동차 그룹 회장(왼쪽 두 번째). 2002년 3월 27일.

LG상남언론재단 송년 모임에서 구본무 회장과 재단 이사장인 필자. 2005년 12월 5일.

이건희 삼성그룹 회장과 부인 홍라희 여사, 대통령 부인 이희호 여사, 신낙균 문체부 장관, 필자
(사진 오른쪽부터)가 로댕갤러리에서 열린 「20세기 마지막 로댕전」 개막식 후 작품을 관람하고 있다.
1999년 5월 13일.

필자의 서울고, 서울법대
선배인 윤세영 SBS 회장과
함께. 필자는 SBS문화재단
창립 이래 지금까지 이사를
맡고 있다.

역사에 기록될 세계적인 인사들과…

컴퓨터 황제 빌 게이츠 MS회장이 조선일보를 방문, 햄버거로
오찬 회담을 한 뒤 기념촬영했다. 오른쪽부터 방상훈 조선일보 사장,
빌 게이츠, 필자, 인보길 편집국장. 1994년 12월 7일.

2002년 월드컵 축구 4강 신화를 이뤄낸 한국 팀 감독 거스 히딩크 내외가 자서전 《마이웨이》를 출간한
방상훈 조선일보 사장과 책 제작에 관계한 조정훈, 최우석, 정경열 기자들과 기념촬영했다.
오른쪽에서 세 번째가 필자. 2002년 9월 6일.

조선일보를 방문한 영화
「쥐라기공원」의 스티븐 스필버그
감독(오른쪽)과 만화영화
「인어공주」의 제작자 제프리
카젠버그와 만나는 필자.
1995년 11월 21일.

세계적인 비디오 아티스트 백남준 씨가 조선일보사를 방문,
방상훈 사장을 비롯한 조선일보 간부들에게 자신의 작품에 대해
설명했다. 사진 왼쪽부터 백남준, 임백 사장실장, 필자, 방 사장,
인보길 편집국장, 김명규 사업국장. 백 씨는 이 자리에서
자기 작품(판화)에 서명, 내게 주기도 했다. 1993년 7월 20일.

편협·서재필기념회·통일과나눔 행사에서…

재단법인 통일과나눔 이사장인 필자가 한국프레스센터에서 열린
'통일과나눔 펀드' 출범식에서 재단 이사진을 소개하고 있다.
오른쪽부터 필자, 윤석홍 단국대 명예교수(상임이사), 이영선
대한적십자사 부총재, 김기문 중소기업중앙회 명예회장, 윤영관
전 외교부 장관, 박선영 물망초 이사장, 권은민 변호사(감사),
김병연 서울대 교수. 인요한 연세대 교수. 2015년 7월 7일.

제11회 서울평화상

반기문 유엔 사무총장(앞줄 왼쪽에서 네 번째)에게 제11회 서울평화상을 수여한 뒤
필자(뒷줄 왼쪽 네 번째)를 비롯한 서울 평화상 심사위원들과 이사들이 기념촬영했다.
앞줄 오른쪽에서 네 번째가 이철승 이사장. 2012년 10월 30일.

서재필기념회 이사장인
필자와 김병호 한국언론
진흥재단 이사장이
'채동욱 검찰총장의
혼외자식' 문제를 보도한
조선일보 특별취재팀(팀장
정권현)에게 제4회
서재필언론문화상을
수여했다. 2014년 4월 9일.

권오기 편협 회장이 《편협 30년사》를 펴낸 뒤 창립 30주년 기념식과
더불어 출간기념회를 가졌다. 앞줄 왼쪽부터 이우세(6대 회장), 최석채(3대),
홍종인(초대 운영위원장), 이관구(초대), 유건호(5대), 홍승면, 손세일,
권오기(7대), 뒷줄 왼쪽부터 조두흠 부회장(나중에 8대 회장),
한 사람 건너 부회장 시절의 필자(나중에 9대 회장)와
심상기 부회장(현 서울문화사 회장).
1987년 12월 18일.

서울대 출신 언론인 모임인 관악언론인회의 초대 회장을 맡은 필자가 제1회 서울대 언론인
대상 수상자로 조선일보 김대중 주필을 선정, 시상한 뒤 기념촬영했다. 왼쪽부터 유재천 한림대 교수,
정운찬 서울대 총장, 방우영 조선일보 회장, 필자, 임광수 서울대 총동문회장, 김대중 주필, 이길녀
경원대 이사장, 김재순 전 국회의장, 윤세영 SBS 회장, 홍성대 총동창회 부회장, 남중구 관악언론인회
부회장. 2004년 2월 11일.

대통령 부인
이희호 여사가
최은희 여기자상
역대 수상자를
청와대로 초청,
만찬을 베풀었다.
필자(앞줄 왼쪽에서
두 번째)는 이 상의
운영위원장으로
자리를 함께 했다.
1999년 5월 11일.

구본무 LG그룹 회장이 LG상남언론재단의 전·현직 이사들을
곤지암C.C로 초청, 운동을 한 후 기념촬영했다. 사진 오른쪽
아래부터 이방수, 구본홍, 송석형, 이규민, 정상국, 신상민, 강유식,
최규철, 필자, 구본무, 이상열, 이성준, 변용식, 양승목, 김영석.
2012년 5월 12일.

한국환경민간단체진흥회가 김창열 방송통신위원장을 새 이사장으로 하는 신임 이사진을 구성했다.
오른쪽부터 곽창욱 변호사, 필자(당시 조선일보 전무), 김 이사장, 정종택 환경부 장관,
권이혁 학술원 회장, 박영준 공익자금관리위 부위원장(감사). 이사인 삼양사 김상하 회장은
이 자리에 참석치 못했다

1994년 10월 4일 조선일보에서
열린 방일영국악상 운영위원회.
왼쪽부터 운영위원장인 필자,
심사위원장인 황병기 교수,
김명규 조선일보 사업국장,
박성희 문화부 기자(현 이화여대 교수),
오른쪽으로는 이종식 방일영
문화재단 이사와 서건 조선일보
사업국 부국장의 모습이 보인다.

서재필 선생 서거 50주년을 맞아 국립현충원 묘소에서
서재필기념회 이사들이 추도식을 거행하고 있다.
사진 오른쪽부터 필자, 유재건, 서희원, 전세일, 이택휘,
유준, 김옥렬, 연만희, 홍선표, 백학순 씨.
2000년 1월 5일.

시상식, 전시회 등 행사에서…

제13회 이해랑연극상 시상식 후 수상자인 연극연출가 손진책 씨와
참석자들이 축하 케이크를 자르고 있다. 왼쪽부터 이 상의
운영위원장인 필자, 이방주 이해랑연극재단 이사장, 방상훈 사장,
수상자 부부(김성녀, 손진책), 연극인 김동원, 강원룡 목사, 차범석
예술원회장, 임영웅 산울림 대표, 유민영 단국대 교수. 2003년 4월 7일.

제32회 동인문학상 시상식을 마치고. 아랫줄 왼쪽부터
시계 반대 방향으로 장명수 한국일보 사장, 소설가 박완서,
수상자 김훈 씨 부부, 필자, 유종호, 정과리(이상 평론가),
소설가 이청준, 평론가 김화영, 이문열, 김주영(이상 소설가),
동인의 차남인 김광명 교수.
2001년 11월 7일.

제1회 방일영국악상 시상식
(수상자 김소희)에 곁들여진
기념공연 무대. 사진 왼쪽이
이 상의 운영위원장인 필자,
윤주영 방일문화재단 이사장.
1994년 11월 28일.

제13회 이중섭미술상 시상식 후 수상자 정종미 화백을 비롯한 참석자들이 기념촬영했다.
이대원, 한묵, 황유엽, 김병기, 권옥연, 황용엽, 이만익, 최경환 씨 등 작가들과 필자 등이 촬영했다.
2001년 11월 9일.

이중섭미술상 운영위원장인
필자가 정종미 화백에게
제13회 이중섭미술상을
수여하고 있다.
2011년 11월 9일.

조선일보 미술관에서 열린 서양화가 김원숙 초대전에서 작품을
감상하는 김근태, 필자, 이구열, 김원숙, 이경성 씨(왼쪽부터).
1998년 9월 24일.

닥종이 인형작가 김영희 씨의 「엄마와 아이들」 초대전.
왼쪽부터 김영희, 배우 강부자, 필자, 김종규 박물관협회 회장,
유준상 서울미술관장. 2000년 1월 14일.

국민화가 이중섭 화백이 6·25전쟁 시절 한동안 살았던 제주도
서귀포의 거처를 복원하고, 그 앞길 3백60미터를 '이중섭 거리'로
명명하는 행사가 현지에서 열렸다. 앞줄 오른쪽부터 이 사업을 주관한
필자와 오광협 서귀포 시장 그리고 이 화백의 부인 이남덕 여사,
구상 시인, 조병화 예술원 회장. 1997년 9월 6일.

조선일보 미술관에서 열린
민경찬 화백 초대전에는
에브게니 아파나시에프
주한 러시아 대사, 최종률
예술의전당 이사장, 황규찬
아리랑 TV 사장, 서예가 김응현
씨, 필자 등이 참석했다.
2000년 3월 30일.

프랑스에서 활동하는 화가 김인중 신부 초대전 개막식 테이프
커팅을 하는 참석자들. 오른쪽부터 김재순 전 국회의장, 에릭 피스터
주한 스위스 대사, 필자, 김 신부, 지오바니 모란디니 주한 교황청 대사,
이경성 전 국립 현대미술관장, 원로시인 구상 선생, 이종덕
세종문화회관 총감독. 2000년 3월 2일.

조선일보 미술관에서 개최된 운보 김기창 화백 특별전을 관람하는
참석자들. 오른쪽부터 필자, 베를린 마라톤의 영웅 손기정 옹,
구상 원로시인, 김수환 추기경, 박지원 문광부 장관, 박명자
갤러리 현대 회장. 2000년 7월 4일.

가수 이미자 씨의 데뷔 40년을 기념하여 주최한 「이미자 노래 40년」 공연을 마치고 조선일보 문화사업부 팀들과 기념촬영. 이미자 씨 오른쪽이 필자, 왼쪽이 서건 문화사업부장. 1999년 10월 17일.

가왕(歌王) 조용필 씨 부부가 조선일보 주최 「나의 음악 30년」 콘서트를 성공적으로 마치고 인사차 내 방을 찾아왔다. 1998년 11월.

조선일보가 주최한 「일본 속의 한민족사 탐방」의 현장을 보느라 참가 교사들을 태운 크루즈선박
'후지마루'에 승선하여 선상 공연을 위해 온 안숙선 명창을 만나 즐거운 시간을 가졌다. 2002년 12월 6일.

히딩크 감독의 자서전 출판
기념회에서 만난 축구선수
홍명보 씨. 2002년 9월 3일.

프로골퍼 김미현 선수가 LPGA 첫 우승 후 조선일보에 인사차 들렀다. 2000년 10월 18일.

한국계 소련 성악가 루드밀라 남과 넬리 리가 조선일보를 방문, 조선일보 미술관에서 전시회를 관람했다. 오른쪽 끝이 필자. 1988년 9월 7일.

구본무 LG그룹 회장(왼쪽에서 세 번째)이 비나그라도프 킬로프 발레단 총감독(왼쪽 네 번째)을 비롯한 발레단원들과 방상훈 (다섯 번째) 등 조선일보 간부들을 LG 연곡원으로 초청, 오찬을 베풀었다. 오른쪽 세 번째가 필자. 1991년 6월 28일.

각계 명사(名士)들과…

만해문학박물관에 조선일보 코너를 마련해 주는 등 조선일보와
관계가 돈독한 신흥사 조실 오현 큰스님과 백담사 앞에서 기념촬영.
2000년 11월 16일.

조선일보가 전쟁기념관에서 개최한 「아! 6·25…」 전시회를 성공적으로 마치고 전시 기간 중 노고를 아끼지 않은 6·25전쟁 영웅 백선엽 장군에게 감사패를 전달했다.

필자가 해병대 청룡회 회장 당시 제작한 《해병대 장교 가족 명부》 출판기념회에서 해병대 사령관을 지낸 김성은 전 국방부 장관과 악수를 나누었다. 뒤에 이병문 전 해병대 사령관의 모습도 보인다.

서울고 시절 은사인 원로시인 조병화 선생(예술원 회장)과 조선일보 미술관에서 조우,
옛 이야기를 나눌 수 있었다.

독립신문 창간 1백주년을
맞아 한국신문편집인협회가
서울에 이어 광주에서 주최한
'서재필과 독립신문' 전시회에
참석한 흥남철수의 영웅이며
서재필재단의 이사인 현봉학
선생과 필자, 유진형 전시
총괄 기획자. 1989년 4월 30일.

88서울올림픽 취재를 위해 방한한 앙드레 퐁텐느 프랑스 르몽드 주필이 조선일보를 찾아와 편집국장인
필자와 반갑게 인사했다. 가운데는 10여 년 동안 파리특파원을 역임한 신용석 외신부장. 1988년 9월 9일.

조선일보 강당에서 열린 프랑스
작가 미셸 뷔토르 강연회가
끝난 뒤 필자 부부와 담소를
나누었다. 1991년 10월 14일.

헌정회 정재호 부회장, 장경순 회장과 음식점 향원에서. 2003년 5월 20일.

필자의 25년 전 편집국장이며
평생 나의 길잡이를 해 주시는
윤주영 전 문공부 장관과 함께.

조선일보에서 토요 특강을 마친 KAL기 폭파범 김현희 씨와 함께. 왼쪽부터 방상훈 사장,
김현희, 필자, 송형목 씨. 1993년 5월 22일.

조선일보는 이승만 대통령을
기리는 「이승만과 나라 세우기」
전시회에 맞춰 이 대통령의
외교 고문이었던 올리버(왼쪽 끝)
박사를 미국에서 초청하여
만찬을 베풀었다.
필자가 인사말을 하고 있다.
1995년 2월 23일.

북한을 탈출하여 한국으로 망명한 황장엽, 김덕홍 씨가 조선일보를 내방하여 간부들과 조찬대화를 나누었다. 왼쪽부터 이상철 편집국장, 김덕홍, 필자, 황장엽, 류근일 논설주간, 도준호 논설위원. 1998년 6월 1일.

영국주재 북한 대사관에서 근무하다 최근 탈북하여 한국에 망명한 태영호 공사가 지난 2월 초 재단법인 통일과 나눔 사무실을 방문, 필자를 비롯한 재단 관계자와 대화를 나누고 오찬을 함께 했다. 오른쪽부터 윤석홍 재단 상임이사, 이재춘 북한인권정보센터 이사장, 태영호 공사, 필자, 오현택 씨, 김명성 조선일보 정치부 기자. 2017년 2월.

시상·수훈식에서…

서울대 총동창회(회장 서정화)가 주는 제19회 관악대상을 필자가 받았다.
사진 오른쪽부터. 필자 부부, 이민섭 관악대상 운영위원장, 수성자 성기학(成耆鶴)
영원무역회장부녀, 그 사이에 서정화 총동창회장, 노명호(盧明鎬) 서울대교수 부부.
박찬욱 서울대 부총장. 2017년 3월 17일. 롯데호텔 크리스탈 볼룸.

관악대상 상패에는 통일과 나눔 이사장으로서 짧은 기간 안에 국민 170만 명이 펀드에 가입하는 한편,
3천억 원의 통일기금을 조성하고, '산업화는 늦었지만 정보화는 앞서가자'는 정보화운동을
성공적으로 이끌고 또 기파랑을 창립, 역사 바로 세우기 운동에 전념하며 모교와 동창회 발전에도
기여했다고 기술.

한림대 설립자 일송(一松) 윤덕선 박사를 기리는 제5회 일송상을
필자가 받았다. 시상식장에서 왼쪽부터 김용구 한림과학원장,
필자 부부, 윤대원 일송학원 이사장, 이영선 한림대 총장.
2010년 3월 10일.

퇴임을 앞둔 전두환 대통령이 올림픽 역도경기장에서 열린
민족화합 민주통일 촉진대회에서 통일 유공자 37명에게 시상했다.
조선일보 편집국장이던 필자는 국민훈장 동백장을 받았다.
1988년 1월 22일.

정원식 전 국무총리로부터 제29회
서울언론인클럽 언론상(이름
빛낸 언론인상)을 수상하는 필자.
옆에는 강승훈 서울언론인클럽
회장. 2016년 11월 10일. 오후 2시
한국 프레스센터 국제회의장.

유엔 환경상 '글로벌 500'을 수상한 한국인들의 모임. 뒷줄 왼쪽부터 시계방향으로 신응배, 박창근, 노재식, 차철환, 최열, 필자(조선일보 대표로 참석), 권숙표, 원경선, 박노경, 노융희 씨. 1996년 6월 29일.

라종억 통일문화연구원장으로부터 제9회 통일문화대상을 받고 있는 필자. 2016년 3월 22일. 노보텔 앰버서더호텔.

지인(知人)들과…

조선일보 독자권익위원회 옴부즈맨 첫 모임 후 기념촬영. 앞줄 오른쪽부터 필자, 방상훈 사장, 김용준 위원장, 최광률 변호사, 여상규 의원, 류근일 주필. 2002년 4월 19일.

최종영(崔鍾泳) 대법원장이 자신의 서울법대 15회 동창들을 대법원장 공관에 초청, 기념촬영했다.
오른쪽에서 11번째가 최 대법원장, 최 원장 바로 뒤 왼쪽이 필자. 2002년 4월 2일.

윤관 대법원장의 구상으로 설치된 사법제도 발전위원회(위원장 현승종)
첫 회의를 갖기 전 대법원 청사 앞에서 기념촬영. 왼쪽에서 다섯 번째가
윤 대법원장, 그 다음이 현 위원장. 필자는 둘째 줄 왼쪽에서 두 번째. 1993년 11월 10일.

박희태 국회의장이 서울대 법대 15회 동기생 30여 명을 의장공관으로 초청, 만찬을 하기에 앞서
기념촬영. 앞줄 왼쪽에서 네 번째가 필자, 아홉 번째가 박 의장. 2010년 8월 25일.

한림대 한림과학원(원장 김용구) 교수들이 안동의 도산서원에서 심포지움을
개최하기에 앞서 서원 뜰에 모였다. 현승종, 정범모, 진덕규, 이상우, 이재춘,
한영우, 김용구, 필자, 정진홍 교수의 모습이 보인다.

현대비엔지스틸의
유홍종 회장이
친목모임 '호라이즌
클럽' 회원들을
자신의 고향인
함양으로 초청,
남계서원 앞에서
기념촬영. 왼쪽에서
세 번째가 필자,
여섯 번째가 유 회장,
그 곁이 이상우
총장 내외.
2005년 3월 12일.

황달성 금산갤러리 사장을 중심으로 한 침목 모임. 샘터 옥상에서 만찬을 한 후 기념촬영.
사진 아래 오른쪽부터 시계방향으로 남상균, 윤석홍, 필자, 김흥걸, 최병서, 김현호, 김영수, 조명철,
유진룡, 황달성, 김성구, 허종회, 김완태, 강준호.

해병학교 30기 동기생 모임인 '삼공회' 모임 후 기념촬영. 사진 왼쪽부터 시계 방향으로 필자, 김종식, 김희근, 김정서, 강영철, 김주관, 현소환, 조재둔, 뒷줄 시계 반대방향 신영오, 윤동구, 현기대, 홍종만, 박헌태, 강희택. 2016년 3월 28일.

사진 왼쪽부터 고은주, 고재윤, 강화순 부부, 심재혁 회장, 조규연 교수, 박정자 안병훈 부부, 고은영, 이현주, 김재웅 씨 등 심 회장을 중심으로 한 이른바 '안사모' 모임. 2017년 3월 9일.

한국신문방송편집인협회(회장 황호택)가 역대 회장들을 위해 마련한 일본 여행길에서
기념촬영. 낙차가 1백 54m가 된다는 오사카 근처의 나치폭포(那智滝) 앞에서.
왼쪽부터 문창극, 성병욱, 최규철, 필자, 남시욱, 고학용, 박보균. 2016년 9월 24일.

가족, 소중한 생의 반려(伴侶)

아들 승환 집에서. 필자 내외와 뒷줄 왼쪽부터 딸 안혜리,
외손자 송지우, 아들 안승환, 손녀 안재이. 2014년 3월 15일.

서울대학교 졸업식에서 문학박사 학위를 받은 아내에게 축하 꽃다발을 전하는 필자. 1988년 8월.

가족들과 저녁 식사를 하며. 사진 왼쪽부터 며느리 안정인, 손녀 안재이, 외손자 송지우,
딸 안혜리, 사위 송원상, 필자, 아내 박정자, 아들 안승환. 2014년 9월 13일.

노신영 국무총리 내외가 삼청동 총리공관으로 필자 가족을 초청, 만찬을 베풀었다.
노 총리는 훗날 필자의 아들(승환)과 딸(혜리)의 결혼 주례를 서주기까지 했다.
1986년 4월 5일.

독일 뒤셀도르프에 살고 있는 여동생 안영순(安英順)의
귀국을 계기로 가족들이 한자리에 모였다.
어머니(金玉明, 작고)와 여동생을 중심으로
큰누이 안병숙(安秉淑)·매형 오중환(吳重煥, 작고) 부부와
조카 오세영, 오세인, 여동생 안영숙(安英淑)·김용기(金容基) 부부,
남동생 안병걸(安秉傑)·김순호 부부, 조카 안세환(安世煥) 부부와
그 자녀들이 기념촬영했다.

앞줄 오른쪽부터
할아버지(安鍾倫),
할머니(方順福),
아버지(安燦洙),
형(安秉基),
사촌형(安秉烈).
서울 파고다 공원에서.
1949년 5월 1일.

내가 본 안병훈,
내가 만난 안병훈

어느해 조선일보 사원 체육대회에서 방우영 사장과 필자.

정보부가 뗀 목
청와대가 붙이다

방우영
조선일보 상임고문

안병훈은 70년대에 청와대 출입기자, 80년대에 편집국장, 90년대에는 전무·부사장을 맡아 '정상 조선일보'를 일궈낸 주역 중 한 명이다. 듬직하고 착실해서 뭐든 맡기면 정성을 다해 만들어 내고야 마는 의리의 사나이였다. 모나지 않은 성격에 원칙주의자로서 면모가 돋보였다. 한마디로 세상을 열심히 살아가는 사람이라고 할 수 있다.

사회부·정치부 기자 시절 그는 특종 잘하는 기자였다. 그가 편집국에 들어서면서 손을 들어 올리면 특종거리가 있다는 신호여서 편집국장 얼굴이 펴졌다. 88올림픽 때는 편집국장으로서 「벤 존슨 약물 복용」이라는 세계적 대특종을 지휘했다. 관리자가 된 후에는 특유의 인화와 추진력으로 수많은 사업 아이디어를 성공시켜 조선일보가 기획에 강한 신문이라는 인식을 확고히 심어주었다. 「쓰레기를 줄입시다」 「샛강을 살립시다」 「산업화는 늦었어도 정보화는 앞서가자」는 캠페인과 「아! 고구려」 「이승만과 나라 세우기」 「대한민국 50년 우리들의 이야기」 등 대형 전시회를 그가 주도했다.

박 대통령 서거 직전, 그가 정치부장을 할 때 일이다. 신민당 총재 김영삼의 국회 제명을 비판한 기사가 당국의 심기를 건드려 중앙정보부로부터 정치부장을 해임하라는 압력이 들어왔다. 유신 말기 권력의 발악이 극에 달했을 때였다. 간부들이 모여 난감해하고 있는데, 소식을 듣고 안병훈 부장이 찾아왔다. 그는 "회사 처분대로 하겠습니다"라고 했다.

제17대 대통령 예비후보 박근혜 선거사무소 현판을 달고 기념촬영. 왼쪽부터 홍사덕 선거대책 공동위원장, 정갑윤 의원, 박 후보, 선대위원장을 맡은 필자, 서청원 선대위 고문. 2007년 1월 1일.

　　뒷날을 기약하며 해임 방을 붙인 지 몇 시간 지나지 않아, 이번에는 중앙정보부로부터 "빨리 복직시키라"는 전화가 걸려왔다. 알고 보니 그날 저녁 박근혜를 만난 다른 신문 청와대 출입기자들이 그 얘기를 꺼냈다고 한다. "근혜 양도 알다시피 안 부장이 얼마나 좋은 사람입니까. 그런데 오늘 해임됐어요." 깜짝 놀란 박근혜가 아버지에게 이 소식을 알렸고, 박 대통령으로부터 호통을 들은 김재규 중앙정보부장이 급해서 나에게 전화를 건 것이었다.

　　김재규는 "빨리 복직시키지 않으면 참지 않겠다"고 했다. 기가 막혀 "안 참으면 어쩌자는 거냐? 신문사 체면이 있지 어떻게 몇 시간 만에 바꾸냐"며 실랑이를 벌이는 웃지못할 일이 있었다. 안병훈 씨가 조선일보 퇴직 후 2007년 한나라당 대선후보 경선에 나선 박근혜 의원을 돕겠다고 나선 데에는 두 사람 간에 오랫동안 이어져온 각별한 인연과 안병훈 씨 특유의 의리가 작용했을 것이라고 생각한다.

1965년 수습 8기로 들어와 2003년 대표이사로 정년퇴임한 안병훈의 진가는 궂은일을 떠맡아 솔선수범하는 데 있었다. 어려운 일, 잘 안 되는 일이 생기면 거기엔 어김없이 그가 나타났다. 타의 추종을 불허하는 인화의 보스였고, 타협과 조정의 명수였던 그가 있었기에 나는 늘 든든했다.

6·25전쟁 때 납북된 그의 아버지(안찬수)는 조선일보 편집부장을 지냈다. 안병훈은 대학 졸업 후 조선일보와 동양통신 시험에 동시 합격한 뒤 동양통신에 먼저 출근했다. 그러나 그의 부친과 가깝게 지냈던 유건호 씨가 "안찬수 아들이면 조선일보로 와야 할 것 아니냐"고 해서 따로 면접을 보고 조선일보에 들어왔다.

회고록 《나는 아침이 두려웠다》에서

워싱턴 총영사관 앞에서 김대중 특파원과
기념촬영한 필자.

송별사

'설거지 주부'를 떠나보내며

김대중
조선일보 주필

오늘 퇴임하는 안병훈 부사장은 조선일보에 관한 한 '기록의 사나이' 입니다. 무려 38년 7개월을 조선일보에 재직했습니다. 조선일보 84년 역사의 거의 반이나 되는 기간입니다. 우리나라의 가장 오래된 신문에서 가장 오래도록 봉직한 분 중의 한 분인 셈입니다.

안 부사장은 편집국장으로 있으면서 8면·16면에 그쳤던 조선일보의 발행 면수를 88올림픽 때 32면까지 확장한 분이요, 조선일보 최고 성장에 기여한 기록의 편집국장입니다.

오래 근무했기에 당연한 것이겠지만, 안 부사장은 지면의 '회사 안내란'에 명예회장과 사장을 제외하고는 가장 오랫동안 그 이름 석 자를 올린 사람입니다. 편집국장으로서, 편집인으로서 무려 15년간 이름을 올렸습니다. 이것 역시 자랑할 만한 기록입니다.

안 부사장은 조선일보에 견습기자로 들어와서 조선일보 대표이사로 퇴임하는 최초의 사람입니다. 안 부사장은 근-현대 조선일보 역사에서 최초로 봉급투쟁 스트라이크를 주도한 기자였습니다. 그때가 1973년이었습니다. 조선일보의 산 증인 같은 그였지만 그에게는 아쉬운(?) 기록도 있습니다. 기자 출신으로 발행인에 이르지 못해 신동호 선배의 기록을 깨지 못했습니다. 그는 또 한 가지 주필을 못한 것을 아쉬워했습니다.

안 부사장은 어느 술자리에선가 "내가 조선일보에서 해볼 것 다 해 봤는데 주필 못한 것 아쉽다"고 했습니다. 그것이 나 때문이라면 미안합니다.

그러나 안 부사장이 조선일보에 남긴 족적은 이런 기록에 관한 것이 아닙니다. 그는 아마도 조선일보의 근대사에서 방 고문님, 명예 회장님, 사장을 제외하고 '조선일보의 얼굴'로 동일시된 마지막 사람이 될 것입니다.

그의 진가는 '좋은 일'에 내미는 '얼굴'이 아닌데 있습니다. 그의 진가는 '궂은 일'을 떠맡아 설거지하는데 있었습니다. 안 부사장은 조선일보의 trouble shooter였습니다.

어려운 일, 잘 안 되는 일이 생기면, 거기엔 어김없이 안 부사장이 나타났습니다. 관계자와 간부들을 모아 회의를 하고 거기서 중지를 모아 해결점을 찾곤 했습니다. 옆방에서 근무했던 제가 때론 "웬 회의가 그리 많으냐?"고 하면 "이렇게 하지 않으면 해결이 안 돼"하면서 "당신은 글이나 써"하곤 했습니다.

안 부사장은 편집국장을 떠난 뒤 15년 동안 회사의 전반을 경영하는 일에 몰두해 왔습니다. 그동안 조선일보는 대단히 많이 성장했습니다. 그의 노력의 대가로 자부해도 될 것입니다.

이제 조선일보는 한 탁월한 심부름꾼이며, 대리인이고, 조정자이던 '설거지 주부'를 잃게 될 것입니다. 무엇보다 원만한 회의 주재자한 사람을 잃게 될 것입니다.

안 부사장 없는 조선일보에서 누가 그의 역할을 맡을 것이며 누

"安선배 건강하세요"

안병훈(安秉勳) 부사장 정년 퇴임식이 구랍 31일 정동별관 3층 편집국에서 거행됐다. 이 자리에는 방상훈 사장과 방계성 전무, 조연흥 상무, 강천석 논설주간, 변용식 편집국장 등 간부들과 편집국 전 사우들이 참석, 38년 7개월 동안 재직하고 떠나는 안 부사장과의 작별을 아쉬워했다.

퇴임식은 방 사장의 공로패 전달과 조연흥 상무의 금거북 증정, 편집국 사우들의 송별사(최보식 차장대우 대독), 변용식 편집국장의 김병종(金炳宗) 화백 그림 증정, 김대중 이사기자의 송별사(정중헌 논설위원 대독), 안 부사장의 퇴임사 순으로 진행됐다.

방 사장은 인사말에서 "안 부사장과 함께 한 지난 10년 9개월 동안 많은 일들을 힘 합쳐 해냈다"며 "안 부사장은 추진력이 조선일보 뿐만 아니라 국내 언론계에서도 손꼽히는 분"이라고 말하고, 환경과 정보화 캠페인을 예로 들었다. 방 사장

안병훈 부사장(왼쪽)이 구랍 31일 편집국 3층에서 열린 퇴임식에서 방상훈 사장으로부터 공로패를 받고 있다. 조인원·사진부

은 "특히 2001년 권력으로부터 모진 압력을 받을 때 우리가 이에 굴하지 않고 언론인의 긍지와 명예를 지킬 수 있었던 것은 안 부사장이 없었다면 불가능했을 것"이라고 회고하고, "안 부사장은 영원한 조선일보맨"이라고 감사의 뜻을 전했다.

안 부사장은 퇴임사에서 "조선일보라는 훌륭한 신문에서 대과없이 퇴직한다는 것은 저에게 더 없는 축복"이라고 말했다. 안 부사장은 이어 "조선일보가 외부의 공세를 막아내고 더욱 발전하기 위해서는 모든

구성원들이 저널리즘의 원칙을 더욱 충실히 지키는 것"이라고 강조했다.

이에 앞서 방우영 명예회장은 구랍 26일 우래옥에서 가진 송별연에서 "안 부사장은 모든 성과 열을 다바쳐 조선일보를 지키고 키워온 인물로 의리의 사나이"라고 평가했으며, 31일 정동별관 6층 종무식에서는 안 부사장을 삼국지의 관우(關羽)에, 김대중 이사기자를 장비(張飛)에, 이규태 논설고문을 조자룡(趙子龍)에 비유하기도 했다.

윤슬기·편집부

편집국장에서 물러난 지 20여 일 후인 1988년 10월 26일, 인보길 신임 편집국장이 필자에게
편집국 기자 일동의 이름으로 이종상(李鍾祥) 화백이 그린 동양화 한 점을 선물로 주었다.
1988년 10월 26일.

가 그런 역할을 원만히 수행할 수 있을는지, 도무지 감이 잡히지 않
습니다. 어쩌면 방 사장이 더 고달파질 것이고, 간부들이 누구를 찾
아가야 할 지 우왕좌왕 할 것입니다.

특히 뒤에서 조선일보의 논조와 방향을 날카롭게 관찰해온 '비
판'의 기둥을 어디 가서 찾아야 할지도 걱정입니다. 안 부사장의 빈
자리는 그래서 더욱 덩그렇게 휑하니 여겨질 것입니다.

한 가지 중요한 기록을 빠뜨렸습니다. 나는 안 부사장을 조선일
보 최고의 술꾼으로 주저 없이 인정합니다. 방 사장이 더 술이 세다

는 주장도 있지만 연배를 고려할 때 안 부사장의 술은 단연코 타의 추종을 불허한다는 것이 나의 솔직한 고백입니다.

그래서 그의 퇴임은 조선일보 주량의 총량을 줄일 것이고 술에 관한 한 또 다른 '문화'를 불러오겠지만, 이제 대낮에 술이 거나해서 "어이, 나 좀 봐"하는 소리를 더 이상 들을 수 없다는 것은 두고두고 모든 조선일보 사람들의 아쉬움으로 남을 것입니다.

2003년 12월 31일

변용식 편집국장이 조선일보를 대표해 김병종 화백이 그린
작품을 퇴직선물로 필자에게 건네고 악수를 하고있다.
2003년 12월 31일 편집국.

"청년 안병훈의
넉넉한 인품 못 잊을 겁니다"

변용식 편집국장 외 후배기자 일동

정년퇴임으로 정든 회사를 떠나는 필자를 위한 퇴임식이 거행된 뒤 간부들과 기념촬영을 했다. 사진 오른쪽부터 김효재, 조갑제, 임주열, 김문순, 강천석, 방계성, 방상훈, 필자, 조연흥, 변용식, 이상철, 이혁주, 정해영. 2003년 12월 31일.

오늘 조선일보의 한 청년 언론인이 정년을 맞았습니다. 그는 1965년 6월 조선일보에 입사해, 38년 7개월 동안 그 자리를 지켜오면서 청년의 순정을 버린 적이 없었습니다.

조선일보와 함께 영광과 시련을 나눈 인물은 많았지만 그처럼 추호의 흔들림 없이 조선일보에 대해 자부심을 가졌던 이는 드물었습니다. 조선일보의 규모를 키우고 업적을 이룬 인물은 많았지만 그

자신이 쓴 「한 청년 언론인을 보내며」라는 글의 내용을 새긴 패를 필자에게 전달하는 최보식 기자. 2003년 12월 31일.

처럼 사심 없이 조선일보에 헌신한 이는 아마 앞으로도 찾기 어려울 것입니다. 그는 시대의 본질을 꿰뚫어보는 직관을 지녔고 용기와 명예, 정의감에 투철했던 언론인이었습니다. 어느 시점부터 그는 자신의 글을 더 이상 쓰지 않았지만 글을 쓰는 모든 후배기자들의 대부가 되었습니다. 밤이면 그를 모시고 앉았던 술자리의 푸근한 기억이 떠오릅니다. 그 넉넉한 인품을 우리는 결코 잊지 못합니다.

　　우리는 그가 늘 청년인 줄 알았습니다. 그가 자신의 소명을 완수하기 위해 하루하루 진력을 다해 살아온 사실을 애써 모른 체 했습니다. 하지만 이제 그의 어깨에서 평생 짊어온 무거운 짐을 덜어드릴 때가 됐는지 모릅니다. 그의 빈자리는 넓고 때때로 우리는 그를 너무 그리워할 것입니다. 또한 우리는 그를 우리의 목표로 세우고 우리가 뛰어넘어야 할 경쟁자로 생각할 것입니다. 아, 조선일보는 지금부터 이 청년 언론인을 통해 기억될 것입니다.

기파랑 창립 10주년 기념식을 마치고. 왼쪽부터 이주이, 허인무,
딸 안혜리, 아내 박정자, 필자, 아들 안승환, 편집주간 조양욱, 박은혜.
2015년 4월 18일 샘터 옥상.

사람의 향기는
천리(千里)를 간다

조양욱
기파랑 편집주간

조우회보 발간을 지휘하는 우두머리(印輔吉 뉴데일리 대표)께서 "기파랑 시집살이 시절을 글로 써 달라"고 주문했다. 시집살이? 평소 해학(諧謔)이 넘치고 시니컬한 선배시니까 이번에도 반어법(反語法)임을 단박 알아차렸다. 실제가 그랬다. 햇수로 4년이었던 내 기파랑 시절은, 굳이 비유하자면, 시집살이는커녕 친정에서 지내는 것처럼 편안했다. 워낙 일을 좋아하는 분이라 일이 많았던 것은 사실이지만….

자, 그러니 이 글의 목적은 '인간 안병훈'을 그리는 것이다. 수많은 선배·동료들로 항상 북적거리던 신문사 편집국에서 멀찌감치 떨어져 바라본 겉모습이 아니라, 지근거리에서 대한 참모습을 드러내는 것이다. 그것은 평생 신문쟁이로 살아오다 출판쟁이로 과감하게 변신한 '인생의 대선배'를 조감하는 일이기도 하다.

처음 기파랑으로 찾아간 날의 기억이 새록새록 떠오른다. 단칸방이었다. 식구도 다섯 손가락 안쪽으로 단출했다. 그렇게 서로의 숨소리까지 들리는 좁은 공간이었지만 무수히 많은 밝은 입자(粒子)들이 실내를 떠돌고 있었다. 내 몸이 저절로 그 입자에 감싸이는 기분마저 들었다.

'인간 안병훈'을 부르는 호칭은 저마다의 연분에 따르기 마련이다. '안 선배' '안 국장' '안 부사장' 그리고 '사장님'. 그러나 호칭이야 어쨌든 호호야(好好爺)를 연상시키는 넉넉하고 푸근한 인품은 변할

리가 없다. 누군가와 통화를 할라치면 대뜸 "소생 안병훈이올시다!" 하고 운을 뗄 때는, 흡사 구수한 누룽지 맛 같은 정겨움은 상대를 가리지 않는다. 누구에게나 허물없고 도통 격의(隔意)가 없는 사람, 그가 바로 우리의 '안 선배' '안 국장' '안 부사장'인 것이다.

기파랑은 3다2무(三多二無)의 출판사다. 꿈 많고, 손님 많고, 일 많다. 베스트셀러가 없고, 울타리가 없다. 3다의 으뜸인 꿈은, 돈벌이가 되건 말건 개의치 않고, 후세들에게 올바른 역사관을 심어줄 책들을 화사한 미래를 꿈꾸면서 줄기차게 펴낸다는 뜻이다. 그것은 엉뚱한 인간들이 왜곡시킨 대한민국의 역사를 바로잡는 숭고한 사업이기도 하다. 또한 기파랑의 기치(旗幟)를 내세우는 순간부터 당당하게 선언한 '출판인 안병훈의 맹세'이기도 했다.

손님이 많은 이유야 불문가지(不問可知)다. 워낙 사람을 좋아하고, 호불호(好不好)의 낯가림이 없기 때문이다. 심지어는 무리한 청을 넣으려 들이닥치는 줄 번연히 알면서도 결코 문전박대(門前薄待)하지 않는다.

처음 찾아온 손님 중에는 눈을 휘둥그레 뜨면서 주위를 두리번거리는 이들이 적지 않다. 의당 있으리라 여겼던 '사장실'이 없고 번듯한 응접세트조차 눈에 띄지 않는 것이다. 지금은 한 칸 더 늘렸지만, 작년 8월까지만 해도 단칸방 한쪽 모서리에 놓인 어른 손바닥 만한 크기의 조그만 나무 탁자 하나가 손님을 맞을 뿐이었으니 찾아온 이가 도리어 당황할 만했다.

출간 의뢰의 경우도 그렇다. 아무리 따져보았자 본전조차 건지지 못할 내용이건만 좀체 거절하는 법이 없다. "나를 보고 온 사람인데…"라는 한 마디면 그걸로 끝이다. 기파랑 3다의 하나인 일이 많은 소이(所以)도 거기에 있다.

애초에 나는 몹시 의아스러웠다. 아무리 이순신 장군이 남은 배 12척으로 벌떼처럼 덤벼드는 왜선을 물리쳤다지만, 이토록 영세한 기파랑의 규모로 영악한 출판 전문가들이 수두룩한 좌파 진영의 상대가 될 것인가? 그렇지만 나는 이내 내 착각 혹은 무지를 깨달았다. 꼬리를 무는 손님들의 발걸음에 답이 있었던 것이다. '화향백리(花香百里) 인향천리(人香千里)'. 꽃향기는 백리를 가고 사람향기는 천리를 간다는 비유 역시 그래서 나왔나보다. 눈에 보이지 않는 백만 응원군이 '인간 안병훈의 향기'에 이끌려 소리 없는 성원을 보내고 있었던 것이다. 출판사 출범 초창기부터 지금까지 '고문(顧問)' 타이틀 하나로 온갖 뒤치다꺼리를 도맡아 하는 윤석홍 단국대 명예교수는 필시 응원군의 수장(首長)으로 불러야 마땅하리라.

기파랑의 2무에 관해서야 구태여 토를 달 필요가 없겠다. 상업 출판과는 거리가 먼 탓으로 베스트셀러가 나올 리 만무하다. 활짝 열린 마음에다 사무실 자체가 누구에게나 탁 트인 열린 공간이니 울타리 따위는 애당초 존재하지 않는다.

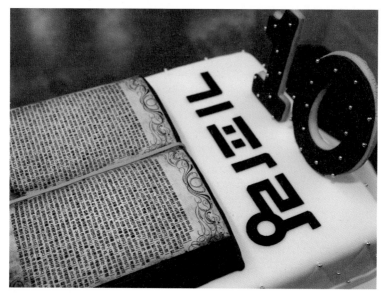

2015년 4월 18일 창립10주년 기념행사에는 기파랑의 역사를 함께 해주신 필자들에게 감사한 마음을 담아 출간 도서명이 빼곡히 새겨진 특별한 기념케이크를 제작했다.

그렇게 우직하게 출판사를 이끌어오면서 기파랑의 수레에는 차곡차곡 알토란같은 열매가 쌓여갔다. 입버릇처럼 '필생의 과제'라고 되뇌곤 하던 건국(建國) 대통령 이승만 사진집과 부국(富國) 대통령 박정희 사진집도 여봐란듯이 멋지게 엮어냈다. 200종에 달하는 나머지 책 하나하나에도 발행인의 숨결이 고스란히 스며들었음은 두말할 나위가 없다.

모르긴 해도 기파랑은 앞으로도 변함없이 모스키토급 체구로

슈퍼헤비급의 좌파 출판사들에 어깃장을 놓으며 시시비비(是是非非)를 가릴 것이다. 이 나라에 진정한 정의(正義)의 반석이 깔릴 때까지 '출판인 안병훈'은 초지일관(初志一貫), 묵묵히 자신만의 길을 뚜벅뚜벅 걸어갈 것이다.

조우회보 2013년 여름호 수록

조선일보 향토예비군 훈련때 중대장부재(不在)로
갑자기 그 대역을 맡아 쑥스러워 하는 필자의
모습을 그렸다는 김정 화백의 스케치.

전설이 되어버린
조선일보 5인

김정(金正)

서양화가

요즈음에도 나는 가끔 학교 도서관에서 조선일보 사사(社史)를 들춰본다. 나도 모르게 시선이 그곳으로 가는 것은, 아마도 조선일보에 대한 묘한 애정 때문인 것 같다. 사람의 인연은 쉽게 끊을 수 없다고 했는데 내 경우도 그렇다. 어제의 고생이 애정으로 남은 것일까? 물론 그럴 수도 있지만 일단은 회사가 도덕적으로 깨끗하고 늘 공정했기 때문이라고 본다. 그 의미를 최근 2003년에 정년퇴직하신 안병훈 선생의 퇴임사 한 마디를 인용하여 대신하겠다.

"우리 직장처럼 이렇게 훌륭한 사람들이 모인 데는 없을 것입니다. 조선일보는 단 한사람의 기자도 뒷문으로 뽑은 예가 없었으니까요."

안병훈 선생의 이 말을 실로 동감하는 바이다. 그런 의미에서 나도 조선일보 맨의 정의를 내 나름대로 다음과 같이 내려 보았다.

"진정한 조선일보 맨이란 단지 조선일보 장기 근속자를 말하는 것이 아니다. 평소에 덕을 많이 쌓은, 사회에 유익한 인물이 조선일보 맨이다."

내 머릿속에 그려진 훌륭한 조선일보 맨은 수없이 많다. 그중 1960~70년대 인상 깊었던 유봉영, 김한호, 김규택, 유건호, 안병훈 다섯 분을 일단 여기에 소개하고자 한다. 나의 개인적 판단 기준이다. 이제는 전설이 되어버린 조선일보 5인이다.(…)

안병훈 선생은 1965년 입사하여, 38년 7개월의 재직 기간 동안 뛰어난 업무실력뿐 아니라, 그에 버금가는 인간애로 각계각층으로부터 존경받는 인물로 자리매김하였다. 그의 훌륭한 인품과 넉넉한 손끝은 조선일보 구석구석으로 안 닿는 곳이 없을 정도였다. 퇴임 인터뷰(사보 1635호)에서 밝혔지만 안병훈과 조선일보, 조선일보와 안병훈은 아름다운 삶 그 자체이며, 성공적인 삶이라고 할 수 있겠다.

나의 메모 수첩에도 에피소드 한 토막이 실려 있다. 1969년 준공된 신관 옥상에서 조선일보 예비군 중대가 창설되었다. 어느 날 중대 집합에 김관식 중대장이 사정상 불참하게 되었다. 대원들은 웅성거리기 시작했다. 대원들은 이내 흐트러졌고, 이때 해병 장교 출신인 사회부의 안병훈 기자가 앞으로 나타나 멋쩍은 표정으로 구령을 붙이고 군가 부르기를 제안했다. 중대원들은 곧 군가를 한 곡 부른 후에 모두 밝은 얼굴들로 해산했다. 당시 군복 입은 안 기자의 귀여운 모습을 메모한 그림이 있다.

김정 화백의 필자 얼굴 스케치.

I·KIM

안병훈 회장

2010. 3. 10

春川에 一行들과 같이
同行하고 밤에 歸家.

우강 에세이 집을 매년 발간, 지금까지 12권째 내고 있는
권이혁 서울평화상재단 이사장.

안병훈
서재필기념회 이사장

권이혁

전 서울대 총장, 문교부 장관

서재필기념회 이사장인 안병훈 선생과의 만남은 상당히 오래됐다. 조선일보 사장이던 고 방일영 형 덕분이다.

안 이사장은 1961년에 서울대 법대 행정학과를 졸업하였고, 1989년에는 일본 게이오대학 상학부에서 연수한 인텔리다. 1965년에 조선일보에 입사하여 정치부장·사회부장을 거쳐 85년에 편집국장이 된 거물 언론인이다. 1986년에는 조선일보 이사가 되었고, 1988년부터 1992년까지 상무로 활약하다 전무가 되어 98년까지 눈부시게 활동한데 이어 2003년까지 부사장직을 맡았던 그야말로 조선일보 '맨'이다.

안 선생의 사회활동이 눈부시다는 사실에 관하여는 더 설명할 필요가 없다. 조선일보 상무·전무시절에 신문방송편집인협회 회장으로서 존재를 과시했는가 하면, 1997년에는 서울평화상 심사위원·헌법재판소 자문위원·LG상남언론재단 이사장·국립현대미술관 운영자문위원·대한민국 환경보존위원회 위원 등 직책을 맡아서 현재에 이르고 있다. 그런가하면 2001년에는 한국신문방송편집인협회 기금 이사장으로 위촉되어 세인의 이목을 끌고 있다. 또한 2006년에는 도서출판사 '기파랑'을 설립하여 대표로서 십이분 실력을 발휘하여 무게가 있는 도서를 출판하고 있다. 뿐만 아니라 서재필기념회 이사장, 이승만연구소 회장으로서도 명성을 날리고 있다.

나는 가끔 공식석상에서 안 선생과 마주칠 때가 많다. 서울평화상재단 이사회, 서재필기념회 이사회, 환경민간단체진흥회 이사회 등에서이다. 만날 때마다 선생은 든든해 보이며 어느 누구보다도 믿음직하다는 것이 나의 인상이다.

안 선생의 말씀에는 무게가 있다. 모임에서는 현안 과제들이 화두에 오를 때가 많은데 정답을 얻지 못하는 경우가 많다. 안 이사장의 입은 무거운 편이다. 그의 박식은 유명하다. 누구나가 그의 말을 경청하고 고개를 끄덕이는 것이 상례이다. 안 이사장의 말씀을 들어보면 우리들의 가야 할 길을 자연스럽게 찾을 수 있다는 것이 나의 인상이다. 나뿐만 아니라 동석한 모든 사람들이 그렇게 느끼는 것 같다.

안 이사장의 인간됨을 알기 위한 한 예로서 그가 주최한 서재필 언론문화상 시상식을 소개한다. 이 행사가 전적으로 그의 작품인 까닭이다.

2012년 4월 9일 오후 5시 제2회 서재필 언론문화상 시상식과 2012년 민족 언론인 동판 헌정식이 한국프레스센터 20층 내셔널프레스클럽에서 열렸다. 안과 의사인 신예용 박사의 출연금으로 서재필 의학상이 시상되어 왔지만 서재필 박사가 독립신문을 창간한 위대한 언론인임을 감안하면 서재필 언론문화상 제정이 시급한 과제로 등장한 것은 당연하다.

그러나 재정이 문제였다. 안병훈 서재필기념회 이사장이 동분서

서재필기념회와 한국언론진흥재단에 의해 2012년 민족 언론인으로 선정된 이승만 박사의
동판을 현창하기 앞서 기념촬영했다. 왼쪽부터 이성준 한국언론재단 이사장,
권이혁 서재필재단 고문, 이승만의 양아들 이인수 박사, 박유철 광복회 회장, 필자,
남시욱 부회장. 2012년 4월 9일.

주한 끝에 마침내 이성준 한국언론진흥재단 이사장과 협의해서 서
재필 언론문화상을 반석 위에 올려놓았다. 안 선생이기 때문에 해낼
수 있었다고 사료한다. 시상식상에서 안병훈 서재필기념회 이사장과
이성준 한국언론인진흥재단 이사장 사이에 서재필 언론문화상·민족
언론인 현창사업 공동주최 협약서가 교환되었는데 대단히 아름다운
정경이었다.

　　제2회 서재필 언론문화상은 류근일 전 조선일보 주필에게 시상

되었다. 정론직필로 유명한 류근일 주필에게 시상된 것은 당연하다는 중론이었다. 심사위원장 남시욱 세종대 석좌교수는 "류근일 씨는 학창시절부터 반민주적 체제에 항거하다가 장기간 옥고를 치르기도 했고, 민주화 이후에는 조선일보 논설위원과 주필로서 극좌 전체주의를 맹렬히 비판하는 등 언론인으로서 자유민주주의 체제를 지지하는 일관된 신념과 행동을 보여 왔다"고 했다.

한편 '올해의 민족 언론인'으로는 이승만 박사와 박은식 선생이 선정됐는데, 두 분은 한말에 언론인으로 출발해 상하이 임시정부의 초대와 2대 대통령으로 항일 독립운동을 이끌었다.

이승만(1875. 9. 30 ~ 1965. 7. 19) 박사는 임시정부의 초대 대통령이자 대한민국 초대 국회의장이며 대통령이다. 그는 배재학당의 협성회 회보(주간)와 국내 최초의 일간지 매일신문의 발행을 주도하였으며, 제국신문의 주필로 민족 언론의 전통수립에 공헌하였다. 망명 시절에는 공립신보와 태평양잡지 주필을 맡아 독립정신을 고양하는 논설을 집필했다. 이승만 박사는 말과 글을 무기로 일제와 싸웠던 독립운동가, 정치인이면서 언론인이었다.

박은식(1859. 9. 30 ~ 1925. 11. 1) 선생은 임시정부의 제2대 대통령이다. 그는 사학자·언론인·독립운동가로 국내에서는 황성신문과 대한매일신보의 주필을 맡아 항일 구국운동에 전념하였다. 《한국통사》, 《한국독립운동지혈사》와 같은 저서에 조국 광복의 이론과 지도 원리를 정립하였다. 상하이 독립신문 사장과 독립신문 중국어판 주필로 항일언론에 헌신하였다. 언론사와 독립운동사에 큰 발자취를 남기고 망명지 상하이에서 서거하였다.

우강 에세이 《여생을 즐기자》에서

조선일보 사료연구실이 펴낸
《조선일보 사람들》의 표지

인화의 보스
안병훈

《조선일보 사람들》 수록

(…) 안병훈은 정치부장, 사회부장을 거쳐 1985년 편집국장에 올랐다. 그의 진가는 신문 제작에만 국한되지 않았다. 그는 1965년 입사 후 2003년 말 부사장으로 정년 퇴직할 때까지 38년 7개월 동안 조선일보에 몸담으면서 조선일보라는 조직을 다독이고 떠받치는 존재였다. 입사 동기 김대중은 "궂은 일을 떠맡아 설거지하는 트러블 슈터(trouble shooter)였다"고 그를 평가했다. 문제가 있는 곳이면 언제나 그가 나타나 중지를 모으고 해결 방안을 찾아냈다.

편집국장이 된 후 사보 인터뷰에서 안병훈은 "통 생각이 안 나던 아버님이 떠오른다"고 했다. 그의 아버지 안찬수는 광복 후 조선일보 편집부장을 지냈고 6·25 때 납북됐다. 안찬수를 아는 사람들은 그에 대해 "리더십과 추진력이 대단한 사람이었다. 술자리를 좋아하고 말에 가시가 없어 주변에 늘 기자들이 몰려 있었다"고 했다. 안찬수에 대한 이런 평은 안병훈의 모습 그대로다.

조선일보와 동양통신 공채에 모두 합격한 후 동양통신에 먼저 출근하고 있던 안병훈이 조선일보를 선택한 것도 아버지 때문이다. 안찬수와 가깝게 지냈던 유건호가 동양통신 편집국장에게 "안찬수 아들이면 조선일보로 와야 할 것 아니냐?"고 해 따로 면접을 보고 입사했다.

"최병렬이 용장(勇將)이었다면 안병훈은 인화를 바탕으로 조직을 이끄는 덕장(德將)이었다"고 방우영은 평가했다. 말 많은 신문기자 사회에서 안병훈이 누구를 욕하는 모습은 좀체 보기 어려웠다. 그

서시철, 권해주,
김형곤 화백이
그린 필자 초상화.
(왼쪽부터)

는 새까만 후배까지 속속들이 파악하고 챙기며 사람들의 마음을 움
직였고, 해병대 장교 출신다운 기백으로 일을 해냈다.

그는 1988년 편집국장으로서 서울 올림픽 취재를 성공적으로
치러낸 뒤 국장직에서 물러났다. 「벤 존슨 약물 복용」을 세계적 특종
으로 보도한 후였다. 안병훈은 이후 상무, 전무, 부사장에 올랐다. 그
는 신문사는 미래의 비전을 제시하고 이끌어야 한다고 믿었고, 신문
지면과 사업을 접목해 환경운동과 정보화 운동 등 각종 캠페인을 주
도했다. 「쓰레기를 줄입시다」 「샛강을 살립시다」 「산업화는 늦었어도
정보화는 앞서가자」 등 한국 사회를 바꾸는 캠페인을 정열적으로
추진했다. 「아! 고구려」 「이승만과 나라 세우기」 「대한민국 50년 우리
들의 이야기」 등 대형 전시회들도 그가 주도했다.

안병훈은 사회부 기자로 함께 뛰었던 박정자(상명대 교수)와 결
혼했는데, 딸도 중앙일보 기자가 되었다. '기자 3대'를 이룬 것이다.

편집국장 취임 후 어느 날 야근을 하면서 휴게실에서 동료와 바둑을 두는 필자.
당시 필자는 줄담배를 피우는 애연가였다.

가족 코너

아들 안승환과 대화를 나누는 필자.

아버지가 주신
풍요로운 훈육(訓育)

아들·안승환(安承煥)

삼성전자 부장, 영상디스플레이 사업부 Enterprise Business팀 Director

동시대에 일어났던 큰 사건들은 그 사건의 역사적 의미와는 별개로 우리들에게 지극히 개인적인 기억을 떠올리게 한다. 1979년 나는 초등학교 3학년이었다. 차범근이 분데스리가로 떠나는 그해 6월의 어느 일요일, 나도 가족과 함께 새로운 동네로 이사를 했다. 동네 축구계에서는 한 축구를 했던 나의 이사를 동네 친구들은 차범근의 분데스리가 행에 비교했었다. 그렇게 이사를 하고 얼마 되지 않았던 그해 10월, 박정희 대통령이 시해되었다. 대한민국사를 송두리째 바꾼 이 사건이 나던 그날 밤, 당시 조선일보 정치부장이시던 아버지는 다른 중요한 사건이 있었던 모든 날들과 마찬가지로 사건과 함께 하셨다. 그리고 10월 27일 아침신문에 박 대통령 서거 기사가 실렸다.

행운이라면 행운이랄까, 나는 몇몇 역사적으로 중요한 사건을 남들보다 많게는 몇 주, 적게는 하루 빨리 알게 되었다. 대통령 임기가 끝나면 다른 사람에게 권력이 넘어가는 것이 당연시 된 지금과 달리, 전두환 대통령의 임기가 끝나가던 1987년의 시국은 정말 한치 앞을 내다볼 수 없는 상황이었다. 6월 10일 대규모 시민집회 이후, 더 이상 이런 혼란을 놔두지 않겠다는 군인들이 전두환 대통령을 돕기 위해 나설 것이라는 친위 쿠데타 설까지 나돈다면서 시국을 걱정하시던 아버지의 말을 듣고, 당시 고등학생이었던 나는 하굣길 친구들에게 조만간 무슨 일이건 큰 일이 날 것 같다고 뭔가 안다는 듯이 우쭐대며 얘기했던 기억이 난다.

그러던 그해 6월28일, 우리 집에 조선일보 기자 몇 명이 모여들었다. 당시 아버지는 조선일보 편집국장이셨다. 각종 기관으로부터 전화도청이 의심되는 시기였기에 전화가 아닌 직접 모임으로 첩보를 교환, 확인하려 했던 것이다. 전화가 귀했던 1980년대 초반부터 우리 집은 다른 집과 달리 전화번호가 두 개 있었다. 전화번호부에 있던 원래 번호의 전화 외에 다른 번호의 전화가 있다고 도청을 막는데 무슨 도움이 얼마나 되었으랴만, 어쨌든 도청에 대한 걱정으로 또 한 대의 전화가 놓여있었다.

지금은 유치원생도 하나씩 핸드폰이 있는 시절이지만 당시에 전화번호가 두 개 있는 집은 우리 집밖에 없었던 것으로 기억된다. 당시 집권당인 민정당의 노태우 대표가 대통령직선제를 포함하여 야당에서 요구하는 모든 것을 들어주겠다는 회견을 청와대와 상의 없이 할 것이라는 첩보가 입수된 것이었다. 6·29선언이라고 불리게 된 그 회견의 배경에 대한 실체적 진실은 정확히 알 수 없지만, 그날 밤 우리 집의 분위기는 입수된 이 정보를 청와대나 안기부에 흘러들어가지 않게 하면서 그 다음날 아침 발표될 회견을 가장 먼저 보도할 수 있게 신문 발행을 준비하는 것이었다.

6월 28일은 일요일이라, 29일 월요일은 신문이 나오지 않는 날이었다. 그날 밤 우리 집에서, 다음 날 오전에 회견이 실시되면 바로 호외가 나올 수 있도록 모든 준비가 비밀리에 이루어진 것으로 기억

시카고 밀레니엄 파크에 있는 인도 출신 조각가
아니시 카푸어의 작품 클라우드 게이트에서 가족들과 함께.
사진 왼쪽부터 안혜리, 박정자, 송지우, 안승환, 안정인, 안재이.
2009년 7월.

된다. 그리고 6월 29일 오전 노태우 대표의 기자회견이 있었다. 윤전기가 ready되어있고 기사준비가 되어있던 조선일보에서는 바로 호외가 나왔다.

시민들 입장에서는 그리 중요하지 않을는지도 모를 몇 시간 먼저 나오는 호외, 다른 신문보다 하루 먼저 나오는 기사를 위해 아버지는 항상 역사의 현장에 계셨다.

조선일보가 일등신문이 된 것에 대한 여러 이론이 있다. 좌파들은 정권의 도움을 받아서 그렇다는 그들 나름의 이론을 내놓았다. 기사 논조는 마음에 안 들지만 신문의 질에는 차이가 난다는 사실을 인정하지 않을 수 없었던, 그나마 양심 있는(?) 이들은 조선일보는 정치면 빼놓고는 재밌게 글을 쓴다고 했다.

하지만 나는 안다. 조선일보는 빨랐다. 9·11테러가 났을 때 가장 먼저 한국 인터넷에 띄운 것도 조선닷컴이었고, 웬만한 개각 뉴스 특종을 도맡아 한 것도 조선일보였다. 그리고 밝았다. 사회의 어두운 면을 파헤치기보다는 밝은 면과 따뜻한 면을 보여주려 애썼다. 1면 톱은 무조건 국내 정치기사여야 한다는 도식을 깨고 국제기사도 일면 톱이 될 수 있음을 보여주어, 우물 안 개구리 국민들을 깨우쳐 준 것도 조선일보였다. 그 한가운데에 내 아버지 안병훈이 있었다.

어느덧 40대 중반이 된 지금, 이제 고등학생이 되어 나와 노는 것을 그리 달가워하지 않는 딸아이와 조금이라도 시간을 함께 보내고자 하는 것은, 사건과 기사에 통째로 빼앗겨버린 아버지에 대한 보상심리가 아닌가 하는 생각도 가끔 든다. 하지만, 아버지가 부재했던 그 많은 시간들이 그 자체로 내게 가르침을 주는 풍요로운 훈육이었음을 새삼 깨닫는다. 아버지, 고맙습니다. 그리고 건강하세요.

도서출판 기파랑 사무실의 필자 책상 앞에서.
왼쪽부터 딸 안혜리, 외손자 송지우, 며느리 안정인, 필자,
사위 송원상, 아내 박정자.

60점 아빠, 10점 남편,
100점 언론인

딸·안혜리(安惠利)
중앙일보 편집국 부장, 라이프스타일 데스크

《너, 아빠 팔아서 회사 들어왔다며?》

몇 년 전 신문사 입사 동기 가운데 하나가 장난기어린 목소리로 나한테 물었던 말이다.

93년 어느 가을날. 그 해 언론고시의 첫 출발을 알린 중앙일보 입사시험의 서류심사·필기시험을 통과하고 마지막 관문인 면접시험을 보는 날이었다. 수험번호에 맞춰 나는 다른 3명의 남자 수험생들과 함께 면접장에 나란히 들어가 앉았다. 그 날 면접에 누가 심사위원으로 나와 있었는지, 그리고 또 어떤 질문이 나왔었는지 이제는 전혀 기억이 나지 않는다. 다만 딱 한 가지 잊혀지지 않는 대목, 어쩌면 내 직장을 결정했는지도 모를 운명적인 질문만은 아직도 머릿속에 맴돈다.

《제일 존경하는 언론인이 누구예요?》

《!?…》

아마도 다른 언론사 준비생들에게는 언론고시 면접 요령 족보의 한 귀퉁이를 차지할 상투적 질문인지도 모르겠다. 솔직히 말해 나 역시 면접 당시에는 별로 인상적인 질문으로 와 닿지 않았다. 하지만 결과적으로 본다면 예상과는 달리 내 운명을 결정한 질문이었던 것 같다. 나는 심사위원을 전혀 몰랐지만 그들은 내가 누구인지, 좀 더 정확히 말해 내가 누구의 딸인지를 훤히 알고 있었기 때문이다.

맨 왼쪽에 앉은 사람부터 한 사람씩 차례로 대답하라는 누군가의 말이 떨어지자 다른 수험생들이 열심히 나름의 이유를 대며 나는 모르는 어떤 위대한 언론인들의 이름을 댔다. 오른쪽 끝에 앉아 마지막으로 답하게 된 나는 조금은 떨리는 목소리로, 그러나 확신에 찬 음성으로 대답했다.

"조선일보 안병훈 편집인이요."

순간 심사위원들이 나지막한 목소리로 웃었던 것도 같고 아닌 것도 같다. 다른 수험생들은 감지하지 못했겠지만 심사위원 사이에 술렁임이 있었던 것만은 분명하다.

중앙일보 31기 응시생 안혜리는 바로 조선일보 안병훈 전무의 딸이고, 바로 그 딸이 가장 존경하는 언론인으로 자기 아버지를 꼽았기 때문이다. 기자 아닌 사람에게는 기자 지망생 딸이 기자 아버지를 존경한다는 말은 어쩌면 평범한 대답으로 비춰질 수 있다. 하지만 대개의 신문기자 아버지가 이런 생각들을 하지 않았을까. 어쨌든 나는 당시 석간이었던 중앙일보에 실린 최종 합격자 명단에서 내 이름을 찾을 수 있었다.

합격의 기쁨에다 11월부터 시작된 바쁜 기자생활에 적응하느라 면접시험 따위는 잊은 지 오래인 어느 날이었다. 우연히 한 선배로부터 당시의 이야기를 전해 들었다. 그 날의 내 답변이 면접에 들어간 중앙일보 대선배들을 감동시켰다는 다소 의외의 내용이었다. 소문이 빛보다 더 빠르게 전해지는 언론계에서 한동안 내 면접날 답변이 화

일본 도쿄역 앞에서. 왼쪽부터 딸(혜리), 필자 부부, 외손자(송지우), 손녀(재이),
며느리(안정인), 아들(승환), 사위(송원상). 2013년 9월.

제가 됐다고 한다. 그리고 그 말은 결국 우리 동기들한테까지 어김없이 전달된 것이다. 조금 과장되게 '아버지 팔아서 심사위원 감동시킨, 그래서 면접 통과한' 동기로 말이다.

그 날의 답변이, 심사위원들이 나에게 합격점을 주는 결정적인 이유가 됐다면 이런 동기의 표현이 그리 잘못된 것도 아닌 셈이다. 하지만 난 합격을 위한 어떤 계산도 없었고 정말 평소 느낀 대로 답을 했을 뿐이다. 한국 신문의 역사와 인물에 정통하지는 않지만, 옆에서

봐온 아버지는 당신 딸에게만이 아니라 어떤 기자들에게도 존경받을 만한 분이라고 생각하기 때문이다.

사실 아빠는 기자 아닌 순수한 남편으로서는 1백점 만점에 10점, 오빠와 나의 아빠로는 60점쯤 되는 분이다. 아내와 자식들에게 깎인 점수 90점과 40점은 고스란히 조선일보가 가져갔다.

아빠는 만날 나보고 "아빠처럼 부처님 마음을 가진 남자를 만나라"지만 엄마는 이 말에 들은 척도 안 한다. 어릴 때는 잔소리 한 번 안 하고 엄마 뜻대로 집안 살림을 다 맡기는 아빠만큼 좋은 신랑감이 없다고 생각했지만, 결혼할 나이만큼 커보니 엄마의 심정을 이해할 듯하다. 신혼부터 한 번도 아기자기한 두 분만의 재미를 못 보신 엄마에게 지금 와서 여행 같이 가주고 집안일 몇 가지 도와준다고 해도 결코 보상해줄 수 없는 부분이 있기 때문이다. 여전히 1주일에 5~6일은 술 드시고 들어오시는 걸 감안하면 10점도 과분하다는 느낌이다.

아빠로서는 좀 후한 점수를 드릴까도 생각해봤지만 60점이 적당하다는 결론에 이르렀다. 직접 설교를 늘어놓기보다 늘 행동으로 기자의 길, 아니 한 인간으로 살아가는 길의 모범을 보여주시는 아버지지만, 학창시절의 아버지는 존재의 의미 이상의 역할을 하지 않으셨다.

용돈도 잘 주시고 야단칠 줄 모르는 마음 너그러운 아빠였지만 나와 오빠가 몇 반인지, 또 몇 등인지 전혀 관심도 없던 아빠이기도 했다. 대학 시험을 칠 때까지도 내 성적이 어느 대학에 알맞은지도 전혀 모르실 정도였다. 대학 학력고사 치르던 1989년 일본에 계시던 아빠가 일본 신사(神社)에 가서 기원(祈願) 꼬리표를 사서 달았다는 다소 황당한 이야기를 나중에 듣고서야 아빠의 심정을 조금 헤아릴 수 있었지만… 다른 아버지들이 가족에 관심을 가지는 동안 아빠는 그 정성을 오직 조선일보, 더 넓게는 한국 사회를 위해 바치셨다. 그러니 내가 어찌 언론인 아버지를 존경하지 않을 수가 있을까.

가끔 편집국에 돌아다니는 미디어오늘이나 기자협회보에서 아빠의 이름을 본다. 내 생각에 기자의 권익이 아니라 기자 잘못되기만을 바라는 것 같은 이들 지면에 '언론재벌' 조선일보는 '재벌언론' 중앙일보와 함께 최대의 적 같다. 당연히 이 지면 속에 아빠는 단순하게 표현하면 '나쁜 사람' '시대착오적인 반개혁적 인물'로 그려진다.

내 생각에 이들 주간지는 워낙 공정성과 멀다보니 기사가 어떻게 나오든 별로 신경 쓰지 않지만, 우리 신문사 편집국 내부의 반(反)조선일보 정서는 가끔 나를 당황케 한다. 중앙일보와 조선일보가 신문 시장에서 영향력과 부수 면에서 1등 경쟁을 하다 보니 서로 감정을 심하게 해치는 싸움도 있었고, 그때마다 처신하기 어려운 때가 많았다. 어릴 적부터 내 머리 속에 자리 잡은 '아빠=조선일보' 등식으로 조선일보에 대한 비난이 꼭 아빠를 욕하는 것처럼 느껴지기 때문이다.

며칠 전 조선일보 사보 청탁을 받고서도 거절을 할까 하고 잠시 고민을 했다. 어떤 말을 써야 할지 막막했다. 부주의한 말 한 마디가 쓸데없는 오해를 살 수도 있다는 지나친 걱정 때문이었다.

중앙일보 편집국 내에서는 지금도 가끔 내 어정쩡한 위치를 놓고 농담을 하는 선후배들이 있다. 조선일보 고급 정보를 빼와서 중앙일보의 하급 정보를 주니 우리 회사가 이익이라는 말도 있지만, 대부분 내 정보력 부족(?)을 탓하는 말들이다. 과연 현명한 판단인지는 모르겠으나 난 두 신문사가 얽힌 민감한 사안에 대해서는 집에서나 회사에서 모두 '노코멘트'를 외친다. 자칫 잘못하면 한 조직의 스파이로, 혹은 아빠를 배신하는 딸로 낙인찍힐 수 있기에….

요즘 아빠는 내 걱정을 많이 하신다. 다른 아빠들 같으면 아직 시집 안 간 스물일곱 된 딸을 걱정하시겠지만, 우리 아빠는 기자로서의 혜리가 혹시라도 잘못되지 않을까 하는 염려를 하신다. 이 자리를 빌어 아빠께 그런 걱정은 접어두시라고 말씀드리고 싶다.

지난주 김대중 주필 따님이 사보에 쓴 글을 보았다. 아버지에 대한 사랑과 찬사 일변도(?)였는데, 난 너무 생활인 아버지에 박한 점수를 드리지 않았나 뒤늦은 후회를 해보기도 한다. 하나밖에 없는 딸을 위해서라면 무엇이든 희생될 각오가 되어 있는 아버지가 섭섭해 하지 않으시기를 바랄 뿐이다.

요즘 나는 '위-잉 위-잉 위-잉…' 하는 기계음 소리를 들으며 아침잠에서 깨어난다. 절약 부르짖으며 결혼반지도 안 맞춘 오빠가 지난 23일 아빠의 60번째 생일에 큰 맘 먹고 사드린 '거대한' 러닝머신 소리다. 집 공간 차지한다는 엄마의 반대에 부딪혀 접어두었던 '집안운동'이라는 아버지의 작은 꿈이 일단 성사된 셈이다. 이 기계가 술은 적게, 운동은 많이 하게 만드는 역할을 했으면 하는 심정으로 그만 줄인다.

조선일보 사보(1998년 11월 27일)

필자의 청담동집 거실에서.
왼쪽부터 필자, 아내 박정자, 딸 안혜리.

기자 3대 '조(朝) 2 중(中) 1'
따뜻한 신경전

딸 · 안혜리

저는 중앙일보 안혜리 기자입니다. 안병훈 전 부사장의 딸입니다. 전직 조선일보 기자인 박정자 교수의 딸이기도 합니다.

아시는 분도 더러 계시겠지만 저희 집은 기자 3대입니다. 제가 한번도 뵌 적이 없는 친할아버지와 아버지·어머니, 그리고 저까지 3대째 기자를 하고 있습니다. 저만 유일하게 조선일보가 아닌 곳에서 기자생활을 하고 있지만요. 사람들은 이런 집안사를 알고나면 뭔가 재미있는 사연이 우리 집안에 숨어있을 거라 상상합니다. 아주 드문, 아니 어쩌면 한국서 유일할지 모를 기자 3대 집안인 데다 신문사 편집국서 만난 사내 커플이 낳은 딸은 경쟁 언론매체의 기자이니 그런 짐작을 할 법도 합니다. 그러나 모두들 워낙 성격이 밋밋한 탓인지 이런 '완벽한 조건'을 갖추고도 정작 '얘기되는' 얘깃거리는 만들지 못했습니다. 그래도 주저리주저리 몇 가지 얘기를 좀 하겠습니다.

사실 제가 입사한 초반에는 아버지, 어머니 후광으로 기자생활이 편하기도 하고 동시에 회사생활이 어렵기도 했습니다. 1993년 중앙일보에 발을 들여놓는 순간 회사 선배들은 물론 출입처에서 만난 조선일보 선후배들 모두 제가 누구의 딸인지 알고 있었습니다. 덕분에 과분한 환대를 받은 적이 많습니다. 처음 경찰기자할 때 '캡'이었던 선배가 들려준 얘기가 생각납니다. 그 선배는 기자협회가 주는 상을 받으러 갔다가 당시 편집인협회장이던 아버지를 만났답니다. 그 선배 입장에선 아버지가 언론사 대선배님인셈인데, "우리 딸 잘 부탁

아들 안승환의 집에서 가족이 모여 만찬을 하며 기념촬영. 사진 왼쪽부터 딸 안혜리, 손녀 안재이, 필자 부부, 며느리 안정인, 아들 안승환, 외손자 송지우, 사위 송원상.

한다"며 거의 90도로 허리를 굽혀 인사를 하더랍니다. '위계가 군대보다 더 세다'는 언론계 풍토에 비춰볼 때 그 선배는 굉장히 강렬한 인상을 받았던 모양입니다. 아버지는 지금도 가끔씩 "난 한번도 너네 회사 윗사람들한테 너 부탁해본 적 없다"고 말씀하십니다. 하지만 전 압니다. 아버지는 이렇게 틈만 나면 제 중앙일보 선후배들이 도저히 거부할 수 없는 방식으로 저를 부탁하셨다는 걸요.

어쩌면 중앙일보뿐 아니라 조선일보 후배들한테 그랬던 걸까요. 제가 처음 입사해 경찰서를 돌 때 일입니다. 저와 입사 동기이자 중부 라인 2진 전입 고참이었던 한 조선일보 기자는 '마와리' 돌다 만난 저에게 그동안 자기가 모은 자료들을 주더군요. 이런저런 현황자료여서, 사실상 별로 도움되는 내용은 아니었습니다. 하지만 그 성의에 살짝 감동을 받았던 게 사실입니다.

지금은 잠잠하지만 조선·중앙일보가 '전쟁'을 치를 때도 있었습니다. 그럴 땐 당연히 마음이 편하지가 않죠. 이런 것과 무관하게 중앙일보 내에서 제 존재를 껄끄럽게 여기는 사람도 있었습니다.

한번은 사내 연수 차원으로 진행된 고위 간부의 강의 도중 그 선배가 저를 보며 "여기 적군이 앉아있네"라고 아무 거리낌없이 말씀을 하시더군요. 그 분은 전 정권 정부에 들어가시고, 지금 중앙일보에는 안계십니다.

제가 무슨 기사를 쓰면 꼭 아버지와 연관시켜 나쁘게 보는 언론계 일부 시각도 가끔 겪어야 합니다. 화는 나지만 이럴 땐 독자의 입장을 돌아볼 수 있어 도움이 되기도 합니다.

아버지는 제 기사에 대해 이런저런 비평은 안하십니다. 제가 지금까지 아버지가 평생 그리 관심을 두진 않았던(?) 문화·경제쪽에서 주로 기자생활을 했기 때문에 그런지도 모르겠습니다. 하지만 어머니는 다릅니다. 저의 가장 도전적이고 도발적인 독자입니다. 어머니는 중앙일보 지면에 제 이름 달린 기사가 나가기도 전부터 독자로서 따끔한 질책을 아끼지 않으셨습니다.

중앙일보 사보에 제가 쓴 자기소개서를 읽으시더니 "유치하게 이게 뭐냐?"는 반응이셨습니다. 반대로 최근 저술활동을 활발하게 하시는 엄마의 가장 삐딱한 독자는 저와 아버지입니다. 우리 회사의 모 선배가 "밤에 침대에 누워 우연히 책장을 폈다가 책에 빨려들어가 밤 새울까봐 황급히 책을 닫았다"고 평한 어머니의 저서 《시선은 권력이다》도 마찬가지입니다. '시골의사'로 유명한 박경철 씨가 TV 책 프로그램에 나와 "책에 스며든 내공에 놀랐다"며 극찬한 책인데도 아버지와 저는 출간 전 "표현이 어렵다"느니 뭐니 쓸 데 없는 트집을 잡기도 했습니다. 그러면 엄마는 한마디 하시죠. "요즘은 고등학생만 돼도 철학책 어려워 안한다. 기자들이 제일 무식해."

　　지금은 제가 '안병훈의 딸'이란 걸 모르는 조선일보 후배들이 더 많아졌습니다. 아니, '안병훈'을 모르는 기자가 점점 더 많아지겠죠. 하지만 그래도 제가 안병훈의 딸이라는 사실이 변할 수 없고, 저와 조선일보의 끈도 계속되리라 믿습니다.

조우회보 제2호(2009년 1월 17일) 수록

인명색인

605

609

안병훈 회고록

그래도 나는 또 꿈을 꾼다

1판 1쇄 발행 | 2017년 4월 7일
1판 2쇄 인쇄 | 2017년 4월 18일

지은이 | 安秉勳
펴낸이 | 안병훈
펴낸곳 | 도서출판 기파랑
디자인 | 조의환, 오숙이
등록 | 2004. 12. 27 | 제 300-2004-204호
주소 | 서울시 종로구 대학로8가길 56(동숭동 1-49 동숭빌딩) 301호
전화 | 02-763-8996(편집부) 02-3288-0077(영업마케팅부)
팩스 | 02-763-8936
이메일 | info@guiparang.com
홈페이지 | www.guiparang.com